U0104176

文學研究叢書·古典文學叢刊

冥法、莋柩、鬼祟、齋醮：
《夷堅志》之幽鬼世界

盧秀滿　著

目次

第一章
緒論

第一節　《夷堅志》一書及其作者洪邁

一　關於《夷堅志》

　　《夷堅志》一書為宋代文人洪邁（1123-1202）所撰寫之志怪小說集，其內容「多為神仙鬼怪，異聞雜錄，磯祥夢卜，也記載了宋人的一些遺文軼事、詩詞歌賦、風尚習俗以及中醫方藥等。」[1]關於此書，歷來已有諸多學者從各種角度進行過考察；從其成書之過程、版本之流傳、撰寫之動機、內容之各項議題探討、對後世之影響等，均已累積了不少之研究成果。當然，由於此書卷帙龐大，可供探討之內容或足以引起後世讀者興趣之議題，相對地亦十分豐富，因此，誠如李正學所謂：「作為一座寶藏，《夷堅志》的動能儲量還未探明。」[2]礙於篇幅與避免失焦，本書不打算針對上述各方面之研究成果一一進行詳述，唯針對本書所依據之《夷堅志》文本以及與此一議題之相關研究，進行簡單必要之說明與補充。

　　就如眾所周知，根據宋人陳振孫（生卒年不詳）《直齋書錄解題》卷十一所載，洪邁《夷堅志》從甲至癸二百卷、支甲至支癸一百

---

1 何卓：〈點校說明〉，收入〔宋〕洪邁撰：《夷堅志》（臺北市：明文書局，1994年9月再版），第一冊，頁1。
2 見李正學：〈《夷堅志》研究述評〉，《上饒師範學院學報》第26卷5期（2006年10月），頁46-50。

卷、三甲至三癸一百卷、四甲四乙二十卷，大凡四百二十卷[3]，是洪邁在往生前所完成之《夷堅志》的全貌。然而，如此龐大之著作，在完成某一完整部分即先行出版之過程中，保存不易，似乎在宋代階段即已散佚，在後人不斷地努力蒐集藏本與輯佚之情況下，目前堪稱最完備之版本，乃是何卓於一九八一年以張元濟本（即涵芬樓本）為底本，並加上其在《永樂大典》中輯得二十八則佚文加以點校之北京中華書局所出版者。此一底本，臺灣之明文書局曾以四冊一套之方式加以出版，筆者所依據、並作為探討對象之底本即為明文書局在一九九四年九月所再版者。

在何卓點校之版本於一九八一年出版後，陸續仍有從其餘文獻中輯出《夷堅志》之佚文者。依據李劍國所言：「此後為《夷堅志》輯佚者尚有數家：康保成〈《夷堅志》輯佚九則〉，刊《文獻》一九八六年第三期；李裕民〈《夷堅志》補遺三十則〉，刊《文獻》一九九〇年第四期；法國巴黎第七大學王秀惠〈夷堅志佚文輯補〉，刊《漢學研究》七卷一期，《古籍整理出版情況簡報》第二三七期（1991 年 1 月10 日出版）以〈關於《夷堅志》佚文校補〉為題摘要發表。」[4]除了上述各家以外，李氏本人亦在其後進行增補輯佚，收錄於其所撰〈《夷堅志》佚文考〉（《天津教育學院學報》1992 年第 2 期）中，亦可參酌。

然而，筆者認為在輯佚者中，應特別補充提出的是日本學者愛宕松男（1912-2004）之功勞，未曉何故，大陸與臺灣之學者，在探討

---

3 詳見〔宋〕陳振孫：《直齋書錄解題》，收入韋力編：《古書題跋叢刊》第 2 冊（北京：學苑出版社，2009 年 6 月），頁 186。

4 詳參李劍國著：《宋代志怪傳奇敘錄》（天津市：南開大學出版社，1997 年 6月），頁 342-347。王秀惠刊於《漢學研究》一文，題目本為〈夷堅志佚事輯補〉，李氏記為〈夷堅志佚文輯補〉，應是誤植。

《夷堅志》輯佚問題之際，均忽略其人，筆者認為頗為遺憾。[5]因為，按目前可見之文獻記載，愛宕氏可謂是在張元濟涵芬樓本刊行後，最早進行輯佚者，其曾在一九六四年發表〈洪邁夷堅志逸文拾遺〉[6]一文，又於翌年之一九六五年發表〈洪邁夷堅志逸文拾遺（二）〉[7] 文，前者收錄《夷堅志》佚文計四十七則（《佛祖統記》三則、《永樂大典》三十五則、《本草綱目》九則），後者收錄《夷堅志》佚文計二十六則（盧憲撰《嘉定鎮江志》一則、周應合撰《景定建康志》五則、張溟撰《寶慶會稽志》五則、潛說友撰《咸淳臨安志》十則、盧熊撰《洪武蘇州府志》一則、周密撰《齊東野語》一則、謝肇淛撰《五雜俎》一則、曹學佺輯《蜀中廣記》二則），細覽其內容，可以發現何卓在一九八一年所出版之《夷堅志》三補中所輯得之二十八則（實際上僅二十六則）佚文，其中的二十五則（除了最後一則之〈臨川倡女〉以外——因為非輯自《永樂大典》），在愛宕松男〈洪邁夷堅志逸文拾遺〉均已列出；而王秀惠在一九八九年所發表之〈夷堅志佚事輯補〉[8]一文中所輯《夷堅志》佚文的三十一則中，其中的二十則（①鎮江府印、②陳明、③唐少卿宅、④養素先生、⑤石師聖不願賜錢、⑥新昌石氏墳、⑦溧陽靈碑、⑧劉供奉犬、⑨李省

5 臺灣學者王年双：《洪邁生平及其《夷堅志》之研究》，收入潘美月、杜潔祥主編：《古典文獻研究輯刊》十編（臺北縣：花木蘭文化出版社，2010 年 3 月）一書中，對《夷堅志》之成書與版本流傳等亦所述甚詳，而作者在最後之「參考書目」之「三、近人專論」處，雖然列出愛宕松男之論文，但在此書第三章「《夷堅志》成書經過及其流傳」處，卻未見任何相關說明。

6 詳見愛宕松男：〈洪邁夷堅志逸文拾遺〉，《文化》27（4），東北大學文學會（1964 年 2 月），頁 143-157。

7 詳見愛宕松男：〈洪邁夷堅志逸文拾遺（二）〉，《文化》29（3），東北大學文學會（1965 年 10 月），頁 112-119。

8 詳見王秀惠：〈夷堅志佚事輯補〉，《漢學研究》7 卷 1 期（1989 年 6 月），頁 163-182。

點鬼、⑩靈隱大蕈、⑪靈石寺詩、⑫葛道人、⑬重喜長老、⑭都稅院土地、⑮臨安通判舍怪、⑯耕刺巫、⑰吳璋宅、⑱治痰喘方、㉖林復、㉗喫菜事魔），在愛宕松男〈洪邁夷堅志逸文拾遺〉、〈洪邁夷堅志逸文拾遺（二）〉中，亦已列出。[9]顯見，愛宕氏在早於何卓與王氏二十多年前，即已先行輯佚出一些相同之成果，或許礙於資料蒐集上之困難等原因而導致學術研究成果重複之浪費結果，十分可惜。不過，在努力輯佚《夷堅志》佚文之學者中，筆者認為應提及愛宕松男，才是較為妥當的做法。[10]因此，在此稍加補充說明，希冀愛宕氏為《夷堅志》蒐佚所付出之辛勞，不致被埋沒。

總之，有了上述學者們以及其後仍陸續地為《夷堅志》輯佚而努力不懈者的奮鬥，讓洪邁《夷堅志》之內容，得以不斷地朝原貌接近，相信任何微小之發現，均會是未來所有探討《夷堅志》一書與宋代相關研究者之福。

二　關於作者洪邁

《夷堅志》之作者洪邁，字景盧，別號野處，鄱陽（今江西波陽）人，生於北宋宣和五年（公元 1123 年），卒於南宋嘉泰二年（公元 1202 年）。其為宋代著名忠臣洪皓（1088-1155）之子，《宋史》卷

---

9 除了㉗一則為〈洪邁夷堅志逸文拾遺〉所載以外，其餘十九則均載於〈洪邁夷堅志逸文拾遺（二）〉。此外，康保成所輯佚九則中的第二則〈四留銘〉，在愛宕氏〈洪邁夷堅志逸文拾遺〉一文中亦見收載，因為兩人輯佚自不同之書籍，故內容有些大同小異。

10 關於《夷堅志》之國內外相關研究，可參考福田知可志等整理的〈『夷堅志』版本・研究目錄（2011 年 10 月)〉一文，其中收錄了至二〇一一年十月為止的相關研究論文與書籍。詳參福田知可志、安田真穗、山口博子、田淵欣也：〈『夷堅志』版本・研究目錄（2011 年 10 月)〉，《中國學志》大畜號（2011 年 12 月），頁 33-64。

三百七十三〈洪皓傳〉記載：

> 邁字景盧，皓季子也。幼讀書日數千言，一過目輒不忘，博極
> 載籍，雖稗官虞初，釋老傍行，靡不涉獵。……邁兄弟皆以文
> 章取盛名，躋貴顯，邁尤以博洽受知孝宗，謂其文備眾體。邁
> 考閱典故，漁獵經史，極鬼神事物之變，手書《資治通鑑》凡
> 三。有《容齋五筆》、《夷堅志》行於世，其他著述尤多。[11]

從傳文所指，洪邁自幼敏讀、涉獵廣泛，以及「極鬼神事物之變」之
個人形象與興趣中，即可從中略知其人一二。除了正史之記載外，在
其餘宋人筆記中，亦常見與洪邁相關之記載，不管其內容是褒抑或是
貶，均說明了其在宋代頗為人知，且頗為活躍之情況。與洪邁同鄉之
張世南（生卒年不詳），即在其所著《游宦紀聞》一書中記載了洪氏
兄弟之事。

> 吾鄉三洪，皆忠宣公皓之子也。兄弟連中詞科。紹興十三年，
> 忠宣以徽猷學士直翰苑。紹興二十九年，其仲子文安公遵，始
> 入西省。隆興二年，文惠公适繼之。乾道二年，文敏公邁又繼
> 之。相距首尾二十二年。故景盧有謝表云：「父子相承，四上
> 鑾坡之直，弟兄在望，三陪鳳閣之游。」二事實為本朝儒林榮
> 觀之盛。[12]

---

11 詳參楊家駱主編：《新校本宋史并附編三種》（臺北市：鼎文書局，1980 年 5 月再
　　版），第 14 冊，11570-11574。
12 參〔宋〕張世南撰，張茂鵬點校：《游宦紀聞》（北京市：中華書局，1981 年 1
　　月），頁 17。

對於同鄉洪氏家族之榮顯，張世南此文之撰寫，或許顯現了身為同鄉人所感受到的一種與有榮焉吧。而元代的陸友仁（1290-1338）在其所著《硯北雜志》卷下中曾記載：

趙和仲云：「知古者，莫如洪景盧；知今者，莫如陳君舉。」[13]

文中提及趙和仲[14]對於洪邁的知古博識，予以推崇之情況。而前引《宋史》〈洪皓傳〉中亦提及洪邁「以博洽受知孝宗」之經歷，可見洪邁在博學多聞一項上，在宋代，至少是頗為知名的。然而，或許由於涉獵甚多，所作成果亦豐，在著書立說之過程中，難免出現偏誤，於是不免遭致批評；因此，《宋史》載其「所修〈欽宗紀〉多本之孫覿，附耿南仲，惡李綱，所紀多失實，故朱熹舉王允之論，言佞臣不可使執筆，以為不當取覿所紀云。」[15]提及其所修纂之〈欽宗紀〉，因依據之版本所記多不合史實，導致朱子之責難。此種牽涉記載內容取材符實與否之問題，似乎是洪邁常為他人所訴病之一點，內容龐雜之《夷堅志》亦是如此，往往出現類似之批評，令人有美中不足之慨。關於洪邁之生平事蹟、親族與交友之情況，在前引王年双《洪邁生平及其《夷堅志》之研究》一書中，有十分詳盡之考察，可參酌。礙於篇幅與避免重複，在此不贅述。

---

13 參〔元〕陸友仁著：《硯北雜志》，收入《筆記小說大觀》（臺北市：新興書局，1973 年），正編第 2 冊，頁 1202。

14 趙和仲，其人事跡不詳，僅在〔宋〕李心傳撰，徐規點校：《建炎以來朝野雜記》（北京市：中華書局，2000 年 7 月），頁 800 乙集卷十六中有一處其擔任四川宣撫總領官之記載，而此「趙和仲（公說）」是否即為陸友仁所謂之同一人，亦無法斷言。

15 詳參楊家駱主編：《新校本宋史并附編三種》第 14 冊，頁 11574。

三 選擇《夷堅志》[16]以考察宋代幽鬼之理由

在宋人志怪中，筆者之所以選擇《夷堅志》作為探討宋代幽鬼世界之主要對象的原因，乃是因為「從小說的角度看，《夷堅志》乃是宋代志怪小說發展到頂峰的產物，也是《搜神記》以來志怪小說的又一高峰，中國小說發展史上的又一座豐碑。」[17]雖然包含魯迅（1881-1936）在內的一些文學評論家，對宋代的志怪小說評價不高，且謂：「諸書大都偏重事狀，少所鋪敘，與《稽神錄》略同，顧《夷堅志》獨以著者之名與卷帙之多稱於世。」[18]但無可否認地，其「卷帙之多」，亦在某種程度上對當代人民之生活情態、社會思潮的反映是具有指標性之意義的。且清人陸心源（1838-1894）在《夷堅志》之重刻本序文中提及：

> 自來志怪之書，莫古於《山海經》，按之理勢，率多荒唐。沿其流者，王嘉之《拾遺》，干寶之《搜神》，敬叔之《異苑》，徐鉉之《稽神》，成式之《雜俎》，最行于時。然多者不過數百事，少者或僅十餘事，未有卷帙浩瀚如此書之多者也。雖其所載，頗與傳記相似，飾說剽竊，借為談助，支甲序已自言之。至于文思雋永，層出不窮，實非後人所及。自甲志至四甲，凡三十一序，各出新意，不相複重，趙與峕《賓退錄》節錄其

---

16 本書所謂之「幽鬼」，乃專指一般觀念中，人死後有靈之「亡魂」而言，並不包含其餘自然界萬物所幻化之鬼神、精怪類在內。
17 見蕭相愷主編：《中國文言小說家評傳》（鄭州市：中州古籍出版社，2004 年 4月），頁 384。
18 見魯迅：《中國小說史略》（臺北市：風雲時代出版社，1997 年 6 月），頁 124。

文，推挹甚至。信乎文人之能事，小說之淵海也。[19]

對《夷堅志》之價值給予公允的評價。而《夷堅志》一書不僅對當時的市人小說和後世的文言、通俗小說都有極大的影響，甚至「清代蒲松齡的《聊齋志異》也明顯受其影響。」[20]可見其重要之一般。加上如洪邁本人在〈夷堅支庚序〉中所提及之：「每聞客語，登輒紀錄，或在酒間不暇，則以翼旦追書之，仍叩示其人，必使始末無差戾乃止。既所聞不失亡，而信可傳。」[21]其在記錄傳聞或撰寫之際，態度十分謹慎與認真，相信其作品的確能真實地反映出北宋末期至南宋之際，當時的某些社會與文化之側面。亦誠如蕭相愷所云：

> 《夷堅志》確可算是宋代建炎至洪邁生活時代這一歷史時期的
> 社會生活、宗教文化、倫理道德、風俗民情的一面鏡子，它為
> 後世提供了宋代社會豐富珍貴的歷史資料。[22]

是故，藉由《夷堅志》之內容來考察洪邁所處時期之宋代民間生活之各種樣態、習俗，以及宋人之觀念，是十分合適的。尤其重要者，乃因《夷堅志》所記載與幽鬼相關之故事，為數甚夥，居宋人志怪之冠，以其所載內容來探究部分宋人對死後世界之認知與思維，深具合理性。況且本書之撰寫目的，旨在探究宋人死後世界觀之某一側面，因此，著重者乃為是書內容中所記載之當代百姓對死後世界之看

---

19 見《夷堅志》所附錄之諸家序跋之〈陸心源序〉（臺北市：明文書局，1994 年 9月），頁 1839。

20 見蕭相愷主編：《中國文言小說家評傳》，頁 385。

21 詳參〈夷堅支庚序〉，《夷堅志》，頁 1135。

22 見蕭相愷：《宋元小說史》（杭州市：浙江古籍出版社，1997 年 6 月），頁 213。

法及認知，對於作者在寫作技巧上之「鋪敘」與否，即非如此重要矣。

第二節　宋代之巫鬼信仰與社會背景

魯迅在《中國小說史略》一書中曾提及：

> 宋代雖云崇儒，並容釋道，而信仰本根，夙在巫鬼。[23]

的確，單就宋人筆記小說而言，即隨處可見與巫鬼相關之記載，而《宋史》卷八十八〈地理志四〉中亦載：「歸、峽信巫鬼，重淫祀，故嘗下令禁之。」[24]、「福建路，蓋古閩越之地。……其俗信鬼尚祀，重浮屠之教，與江南、二淛略同。」[25]、「涪陵之民尤尚鬼俗，有父母疾病，多不省視醫藥，及親在多別籍異財。」[26]、「廣南東、西路，蓋《禹貢》荊、揚二州之域，當牽牛、婺女之分。……尚淫祀，殺人祭鬼。」[27]不僅如此，筆記小說中亦對宋代各地此種信鬼風俗多有反映。例如：宋人曾敏行（1118-1175）所撰《獨醒雜志》卷第三中即載：

> 廣南風土不佳，人多死于瘴癘。其俗又好巫尚鬼，疾病不進藥餌，惟與巫祝從事，至死而後已，方書藥材未始見也。景德

---

23 詳見魯迅：《中國小說史略》，頁124。
24 詳見楊家駱主編：《新校本宋史并附編三種》第3冊，頁2201-2202。
25 同前註，卷八十九〈地理志五〉，頁2210。
26 同上註，頁2230。
27 同上註，卷九十〈地理志六〉，頁2248。

中，邵曄出為西帥，兼領漕事，始請于朝，願賜《聖惠方》與藥材之費，以幸一路。真宗皆從其請，歲給錢五百緡。今每歲夏至前，漕臣制藥以賜一路之官吏，蓋自曄始。[28]

又載：

劉執中彝知虔州，以其地近嶺下，偏在東南，陽氣多而節候偏，其民多疫，民俗不知，因信巫祈鬼。乃集醫作《正俗方》，專論傷寒之籍，盡籍管下巫師，得三千七百餘人勒之，各授方一本，以醫為業。楚俗大抵尚巫，若州郡皆仿執中此舉，亦政術之一端也。[29]

顯見，宋代各地之巫鬼信仰，可謂十分濃厚。在此種時代氛圍下，有關神鬼之現身、顯靈或為祟等記錄，遂經常見載於宋人之作品中，實不足為奇矣。然而，一個時代所呈現之整體觀念以及風俗信仰之形成，往往有其社會之背景；宋代社會之所以充斥巫鬼氛圍，相信與其所處之大環境不無關係。除了地形氣候等大自然之因素影響外，在中國歷史上，宋代是一個屬於版圖狹小、軍力薄弱之時代，不僅有遼、西夏、金等外族之侵略威脅，國內本身亦經常出現民亂、疫病、水旱災、饑饉等天災人禍，是以往往造成百姓之傷亡，因此出現鬼物現身之傳聞與怪象之出現頻仍等情況，不僅成為部分文人批評時政與感嘆時局之際的記錄內容，亦成為嗜異好奇之志怪、筆記等作者的寫作材

---

28 見〔宋〕曾敏行撰，朱杰人校點：《獨醒雜志》，收入《宋元筆記小說大觀》（上海市：上海古籍出版社，2001 年 12 月），第 3 冊，頁 3228。

29 同上註，頁 3229-3230。此外，〔宋〕蔡絛撰，馮惠民、沈錫麟點校：《鐵圍山叢談》（北京市：中華書局，1983 年 9 月），頁 34 中亦有：「南俗尚鬼」之記載。

料。也因此，在宋人志怪、筆記小說等作者之爭相描摹下，致使宋代社會籠罩在一股人鬼共處，幽鬼充斥的氛圍中。而關於天災、人禍之慘狀，不僅是在正史上，在《夷堅志》中亦不乏記載，替時代之紛亂景象，提供了佐證資料。首先，是來自戰爭之蹂躪，特別是外族之侵犯與肆虐。

一　戰爭

　　對於宋代遭受外族侵略，百姓無辜受害，成為刀下亡魂的慘狀，在宋人筆記中多有記載，《夷堅志》中亦不乏事例。《夷堅志補》卷第十〈王宣宅借兵〉一則即記載：

> 王左丞家在姑蘇，值建炎胡暴，奔迫近村。宣借兵施榮不及追隨，竄出城。虜逢人輒殺，有數百尸聚一處，榮入伏其間，陽（筆者案：應為「佯」之誤）為死者。[30]

引文中描寫了宋高宗建炎年間，中原百姓在外族之肆虐施暴，不分對象逢人便殺之情況下，眾屍堆聚，慘狀令人不忍卒睹之情景。而《夷堅志補》卷第十四〈辟兵呪〉一文中，在記載姑蘇盧彥仁之經歷時，亦描述了當時戰爭的情景，其文曰：

> 後數歲，中原大亂，胡馬飲江，姑蘇禍最酷。盧氏親黨鄰里，

---

30 詳參《夷堅志補》卷第十，頁1638。

死亡略盡。[31]

上文記載因為外族之蹂躪，姑蘇盧彥仁一族及鄉里百姓，因遭變故而死亡殆盡之情形，雖然僅寥寥數語，但已足以說明當時戰爭的殘酷景象。又如《夷堅乙志》卷第十七〈滄浪亭〉一文記載：

> 姑蘇城中滄浪亭，本蘇子美宅，今爲韓咸安所有。金人入寇時，民入後圃避匿，盡死於池中，以故處者多不寧。其後韓氏自居之，每月夜，必見數百人出沒池上，或僧，或道士，或婦人，或商賈，歌呼雜遝，良久，必哀歎乃止。守宿老卒方寢，爲數十人舁去，臨入池，卒陝西人，素膽勇，知其鬼也，無懼意，正色謂之曰：「汝等死於此，歲月已久，吾爲汝言於主人翁，盡取骸骨，改葬於高原，而作佛事救汝，無爲守此滯窟，爲平人害，何如？」皆愧謝曰：「幸甚！」捨之而退。卒明日入白主人，即命十車徙池水，掘污泥，拾朽骨，盛以大竹簏，凡滿八器，共置大棺中，將瘞之。是夕又有一男子，引老卒入竹叢間曰：「餘人盡去，我猶有兩臂在此，幸終惠我。」又如其處取得之，乃葬諸城東，而設水陸齋於靈巖寺，自是宅怪遂絕。[32]

引文中對於眾鬼歌呼雜遝之記載，或許過於嗜奇附會，然滄浪亭一帶在宋代曾遭戰火波及一事，應為不爭之事實。巧合的是，上述三例所載遭受胡馬摧殘之地，均為姑蘇地區，就如〈辟兵呪〉一文所載，在

金人入侵之際，此處應是戰火燃燒最為猛烈之處，也因此就如〈滄浪亭〉一文所載，眾多為躲避戰爭而無辜喪命之百姓，其悽慘之冤魂不散，往往祟擾生者，幸虧遇鬼不懼之陝西老卒，懂得體恤幽鬼之悲情，願為此輩向主人韓氏祈求改葬之協助與佛事之薦拔，最終安慰了眾鬼，亦使住宅從此安寧無事。然而，因戰爭而慘死之眾鬼形象，仍令人感慨萬分。

　　而對於外族入侵所造成的戰亂喪亡景象，在其餘宋人筆記中亦常見記載。例如周密（1232-1298）所撰《癸辛雜識》續集上〈李仲賓談鬼〉一則即載：

> 李仲賓衍父少孤貧，居燕城中。荒地多枸杞，一日，踰鄰寺頹垣往采杞子。日正午，方行百餘步，忽迷失故道。但見廣沙莽莽，非平日經行境界，心甚異之。舉頭見日色昏，猶能認大悲閣為所居之地，遂向日南行，循閣以尋歸路。忽見一壯夫，白帶方巾，步武甚健，屬聲問往何方。方錯愕間，遽以手捽其胸，李素多力善搏，急用拳捶之，其人仆，已失其首。心知為鬼物，然猶踽踽相向，李復以拳仆之，隨仆隨起者十餘次，其人遂似怒而去。既稍前，則無首者踞坐大石上以俟，意將甘心焉。然路所必經，勢不容避，忽記腰間有采杞之斧，遂持以前。其人果起而迎之，遂斧其頸，鏗然有聲乃在青石上。其人寂然不見，而異境亦還元觀。乃私識其處而歸。家人見其神采委頓，問之，則不能語。越宿，方能道所以。遂偕數人往訪其處，果有斧痕在石上，遂啟其石下，乃眢井，井中皆枯骸也。

詢之蓋亡金兵亂中死者，遂函其骨遷窆他所，後亦無他。[33]

雖然無法斷定文中幽鬼之現身施暴李仲賓，其最終目的是否為求得安葬而為，但此文至少反映了在金人入侵之際，百姓屍骨隨處可見之情況。因為慘死而無法安寧，最終僅能四處飄遊的可憐幽魂，只有在不斷地為祟並衝犯生者之情況下，尋求可能的解套方法。值得慶幸的是，在眢井中的枯骸最後得到遷葬它處的良善結果，讓人鬼之間，彼此得以兩安。

二　饑荒

除了上述的戰爭以外，在仰賴自然天候之恩惠，以農業產物為主食的宋代，「饑荒」的頻見，亦成了宋人在生存上的一大隱憂，不時地威脅著當時的百姓。如下列二則《夷堅志》之內容，即記載了南宋孝宗乾道七年（即辛卯歲），各地饑荒導致百姓餓死之情形。《夷堅丁志》卷第四〈蔣濟馬〉一則即記載：

乾道七年秋，大饑，江西湖南尤甚，民多餒死。[34]

而《夷堅丁志》卷第二十〈烏山嫗〉亦載：

新建烏山村，乾道辛卯歲，邑境饑疫。有田家十餘口盡死，唯

---

33 見〔宋〕周密撰，吳企明點校：《癸辛雜識》（北京市：中華書局，1988 年 1 月），頁 129。

34 詳見《夷堅丁志》卷第四，頁 566。

老嫗與小孫在。[35]

　　當然，關於農作歉收導致饑饉產生，百姓淪為餓莩之情況，同樣地在其餘宋人筆記中，亦見記載；如宋代劉斧（生卒年不詳）《青瑣高議》前集卷 〈叢塚記〉中即載：

　　皇祐年，河決於商河。自山而東，溝澮皆渤溢，地方千里，鞠為汙涂。是時山東大歉，民乃重困而流徙。富公方帥青社。公驛馳符，俾州縣救濟。來者尤擁，倉廩遽竭。由是卧殍枕藉，徐州尤甚。白骨蔽野，莫知其數。公命徐牧葬焉。收得骨數千具，擇地而葬，公親為文以祭之，因曰「叢塚」。[36]

而宋人蔡絛（生卒年不詳）《鐵圍山叢談》卷第四亦載：

　　紹興歲丙辰，廣右大歉，瀕海尤告病。迄丁巳之春，斗米千錢，人多莩亡。[37]

　　綜上可知，從北宋仁宗皇祐年間（1049-1053），至南宋高宗紹興丙辰年（1136）、孝宗乾道七年（即辛卯歲，1171），在宋代的山東、廣右、江西、湖南等地，因為饑荒而餓死者，不計其數，僅此數例，即可一窺北宋、南宋之際，因此而成為幽魂之百姓的慘況。

---

35 詳見《夷堅丁志》卷第二十，頁 707。
36 見〔宋〕劉斧撰，李國強整理：《青瑣高議》，收入朱易安、傅璇琮等主編：《全宋筆記》第二編（鄭州市：大象出版社，2006 年 1 月），第 2 冊，頁 14。
37 詳參〔宋〕蔡絛撰，沈錫麟、馮惠民點校：《鐵圍山叢談》，頁 73。

三　民亂

　　饑荒不僅造成苦難百姓之死亡，有時亦會導致民亂之發生，而讓社會動盪不安，讓死傷情況更是雪上加霜。宋代無名氏所撰《摭青雜說》〈范希周〉一則，即記載了南宋初期建州凶賊范汝為藉饑荒聚眾為亂之事。

> 建炎庚戌歲，建州凶賊范汝為，因饑荒嘯聚，至十餘萬。是時朝廷以邊境多故，未遑致討，遂命本路官司姑務招安。汝為聽命，遂領其徒出屯州城。名曰招安，但不殺人而已，其劫人財帛，掠人妻女，常自若也，州縣不能制。[38]

范汝為之亂，在《宋史》中多處見載。據《宋史》〈高宗本紀〉記載，建炎四年秋七月「辛酉，建州民范汝為作亂，命統制李捧補之。」[39]在幾番輾轉後，十二月「丁酉，范汝為降，詔補民兵統領。」[40]然而，在高宗紹興元年冬十月之際，「范汝為復叛，入建州。」[41]並在其後接連侵犯邵武軍與光澤縣，寇南劍州，其最終於紹興二年春，「辛丑，韓世忠拔建州，范汝為自焚死，斬其二弟，餘黨悉平。」[42]歷時三年左右的范汝為之亂，總算結束。然而，因其為亂，慘遭蹂躪之建州、邵武、南劍州一帶，可謂生靈塗炭、民不聊生矣。同樣地，在《宋史》卷三十四中亦記載了南宋孝宗乾道四年所發

38　全文詳見李劍國輯校：〈范希周〉一則，《宋代傳奇集》（北京市：中華書局，2001 年 11 月），頁 565-567。
39　詳見楊家駱主編：《新校本宋史并附編三種》第 2 冊，頁 480。
40　同上註，頁 484。
41　同上註，頁 491。
42　同上註，頁 495。

生之「因饑引亂」之歷史片段，其文曰：

> （夏四月）癸卯，遣使撫邛、蜀二州饑民為亂者。……（五
> 月）乙丑，太白晝見。以邛州安仁縣荒旱，失于蠲放，致饑民
> 擾亂，守貳、縣令降罷追停有差。……丁亥，以饒信二州、建
> 寧府饑民嘯聚，遣官措置振濟。[43]

光是孝宗乾道四年四月至五月之間，即有邛州、蜀州、饒州、信州、
建寧府等地之百姓，因饑荒而嘯聚為亂之情況產生，顯見，饑饉所造
成之影響可謂不小矣。當然，一般之盜賊叛亂，在宋代亦是司空見慣
之事。《夷堅甲志》卷第十四〈蕪湖儲尉〉一文記載：

> 建炎間，太平州寇陸德叛，燒劫居民，殺害官吏。[44]

陸德之叛亂，亦見載於《宋史》〈高宗本紀〉中，高宗紹興二年夏四
月乙酉日，「是夜，太平州軍士陸德據城叛，囚守臣張鐔，殺當塗縣
令鍾大猷。……閏月癸巳，高麗遣使入貢。乙未，知池州王進討陸
德，誅之。」[45]所幸，陸德之叛亂，在短短一個月左右即被討平，然
仍舊造成不小之傷亡。綜合上述，無論是范汝為之亂，亦或是陸德之
叛變，均發生於高宗紹興初期，若更詳細地進行考察，相信在各地仍
能找出其餘之叛亂事件，因為此類層出不窮之盜起、民亂，讓許多無
辜百姓成為死於非命的冤魂，應不在少數。《夷堅志三補》〈願代母
死〉一文記載：

---

43 同上註，頁643。
44 詳參《夷堅甲志》卷第十四，頁123。
45 詳見楊家駱主編：《新校本宋史并附編三種》第2冊，頁497。

可從世居溫之北鄉清源。宋建炎間，大盜群起，遇人必殺，清
源皆逃於蒙山。未幾盜至，眾多被害。[46]

住在清源一地之可從世，與同鄉百姓們為免於盜賊們的掠奪與殺傷，
共同逃至蒙山躲避，然卻不幸地仍遭到群盜們尋獲，許多鄉人因此慘
遭殺害之事，亦足以成為宋代紛擾民亂的證明之一。

四 疫病

關於醫療之技術與分科，比起前代均已有長足進步之宋代[47]，在
遇到大規模疫病流行之際，仍舊無疑地是一場大災難，令人有束手無
策之憾。蘇象先（生卒年不詳）撰《丞相魏公譚訓》卷五記載：

> 韓大參，忠獻之第八子司門郎中。嘉祐中知潁州，時京西大
> 疫，流殍甚眾。公賑濟有方，郡人賴以全活者多。乃揭榜鄰
> 境，諭以救卹之意，使來就食，鄰郡之民襁負而至。來者既
> 眾，穀食不足，又聚眾稍多，無寬廣之居，或感疫癘飢病，相
> 仍死者頗眾。韓公亦感疾而亡。其秋，鄰郡士人夢召至陰府，

---

46 詳參《夷堅志三補》，頁 1805。

47 楊渭生提及：「自成體系的中醫藥學至宋代進入了全面發展的階段。朝廷設有
『太醫院』，有的州郡（如杭州）也有醫院，製藥有官設『藥局』。……宋代的
醫藥學是當時世界上最發達的。」又謂：「中醫分科，唐為醫、針灸、按摩、咒
禁四科。宋發展為九科：大方脈、風科、針灸、小方脈、眼科、產科、口齒咽
喉、瘡腫兼折瘍、金鏃書禁科，比唐代增加一倍以上。不僅分科細密，而且在診
斷（對疾病的認識）和治療等臨床醫學方面均有程度不同的成就。」（詳參氏著
《宋代文化新觀察》〔保定市：河北大學出版社，2008 年 5 月〕，頁 298-299。）
《夷堅志》中記載醫療相關之故事甚夥，從中即可大約看出宋代醫學的分科發展
情況，其中屬產科之「乳醫」與外科之「外科醫」，在書中最為常見。

將使治韓司門賑濟獄，士人乞假治後事，及覺，得疾，旬日
卒。祖父言：「賑濟雖為政之急務，當量力為之，不必廣其
聲。廣其聲而實不至，則至者反罹遷徙飢疫之患，是速其死。
所以有陰禍。」[48]

上文記載了在北宋仁宗嘉祐年間（1056-1063），京西一帶疫病蔓延，
司門郎中韓大參因賑濟得法，於是造福許多郡人得以存活之事。然
而，其後韓大參因錯估情勢，原本一番救濟鄰境災民之美意，反倒成
了加速對方邁向死亡之推手，也因此韓公的感疾身亡，成了慘遭陰禍
報復者的寫照，令人同情。而《夷堅志》中，亦記載了數則南宋時期
疫病造成民眾死傷之例。首先是《夷堅支戊》卷第二〈孫大小娘子〉
中所提及：

吳興孫提舉，家居臨安，……乾道元年，浙西大疫，孫二子並
婦及第二第三女死焉。[49]

孫提舉一家，因為南宋孝宗乾道元年（1165）發生在浙西一帶的疫
病，死亡殆盡，實可憐之至。而《夷堅乙志》卷第十七〈宣州孟郎
中〉一則中同樣記載了「是歲浙西民疫禍不勝計，獨江東無事。」[50]
之情況，亦替此次之疫禍留下了記錄。此外，《夷堅志補》卷第二十
五〈符端禮〉則記載了南宋寧宗慶元元年（1195）所發生之疫癘慘

---

48 見〔宋〕蘇象先撰，儲玲玲整理：《丞相魏公譚訓》，收入朱易安、傅璇琮等主
　編：《全宋筆記》第三編（鄭州市：大象出版社，2008 年 1 月），第 3 冊，頁
　67。
49 詳參《夷堅支戊》卷第二，頁 1066-1067。
50 詳參《夷堅乙志》卷第十七，頁 327-328。

狀，其文曰：

> 慶元乙卯夏，淮浙疫癘大作，嘉興城內，至浹日斃百餘人。[51]

此次之疫病蔓延嚴重，在嘉興城內僅十日左右即已造成百餘人喪命，對於生命無常之感慨，相信對身處當時的宋人而言，應是感受甚深吧！因為，無論醫學多麼進步，人力所能及之事，永遠有限。

五　水旱災

因為水旱災所引起之天災，亦是導致宋代人命喪失，幽鬼暴增的原因之一。《夷堅乙志》卷第八〈秀州司錄廳〉一文中記載了秀州司錄廳中鬼怪為祟之事件，其擾人者，即是遭遇水災肆虐下的亡魂。其文載曰：

> 秀州司錄廳多怪，常有著青巾布袍，形短而廣，行步遲重者。又有婦人，每夜輒出，惑打更吏卒者。先公居官時，伯兄丞相方九歲，白晝如有所見，張目瞪視，稱「水水」，移時方蘇。後兩日，公晚自郡歸，侍妾執公服在後，忽大呼仆地。公素聞鬼畏革帶，即取以縛妾，扶置牀。久之，乃言曰：「此人素侮鬼神，適右手持一物，甚可畏，我不敢近。卻不知我從左邊來，方幸擒執，又為官人打鍾尷陣留我。我即去，願勿相苦。」問：「汝何人？」不肯言。至於再三，乃曰：「我嘉興縣

---

51 詳參《夷堅志補》卷第二十五，頁 1777-1778。此則記載，愛宕松男將其收入〈洪邁夷堅志逸文拾遺〉（《文化》第 27 卷 4 號，1964 年 2 月，頁 147。）中，但認為是《夷堅支志》之逸文，且篇名標記為〈蘇軩〉，而非〈符端禮〉。

農人支九也。與鄉人水三者兩家九口，皆以前年水災漂餓，方官賑濟活人時，獨已先死。今居於宅後大樹上，前日小官人所見，乃水三也。[52]

因為前年水災發生，在官方濟糧尚未發放之際，即已餓死之農民支九與其同鄉水三之兩戶九口人，其幽魂滯居於秀州司錄廳後的大樹中，不時出現，騷擾生者，令人感慨。然而，支九與水三兩戶人家之慘境，相信應只是當時社會的一個縮影，冰山之一角，實際因此次水患而犧牲者，肯定不少。不僅是水災，因為旱災而歉收，導致百姓因饑荒而易子以食之景象，亦時有所聞。《夷堅志補》卷第九〈饑民食子〉一則記載：

自古凶年饑歲，兵革亂離之時，易子而食之者有之矣！予所聞二事，抑又甚焉。滕彥智居宋都，聞其父兄言，近郭朱氏，有男女五人，長子曰陳僧，年十六七，能強力耕桑，最為父母所愛。值宣和旱歉，麻菽粟麥皆不登，無所謀食，盡鬻四子，而易他人子食之。獨陳僧在，每為人言：「此兒有勞於家，恃以為命，不可減。」他日，諸滕過之，但二翁媼存，不見所謂陳僧者，詢所在，翁泣曰：「饑困不可忍，乃與某家約，紿此子使往問訊，既至，執而烹之矣！」。[53]

因為旱災而無糧可食之百姓，最終不得不將愛子推入火坑，以求得自身溫飽的做法，多麼令人痛心，而上文中陳僧的悲劇，代表的亦是時代的悲劇，對於身處此種時代下的人們，為了生存所付出的代價，卻

---

52 見《夷堅乙志》卷第八，頁 250。
53 《夷堅志補》卷第九，頁 1629。

往往是生不如死的慘痛經歷。同樣地，在方勺（1066-？）《泊宅編》卷
第七中亦記載北宋徽宗政和年間，因水災導致餓莩盈路的悲慘景象。

> 政和六年，江、浙大水，秋穈貴，餓莩盈路。張大忠知宣城
> 縣，出郊驗災傷，見岸傍羣烏銜土，狀若累冢。大忠異之，令
> 發視，果有殭屍在其下，衣帶間有《金剛經》一卷。[54]

上文主旨雖在推崇《金剛經》之功德，因其庇護可讓持誦者在慘死之
狀態下仍不致暴屍之情形，然而，江、浙一帶遭受大水氾濫，讓多數
百姓餓死路旁之客觀記敘，卻是不爭之事實。而對於當時世局之紛
亂、天災人禍頻見之景象，以莊綽（生卒年不詳）《雞肋編》卷中所
載，最為詳盡，其文曰：

> 自中原遭胡虜之禍，民人死於兵革水火疾饑墜壓寒暑力役者，
> 蓋已不可勝計。而避地二廣者，幸獲安居。連年瘴癘，至有滅
> 門。如平江府洞庭東西二山，在太湖中，非舟楫不可到。胡騎
> 寇兵，皆莫能至。然地方共幾百里，多種柑橘桑麻，餬口之
> 物，盡仰商販。紹興二年冬，忽大寒，湖水遂冰，米船不到，
> 山中小民多餓死。富家遣人負載，蹈冰可行，遽又泮坼，陷而
> 沒者亦眾。汎舟而往，卒遇巨風激水，舟皆即冰凍重而覆溺，
> 復不能免。又是歲八月十八日，錢唐觀潮，往者特盛。岸高二
> 丈許，上多積薪，人皆乘薪而立。忽風駕洪濤出岸，積薪崩
> 摧，死者有數百人。衢州開化縣界嚴、徽、信州之間，萬山所
> 環，路不通驛，部使者率數十年不到，居人流寓，恃以安處。

---

54 見〔宋〕方勺撰，許沛藻、楊立揚點校：《泊宅編》（北京市：中華書局，1983
年 7 月），頁 39。

三年春，偶邑人以私怨告眾事魔，有白馬洞繆羅者，殺保正，
怒其乞取，其弟四六者，輒衣赭服，傳宣誼動。至遣官兵往
捕，一方被害。七夕日，興化軍忽大水，城內七尺，連及泉州
界，漂千餘家。前此父老所不記。蓋九州之內，幾無地能保其
生者。豈一時之人，數當爾邪？少陵謂「喪亂死多門」，信
矣！[55]

　　由水旱災至饑荒，再由饑荒產生疫病甚至造成民亂，似乎是一連
串相關連之循環，加上外族之入侵，一切災難彷彿約定好似的，此起
彼落地蜂擁而至，在大宋國土境內，幾乎無一處可以保證讓百姓安穩
生存，真是慘烈之至，誠如上述文中所載，杜甫的「喪亂死多門」一
語，可謂是此種時局下之最佳註腳矣。

第三節　宋代文人的談鬼嗜好與風氣

　　中國文人的嗜奇好異、聚談怪異之心態與做法，自六朝以來即已
形成風氣。[56]而此種風尚，延續至唐代，有增無減，是以在唐人小說

---

55 見〔宋〕莊綽撰，蕭魯陽點校：《雞肋編》（北京市：中華書局，1983 年 3
　　月），頁 64。不僅如此，莊綽還在同書中記載了金人亂宋之際，百姓互食之慘
　　劇。其文曰：「唐初，賊朱粲以人為糧，置擣磨寨，謂『啖醉人如食糟豚』。每
　　覽前史，為之傷歎。而自靖康丙午歲，金狄亂華，六七年間，山東、京西、淮南
　　等路，荊榛千里，斗米至數十千，且不可得。盜賊、官兵以至居民，更互相食。
　　人肉之價，賤於犬豕，肥壯者一枚不過十五千，全軀暴以為臘。登州范溫率忠義
　　之人，紹興癸丑歲泛海到錢唐，有持至行在猶食者。老瘦男子廋詞謂之『饒把
　　火』，婦人少艾者，名為『不羨羊』，小兒呼為『和骨爛』，又通目為『兩腳
　　羊』。唐止朱粲一軍，今百輩於前世，殺戮焚溺饑餓疾疫陷墮，其死已重，又加
　　之以相食。杜少陵謂『喪亂死多門』，信矣！不意老眼親見此時，嗚呼痛哉！」
　　見同書，頁 43-44。
56 李劍國即曾謂：「聚談怪異，猶六朝風氣，宜乎齊諧志怪之眾也。」詳參氏著：

中亦常見記載；《太平廣記》卷第三百四十三〈盧江馮媼〉中，即記載了馮媼遇董江亡妻之異事，文末曰：

> 元和六年，夏五月，江淮從事李公佐，使至京，回次漢南，與渤海高鉞、天水趙儹、河南宇文鼎會於傳舍。宵話徵異，各盡見聞，鉞具道其事，公佐因為之傳。[57]

指出此則異聞，是李公佐[58]在夜聚談異之際，自高鉞處所聽聞之事，最後將其形諸文字流傳之情形。而公佐之好奇，在《太平廣記》卷第四百六十七〈李湯〉一則中亦展露無遺。其文記載：

> 唐貞元丁丑歲，隴西李公佐泛瀟湘蒼梧，偶遇征南從事弘農楊衡泊舟古岸，淹留佛寺，江空月浮，徵異話奇。[59]

除了上述李公佐之事例以外，如唐代牛肅（生卒年不詳）《記聞》〈蕭正人〉一則中亦記載了眾人夜聚談鬼神之事，其文曰：

《唐五代志怪傳奇敍錄》（天津市：南開大學：1993 年 12 月），上冊，頁 351。

57 詳見〔宋〕李昉等編：《太平廣記》（臺北市：文史哲出版社，1987 年 5 月再版），頁 2718-2719。

58 李公佐之生卒年不詳，其一生在仕途上並不得意，官小職卑，生平事迹亦難以詳明。其所創作之傳奇小說，傳世者有〈南柯太守傳〉、〈盧江馮媼傳〉、〈古岳瀆經〉、〈謝小娥傳〉等四篇。（詳參蕭湘愷主編：《中國文言小說家評傳》，頁 115。）

59 詳參〔宋〕李昉等編：《太平廣記》卷第四百六十七，頁 3845-3846。〈李湯〉一文之出處，《廣記》引為《戎幕閒談》，李劍國認為此即李公佐《古嶽瀆經》，為《異聞集》所採入，是以《廣記》誤注出處，應作《異聞集》。詳參李劍國著：《唐五代志怪傳奇敍錄》，下冊，頁 601。

> 琅邪太守許誠言，嘗言幼時，與中外兄弟，夜中言及鬼神；其
> 中雄猛者，或言吾不信邪。何處有鬼？言未終，前簷頭鬼忽垂
> 下二脛，脛甚壯大，黑毛且長，足履於地，言者走匿。內弟蕭
> 正人，沈靜少言，獨不懼，直抱鬼脛，以解衣束之甚急，鬼舉
> 脛至簷，正人束之，不得昇，復卜，如此數四。既無救者，正
> 人放之，鬼遂滅，而正人無他。[60]

大概沒有比「說鬼，鬼即現身」之情況，更令人感到驚恐之事矣。常言道：「夜路走多了，總會遇到鬼。」鬼神之事說多了，似乎也增加了見鬼之機率，特別是刻意否定鬼神之存在者，無疑地是一種等同於自動召喚鬼神現身，令其自證有無的舉動，因此，切勿逞口舌之快，否則將如上文中言不信有鬼者，見鬼出現後陷入狼狽逃匿的窘境。

　　此種讌聚談異、說神道鬼之風氣，至宋代依然是文人所喜好的一種遣興活動之一。此種嗜好，從宋人筆記中常見作者提及所載故事來源之際，往往出現文人聚會談及鬼神靈異等之記載，即可窺知。例如，前述蔡絛《鐵圍山叢談》卷第四即記載：

> 李鬱林佩，政和初出官尉芮城。時因公事過河鎮，偶監鎮夜同
> 會坐數人，相與共徵鬼神事。[61]

又如蘇軾（1036-1101）《東坡志林》卷二〈記鬼〉一文記載：

> 秦太虛言：「寶應民有以嫁娶會客者，酒半，客一人竟起出
> 門。主人追之，客若醉甚將赴水者，主人急持之。客曰：『婦

---

60 見〔宋〕李昉等編：《太平廣記》卷第三百三十二，頁2638。
61 詳參〔宋〕蔡絛撰，沈錫麟、馮惠民點校：《鐵圍山叢談》，頁64。

人以詩招我，其辭云：長橋直下有蘭州，破月衝煙任意游。金
玉滿堂何所用，爭如年少去來休。』倉皇就之，不知其為水
也。然客竟無他。」夜會說鬼，參寥舉此，聊為之記。[62]

更如金朝元好問（1190-1257）《續夷堅志》卷二〈天賜夫人〉一
文亦載：

廣甯閣山公廟靈應甚著，又其象設獰惡，林木蔽映，人白晝入
其中，皆恐怖毛豎。旁近言，夜靜時聞訊掠聲，故過者或迂路
避之。參知政事梁公肅家此鄉之捽馬嶺，作舉子時，與諸生結
夏課，談及鬼神事。[63]

如上所述，宋代文人喜談鬼神靈異，並將聽聞之事逐一記載於著
作中，並廣為出版流傳。如此一來，透過閱讀之便，說神道鬼之風氣
遂瀰漫世間，無疑地助長了宋代民眾對鬼神之信仰態度，而此種閱讀
風氣，甚至影響至皇宮內苑。南宋張端義（1179-？）《貴耳集》記
載：

憲聖在南內，愛神怪幻誕等書。郭象《睽車志》始出，洪景盧
《夷堅志》繼之。唐已有此集三卷。夷姓，堅名也。宣和間，
有奉使高麗者，其國異書甚富，自先秦以後，晉、唐、隋、梁
之書皆有之，不知幾千家幾千集，蓋不經兵火。今中秘所藏，

<hr>

62 參〔宋〕蘇軾撰，王松齡點校：《東坡志林》（北京市：中華書局，1981 年 9
月），頁 45-46。

63 詳參〔金〕元好問撰，常振國點校：《續夷堅志》（北京市：中華書局出版社，
1986 年 5 月），頁 45。

未必如此旁搜而博蓄也。[64]

憲聖乃指南宋高宗之后妃吳皇后，南內即指大內。連身處皇宮大內之
皇后，亦喜讀神怪幻誕等書，可見一般士庶，應不在話下。此種文人
夜聚，在飲酒閒話之餘，談神說鬼的習性，至清代仍舊可見記載。清
代紀昀（1724-1805）《閱微草堂筆記》卷七中即載：

> 王菊莊言，有書生夜泊鄱陽湖，步月納涼，至一酒肆，遇數人
> 各道姓名，云皆鄉里，因沽酒小飲，笑言既洽，相與說鬼，搜
> 異抽新，多出意表。[65]

　　可見，不管時代如何演進，傳統社會中的中國文人，對於說鬼談
異之嗜好，似乎自六朝以來即已根深蒂固，孔子所堅持的不語「怪力
亂神」，對於後代許多文人而言，顯然是難以遵循之語矣。而宋代文
人的此種談鬼嗜好與風氣，更是成了宋人作品中幽鬼世界的形成與發
展的一種助力。

64　參見〔宋〕張端義撰，李保民校點：《貴耳集》，收入《宋元筆記小說大觀》（上
　　海市：上海古籍出版社，2001 年 12 月），第 4 冊，頁 4266。引文中所謂：「唐
　　已有此集三卷」乃指唐人張敦素所著《夷堅錄》（一題《夷堅集》），此書現今已
　　佚不存。趙與時《賓退錄》卷第八載洪邁〈夷堅己志序〉曰：「昔以《夷堅》志
　　吾書，謂與前人諸書不相襲，後得唐華原尉張慎素《夷堅錄》，亦取《列子》之
　　說，喜其與己合。」（收入《宋元筆記小說大觀》第四冊〔上海市：上海古籍出版
　　社，2007 年 3 月〕，頁 4216。）李劍國認為己志序載為「張慎素」，與其餘二書
　　（《新唐志》、《祕書省續編到四庫闕書目》）不同，疑為誤記。詳參氏著：《唐
　　五代志怪傳奇敘錄》，下冊，頁 935。
65　詳參紀曉嵐著：《閱微草堂筆記》（台北縣：大中國圖書公司，2003 年 10 月再
　　版），頁 114。

第四節　《夷堅志》的幽鬼世界

有人說翻開《夷堅志》，如同走進一個鬼神與俗世生活交融互動的大劇場[66]，此語頗為中理。因為，《夷堅志》中所記載之幽幽眾鬼與陽世生者之間的交涉與周旋景象，在宋代社會，彷彿是理所當然般地普遍，而許多宋人對於時有所聞之鬼怪傳說，亦似乎早已見怪不怪矣。

一　鬼物多見之亂世

承前所述，有宋之際各種天災人禍之產生，早已促使許多宋代百姓之內心，長處於惶惑不安之狀態中，即使只是類似「疑心生暗鬼」之情況產生，亦往往被繪聲繪影地誇大相傳，讓宋代社會呈現出鬼物多見之亂世氛圍。《夷堅支乙》卷第九〈宜黃縣治〉一文即記載：

> 宜黃縣後有游觀處，曰望月臺，曰馴雉堂，曰百步亭，皆依山為之。紹興初，巨盜入邑，民奔赴逃命，盡死其中，以故鬼物為屬，十政令宰不敢居正寢，多宅西偏船齋。戊寅歲，南昌李元佐到官，始開戶掃塵，撤空治牖而居之。盡夕安處，寂無所見，獨僕輩棲船齋之西，距馴雉堂不遠，或白日聞憾鈴聲，往視之，乃巡夜卒所持者，自鳴於空，倏往倏來，初無攜控懸繫之物也，揮杖擊之而墜。他日，又有束竹出自堂，天矯如蛇行。僕迎斷以刃，投諸火，以白李，李斥勿言。在職三年。臨

---

66 見葉靜：〈論洪邁的民俗觀念及其學術史意義〉，《江西社會科學》2009 年 3 期，頁 233。

受代，徙寓驛舍，將葺故治，以待新令尹，什器運致未盡，明
旦往取，皆為鬼堆疊，無細無大，至與屋脊平，甚費人力收
拾。後政至，聞其異，復處西偏云。[67]

因為巨盜之殺戮而慘死的百姓亡魂，在宜黃縣後的望月臺、馴雉堂、
百步亭等遊觀處四處作怪擾人，驚嚇生者，最終造成至此任職之政府
官員，「不敢居正寢」以避之之結果。對於此輩冤魂之為厲而無法可
施之宋人，只能無奈地感嘆時局紛亂所衍生的影響矣。又如《夷堅丁
志》卷第二十〈雪中鬼迹〉記載：

紹興庚午歲十一月，建昌新城縣永安村風雪大作。半夜，村中
聞數百千人行聲，或語或笑，或歌或哭，雜擾匆遽，不甚明
了，莫不駭怪。而凝寒陰翳，咫尺莫辨。有膽者開門諦視，略
無所睹。明旦，雪深尺餘，雪中迹如兵馬所經，人畜鳥獸之蹤
相半，或流血污染，如此幾十許里，入深山乃絕。[68]

在風雪大作之深夜，永安村中眾鬼出行，或語或笑、或歌或哭之情
景，令人不寒而慄，雖然難睹其形，然此輩在雪中所留下之十許里蹤
迹與血痕，卻深刻得讓人心驚膽跳。此段記載，無疑即為在紛亂之世
局中，鬼物往往多見之最佳寫照。

67　《夷堅支乙》卷第九，頁 862。
68　《夷堅丁志》卷第二十，頁 709。

二　人鬼雜處之陽世

　　不管是前引北宋劉斧《青瑣高議》中所謂之：「鬼與異類，相半
於世，但人不知耳。」[69]或者是宋末元初之無名氏撰《異聞總錄》所
載：「天下之居者，行者、耕者、桑者、交貨者、歌舞者之中，人鬼
各半，鬼則自知非人，而人則不識也。」[70]之說法，均反映了部分宋
人觀念中，身處「人鬼雜處」時代的特殊感受。如《夷堅三志壬》卷
第十〈汪一酒肆客〉即記載：

> 德興南市鄉民汪一，啓酒肆於村中。慶元三年盛夏，三客入肆
> 沽酒，飲之至醉。復有二客來，相與攀揖，言曰：「數歲不相
> 會，今日何為到此？」客云：「因往台州幹事，一住十五年，
> 擬欲再行，且謁五通行宮。」語畢，不復索酒飲，計償酒直即
> 去。汪一訪問後至者曰：「彼三人姓氏云何？」曰：「一姓陳，
> 一姓孔，一姓吳，皆已於淳熙八年死了，不意乃見之！」汪聞
> 而大駭，收坐上所留錢，試投水桶內，俄悉化為灰埃。二客不
> 旋踵亦退。[71]

已身亡多年之三位鬼客，竟持幻化之錢幣至生者汪一之酒肆共飲至
醉，若非後來二客（恐亦為鬼）之一番說明，汪一恐怕永遠不知曾有
鬼客之造訪矣。此種人鬼難辨，人鬼共處之情況，實不可思議。又如

69 詳參〔宋〕劉斧撰，李國強整理：《青瑣高議》別集卷一、〈西池春遊〉一則，
　　頁 213。

70 詳參〔元〕無名氏撰：《異聞總錄》卷三，收入《筆記小說大觀》（臺北市：新興
　　書局，1978 年）二十二編第 2 冊，頁 1180。

71 《夷堅三志壬》卷第十，頁 1545-1546。

《夷堅志補》卷第十六〈王武功山童〉一文中，王武功家所雇小僕山童與乳母，均為鬼魂之姿卻安然在王家生活之事亦是如此。[72] 而《夷堅丙志》卷第九〈李吉爐雞〉一文亦記載：

> 范寅賓自長沙調官於臨安，與客買酒昇陽樓上。有賣爐雞者，向范再拜，盡以所攜為獻。視其人，蓋舊僕李吉也，死數年矣。驚問之曰：「汝非李吉乎？」曰：「然。」「汝既死為鬼，安得復在？」笑曰：「世間如吉輩不少，但人不能識。」指樓上坐者某人及道間往來者曰：「此皆我輩也，與人雜處，商販傭作，而未嘗為害，豈特此有之？公家所常使浣濯婦人趙婆者，亦鬼耳，公歸，試問之，渠必諱拒。」乃探腰間二小石以授范曰：「示以此物，當令渠本形立見。」范曰：「汝所烹雞，可食否？」曰：「使不可食，豈敢以獻乎？」良久乃去。范藏其石，還家，以告其妻韓氏。韓曰：「趙婆出入吾家二十年矣，奈何以鬼待之。」他日，趙至，范戲語之曰：「吾聞汝乃鬼，果否？」趙愠曰：「與公家周旋久，無相戲。」范曰：「李吉告我如此。」示以石，趙色變，忽一聲如裂帛，遂不見。[73]

已故亡僕在人世間賣爐雞，而其餘同為亡魂者亦與活人雜處，隨處商販傭作，儼然與生者之生活方式絲毫無異之景象，的確讓人驚訝不已，而更令人愕然的是，范寅賓家中浣濯婦趙婆，出入范家傭作竟已長達二十年，卻無人知曉其真實的鬼魂面目；雖然不知其死後徘徊人世歷時二十年以上之久的原因或目的為何，然而，此種混跡人群，悠遊陽世的幽鬼姿態的產生，卻顯現了部分宋人觀念中，宋代社會的某

些角落往往是人鬼混雜、人鬼共處之地的巫鬼信仰的文化心理。

三　人鬼互利之社會

　　既然宋代社會充斥著人鬼混雜之氛圍,與其懼鬼或與鬼爭鬥,不如尋求與鬼共處之良方,創造互利之情勢,是部分宋人鬼神觀的顯現。鄭曉江在《中國死亡智慧》一書中曾提及:

> 中國民間百姓信仰「鬼神」,一直有着強烈的功利色彩,人們信「鬼」敬「神」,必帶有一定的目的,總希望能獲得某種好處,純粹地信鬼神實不多見。[74]

其認為內心存在強烈功利色彩之中國百姓,對於神鬼之信任與尊崇,通常隱含了從對方處獲得某種利點之思維。此種觀念或許無法全部概括人鬼間的許多關連,卻也指出了一部分崇信鬼神者的某種心態。北宋的徐鉉(916-991 年)所著《稽神錄》卷三〈陳守規〉一則即載:

> 軍將陳守規者嘗坐法流信州,寓止公館。館素凶,守規始至,即鬼物畫見。奇形怪狀,變化倏忽。守規素剛猛,親持弓矢刀仗與之鬥。久之,乃空中語曰:「吾鬼神不欲與人雜處。君既堅貞,願以兄事,可乎?」守規許之。自是嘗與交言,有吉凶輒先報。或求飲食,與之,輒得錢物。既久,頗為厭倦。因求方士手書章疏,奏之上帝。翌日,鬼乃大罵曰:「吾與君為兄弟,奈何上章疏我。大丈夫結交當如是耶!」守規曰:「安得

---

74 鄭曉江著:《中國死亡智慧》(臺北市:東大圖書公司,1994 年 4 月),頁 104。

此事。」即於空中擲下章疏，紙墨宛然。鬼又曰：「君圖我居
處，謂我無所止也。吾今往蜀川，亦不下於此矣。」由是遂
絕。[75]

和幽鬼之間以兄弟情份相待、互得利益之陳守規，最終對於此段緣分
感到厭倦，於是尋求方士之助，以驅除鬼弟，中止了彼此間的互助關
係，此鬼最後另擇他處居止，並未為害陳氏，令人慶幸。此種結局，
或許也顯示了剛猛者，有時鬼神亦畏之的傳統觀念在內。而此種人鬼
互利之觀念，在《夷堅志補》卷第十七〈季元衡妾〉中，亦展露無
遺。故事中之女鬼在得到季元衡願替其以佛經及楮幣薦亡之允諾後，
於是對季說道：「感君恩厚，心不忘報。聞今日群賢畢集，其中兩
客，貴人也，故告君，君宜識之，異日當蒙其力。」[76]預先告知季元
衡可以先為日後之發展，進行人脈之經營，女鬼與季氏間，即如此讓
彼此得到互助之效果。此外，又如《夷堅丙志》卷第七〈蔡十九郎〉
一文記載：

紹興二十一年，秀州當湖人魯璛赴省試。第一場出，憶賦中第
七韻忘押官韻，顧無術可取。次日，徬徨於案間，惘然如失。
皁衣吏問知其故，言曰：「我能為君盜此卷。然吾家甚貧，當
有以報我。」丁寧至三四，璛許謝錢二百千，乃去。猶疑其不
然。未幾，果取至，即塗乙以付之。詢其姓氏，曰：「某為蔡
十九郎，居於暗門裏某巷第幾家。差在貢院，未能出。」且以
批字倩璛達其家。璛試罷，持所許錢及書訪其家。妻見之，泣

---

75 〔宋〕徐鉉撰，白化文點校：《稽神錄》（北京市：中華書局，1996 年 11 月），
　　頁 42-43。
76 詳參《夷堅志補》卷第十七，頁 1706-1707。

曰:「吾夫亡於院中,今兩舉矣,尚能念家貧邪?」是年瓛登
第,復厚恤之,仍攜其子以爲奴。二十六年考試湖州,以此奴
行,因爲人言之。此事與唐人所載郭承嘏事相類,而近年士大
夫所傳或小誤云。[77]

幽鬼蔡十九郎透過與魯生間的交易,不僅替魯生偷出試卷讓其進行修
改使其最終順利登第,亦讓自身貧困之妻子得到來自魯生處的金錢報
酬,而其子亦成為魯生之僕,得以溫飽。蔡十九郎即使已身故,卻仍
掛念貧困之妻兒子女的一顆心,確實令人動容。而上述種種人鬼互利
關係的產生,或許對於生者而言,是得以克服亡魂可能為厲或帶來災
害之恐懼的一種心理建設良方也說不定。

四　特定鬼形外顯之宋代

　　自古以來,文獻中所記載之幽鬼,除了少數變形為畜類者外,可
謂大都是以生前之形象顯現,不難理解,此乃因古人常久以來視陰間
為現世之延長所致。而《夷堅志》中以生前形象現身之幽鬼,亦占絕
大多數。然而,值得注意的是,在宋人之認知中,幽鬼亦逐漸形成了
一種異於人類,卻又頗為統一之鬼魂形象。前引北宋徐鉉《稽神錄》
一書中有〈朱延壽〉一文:

　　壽州刺史朱延壽末年浴於室中,窺見窗外有二人,皆青面朱髮
　　青衣,手執文書。一人曰:「我受命來取。」一人曰:「我亦受
　　命來取。」一人又曰:「我受命在前!」延壽因呼侍者,二人

---

77 見《夷堅丙志》卷第七,頁424。

即滅。侍者至，問外有何人，皆云無人。俄而被殺。[78]

文中出現之二鬼，應為陰曹地府所派遣之鬼卒，此種在地府專職捉拿將死者之魂魄的役者，在六朝志怪中即已常見記載。至於在「冥界訪問譚」多見之唐人小說中，更是出現頻繁。然而，宋以前志怪作品中之此類冥吏或鬼卒，作者通常著重在其所著之公服顏色上，其外在形象則幾乎無異於人。而本文中之二鬼卒，除了身著青衣外，作者對其膚髮之顏色，亦加以著墨。「青面朱髮」此種異於中國人之「黑髮黃膚」、且令人毛骨悚然之形象，確實讓人有「非人」、「鬼怪」之聯想。又如北宋張師正（1016-？）《括異志》〈石比部〉一文中亦出現「夢一鬼朱髮青膚」[79]之記載。而《夷堅志補》卷第十七〈泌陽人殺鬼〉一則亦載：

> 唐州泌陽縣早市鎮田氏之僕，漁於河，白晝有鬼自水中出，挽之入水。同漁者奔赴救之，以刀殺數鬼，迎刃而解，如切瓜瓠然。明日，報其主人田穀，穀往視，則數鬼積臥水濱，面色黑髮獰然，遍體有毛，色如藍靛，皆長三尺許，逾數日始不見。[80]

上述文中記載之幽鬼，應為所謂之「水鬼」，雖不見紅髮之敘述，卻有「遍體有毛，色如藍靛」之描寫。另外，《夷堅志補》卷第十七〈鬼巴〉記載：

---

78 見〔宋〕徐鉉撰，白化文點校：《稽神錄》，頁 32。
79 見〔宋〕張師正撰，白化文、許德楠點校：《括異志》（北京市：中華書局，1996 年 11 月），頁 42-43。
80 見《夷堅志補》，頁 1709。

臨川王行之為處州龍泉尉。表弟季生，郡人也，來訪之，泊船月明中。夜半，有鬼長二尺，靘身朱髮，倏然而入，漸逼臥席，冉冉騰上其身，行于腹上。季生素有膽氣，引手執之，喚僕共擊，叫呼之聲甚異，頃刻死，而形不滅。明旦，剖其腸胃，以鹽臘之，藏篋中。或與談及神怪事，則出示之。[81]

引文中的「有鬼長二尺，靘身朱髮」亦同樣地描繪了幽鬼之此種形象。而《夷堅支乙》卷第一〈馬軍將田俊〉一則亦載：

臨安步軍司錢糧官公廨淳熙中為祟孽所擾，不可居，遂廢為馬院。第二將下田俊，常隸宿其間。一日，群輩盡出，俊獨單，繫所乘馬於廡下，且取隨身衣物貯於小篋，挂梁上，以防草竊。方解衣將寢，忽一鬼朱髮青軀，高七八尺，自外入，解其馬絆。俊大聲叱之，鬼捨馬趨寢所。俊怖甚，欲趨避而無路可投。鬼捽俊髻至寨門，呼閽者啟櫺。閽者曰：「統制約束，軍門不許夜開，兼已下鎖了。」鬼曰：「汝不開門，我自從門上過。」即扶俊騰空出，至西湖畔方家谷龍母池邊大木下，自坐盤石，而置俊股上，沃池水濯洗，又掬泥塞其口，若欲啖食。[82]

上述二文中的「靘身朱髮」與「朱髮青軀」，與北宋徐鉉《稽神錄》、張師正《括異志》所載以來之幽鬼形象已有逐漸統一之趨勢，而此種形象，可謂是宋人對幽鬼形象的一種形塑與創造，雖然此種形象與早期之夜叉及雷鬼等形象有相類似之部分，然在宋代其已儼然成為一種幽鬼之固定形象矣。而金朝元好問《續夷堅志》卷四〈賀端中見鬼〉

---

81 同前註。
82 見《夷堅支乙》卷第一，頁 801-802。

亦曾記載：

> 吾州進士賀端中，大定中，宣聖廟齋宿，燈下見一大青鬼，髮
> 上指，目光如炬，口出火燄。賀以被蒙頭，伏牀下。日高，諸
> 生至，乃敢出，戰悚尚未定也。起視水甕皆乾，硯池亦然，溺
> 器亦空，人知其為渴鬼云。端中出孫國鎮之門，有賦聲，此舉
> 登科。[83]

上文中之渴鬼，不僅目光如炬，且口出火燄，其形象頗為嚇人。然作者形容其為「大青鬼」，應是指其膚色而言。顯見，從北宋時期開始，宋人觀念中之幽鬼，其「髮朱膚青」之外顯形象，已逐漸定型，成為宋代幽鬼世界中的一種特殊景象。

結語

如上所述，雖然現存之《夷堅志》內容，僅及洪邁當時所著內容的近二分之一，然而，就份量而言，已足以從中概略地探究出宋人死後世界觀的部分側面。從戰爭、饑饉、疫病、民亂、水旱災等天災人禍肆虐，人命脆弱與死生無常之心理下所產生的巫鬼崇信與社會風氣，以及自六朝、唐以來所延續的文人間的談鬼嗜好，讓文人志怪、筆記中所反映的宋代社會，呈現了人鬼難辨、彼此混雜的世界，而自北宋以來所流傳之「朱髮青軀」之幽鬼形象，亦成為宋人幽鬼世界建構中十分有趣的一環。

---

83 見〔金〕元好問撰，常振國點校：《續夷堅志》，頁 79。同書卷二〈都城夜怪〉
　　中亦有「見對街一鬼，青面赤髮，目光如炬。」之記載。（頁 42）

第二章
地府與冥法

第一節　地府之審判官僚體系

一　地府之審判官僚體系

　　中國人的死後世界觀，在隨著時代的演進、民間信仰的轉變以及吸收宗教成份等之情況下，經歷過許多的變遷；從較早之漢、魏、六朝時期開始，在部份的民間觀念中即已認為：人死後，其靈魂將被送往山東境內之泰山，接受最高主事者「泰山府君」[1]的定奪與發落；於是，泰山府君儼然成為當時人民心中所認知的地府主宰。然而，在佛教思想逐漸盛行並深入中國百姓心中的情況下，陰間地府之主宰則漸漸地由太山府君而演變成閻羅王矣。雖然，根據文獻之記載，佛教最遲在東漢末年即已傳入中國，且在魏、晉時期逐漸普遍與壯大，然而，在六朝志怪小說的入冥故事中，幾乎鮮少出現有關閻羅王的記

---

[1] 泰山府君之信仰，後來演變成泰山神、泰（太）山王、東岳（嶽）大帝之信仰。唐、宋之際，其地府主宰之地位已為閻羅王所取代，然而到了明、清階段，其地位又重新被提升與定位。在《聊齋誌異》中，地府之「最高統治者是東岳大帝，其次是閻王（即閻魔王），再次是城隍。」（見石育良：《怪異世界的建構》〔臺北市：文津出版社，1996 年 6 月〕，頁 58。）誠如澤田瑞穗所云：「太山府君之觀念，在某個時期就停止在發育不全的狀態中，之後被調任為東嶽大帝而被賦予了權威。」（見《修訂地獄變》〔東京都：平河出版社，1991 年 7 月〕，頁 254。）概言之，泰山府君之信仰為一十分複雜之問題，且非為本文論述之焦點所在，故在此不做詳述。

載[2]，可見閻羅王治鬼之信仰，在當時似乎只在佛教信徒之間較為盛行。然而，時序進入唐代以後，陰間冥府之官僚組織則有大幅度之轉變，以閻羅王為中心的冥府官僚體系在唐代極為盛行，泰山府君只在少數之入冥故事中出現，有時甚至屈居為閻羅王之下屬，閻羅王為陰間地府之主宰的觀念已趨於定型。雖說如此，但仍有其紛亂之處；因為，在唐人小說之入冥故事中所出現的地府審判主宰，除了「閻羅王」以外，亦出現了「平等王」、「大將軍」、「地藏王」、「東海公」、「陰君」、「司命」、「太陽都錄大監」、「東陽大監」、「大帝」、「舍利王」等[3]，讓人有莫衷一是的感覺。當然，不可否認的是，「閻羅王」（或只稱為「王」）所出現之比例，的確超出其餘主宰者甚多，可見，唐人心目中所認知之地府主宰，仍是以「閻羅王」最為普遍。而通常在「閻羅王」底下輔佐判案者，是被稱為「判官」的冥吏，判官之人數不一，多時甚至有數十位。[4]除了「判官」之外，亦有「大使」（使者）、「典吏」（典史）、「御史大夫」、「中丞」、「尚書」、「主簿」、「記室」、「錄事」、「案掾」（府掾、桉掾）、「大夫」、「通判」、「府史」等官吏直接隸屬於地府主宰之下，協助陰間案件之審理，而其中以「判官」出現之比例較高。至於「判官」底下，則會出現各級小吏，以及專門到陽世捉拿亡者的「追吏」。所有地府之行政運作，皆

---

2 六朝志怪中有關地府主宰為閻羅王之記載，只出現四例。分別是劉義慶《幽明錄》
  中的〈干慶〉、〈蒲城李通〉，《宣驗記》中的〈程道惠〉，以及王琰《冥祥記》
  中的〈蔣小德〉。其中〈程道惠〉、〈蒲城李通〉二文記載為「閻羅王」，而其餘
  二例則記載成「王」。

3 參見拙著：『唐代小説研究—別世界訪問譚を中心として—』第三章第四節，「組
  織化された冥界とその支配者及び官僚制度」（廣島市：國立廣島大學文學研究科
  博士論文，2001 年 10 月），頁 286-288。

4 如《太平廣記》卷第三百七十九〈王掄〉一文中，即載：「有鬼王，衣紫衣，決罪
  福，判官數十人，其定罪以負心為至重。」（詳見〔宋〕李昉等編：《太平廣
  記》，頁 3018-3019）

由此輩層級分明之官僚系統來進行，掌握死者之未來命運。因此，唐人小說作者筆下之冥府官僚體系，由上至下為「閻羅王」→「判官」→「各級小吏」的組織架構已成為基本之模式。而地府之官僚體系，龐大且庶務繁忙，大陣仗，也重排場，展現了唐人好大喜功之心理，連死後之世界亦不例外。

　　反觀宋人志怪小說中所記載之地府官僚體系又是如何？在洪邁的《夷堅志》中，地府之主宰雖然仍是以「閻羅王」為主，然而大部分只模糊地稱為「王」、「大王」、「主者」等，而其底下之官吏雖然偶爾會出現所謂的「判官」，但大體而言，作者似乎對官僚體系之描述並不十分重視，有多數之故事甚至連「主者」及「判官」之官位頭銜皆未出現，只以地府官吏所穿著之服色來形容之：如「緋綠人」（〈天台取經〉）[5]、「綠衣人」（〈張佛兒〉）[6]、「金紫官員」（〈鄂渚王媼〉）[7]、「紫衣貴人」（〈張次山妻〉）[8]、「紫袍官人」（〈太陽步王氏婦〉）[9]、「綠衣官人」（〈金山婦人〉）[10]、「紅袍大官」（〈霍秀才歸土〉）[11]、「緋衣官人」（〈檀源唐屠〉）[12]、「緋衣人」（〈王大夫莊僕〉）[13]等，似乎可以看出作者對其官職名稱並不特別在意之情形。當然，中國古代之官僚體系對服飾之顏色及配件，歷來是十分重視的；因為，服飾之顏色，在許多時候其所代表的是官階品級的高下，尤其是唐代之士人，對於官服顏色的重視是特別明顯的，甚至在陰間地府之官員亦不

5　見《夷堅甲志》卷第一，頁5。

6　見《夷堅甲志》卷第七，頁55。

7　見《夷堅支甲》卷第八，頁775。

8　見《夷堅支丁》卷第二，頁981。

9　見《夷堅支戊》卷第四，頁1082。

10　見《夷堅支庚》卷第九，頁1209。

11　見《夷堅三志壬》卷第九，頁1539。

12　見《夷堅志補》補卷第三，頁1575。

13　見《夷堅志補》補卷第五，頁1588。

例外。宋人對於官服顏色所顯示職位高低的認知，似乎也或多或少繼承了唐人之傳統制度與思維，或許洪邁之內心亦存在著以服色代替官職之念頭，但相較於前代的作品，可以看出其對陰間官僚體系之發展與建構並未投入過多之描述與關注。很明顯地，《夷堅志》中所記載之冥府官僚系統的層級架構比起唐時有趨於簡化的情形，而且，不僅是《夷堅志》，其他大多數的宋人志怪小說集之入冥故事所記載之地府官僚組織亦十分簡略粗疏[14]，可見，從宋人志怪小說之內容所顯示的記錄來看，可以說在死後世界之冥府官僚體系的發展上，宋代並無大幅擴展之趨勢。

然而，官僚體系發展的停滯與簡化，並不意謂著冥府判案工作也會隨之簡略粗疏。《夷堅志》入冥故事中所出現的判決內容及法規，反倒十分詳細。從《夷堅志》之入冥故事中的主角因「訴訟」問題而被帶入地府之故事所占比例頗高，以及法律條文往往詳列之情況，可以看出作者的關心所在。作者把焦點放在判決之內容及過程，顯現出其較重視亡者在受審之際，判決一方如何以「理」分析、以「法」治事、以「道德」勸善的一面，對於判案之主宰是誰則並不特別關注，充份表示出宋人較為理性務實的一面。雖然，「『布衣而入，綠袍而出』，一登科即做官，並且初次授官便優於唐朝，以後升進又比唐朝

14 例如《括異志》卷一之〈大名監埽〉一文，其冥府官僚組織只出現「二使者」與「陰官」，卷二〈盛樞密〉只出現「人」（沒有職稱）與「主者」；《青瑣高議》後集卷四之〈龔球記〉只出現「一吏」與「王」，補遺之〈周婆必不作是詩〉只出現「二吏」與「府君」；《春渚紀聞》卷二之〈后土詞瀆慢〉只出現「黃衣人」與「冠服類王者」，卷三之〈牛王宮鋞飯〉只出現「人」與「牛首人」等，諸如此類，不勝枚舉。除此之外，在其他可以找出「入冥故事」之《稽神錄》、《搜神祕覽》、《萍洲可談》、《泊宅篇》、《雞肋篇》、《東坡志林》、《癸辛雜識》等宋人小說集中，除了少數的一、二篇以外，作者所描寫之冥府官僚組織的簡略情形與《夷堅志》亦大致相同。（案：為避免註解過於冗雜起見，以上所列舉之各書作者、出版處及出版年月，將統一在最後之參考文獻處標示。）

迅速。即使久考不中，也能享受某些優待。因此科舉對人們的吸引力，宋代比唐代增強。」[15]或許在現世想出人頭地、積極出世之願望，宋代士人並不下於唐人，但對於在死後世界中亦有機會任官的想像上，重理性之宋人卻未如唐人般地熱情擁抱。唐人志怪小說之入冥故事中，往往會山現某些因為死後能至冥府擔任高官而感到安慰或喜悅的例子[16]，可見唐人積極追求人生成就的性格，即使可以追求人生成就的舞台在陰間地府也無所謂。或許因為如此，唐代志怪小說作家筆下的地府官僚組織的層級架構，比起宋代的志怪而言，顯得既完整又龐大，而且也正因為如此，唐人志怪的入冥故事中有關「任官型」（主角因冥府官缺而被召入冥界任官）之故事，為數不少，一方面反映了唐人欲出世的積極態度，另一方面在某種程度上也助長了地府官僚組織的壯大。

　　此外，與地府官僚體系有關而必需一提的是，在《夷堅志》之入冥故事中還出現了「地府十王」[17]的描述，這是十分值得注意的部份。雖然十王信仰最遲在晚唐階段即已出現，但主要是以佛、道文獻上之記載為主，小說之作者在描寫有關死後世界的傳說時，較難看到與此有關之記載。唐代志怪小說的作者，雖然曾提及十王（閻羅王除

15　見張邦煒：《宋代政治文化史論》（北京市：人民出版社，2005 年 10 月），頁384。

16　例如《太平廣記》卷第三百七十七〈李彊友〉的「死得泰山主簿，亦復何憂。」、卷第三百七十七〈郗惠連〉的「惠連且喜且懼。」（案：惠連被任命為地府的司命主者）、卷第三百八十五〈崔紹〉的「大王笑曰：『此官職至不易得。』」（案：大王為地府冥王）等。

17　地府十王指的是：秦廣王、初江王（楚江王）、宋帝王、五官王、閻羅王、變成王（卞城王）、太山王、平正王（平等王）、都市王、五道轉輪王等十王。人們相信靈魂在三年內，會經過了這十王的審問及懲罰後，再各自按照自身所造之業而進行投胎轉世。

外)中的某一位[18]，但記載簡略，並不能看出其已成為一種普遍信仰的趨勢。相較於唐代志怪小說，《夷堅志》中對於當時民間社會所流傳之十王信仰則有較詳盡的描述；可見，十王信仰在宋代較為普遍的情況，此為小說作者反映當代人民風俗信仰的證據之一。而此一信仰的普遍與成熟，直接對當代庶民之齋醮及薦福儀式造成深刻的影響，基於此一信仰所衍生出的各種儀式，甚至於延續及今，可見其重要之一般。由於有關地府十王之信仰是一個十分複雜的議題，筆者已另撰專文探討[19]，故在此不做過多之敘述。或許正因為十王信仰在當代的逐漸成熟與發展，以致宋代志怪之作者在描寫入冥故事中的冥府官僚組織時，反倒無需另外再刻意營造與擴展，因為地府十王的組織，本身即已頗為龐大，因而在與十王信仰較無直接關係的入冥故事（此類占絕大多數）中，地府之官僚組織反倒簡化許多，以便於作者把描述之篇幅及重點置於宋人更為關注的判決內容與過程中，顯現出《夷堅志》之入冥故事不同於前代同類型故事的特色所在。然而，除「十王」以外，在宋代尚須提及之另一位判冥主者為「廣祐王」；依據《夷堅志》之記載，可以從側面了解到「廣祐王」一神之面貌，其在當時既是接受百姓供奉之廟神，亦是掌管人們生死的陰間主宰之一。如《夷堅支甲》卷第五〈劉畫生〉一文中即記載：

> 建昌新城劉畫生，因往近村鶴源寺，歸次山崦間，值雨，趨避
> 道側樹下。聞人呦呦語聲，顧見二婦女冒雨偕行，一老一少，

---

18 在《太平廣記》所收錄的唐人志怪小說中，只有三處出現除了閻羅王以外之地府十王中某一位的記載，分別是卷第四十四〈蕭洞玄〉、卷第四百三十六〈盧從事〉以及卷第三百二十九〈劉諷〉的三篇故事，三篇故事很巧地所描寫的皆為「平等王」。至於「地府十王」的稱謂，在唐人志怪小說中並未出現。

19 詳見拙著：〈地獄「十王信仰」研究——以宋代文言小說為探討中心〉，《應華學報》第八期（2010 年 12 月），頁 85-125。

遙謂劉曰：「我輩從汝索命，于今五十年，天涯海角，尋求且遍，元來乃在此。」劉曰：「我平生不曾殺害人，又年未三十，汝乃稱五十年相尋，真是錯也。」二婦同辭云：「曩實為汝所殺，安有錯誤！今必不相捨。」劉甚懼，奔至旅店，具為主人言。方共嗟異，而已在傍，主人略無所睹，以為病獨，引至一室少憩。俄復出如廁，解衣帶欲自經，人急救之得免。左有廣祐王行廟，主人使拜禱祈福。二婦隨之不置，笑而語曰：「汝欲謁大神，而買香不費一錢，如何感應。」劉徑入懇請，才出門，即仆地昏臥。移時醒然，云似夢非夢，見神緋袍象笏，據案治事，命吏檢簿，既而曰：「劉生持十關齋至誠，特與展一紀，立放還。」二婦拱候廷下，相視掩泣，若不從狀，神叱責乃止。遂平安如常，自是絕不茹葷。時淳熙初元，不知今存否也。[20]

引文中之劉畫生，為二女鬼之糾纏索命所困，於是在聽從旁人之建言後，至鄰近之廣祐王行廟進行祈禱，最終得到廣祐王神之協助、裁決而得以起死回生，逃過一劫。按本文所載，廣祐王既能命吏檢簿，亦能擁有依據劉生生前持十關齋至誠之功德而予以其延壽一紀（十二年）之權力，顯見，廣祐王並非只是一般單純的福祐保民的祠廟之神而已，在部分宋人之觀念中，其亦為職掌陰間地府的主事者之一，應是無庸置疑的。或許正因為廣祐王具備了判冥的此種神格，所以如下述〈泰寧獄囚〉一則引文中的冤死桶匠，因陽世之官府礙於證據不足而無法使凶嫌認罪伏法之際，其遺族特意前往座落於光澤縣境之廣祐王廟，透過對廣祐王之祈禱，希冀明神代為懲凶罰惡之心，便了然可

---

20 見《夷堅支甲》卷第五，頁 749-750。

解。其文曰：

> 陳茂英，福州長樂人，為泰寧知縣。前政在任日，有民鄧關五毆殺一桶匠，投尸於大江中。事覺，受捕而入獄，以尸不存之故，不肯承伏，遂經年未竟。陳視事三日，窮治此凶，并證佐株連者，分處鞫問。既得要領，方議具案牘。次日晡後，將退廳，聞獄中喊噪聲甚屬，即往視之。鄧囚已脫鎖械，但帶枷在頸，連聲苦苦，獄卒莫能制。陳知必有物憑附者，叱曰：「汝是何神道？我自有官法。」良久乃定，云：「各請方便。」陳又曰：「我自有官法，我先出去，汝是何神道，亦宜出去。」囚遂熟睡。陳戒獄卒嚴守護，候其醒則問之。迨夜半始甦，一身自背及脛，皆青黑色。扣所見，云：「初時一大人著紫衫者，隨從兵衛數十輩，用棒打我，我忍痛不得，叫噉跳出。又一紫衫官人來，喝云：『汝是何神道？我自有官法。』大人者回顧吏卒言：『也是也是，各請方便。』後來官人先出，於是盡退。」陳徐究所以，乃桶匠之家父母兄弟痛冤恨又不得伸，專詣光澤，致禱於廣祐王故也。鄧因是方伏辜。[21]

因為冤死桶匠之親族，對於無法將凶嫌繩之以法替亡親申冤而感到悲憤，於是特地前往光澤縣境內之廣祐王廟，向明神祈求主持公道，因此，廣祐王神遂對凶嫌施用笞刑，形成了判冥之神懲處活人的特殊景象。之後在泰寧知縣陳茂英的鎮定處理下，終於讓紛擾之局面恢復平定。在陳詳究原因後，才發現凶嫌所見之紫衫大人，乃是當地百姓所供奉的廣祐王神。顯見，桶匠遺族認為，既然陽世無法讓加害者接受

---

21 見《夷堅三志己》卷第五，頁1336。

應有之懲罰，那麼只能透過祈求廣祐王神之協助，對凶嫌進行陰誅一
途，方能懲凶，藉以安慰桶匠之冤魂。而廣祐王亦果真有求必應，最
終讓惡人伏法認罪，更加證明了廣祐王判冥的神格。除了上述二例
外，《夷堅志補》卷第十五〈陳煥廣祐王〉一則，亦記載了與廣祐王
有關之傳說。其文載道：

> 陳煥宣教，建陽人，秉心剛正，處事明敏，為鄉里推重。乾道
> 三年，待南城丞闕。十二月十九日，夢謁邵武乾山廣祐王廟，
> 王迎見之，謂曰：「香火久寂，符印當交與公。」陳辭曰：「煥
> 官期不遠，子幼累眾，不願就此職。」王曰：「冥數詎可
> 辭？」既寤，竊憂之，自知不久於世，不敢為人說。明年正月
> 二日，索酒獨酌三杯，始告家人以夢，談笑而逝。其日有二丐
> 者自邵武北樂村來，至其門，聞哭聲，問曰：「此非陳宣教居
> 乎？昨日在驛前方臥，見甲士數百輩，蹴我亟去，云：『吾迎
> 新廣祐王陳宣教，汝那敢在此！』驚起，不能曉，今乃知
> 之。」於是益驗其為神。後歲餘，陳之友王翁夢陳招飲，到一
> 所，荼蘼盛開，延待盡禮，且有旦晚相聚之語。及春時，偕鄉
> 人詣其廟，過東廊，恍憶前飲處，不樂而出。是夜聞外人誦詩
> 兩句云：「無可奈何，無可奈何。不如歸去，不如歸去。」纔
> 還家即死。[22]

陳煥的秉心剛正，處事明敏之為官態度，不僅為鄉里所推崇，甚至為
陰間鬼神所青睞，所以最終難逃被召喚之命運，令人無限感慨。本文
雖未提及廣祐王處理陰曹地府事務之情況，卻指出了陰間冥官須具備

---

22 見《夷堅志補》卷第十五，頁 1687-1688。

之品性與輪替等問題,關於此一點,將詳述於後。

細覽上述三則有關廣祐王之記載,可以發現一項重要之結果,亦即廣祐王信仰之區域性特點。第一則〈劉晝生〉一文,其事例發生之地點在建昌新城一帶,建昌新城在宋代屬於江南西路,而第二則〈泰寧獄囚〉一文之光澤縣,則屬宋代之福建路邵武府,第三則之〈陳煥廣祐王〉一文之地點則是在福建路的邵武乾山,而建昌與邵武之間,雖屬比鄰之兩路,但自宋代疆域地圖觀之,兩者距離是十分接近的相鄰地區,顯見廣祐王神,應是此一地區民眾所崇奉之神明,亦即其乃屬於地方性陰間主者之一的事實。因此,或許不如閻羅王信仰之普遍,但廣祐王神在宋代的江南西路與福建路一帶,卻可謂是當地百姓所崇奉的判冥神祇之一。

此外,如前所述,第三則之〈陳煥廣祐王〉一文,其故事之主旨明顯地聚焦於陳煥將成為邵武乾山廣祐王神之過程,文中雖未記載廣祐王判冥之事蹟,但卻指出了成為陰間冥宰所需具備之德性問題。陳煥「秉心剛正,處事明敏」之個性,正代表了包含宋人在內,歷來中國百姓對於地府主宰德性之要求,相信生前「秉心剛正」之陳煥,死後在地府亦同樣地能秉持此心明斷陰獄,而成為眾多含冤沉淪於陰曹地府之幽幽眾鬼獲得解脫的一盞明燈。事實上,不僅是廣祐王,對於其餘之地府主宰或官吏,宋人均對其寄予相同地正面德性的要求與企盼,是以具備何種品德之人在身故後能成為判冥之主者,就成為輪替之際的考量標準。

二 冥王之形塑與輪替

冥王與冥官須輪替之觀念,早在宋代以前即已在中國之傳統社會

中流傳甚久；因為陰曹地府之官僚體系與組織，往往是陽世現實社會之翻版，陽世官吏有輪調、升遷之問題，陰間主宰與官吏亦自不例外。所不同者，較之陽世以學問、才能等之優劣為選官任用之主要準則，陰間冥王、陰吏之任用，卻首重被任用者生前之德性問題。依據志怪、筆記小說等之記載顯示，雖然亡者生前之各項美德均可能成為地府擇才之際的考量標準，然而其中的「正直」一項，可謂是中國自五代以來，地府選才之際最為重視的品德之一。關於此一點，筆者已在它文中進行過較詳盡之探討，在此不贅述。[23]然為便於本小節後續之討論，在此仍須不厭其煩地將北宋龔明之（1090-1182或1186）所撰《中吳紀聞》卷第五中有關范仲淹死後為冥王之一則記載引述如下：

> 曾王父捐館，至五七日，曾王妣前一夕夢其還家，急令開篋笥，取新公裳而去。因問之曰：「何匆促如此？」答曰：「來日當見范文正公，衣冠不可不早正也。」又問：「范公何為尚在冥間？」曰：「公本天人也，見司生死之權。」既覺，因思釋氏書，謂人死五七，則見閻羅王。豈文正公聰明正直，故為此官邪！[24]

---

23 詳參拙著：〈地獄「十王信仰」研究──以宋代文言小說為探討中心〉，《應華學報》第八期（2010年12月），頁100-104一文以及拙稿：〈『夜窓鬼談』と中国の志怪小説─冥界説話を中心に─〉（『書物としての可能性─日本文学がカタチになるまで─』第34回国際日本文学研究会会議録，国文学研究資料館，2011年3月，頁59-63）一文。

24 見〔宋〕龔明之撰：《中吳紀聞》，收入《宋元筆記小說大觀》（上海市：上海古籍出版社，2007年3月），第3冊，頁2896-2897。關於范文正公正直之性格，在其餘宋人筆記中亦見記載。宋代王闢之所撰《澠水燕談錄》中即記載：「景祐中，范文正公知開封府，忠亮讜直，言無回避，左右不便，因言公『離間大臣，

文中最後所言「豈文公聰明正直，故為此官邪！」即說明了作者猜測因為范文正公之此種人格特質，遂在身故後得以成為閻羅王之可能。而范仲淹為陰間主宰之傳聞，在前引張師正《括異志》卷三〈刁左藏〉一文中亦見記載，其文曰：

> 刁左藏允升，嘗提舉大名府左廂馬監，在職歲餘卒。其家先寓於大名朝城縣。熙寧二年秋，刁捐館半歲，次子總忽見父坐於城門之側，行李從者無異平昔，惟從人悉衣白。方驚懼，其父以手招之，即詣前拜且哭。刁遽止之。總問曰：「大人今主何事？」刁曰：「吾嘗事范希文，渠今主陰府，俾我提舉行疫者。今欲往許州以南巡按，道出此，故暫來視汝。」[25]

不僅是范仲淹，如洪邁《夷堅三志辛》卷第九〈郭二還魂〉一文中，記載池州人郭二進入陰間之際，冥王對其所陳述之一段話語中，

自結朋黨。』仍落天章待制，黜知饒州。余靖安道上疏論救，以朋黨坐貶。尹洙師魯言：『靖與仲淹交淺，臣與仲淹義兼師友，當從坐。』貶監郢州稅。歐陽永叔貽書責司諫高若訥不能辯其非辜，若訥大怒，繳其書，降授夷陵縣令。」（見〔宋〕王闢之撰、呂友仁點校：《澠水燕談錄》〔北京市：中華書局，1981 年 3 月〕，頁 15。）可見，范仲淹之謙直，讓友人們即使甘犯被貶黜之命運，仍願替其仗義直言，令人感動。而宋人劉斧《青瑣高議》後集卷二亦載：「文正公知慶州日，有人以碑銘託公者。公為撰述，牽緣及一貴人陰事。一夕，夢貴人告曰：『某此事實有之，然未有人知者。今因公之文，遂暴露矣，願公改之。』公夢中謝曰：『隱公此事，則某人當受惡名。公實有此，我非誷人者，不可改也。』貴人即以語恐公曰：『公若不改，當奪公長子。』公曰：『死生，命也。』未幾，長子純祐果疾卒。又夢貴人曰：『公竟改否？若不改，當更奪公一子。』公又曰：『死生，命也。』俄而次子純仁亦病。此兩夢貴人甚有倨色。既而又夢，貴人乃以情告曰：『公長子數當盡，我豈能奪。今告公為我改之，公次子行安矣。』公卒不改，純仁數日遂安。後至丞相，公之剛直足可見也。」（參劉斧撰，李國強整理：《青瑣高議》，頁122。）同樣提及了范仲淹的剛直性格。

25 見〔宋〕張師正撰，白化文、許德楠點校：《括異志》，頁33。

亦提及了地府選才重正直等德性的此種觀念。

> 王曰：「汝應不復記我，我只是西門王十六郎。冥司錄我忠孝
> 正直，理平無謟曲，不好他人財物，不尊富人，不忽貧人，不
> 害生物，前三年身後，得作初江王一紀。」[26]

此外，又如宋人葉寘（生卒年不詳）所撰《愛日齋叢抄》佚文
〈閻羅王〉一則中亦記載：

> 予謂如包孝肅尹開封，京師為之語曰：「關節不到，有閻羅包
> 老。」孝壽尹開封，亦號李閻羅。特喻其剛嚴，即史云「咸稱
> 神明」之義。至于忠烈貫天地而不朽，使神果聰明正直之謂，
> 是事不可徵歟。近時乃以喻嬖倖，閻羅之名始褻。淳熙之董
> 璉、寶祐之宋臣是也。張彥文大經，位中執法，劾璉暴橫，至
> 自比閻羅，阜陵感悟，即日竄之遠方。宋臣亦嘗暫徙安吉云。[27]

從上引數則出自不同作者之宋人志怪、筆記有關地府冥王的記載
內容中，可以看出宋人對地府主宰，其「正直」德性的普遍希冀。而
《宋史》卷三百一十六〈包拯傳〉中亦記載：

26　詳參《夷堅三志辛》卷第九，頁 1456-1457。文中所謂之初江王，即前述地府十王
　　中的第二殿冥王。

27　詳參〔宋〕葉寘撰，孔凡禮點校：《愛日齋叢抄》（北京市：中華書局，2001 年 1
　　月），頁 137-138。《宋史》卷三百一十六中記載：「拯立朝剛毅，貴戚宦官為之
　　斂手，聞者皆憚之。人以包拯笑比黃河清，童稚婦女，亦知其名。呼曰『包待
　　制』。京師為之語曰：『關節不到，有閻羅包老。』舊制，凡訴訟不得徑造庭
　　下。拯開正門，使得至前陳曲直，吏不敢欺。中官勢族築園榭，侵惠民河，以故
　　河塞不通，適京師大水，拯乃悉毀去。或持地券自言有偽增步數者，皆審驗劾奏
　　之。」見楊家駱主編：《新校本并附編三種》第 13 冊，頁 10317。

拯性峭直，惡吏苛刻，務敦厚，雖甚嫉惡，而未嘗不推以忠恕
也。與人不苟合，不偽辭色悅人，平居無私書，故人、親黨皆
絕之。雖貴，衣服、器用、飲食如布衣時。嘗曰：「後世子孫
仕宦，有犯贓者，不得放歸本家，死不得葬大塋中。不從吾
志，非吾子若孫也。」[28]

對於包拯生前「峭直」之形象，上述《宋史》〈包拯傳〉之內容，無
疑地是最明顯的佐證。是故，以此觀之，其在死後得以成為地府主宰
之傳聞與記載，則不足為奇矣。

實際上，不僅是冥王，地府在其餘重要陰吏之選才上，亦常以生
前「正直」者為指標。如周密《齊東野語》卷七〈洪端明入冥〉一則
中，即記載了洪端明在地府所遇見之綠衣冥官，其在遣送端明回陽世
之際，對端明道：「某亦人間人，任知池州司戶，溺死。陰間錄其正
直，得職於此。」[29]之內容，即是如此。而《夷堅丙志》卷第十〈掠
剩大夫〉一文中，描述生前居官頗為「強直」，且為人重情重義之揚
州節度推官沈君，在其死後成為地府冥官「掠剩大夫」之內容[30]，亦
同樣地反映了此種對冥官德性的要求。

除了德性之強調外，陰間地府之主者與官吏還有「輪替」之問
題。《夷堅志》一書中，有二則故事提及冥王須輪替的觀念。其一為
《夷堅丙志》卷第一〈閻羅王〉一則，其文曰：

林衡，字平甫，平生仕宦，以剛猛疾惡自任。嘗知秀州，年過

---

28 詳參楊家駱主編：《新校本宋史并附編三種》第 13 冊，頁 10318。

29 詳參〔宋〕周密撰，張茂鵬點校：《齊東野語》（北京市：中華書局，1983 年 11
　　月），頁 126-129。

30 詳參《夷堅丙志》卷第十，頁 448。

八十，乃以薦被召，除直敷文閣。既而言者以爲不當得，罷歸。歸而病，病且革，見吏抱案牘來，紙尾大書閻羅王林，請衡花書名。衡覺，以語其家：「前此二十年，蓋嘗夢當爲此職，祕不敢言，今其不免矣。」家人憂之，少日遂卒。卒之夕，秀州精嚴寺僧十餘人，同夢出南門迎閻羅王。車中坐者，儼然林君也。衡居於秀之南門外，時乾道二年。[31]

林衡在其命終前二十年，即曾預夢未來將成為冥王之命運，果然在二十年後應驗此夢，讓人不禁感嘆夢境之不可思議。林衡其人，《宋史》未載，生平亦不詳。《夷堅志》載其「以剛猛疾惡自任」，可見其在為人任官上，剛直且嫉惡如仇之特質，因此，其死後被任命為閻王，似乎不難理解。然林衡身故後為閻羅之記載，未見它文記載，洪邁在文末提及此事乃方務德[32]所言，至於方氏自何處（是林衡家屬或

---

31 見《夷堅丙志》卷第一，頁370。

32 方務德即方滋，在《宋史》中無傳，但卻有零星之記載。洪邁《容齋隨筆》中即載：「賢者以單詞片語為人釋謗解患，卓卓可書者，予得兩事焉：秦氏當國時，先忠宣公、鄭亨仲資政，胡明仲侍郎、朱新仲舍人，皆在謫籍，分置廣東。方務德為經略帥，待之盡禮。秦對一客言曰：『方滋在廣部，凡得罪於朝廷者，必加意護結。得非欲為異日地乎？』客曰：『非公相有言，不敢輒言。方滋之為人，天性長者，凡於人，唯以周旋為志，非獨於遷客為然也。』秦悟曰：『方務德卻是個周旋的人。』其疑遂釋。當時使一憸王者承其問，微肆一語，方必得罪，而諸公不得安迹矣。言之者可謂大君子，當求之古人中。」（詳參〔宋〕洪邁著：《容齋隨筆》〔臺北市：漢欣文化事業公司，1994年3月〕，頁56-57。）此外，南宋周煇《清波雜志》中，亦有二則記載方務德為侍郎之際的事情。二則記事，均對其為人給予讚美。其一曰：「方務德侍郎，受知於張全真參政。後每經毗陵，必至報恩院張之祠堂祭奠，修門生之敬，祝文具在。洪慶善嘗入梁企道閣學幕府，後守番陽，企道夫人尚在，歲時亦以大狀稱『門生』以展賀。士夫併為美談。」（詳參周煇撰，劉永翔、許丹整理：《清波雜志》，收入《全宋筆記》第五編〔鄭州市：大象出版社，2012年1月〕，第9冊，頁59。）其二曰：「方務德侍郎帥紹興，赴召，士人姚某以書投誠，其略曰：『某流落江湖二十年，兄弟異立，未能成家。重以場屋蹉跌，遂失身於倡館馬慧。歲月滋久，根深蒂結，生育

精嚴寺僧？）聽聞此事，乃不得而知矣。

　　另一則提及冥王輪替者為：《夷堅丙志》卷第七〈周莊仲〉一文，其內容記載：

> 周莊仲，建炎二年登科。夢至殿廷下，一人持文字令書押，視其文，若世間願狀，云：「當作閻羅王。」辭以母老，初入仕，不肯從。使者強之，再三令押字，不得已從之，覺而殊不樂。明日，遂改花書。至夜，夢昨夕人復來云：「汝已書押，豈可更改？但事猶在二十年後。」紹興十七年，為司農寺主簿，又夢人持黃牒來，請受閻王敕：「更二年當復來。」愈惡之，秘不語人。逮十九年七月，恰及二年，方為戶部郎官，自謂必無事，始為家人話前夢。其夜，夢門神土地之屬來拜辭，若有金鼓騎從相送迎者。翌日，在部中欲飯，覺頭昏不清，急歸，不及治藥而卒。[33]

周莊仲其人，亦未見載於《宋史》，生平亦同樣地難究其詳。本文與上述林衡一文，其共同之特點為：在死前二十年即已預知死後將登閻羅王之位一事。陰間地府在閻羅王之選任上，顯現出未雨綢繆之做法，並預先通知選定者，可見其慎重之一面。而前述宋人方勺《泊宅

男女，於義有不可負者。兼渠子然一身，無所依倚，處性不能自立。萬一有叛此盟，終身廢棄，存亡或未可保。不於侍郎還朝之日得遂脫身從良，他日必困此門戶中，不唯無以釋兒女之恨，而某亦從此銷縮。區區欲望矜憐，使魚鳶之屬，川泳雲飛，侍郎之德大矣。敢不下拜！』方書其後云：『姚某解元，文詞英麗，早以俊稱。杯酒流連，遂致於忘反。露由衷之懇，不愧多言；遂成家之名，何愛一妓！韓公之於昱戎，既徇所求；奇章之望牧之，更宜自愛！』能從其請，可見寬後之德，且引事切當。」（同前書，頁90-91。）

33 見《夷堅丙志》卷第七，頁424-425。

篇》卷中則記載了蔡襄將於死後為閻王之事。

> 朝奉郎李邁知興化軍，時蔡君謨襄自福帥尋罷歸鄉，病革，以
> 後事屬李守。守夜夢神人紫綬金章，從數百鬼物升廳，與守
> 云：「迓代者。」守問：「何神？代者復何人？」神曰：「予閻
> 羅王，蔡襄當代我。」明日，蔡公薨。李作挽詞有「不向人閒
> 為冢宰，卻歸地下作閻王」之句，蓋實錄也。[34]

《宋史》中記載蔡襄「精吏事，談笑剖決，破姦發隱，吏不能欺。」[35]
顯見其在判案裁奪之能力上，十分果決具效率。不僅如此，前引南宋
曾敏行《獨醒雜志》卷第一中曾記載其孝順之個性，其文曰：「蔡端
明事母至孝。嘗步行，遇一嫗，貌甚龍鍾，問其年，曰：『百單二
矣。』端明再拜曰：『願吾母之壽如嫗。』後果符其言。」[36]可見，
蔡襄不僅在判案處事上十分精敏果決，實際上亦是一位孝子，因此，
無論是從其為人處事上或是從百姓對冥王判案果決之企盼心理上而
言，蔡襄絕對具備了在死後能被選為閻王之資格。此外，前引張師
正《括異志》卷四〈王待制〉一文中則記載了寇準身故後為冥王的
內容。

> 天章閣待制平晉王公質之謫守海陵也，郡之監兵治宇之西偏有
> 射堂，堂之前藝蔬為圃。一日晨興，治圃卒起灌畦，見一老嫗
> 立射堂中，氣貌甚暇。卒驚詢之。嫗曰：「我乃監兵之母也，

---

34 見〔宋〕方勺撰，許沛藻、楊立揚點校：《泊宅篇》，頁 90。
35 詳見楊家駱主編：〈蔡襄傳〉，卷三百二十，《新校本宋史并附編三種》第 13
　　冊，頁 10400。
36 見〔宋〕曾敏行撰，朱杰人校點：《獨醒雜志》，頁 3203。

汝亟白我在此。」卒曰：「監軍不聞有母，嫗何妄也！」嫗
曰：「第告，無多詰。」卒入白，監軍遽出視之，姿狀音息真
母也，而言語哀惻。監軍號慟，家人已下皆往拜侍。母急曰：
「以幕冪射堂之軒，使不外矚。」既而詢其所從來，母曰：
「冥中有一事，應未受生，與見伏牢者皆給假五日，我獨汝
念，是以來耳。」監軍遽謁告，且白平晉公。平晉公朝服往
拜，而以常所疑鬼神事質之，皆不對，曰：「幽冥事泄，其罰
甚重，無以應公命。」平晉又問：「世傳有閻羅王者，果有
否？復誰尸之？」曰：「固有，然為之者亦近世之大臣也。」
請其名氏，則曰：「不敢宣於口。」公乃遍索家藏自建隆以來
宰輔畫像以示之，其間獨指寇萊公曰：「斯人是也。」復問冥
間所尚與所惡事，答曰：「人有不戕害物性者，冥間崇之；而
陰謀殺人，其責最重。」如是留五日，遂去。或云，平晉由此
不復肉食。平晉嘗為之記。[37]

　　而寇萊公之正直個性，同樣地在《青瑣高議》補遺中可見記載。
其文曰：

寇相準，年十九。蘇易簡狀元下及第，知巴東縣。縣舊有一
廟，不知其名。舊令尹嘗夢其神泣告之曰：「宰相將來，吾不
敢居此。雖強留，必不容也。」令曰：「宰相何人？」神曰：
「他日當自知，不敢預告。」及寐，與同僚言之。不數日，邸
吏賚狀來，乃寇為之代。果以廟無名，圖牒所不載而毀之。

---

37 見〔宋〕張師正撰，白化文、許德楠點校：《括異志》，頁 41-42。關於寇萊公死
　　後為閻羅王之記載，宋人劉斧《翰府名談》中亦曾提及，詳見李劍國輯校：《宋
　　代傳奇集》〈舊桃〉（北京市：中華書局，2001 年 11 月，頁 277-278）一則。

噫！廟之毀去，神固知之，而寇之為相，已兆于此矣！神謂留必不容，蓋亦知寇公之正直也。[38]

從上述二例宋人筆記中均提及了寇準死後為冥王之情況來看，顯然寇準為冥王之傳說，在當時應已廣為流傳矣。此外，宋人李昌齡《樂善錄》卷十記載：

> 侍郎李南壽，乾道己丑，知簡州。越明年，二月望，方坐廳，忽郡人聚觀如堵，皆謂瑞氣浮空，彩霧罩空，公亦明見。堦下有數十輩吏兵，儀仗甚盛，因語眾官曰：「某奉上帝勅，暫到冥司決一獄，須兩日方還。」言訖，伏案而睡，官吏驚怔，相守至次日乃甦，自言：「初到冥司，見閻羅王，乃馮楫吏部也。」[39]

關於馮楫（1075-1153）之生平，雖《宋史》無傳[40]，但在宋代其餘文獻或文人文集中可發現零星之記載；《五燈會元》中即描述了身為佛教居士之馮楫，其與佛眼遠禪師、大慧禪師之間的交遊情況；而其最終竟能預知死期，並「請漕使攝邛事，著僧衣履，踞高座，囑諸官吏及道俗，各宜向道，扶持教門，建立法幢。遂拈拄杖按膝，蛻然而化。」而當此之時，漕使向其請求曰：「安撫去住如此自由，何不留

---

38 見〔宋〕劉斧撰，李國強整理：《青瑣高議》，頁 262-263。

39 詳參〔宋〕李昌齡撰《樂善錄》，收入張元濟輯：《續古逸叢書》（南京市：江蘇古籍出版社，2001 年 9 月），頁 734。

40 《宋史》卷三十〈高宗本紀〉載：「十五年春正月丁未朔，御大慶殿，初行大朝會禮。戊申，瀘南安撫使馮楫獻嘉禾。」提及了在紹興十五年春季，馮楫獻上嘉禾一事。與馮楫有關之記載，《宋史》僅此一條。（見楊家駱主編：《新校本宋史并附編三種》第 2 冊，頁 562。）

一頌以表罕聞?」未料,往生之馮楫竟張目、索筆書曰:「初三十一,中九下七,老人言盡,龜哥眼赤。」之後,遂與世長辭矣。[41]其最後之事蹟,實不可思議。然而,其熱心佛教,又預知死期之此種不凡形象,最終被傳為死主地府,顯然是可以理解的。

此外,元代無名氏《湖海新聞夷堅續志》後集卷二「神明門」之〈華岳為閻王〉一文則是有關於宋人華岳死後為閻王之記載[42],《宋史》卷四百五十五〈華岳傳〉載:「華岳字子西,為武學生,輕財好俠。」最後因為「謀去丞相史彌遠」而被「杖死東市」[43],因為華岳勇於直言且輕財好俠之個性,或許是其死後被塑造為閻王之重要原因。

雖然以當代名人為閻王之記載,並非起於宋代,值得注意的是,按志怪、筆記小說等之記載來看,中國歷代士人在其身故後主宰地府、成為閻羅王之賢者,以宋代為最多。如上所述,除了《夷堅志》所提及之林衡、周莊仲外,還包含了其餘宋、元人筆記中所記載之韓琦、范仲淹、蔡襄、寇準、包孝肅以及馮楫、華岳等。[44]甚至於關於韓琦身故後為閻羅之傳聞,至明、清之際,仍為大眾所津津樂道。由明入清之文人談遷(1594-1657),在其所撰《棗林雜俎》〈蔣國華〉一則中即記載:

---

41 詳見〔宋〕釋普濟撰:《五燈會元》(臺北市:廣文書局,1971 年 6 月),頁 1972-1974。

42 詳見〔元〕無名氏撰,金心點校:《湖海新聞夷堅續志》(北京市:中華書局,1986 年 5 月),頁 211。

43 詳見楊家駱主編:《新校本宋史并附編三種》第 17 冊,頁 13375-13378。

44 關於其中幾位為閻羅王之傳聞,在明人謝肇淛《五雜組》中,仍見記載。其文曰:「人有死而為閻羅王者,如韓擒虎、蔡襄、范仲淹、韓琦等,皆屢見傳記。」詳參〔明〕謝肇淛:《五雜組》卷十五,收入《明代筆記小說大觀》第 2 冊,頁 1824。

江陰蔣國華，花塘里人，性質樸。先是，天啟丙寅年二十六，夢青衣童子引謁城隍神及岳相東平王，隨詣東嶽廟，地皆青碧。至今庚寅三月十八日，經蔣家橋，見大父呼之赴冥司攝事，急歸浴而臥。土神促程，鬼卒掖上馬，馬躍而醒。亡何仍往，經大城坊，曰幽冥橋。渡橋入東門，曰善慶關福德門。至東嶽都相東平王府，曰都察司，入揖。至岳廟，即丙寅所見者。殿左右七十二司，造冊所曰監錄司。冊有六：曰善惡，曰生死，曰殺傷，曰無端，曰荒蕪，曰瘟疫，冊各四帙。每司造冊吏十二人，總管十二人。因朝帝，令覆冊，分詣各司，國華領左廂第十三憲察司，天下郡縣城隍神俱金襆頭候門，冥官仍進賢冠青錦袍。冊書「順治七年」。國華派冊訖，因謁閻羅天子，命判官檢國華壽，尚二十一年。閻羅則宋韓魏公琦也。辭出，童子送之登舟，及岸而醒。[45]

文中敘述韓琦至清世祖順治庚寅（1650）年，蔣國華入冥攝事之際，仍在地府為閻羅王，的確令人頗為訝異。按陰曹地府冥王須輪替之規則來看，韓琦在地府以閻羅身份攝事之時間未免過久；雖然，冥王之位須由正直有德之人主之，是傳統社會之百姓對地府主宰所賦予之期許，然而，讓一代已故賢臣久處地府而不得超生之做法，似乎有違道理。但此種故事內容之出現，亦可視為是直至清代為止，韓琦在後代人民心中仍受到景仰以及無可取代之事實。

45　參〔清〕談遷撰，羅仲輝、胡明校點校：《棗林雜俎》，收入《元明史料筆記叢刊》（北京市：中華書局，2006 年 4 月），頁 520-521。談遷所處時代，由明入清，前四十年左右生處明代，後二十年左右隸於清代，因此，此處才會出現中華書局將其著作《棗林雜俎》收入《元明史料筆記叢刊》中，卻在作者處將其歸類為清代作者之頗不一致之混亂情況。

三　地府之官衙組織

在《夷堅志》所記載之地府官衙組織中，不同於前代，最明顯之特色，即為「某某司」之多見。官署以「司」為名，在宋代十分普遍；宋人志怪、筆記小說中對於陰曹地府單位常以「某某司」稱之的寫法，即是將現世社會之官署體制直接複製至陰間地府的最佳證明。所不同者，在於地府所設之「司」，其名稱及負責掌管之要務，與陽世官署則有天壤之別。如《夷堅支戊》卷第一〈張漢英〉一文記載：

> 張漢英者，本長安人，遭亂南徙，家于福州。貧困無所依，寓宿于萬歲寺僧堂之後，仰僧飯以自給。紹熙四年六月，夢為黃衣卒所逮，付之一繩，便援以行。四顧皆昏黑，莫知所向。俄而繩斷，寸步不能進，佇立以泣。黃衣忽從小巷舉手招之，隨以行。到一官府，門楣極低，榜曰「日考纖毫過惡之司」。主者衣白，據案決事，左右侍者皆女子，亦衣白。主者大聲叱曰：「汝在陽間作何過惡？」對曰：「平生常念濟物，恨力不能逮心，初未嘗有害人之意。」主者曰：「汝功名休要覬幸。但欺心事，此間隨所為必書，不可不知也。」張不敢答，驚悚而寤，亦不為人談後來所睹。明年三月，抱疾死。人疑其或有隱慝云。[46]

按上文所載，地府之「日考纖毫過惡之司」，主要是記錄生者在平日之為人處事上有無「欺心之事」，若有違背良心者，則此司必書，無法僥倖，其儼然是生者一言一行之記錄與監督單位，詳實地記錄著世

---

[46] 見《夷堅支戊》卷第一，頁 1056-1057。

人之所做所為，以此作為眾人壽命長短之依據。有趣的是，地府有專門考核生者為惡犯錯之「司」，亦有專門考核生者陰德的「陰德司」，在減分與加分之間，微妙地操控著陽世百姓對道德良心上的「賞善罰惡」制度的借鑑與認同。如《夷堅志補》卷第三〈袁仲誠〉一文則記載：

> 袁仲誠，紹興十五年赴省試罷，還丹陽，夜夢人叩戶，袁叱之曰：「汝何人？安得夜半敲我門！」答曰：「來報省榜耳！」猶未信，自隙中窺之，乃一黃衣人持文書而立，欣然啟門，取其書展讀，見己姓名在第二，自餘間三四名，或五六名，輒缺其一，復詰之曰：「汝所報若此，非全榜也！」曰：「不然，君知士人中第，非細事否，要須有陰德，然後得之。大抵祖先所積為上，己有德次之，此所缺姓名，蓋往東嶽會陰德司未圓故爾。」既覺，歷歷記其語，甚異之。後奏名，果居亞列。[47]

不管是祖上積德，亦或是自身有德，有此種陰德，方能在科舉考試中中第，比起實際之學問、才能，有無陰德方為士子中舉之重要關鍵，顯然是陰間地府最擅於勸說陽世舉子們「要積陰德」的陰間「功名制度」之一套標準，而這一些標準，往往透過如上述的夢境等傳達給考生，陰間考核單位之實有，最終藉由夢境應驗者廣為傳佈，那麼，效果則超乎想像矣。

　　如上述，宋人觀念中的地府，其各「司」官署不僅有別於陽世，並且在閻王、冥吏之選擇與亡者死後之判決上，大都以道德、品性等為主要之判斷標準以及管轄範圍外，更有充分展現報應觀念的「速報

---

47 見《夷堅志補》卷第三，頁1566。

司」之設置，以另一種方式快速地彌補現世官衙所可能造成的判決失準及錯誤。例如，前引張師正《括異志》卷四〈楊郎中〉一文即記載：

> 郎中楊公異，性好潔靜過甚，不近人情。寓居荊南，對門民家有子，數歲，膚髮悉白，俗謂「社公兒」。異惡焉，屢呼其父，與五緡，令殺之。民得鏹，潛徙去。楊止一子，俄病癩，肌潰而卒。近時有人死而復生，云：「陰府新立速報司。」若楊氏之報，信哉！[48]

上述引文中之楊公，只因對門鄰家之子，因先天疾病之故所導致的膚髮盡白而厭惡之，竟狠心地欲出錢令其父弒殺己兒，而最終卻如遭天譴一般，反倒是自身之獨子，在不久後病癩身亡，難逃地府「速報司」之懲罰。雖然，從報應之觀點來看，因為抱持害死他人之子的念頭，最後自身反倒失去骨肉而得到報應，似乎頗為合理。然而，楊公之子，又何其無辜，只因父親所起之惡念而必須痛苦死去，的確令人無法苟同；顯見，中國人觀念中的「報應」，較之佛教的「自業自得」，其範圍在許多時候更為廣泛，顯示出所謂的「報應」，有時不僅是個人的「業」，更是家族親人間的「共業」，正所謂「積善之家必有餘慶，積不善之家必有餘殃」[49]，積善方能造福後人，而積惡則可能

---

48 參〔宋〕張師正撰，白化文、許德楠點校：《括異志》，頁 49。

49 《夷堅三志壬》卷第一〈馮氏陰禍〉一文亦反映了此種報應觀。文中主要記載馮四一家，最終家破人亡之經過，而馮四一次在黃翁的卜肆中，才得知自家之破敗，乃肇因於已壽終正寢之亡父，當年殺人縱火後所遭致的報應，於是馮四自此戚戚無生意。此文最後記載：「論者謂凶德本於馮父，既獲善終，而其殃涉乃延諸孫，冥報亦為迂徐委曲，而訖無善脫者。積不善之家，必有餘殃，信矣！」（頁1471-1472。）而清代紀昀《閱微草堂筆記》卷一亦載：「西皮瘍醫某，藝頗精，

禍延子孫。但無論如何，上文所載地府「速報司」之成立與辦事效率，在某種程度上似乎可以讓部分人得到些許慰藉。或許是基於對陰間「速報司」存在的一種堅信，因此在宋人小說中遂出現：與其透過陽世官府之調查辦理，不如在地府直接進行申訴，效果可以既快速又省事的記載。例如，《夷堅乙志》卷第十九〈賈成之〉一文即記載了被上司趙持夥同教授鄧某、官奴阮玉等同謀下藥毒害之賈成之通判，在體悟自身已慘遭對方之毒手後，遂命駕急歸，企圖交代後事之情節。於是：

> 及家，已冥冥。妻子環坐哭，賈開目曰：「勿哭，我落人先手，輸了性命。不用經有司，吾當下訴陰府，遠則五日，近以三日為期，先取趙持，次取鄧某，然後及儼、玉輩。」經夕而死，臨入棺，頭面皆坼裂。郡人見通判騎從如常日儀，趨詣府，閽者入白，持涔然如斗水沃體。明日，出視事，未至廳屏，有撒沙自上而下，每著身處，皆成火燃，典客立于傍，一沙濺之，亦遭灼，良久乃止。又明日，坐堂上，小孫八九歲，方戲劇，驚曰：「賈通判掣翁翁頭巾颺空去。」持摸其首，則巾乃在地上，遂得病。時時拊膺曰：「節級緩縛我，待教授來，我即去。」越三日死，時乾道元年七月也。[50]

文中之賈成之，或許因為認為在現實之陽世社會，告官控訴未必具有

然好陰用毒藥，勒索重貲，不饜所欲則必死。蓋其術詭秘，他醫不能解也。一日，其子雷震死，今其人尚在，亦無敢延之者矣；或謂某殺人至多，天何不殛其身而殛其子，有佚罰焉？夫罪不至極，刑不及孥，惡不至極，殃不及世，殃其子，所以明禍延後嗣也。」（見紀曉嵐：《閱微草堂筆記》，頁12。）

50 詳見《夷堅乙志》卷第十九，頁344-345。

勝算,且恐曠日廢時,徒增鬱憤,遂在臨終之際交代其妻毋須告官,待自身前往陰間地府後,再親訟於陰府。而賈氏斬釘截鐵地謂:「遠則五日,近以三日為期,先取趙持,次取鄧某,然後及儼、玉輩。」的此種自信,或許正來自於賈氏對於世間所流傳的陰間地府設有「速報司」的堅信,深信三、五日內,冤屈必得以昭雪。果然,加害賈氏之眾人,均在短短的數日之內,相繼獲報身亡,證明了陰間地府之辦事效率。宋代地府「速報司」之存在與機能,比起中國人常掛在嘴上之「善惡到頭終有報,不是不報,是時候未到。」的勸世良言,此種毋須承受較長時間之冤忿苦痛的「速報」,更能讓被害者及其家人得到不小之安慰,亦頗有大快人心的感覺。

而地府所謂之「速報司」,在金朝元好問所撰寫之《續夷堅志》中亦見記載。《續夷堅志》卷一〈包女得嫁〉一則載:

> 世俗傳包希文以正直主東嶽速報司,山野小民無不知者。庚子秋,太安界南征兵掠一婦還,云是希文孫女,頗有姿色。倡家欲高價買之,婦守死不行。主家利其財,捶楚備至,婦遂病。鄰里嗟惜而不能救。里中一女巫,私謂人云:「我能脫此婦,令適良人。」即詣主家,閉目吁氣,屈伸良久,作神降之態。少之,瞑目咄咤,呼主人者出,大罵之。主人具香火俛伏請罪,問何所觸尊神。巫又大罵云:「我速報司也,汝何敢以我孫女為倡?限汝十日,不嫁之良家,吾滅汝門矣。」主家百拜謝,不數日嫁之。[51]

元好問不僅直言陰曹地府所在之東嶽有速報司之存在,亦記載了生前

---

51 見〔金〕元好問撰,常振國點校:《續夷堅志》,頁 2-3。

正直不阿之包拯，在死後職掌此司之傳聞。而元氏以「世俗傳」、「山野小民無不知也」等句，表明了此種傳說在當時的普遍情況。文中之女巫是否真的讓神降身，以及是否真讓包公降神其身，並不重要，重要的是透過降神之方式，讓原本欲將包公之孫女賣入青樓之主人，最終因害怕包公之陰誅，於是在短短幾日內將其孫女嫁予良民之結果。此種結果反映了某種事實，亦即若非包公職掌地府「速報司」之觀念深植當地百姓之心中，那麼對於巫女之言，主人或許就不會如此地相信矣。

　　從上述「日考纖毫過惡之司」、「陰德司」至此處所謂之「速報司」，可以看出宋人小說中地府巧立名目而進行新設之官署，往往是以道德良心為主要考量的價值取向，而此點與下一節將進行探討之宋代陰間冥法之判決準則，實不謀而合。

第二節　冥法判決之準則

　　法律是一種社會的規範，社會秩序必須靠法律才得以穩固的維持，而國家方能安定的發展與成長。然而，陽世間的法律，有其論斷之標準，對於某一些與人心、道德相關的衝突與爭執，則不在其管轄範圍之內矣。梁漱溟所謂之：「法律不責人以道德，以道德責人，乃屬法律以外之事。」[52]正可以說明陽世法律的判斷標準。而陽世法律所不管轄的「法律以外之事」的「道德」判斷，往往在陰間的法律審判中成了重要的價值判斷標準。一般而言，「冥法」的審判範圍涉及各個層面，而每一朝代的判斷標準，就顯示出彼一朝代的社會價值觀；又因為是「冥法」，所以也顯示了彼一朝代的死後世界觀的某一

---

52 見梁漱溟：《中國文化要義》（上海市：人民出版社，2005 年 5 月），頁 107。

側面。因此，在本節中筆者擬就《夷堅志》入冥故事中所記載之冥法審判之內容與準則的整理與分析，藉以梳理出地府審判的價值取向。

首先，必須先加以說明的是，「冥法」的審判不僅包含了對為惡者的懲罰，同時也包含了對生前為善者的獎勵。不管自古以來對於冥府、地獄之存在與否，曾有許多的論爭，然而中國人仍舊對其深信不疑，是以歷代的各種文獻中，常見對地府之描述及記載，之所以如此，乃是因為冥府、地獄之信仰有其存在的必要性，它可以促使為惡之人感到某種程度的恐懼，而讓生前遭受委屈之人得到解脫與安慰。以宗教的層面來說，其存在具有勸善懲惡的意義，以庶民的思維來說，它是一種公平的追求，一種死後的救贖，更是一種來世的寄托。而「冥法」的存在，正是冥府、地獄信仰觀念的核心。

《夷堅志》之入冥故事，以冥法所列之懲罰部份而言，其所展現的判決內容，可以簡單地歸納成下列幾類，雖然若干項目從不同的角度來看或許有所重疊，然而，以下之分項是筆者爬梳內容後認定較為適合的分類法。（為避免煩瑣起見，下列所舉各例，僅載出篇名。）

一　與宗教戒律有關者

「殺生」：〈蔡衡食鱠〉、〈司命真君〉、〈蔣堅食牛〉、〈李朝散〉、
　　　　　〈太陽步王氏婦〉、〈穆次裴鬥雞〉、〈郭二還魂〉、〈趙
　　　　　善弍夢警〉、〈檀源唐屠〉

「犯戒」：〈陳體謙〉、〈徐希孟道士〉、〈細類輕故獄〉

「謗佛法」：〈沃焦山寺〉、〈閩僧宗達〉

「妄談般若」：〈沃焦山寺〉

「逋誆佛事」：〈毛烈陰獄〉

「詭作青詞」：〈蔡侍郎〉
「僧負經債」：〈犁泥獄〉

二　與社會規範有關者

「殺人」：〈張文規〉、〈高俊入冥〉、〈雲溪王氏婦〉、〈趙興宿
　　　　冤〉、〈王大夫莊僕〉
「殺降者」：〈毛烈陰獄〉、〈蔡侍郎〉
「浪費」：〈高俊入冥〉、〈衛師回〉
「多舌」：〈高俊入冥〉
「妄取非屬於己之物」：〈阿徐入冥〉、〈閩僧宗達〉
「偷竊」：〈東庭道士〉、〈寶積行者〉
「忌妒」：〈曹氏入冥〉、〈張次山妻〉、〈彭六還魂〉
「受賄賂」：〈毛烈陰獄〉
「欺詐」：〈司命真君〉
「匿留他人錢財」：〈王牙儈〉、〈阿徐入冥〉
「賴帳」：〈阮秀才酒錢〉
「不當地拆他人房舍」：〈隆報寺〉
「事魔不祀祖先」：〈蒙僧首〉

三　與倫理道德有關者

「不孝」：〈毛烈陰獄〉、〈司命真君〉、〈黃法師醮〉、〈張二子〉、
　　　　〈太陽步王氏婦〉
「姦他人之妻或室女」：〈吳公路〉

「貪淫、淫欲」：〈張文規〉、〈聶從志〉[53]

「讒譖忠良」：〈張文規〉

「毀敗善類」：〈張文規〉

「嗜酒無賴、使酒任情」：〈張二子〉、〈張次山妻〉

「欺孤凌寡」：〈彭六還魂〉

「壞人胞胎」：〈何侍郎〉

四　與為官不正有關者

「嚴刑酷法」：〈張文規〉、〈黃法師醮〉

「作監官不廉」：〈黃法師醮〉

「蠹國害民」：〈碓夢〉

「聽決不直」：〈毛烈陰獄〉

---

[53] 關於醫工聶從志堅拒華亭主簿妻一事，早在劉斧《青瑣高議》補遺〈從政延壽〉一則中即見記載，其文曰：「治平之初，渝州巴縣主簿黃靖國權懷化軍使。有戍卒罜本轄將官，黃語軍校曰：『罜本轄官，罪當死。若械禁推鞫，煩絫多矣，宜自處之。』故軍中以次箠擊至死。熙寧五年，黃官儀州。沿臺檄出，抵良原，病疫而死，凡二十二日乃甦。因謂所親曰：『始見二黃衣來追，出西門十數里，見宮城儀衛甚盛，乃入見王。黃再拜，王曰：『何敢枉殺人。』俄引一人至，屬聲曰：『可速還我命。』黃視之，乃懷化戍卒也。黃乃陳本末，王曰：『若是，豈枉殺耶。』卒默然而退。俄有一吏引黃出門，見門戶鱗次，各有防衛。黃問之，吏指一門曰：『此唐武后獄也。』又指一門曰：『此唐酷吏獄也。』又指一門曰：『此唐姦臣獄也。』黃曰：『何此輩錮之之久耶？』吏曰：『此輩死受無窮之苦，歷劫無有出期。』既而復見王。王曰：『卿官儀州，醫工聶從政，識之乎？』曰：『識。』王曰：『有一事可以警于世。』徐驅一婦人，年二十餘，卒以利刃割其腹，刮其腸，流血滿地，叫號之聲所不忍聞。王曰：『此華亭主簿王某妻李氏也。思與聶亂，聶不肯從，故受此苦。聶延壽一紀。陰司最以此為重也。陽間網踈而多漏，陰司法密而難逃。避罪圖福，君其勉焉。』乃遣還家。』乃詢聶從政，事蓋十五年矣，無人知者。幽冥之報，可不懼乎！」（劉斧撰，李國強整理：《青瑣高議》，頁265-266）

「誤斷案」：〈錢端反魂〉
「吏舞文」：〈細類輕故獄〉

五　與心性要求有關者

「性太刻」：〈許潁貴人〉
「性急傷物」：〈彭六還魂〉
「設心不廣」：〈建昌賑濟碑〉

　　從以上大致的分類中可以看出判決之準則，除了宗教層面之判斷外，有絕大多數之內容牽涉到倫理道德以及社會規範，顯現了洪邁《夷堅志》一書在冥法判決上所顯示的價值取向。而其中，主要特別強調的是「孝順」的觀念。例如在〈司命真君〉一文中，指出了地府斷罪之輕重以「不孝為大、欺詐次之、殺生又次之。」[54]為準則；又如在〈太陽步王氏婦〉一文中，王氏婦已故之母所提及的：「不孝最重，殺生罪次之。」[55]的判決標準，可見，冥法對人倫關係的強調。劉敬貞云：「由不敬神明與不孝父母二者決罰的輕重程度相比較，我們可以更清楚地看出，社會規範與傳統道德在宋人心目中的重要性實在遠超過宗教的戒律。」[56]沈宗憲亦謂：「宗教教義被倫理規範取代，而其行為規範『法條化』固然有彌補世間法律不足的深意，可是一旦地獄審判意義向人間，現世意味漸趨濃厚，造成俗世地獄觀的宗教性逐漸淡化。原本宗教擬以地獄警惕世人，回歸宗教信仰的目的，

54　詳見《夷堅乙志》卷第五，頁 220-222。
55　詳見《夷堅支戊》卷第四，頁 1082。
56　見劉靜貞：〈宋人的冥報觀──洪邁「夷堅志」試探〉，《食貨》月刊復刊第九卷第十一期（1980 年 2 月），頁 38。

率多變為『勸人為善』的社會教化功能。」[57]而宋人作品以小說而宣揚倫理道德，正是宋代小說區別於前代小說的重要特徵[58]，因此，洪邁的《夷堅志》當然也在時代氛圍的浸染下，展現了其載道的特色。

另外，在《夷堅志》所記載之冥法判決的準則中，對於「放生」、「陰德」、「活人命」、「全人之屍」、「善念、善心」、「處案正直」、「見好色而不動心」、「持經」、「持齋」、「孝」、「替人報不平」、「祖上積德」、「不貪不妒」、「剛正好義」等作為，通常給予正面的肯定，並往往以壽命的延長作為嘉獎，而這些值得讚許的內容與前述的懲罰標準正好是相對的，是一體之兩面。而作者對其中之「善念、善心」、「處案正直」、「持經」、「持齋」、「剛正好義」又顯得特別重視。在此，筆者想附帶一提的是，關於「持經」、「持齋」方面；這是與宗教信仰十分密切結合的部份，吾人可以從中了解到隨著時代的演進，經典信仰的轉變以及齋醮文化的發展情況，因其與死後世界之信仰觀念亦有頗深之關係，故在此稍加說明。誠如劉亞丁所言：「因誦經而被冥王放還人間，並且添壽，這反映了佛教本土化過程中對中土人士心理的迎合。」[59]或許這的確是某部份中國人願意信仰佛教的單純動機之一，因此從六朝以來的志怪小說中，此類型與念誦經典有關的復活故事不少。而在唐人志怪小說的入冥故事中，亡者藉由生前持誦宗教經典而得以獲得免罪或救贖，甚至於延長壽命的例子，除了少數以外，大部分皆與持誦《金剛經》的功德有關。[60]而《夷堅志》的入冥

---

57 見沈宗憲：〈宋代地下死後世界的傳說〉，《史原》第十八期（1991 年 6 月），頁 40。

58 見趙章超：《宋代文言小說研究》（重慶市：重慶出版社，2004 年 12 月），頁 15。

59 見劉亞丁：《佛教靈驗記研究──以晉唐為中心》（成都市：巴蜀書社，2006 年 7 月），頁 100。

60 見拙著：〈唐代小說與《今昔物語集》之遊歷冥界故事〉，收入林慶彰主編：

故事中，則出現了《法華經》、《高王經》、《觀世音經》、《金剛經》、《梁武懺》、《月上女經》、《不增不減經》、《高王觀世音經》、《觀音普門品經》等經典，雖然《金剛經》的功德仍舊在宋代的死後世界中發揮不輕的影響力，但似乎在其餘經典於冥府中可以各顯神通的情況下，《金剛經》在南宋時期在陰間地府的效力並个像唐時顯得如此絕對。此種情況，和宗教經典在每個時期盛行程度是不無關係的，當然宗教經典的盛行與否也代表著宗教本身（或其派別）在當時的發展情況。

至於「持齋」部份，從《夷堅志》所載內容來看，可以發現宋人所表現出的態度較唐人熱中許多。在《夷堅志》的入冥故事（甚至包含非入冥故事）中，有許多關於故事人物替亡者進行各種齋醮活動的描述。其中尤其是以「黃籙醮」及「九幽醮」的記載居多，可見在當時，此種與宗教儀式有關的齋醮活動是十分普遍的，而這一些齋醮活動的普遍與盛行，與宋人深刻地相信冥府的亡靈透過此種方式可以得到救贖的思維是息息相關的。[61]唐人志怪的入冥故事，雖然也有替亡者準備齋醮儀式的記載，但比起齋醮活動，唐人較常替亡者薦福的做法反而是「寫經」、「造像」，可見從志怪小說的記錄內容上來看，唐人與宋人在對亡者的追薦與救贖上，採取了不同的做法，充份地反映出在時代的變遷下，中國人對「送死」習俗的轉變情形。

基於上述，可以清楚地了解到，洪邁《夷堅志》中所描繪的陰間地府，其審判亡靈的準則，不管是懲罰也好，或者是獎賞也好，除了與傳統宗教信仰有關的部份外，判決的重點，主要是以倫理道德與社會規範為依據，反映了洪邁筆下宋人在冥法判決上的價值取向。

《國際漢學論叢》（臺北市：樂學書局，2005 年 2 月），第二輯，頁 193-198。

61 關於齋醮之問題，特別是為安慰或鎮壓亡靈之薦亡齋醮的探討，請參看本書第六章所載。

第三節　冥法判決準則所顯示的意義

在《夷堅志》的入冥故事中,不管是屬於宗教層面,或是社會規範層面,還是道德層面的判決,都在前代的基礎上有所繼承與發展,雖然《夷堅志》所記載之冥府的判決準則展現了以倫理道德與社會規範為主的價值取向,但此種取向仍須說終究未脫離原本固有的一些價值判斷標準。然而,值得注意的是,洪邁在此種價值取向的基礎上,另外又有了新的擴展。在《夷堅志》的入冥故事中,有某些故事之冥法的判決準則是跳脫傳統或強調宋人整體關注之思維的,也就是以下將提及的:冥法對「墮胎」、「聽決不直」、「性嚴刻」的譴責與懲罰的部分,這是宋以前的入冥故事中所未見或不甚重視的地方,而此種判決內容的產生與轉變具有深刻的意義。以下即針對此三點,試說明如下。

一　關於「墮胎」行為的審判──顯示對生命價值的肯定

劉乃昌曾針對兩宋文化之特點說道:「當時士大夫不僅慣於議政、議兵、談學、論文,而且常就宇宙、歷史、人生等幽玄的課題進行高層次的思考和探究,提高了思理品味。」[62]也說:「宋人愛發議論,長於思辨,使各體文學染上了較為普遍的理性色彩。」[63]此種「思理的品味」、「理性色彩」,或許在某種程度上助長了當代士人在思考生死及生命價值上不同以往的思維。在《夷堅乙志》卷第十六〈雲溪王氏婦〉一文中,記載了婺源縣的雲溪王氏婦死而復生的故

---

62 見劉乃昌:《兩宋文化與詩詞發展論略》(濟南市:山東大學出版社,2005 年 11 月),頁 10。
63 同上註,頁 10。

事。其中提及王氏婦因冥府官吏的誤追（同姓誤追）而被帶入陰間，在真相大白後，又被送回陽世而得以復活，而其在陰間冥府所看到的景象是：

> 執一婦人至，身肉淋漓，數嬰兒牽捽衣裾，旋繞左右。……
> （吏）顧我曰：「與汝同姓氏，故誤相逮至此。此人凡殺五
> 子，子訴冤甚切，雖壽算未盡，冥司不得已先錄之。汝今還陽
> 間，宜以所見告世人，切勿妄殺子也。」[64]

按上文內容所載，婦人已殺五子之情況判斷，其所殺之嬰兒，極有可能是尚未出生至陽間的胎兒，因此，婦人所為者，亦即所謂之「墮胎」行為。因此，此輩已成形之小生命，在陰曹地府向婦人討命，遂導致婦人入冥受懲之結果。或許此例不夠明確，試再看一例。在下一則事例中，更能清楚地看出作者對「墮胎」行為的譴責態度。《夷堅志補》卷第二十四，有〈何侍郎〉一文，其內容描述「居心正直剛介，凡在官有暗昧隱匿事，卒能探究其實而平理之」的何侍郎，因為地府倚重其才能，遂請其至冥間斷獄，最終完成任務後返回陽世之經歷。其在返還現世時謂：

> 有婦人壞胞胎者，前後積數百口，冥官久不能決，故委吾治
> 之。已委令托生畜類為狄豬矣。猶記判云：「汝等能懷不能
> 產，壞他性命太癡愚，而今罪業無容著，可向人間作母豬。」[65]

且何侍郎自冥返陽後，「遂書本末，遍揭於邑里，以示懲戒世人

---

64 見《夷堅乙志》卷第十六，頁 317-318。
65 見《夷堅志補》卷第二十四，頁 1767。

也。」由上述審判之判文，可以明顯看出對「墮胎」一事的譴責。宋
以前之志怪小說所描述的冥法審判，雖然對於殺生、害他人性命者，
會給予譴責與懲罰，但卻從未對於母體中已成形之胎兒的生命價值給
予關注，而洪邁的《夷堅志》卻注意到這一個問題，並以冥法懲罰不
善待生命之人，可見洪邁對人之生命價值的重視。而故事的結尾處有
「趙有光說」四字，一方面顯示故事內容有其來源，一方面或許代表
著不僅是記載此文的洪邁，也包括部份的宋人在內，他們對生命價值
的反省與肯定。在洪邁的《容齋隨筆》中，記載了一則其引自《舊五
代史》的記事。其內容如下：

> 五代之際，時君以殺為嬉，視人命如草芥，唐明宗有仁心，獨
> 能斟酌援救。天成三年，京師巡檢軍使渾公兒口奏：「有百姓
> 二人，以竹竿習戰鬪之事。」帝即傳令付石敬瑭處置，敬瑭殺
> 之。次日樞密使安重誨敷奏，方知悉是幼童為戲。下詔自咎，
> 以為失刑，減常膳十日，以謝幽冤；罰敬瑭一月俸；渾公兒削
> 官、杖脊、配流登州；小兒骨肉，賜軍絹五十匹，粟麥各百
> 碩，便令如法埋葬。仍戒諸道州府，凡有極刑，並須仔細裁
> 遣。此事見舊五代史，新書去之。[66]

洪邁將此篇正史中的記事，收錄至其筆記中，不僅顯示其對刑法施行
認為須持謹慎的態度外，也對五代之際人君視人命如草芥的做法予以
譴責。更重要的是，內容中被無故殺害的是二幼童，明宗對自己將此
案交付臣子卻導致誤殺的結果而自責、自懲，當然也對事件關係者做
了懲處。此文之收錄，正說明了洪邁不會因為被殺事件之主角是幼童

---

66 〔宋〕洪邁：《容齋三筆》（上海市：上海古籍出版社，1996 年 3 月）卷第七
〈五代濫刑〉，頁 499。

而忽視之，反而更藉此來顯示其對人之生命價值的重視，甚至連幼小之生命也不例外。也因為如此，洪邁在其《夷堅志》中，將扼殺幼童及「墮胎」行為之不重視生命價值的行為，給予譴責。因此，在《新五代史》捨此記事未予記載的情況下，洪邁又將其收錄至其作品中，其欲寄托之寓意可見一般。當然，在宋代之際，對於「墮胎」行為進行譴責者，絕非僅洪邁一人而已，與洪邁生活年代相仿之李昌齡，在其所撰《樂善錄》一書中，亦同樣地對「墮胎」問題，十分關注。其書卷四中，即記載了下列一則故事：

> 婦人有姓王者，厭生產，屢壞胎。又以其藥為劾，傳之于人。後有孕，復毒以藥，不能下，痛苦萬狀，謂為死矣，迫而視之則又活。如此凡七日，竟不能產而卒。臨終自言：「見一鬼謂曰：『汝藥，此時復有效乎？冤家已集，惟待汝至處分耳。』」此事尚不可行之於己，而可傳諸人乎？[67]

或許在宋代，節育之觀念及方法尚未普遍，導致易於受孕之王姓婦人，因厭煩懷胎生產，遂私下常以墮胎藥逕行落胎，甚至更因藥效甚佳，而將藥方傳予他人，助人流產。王婦此舉，最終招致先前所弒殺之眾子亡靈，在地府之告冤而遭報應身亡。若從較為客觀之角度觀之，王婦之身體，因長期之墮胎早已傷身甚劇，最後之死亡，或許是可以預見之結果，但作者卻以嬰靈聚於地府訴冤討債為敘述之要點，藉以告誡世間婦女墮胎之不可行也。雖事涉靈怪，然其寓意昭然可見。不僅如此，同卷又一則謂：

峨眉山士子，授徒于里人某氏之館。某氏有妾，既生子可傳矣，龍興癸未復孕，厭其多而害之。是夕，士子夢一小兒，頭半破被血，自某氏之堂走出，持白紙泣曰：「某氏與其妾某殺我，我將訴之矣。」黎明，某氏嫡子告士子曰：「予庶母宿又生子，頭碎而死。」士子聞而大駭。愚觀世人如此者甚多，蓋安於習俗，無復忌憚，使稍知因果，決不敢為。且惡獸尚念其兒，而人乃忍害其子。與其害子，孰若斷淫？況婢妾賤人，何足顧戀爾。既孕其腹矣，而又欲不令生子，是亦惑矣。嘗讀〈九天生神章〉，又參以《太上內觀經》，益知人身至貴，而破胎害子者，獲譴非小。[68]

而同書卷九亦載：

穎娘子多男女，自毒其胎者屢矣。乾道戊子又孕，毒以藥，血遂洞下，伏枕者六年，苦痛可謂切至。及死之日，明見十數小兒，前後挽撮，語聲琅然，傍之人亦皆聞之。良久，遂卒。鳴呼！人而至于殺人，最為大惡，況乃兒女，義屬天倫，其生豈無因緣？多寡亦自有數。……[69]

從上述數則以譴責「墮胎」為寓意主旨之事例來看，不僅可以看出部分宋人對於生命價值之格外重視外，亦可推測出此一時期「墮胎」情況較以往頻繁之可能性。

自宋以後，將報應觀念融入其中藉以勸人切勿「墮胎」之相關事例，遂常見載於宋以後之志怪、筆記小說中；不難理解，此乃是對於

---

68 同前註，頁 671-672。
69 同前註，頁 719-720。

逐漸浮上檯面的「墮胎」行為，小說作者往往只能藉由因果報應觀念之加持，希冀類似事件減少發生，以寓勸誡之美意的間接做法。如清人楊式傳（生卒年不詳）所撰《果報聞見錄》〈穩婆墮胎之報〉一文即記載：

> 崑山穩婆范氏，專為人墮胎。未及一年，一家十一口，具患異症，相繼而死。范忽夢四青衣執牌云：「拿墮胎首犯。」遂得疾，日夕叫號，告鄰人曰：「今日方知淫殺二業最重。大家女婢，為主人逼通，主母妬忌，必欲墮胎；更有閨女孀婦失身懷孕；尼姑亦所不免；或兒女太多，或生產艱難，俱來尋。吾只緣貪財故，手害多命。吾做得幾何家事，替別人造如此惡業。凡用吾者，若非子孫滅絕，定是家業凋零，俱不得善報。只有好善人家，不用吾幹此事，俱富貴昌盛。吾死後，無數冤對來尋，悔已遲矣。」言終而死，順治初年事。[70]

故事透過穩婆范氏之口，告誡世人「墮胎」之不可為，不管原因為何，若執意為之，不僅是如穩婆范氏一般的協助墮胎者，抑或是尋求墮胎之本人，雙方之家族，均可能因為此舉而導致家業凋零或子孫滅絕，無法善終之慘境。此處亦同樣地反映了先前所述，中國人觀念中所謂之「報應」，有時是家族所必須共同承受的一種「共業」的傳統觀念。[71]

---

70 見〔清〕楊式傳：《果報聞見錄》，收入《明清筆記史料叢刊》50（北京市：中國書店，2000 年 12 月），頁 154。

71 劉靜真曾謂：「傳統中國社會原以家族為共同生活單位，不僅在政治法律上設有恩蔭、族誅的制度，報應之說也常將此家族關係代入，以填補現實生活中禍福善惡未必如響斯應的遺憾。」亦同樣地提及了「報應」之對象，往往包含了被報應者家族整體的傳統觀念。（詳參氏著〈從損子壞胎的報應傳說看宋代婦女的生育

二 關於「聽決不直」的審判──顯現對訴訟的關注與 重視

對於訴訟之問題,較之前代,宋人顯示出更高度的關心,甚至於在某些區,此種傾向更是明顯。前引《宋史》卷八十八〈地理志四〉即載:

> 江南東、西路,蓋《禹貢》揚州之域,當牽牛、須女之分。東限七閩,西略夏口,南抵大庾,北際大江。川澤沃衍,有水物之饒。永嘉東遷,衣冠多所萃止,其後文物頗盛。而茗荈、冶鑄、金帛、秔稻之利,歲給縣官用度,蓋半天下之入焉。其俗性悍而急,喪葬或不中禮,尤好爭訟,其氣尚使然也。[72]

引文中指出了宋代的江南東路及西路地區,民風較為強悍與性急,且特別喜好爭訟之特性。不僅如此,在同書的荊湖南、北路處亦記載:「而南路有袁、吉壤接者,其民往往遷徙自占,深耕概種,率致富饒,自是好訟者亦多矣。」[73]另外,在《宋史》卷八十九〈地理志五〉的福建路處,亦出現「多田訟」之記載。[74]而宋人文瑩(生卒年不詳)所撰《玉壺清話》卷第四亦載:

> 戚密學綸初筮,仕知太和縣。里俗險悍,喜搆虛訟,公至,以

問題〉,《大陸雜誌》第九十卷第一期,1995 年 1 月,頁 28。)

[72] 詳見楊家駱主編:《新校本宋史并附編三種》第 3 冊,頁 2192。

[73] 同前註,頁 2201。

[74] 同前註,頁 2210。

術漸摩。[75]

可見，喜訟之風氣，在宋代各處頗為普遍。或許正因為如此，在宋代公案小說亦相對地流行。淩郁之認為在宋代「民間獄訟是非常普通的生活事象，也是宋人小說比較喜歡吸收的生活素材。」[76]而且「這些公案故事都是有其生活基礎的。一些法律案例書籍如鄭克《折獄龜鑑》、萬桂榮《棠陰比事》、宋慈《洗冤集錄》、《名公書判清明集》等都記載了許多案例，這正是宋代公案小說產生的社會依據。」[77]生活在如此社會背景下之洪邁，其《夷堅志》的入冥故事中，加入了許多此類之素材，顯然是頗為理所當然之結果。曹亦冰認為宋代文言公案短篇小說有二個比較顯著的特點，一是注重描述偵破技巧，二是注重描寫審案技巧；曹氏並舉出《夷堅志》之故事以為佐證[78]，由此可以看出，洪邁其人對於案件審判技巧所顯現的關注情形。因此，洪邁對於身為官吏卻聽決不直，或誤判案件者，皆在其作品中藉由冥法的施行而予以公正的判決。例如，〈毛烈陰獄〉的故事中，因為受到村民毛烈的賄賂而欺心判案的縣令，最終難逃冥府主者給予「縣令聽決不直，已黜官。若干吏受賕者，盡火其居，仍削壽之半。」[79]的懲罰，而此種判決，為陰官判生人的例子，亦即壽命尚未合盡之惡人，因為無法立即將其逮入陰間施以懲罰，即以現世報的方式給予警惕。另

---

75 〔宋〕文瑩撰，鄭世剛、楊立揚點校：《玉壺清話》（北京市：中華書局，1984年7月），頁35。

76 淩郁之：《走向世俗──宋代文言小說的變遷》（北京市：中華書局，2007年11月），頁104。

77 同上註，頁104。

78 見曹亦冰：《俠義公案小說史》（杭州市：浙江古籍出版社，1998年12月）第四章第二節。

79 見《夷堅甲志》卷第十九，頁168。

外，又如〈錢瑞返魂〉此則故事，錢瑞為昔日所知之長官召入冥界，替其審理一案，在案件結正後，瑞懇求放還，其後終於獲得長官之首肯而得以返回陽世。錢瑞在地府之際，驚見已亡故人寧三囚首站立，寧三告知錢瑞曰：「舊為漕司吏，曾誤斷一事，逮捕至此。」[80]僅因生前為官時的錯判一案，導致死後須在冥間受苦，可見為官者，在判案之際不可不慎。既然，對於為官者之聽決不直與判案錯誤，冥法會予以懲罰；相對地，若理案正直、審慎治案，因而造福他人者，亦將獲得實質之獎勵。而冥法判決所給予的獎勵，通常會以增加其人在陽世之壽命為主。例如，在〈向仲堪〉一文中，因為向仲堪在世時審慎治案，使一人之冤屈得以平反，所以其在冥府接受訊問之際，冥王予以之判決為：「向仲堪有治獄陰德，特延半紀。」[81]而亦有為官者因為「全人之屍」而受到冥界主者之肯定的，例如〈張文規〉一文中，冥府的陰君因為張文規在英州時，曾將應被論斷為斬罪的婦人曹氏，改判為絞刑以全其屍，所以增其壽半紀。[82]當然，除了延長壽命以外，也有視獎勵對象之所需而給予獎勵的情況。例如，在〈張成憲〉一文中，膝下無子之張成憲，因為處理案件正直，所以冥府的二位直符使者各抱一錦繡與之，曰：「以此相報。」之後張成憲就在其年獲得一子一女。[83]由上述各例可知，宋人對於訴訟案件之關注情況。其實，在唐人志怪的入冥故事中也有不少以訴訟為主題的內容，然而，有趣的是，在唐人志怪所記載的故事中，通常在冥府提出告訴之受害者，有一半以上均以牛、羊、雞等動物類為主。[84]此輩動物之亡魂，

---

80 見《夷堅乙志》卷第十七，頁 333-334。
81 見《夷堅支景》卷第十，頁 963。
82 見《夷堅乙志》卷第四，頁 214。
83 見《夷堅乙志》卷第十七，頁 330。
84 見拙著：《唐代小說研究—別世界訪問譚を中心として—》第三章第二節「冥界に出入りするきっかけ」，頁 198-203。

在冥府之審判桌前使用人的語言侃侃而談，要求主者主持公道，景象頗為奇特。當然，此種現象顯示的是，對於殺生的懲罰與勸戒，也就是與佛教信仰是相關的。《夷堅志》的入冥故事中，故事人物雖因訴訟而被帶入地府的例子不少，但除了少數的幾則故事外[85]，幾乎看不到此類型以動物之訴訟為主的內容。凌郁之謂：

> 魏晉南北朝至唐代的佛道小說，還與宗教保持比較密切的聯繫，輔教色彩較重，尚帶有比較陰冷的宗教面孔，而在宋代則生活化、故事化，具有小說的趣味，基本從宗教附庸蛻變為小說大國，其宗教的屬性固然存在，但其敘事的主要目的似即在表現「怪怪奇奇」本身，表現出了對此類事件的一種興趣，而不主要是虔誠的宗教心理。[86]

雖然宋代的佛道類小說並不一定比唐代的佛道小說更「具有小說的趣味」，但其輔教的色彩確實比起前代淡薄了許多。《夷堅志》中「訴訟型」的入冥故事所佔比重之所以特別高，除了如上所述，顯示了宋人好訟之特質外，也凸顯了洪邁個人對案件判決的高度關心。在《宋史》有關洪邁的記載中，有「富民有睚眥殺人衷刃簒獄者，久拒捕，邁正其罪，黥流嶺外。」[87]的記錄，亦有其在婺州為官之際，用計逮捕聚眾滋事而素無紀律之婺州軍人，並將首惡二人梟市，其他餘黨黥

---

85 例如《夷堅支癸》卷第二〈穆次裴鬥雞〉（為雞所訴）、《夷堅三志辛》卷第九〈郭二還魂〉（為蛤蜊所訴）。其餘非為訴訟，卻為地府官吏數落殺生之罪者有《夷堅甲志》卷第十一〈蔡衡食鱠〉、《夷堅支甲》卷第十〈蔣堅食牛〉、《夷堅支丁》卷第五〈李朝散〉、《夷堅志補》卷第三〈趙善弋夢警〉、《夷堅志補》卷第三〈檀源唐屠〉等。

86 凌郁之：《走向世俗——宋代文言小說的變遷》，頁89。

87 見楊家駱主編：《新校本宋史并附編三種》第14冊，頁11572。

撻有差，不畏強勢的公正治事之氣魄。最後甚至獲得君王語輔臣曰：「不謂書生能臨事達權。」而特遷其為敷文閣待制的記載。[88]可見，洪邁其人對公正判決的重視，因此亦在其所描述的地府官衙中置入了那把內心的中正之尺。

三 關於「性太刻」的審判——顯現對人性的要求

對於生前在個性上的「嚴刻」而導致須受到陰間冥法之審判的內容，的確在宋代以前的入冥故事中難以找到。此類故事之主角並非是為惡欺心之人，卻因性格上之缺失（或許該稱為不完美）而須在死後受到某種程度的懲罰，令人頗感訝異。在《夷堅三志辛》卷第三〈許穎貴人〉一文中，記載了生前以個性嚴刻著名之主角（名不詳），死後在陰間承受衣物被脫並身遭冥卒叉入沸湯中的苦刑之悲慘情形。[89]另外，在《夷堅志補》卷第六〈細類輕故獄〉一文中，敘述許顏在夢境中進入地府，並在其處見到亡父在冥司擔任主者，於是許顏趁此之便，要求參觀地獄。其在遊覽地獄之過程中，遇見一穿著緋袍之冥吏，而此人為許顏之父的朋友彭汝礪。許顏之父告訴許顏曰：「此公（案：指彭汝礪）在世剛介廉直，但性太刻，故罰主此五百劫，汝將與為代矣！」[90]後許顏果如夢境所顯示的一般，不久即謝世矣。故事中的彭汝礪就因為生前個性過於嚴刻，即使剛介廉直也無法免除在死後被處罰之命運。可見，個性之嚴刻在洪邁的價值判斷標準上，似乎是評價極差的。此外，在《夷堅三志壬》卷第十〈彭六還魂〉一文中，記載了有人因為生前「性急傷物」，所以被判決折除半壽的命

---

88 同上註，頁 11573。

89 見《夷堅三志辛》卷第三，頁 1402。

90 見《夷堅志補》卷第六，頁 1598-1600。

運。[91]或許傷物是受懲罰的主要原因，但似乎「性急」才是事件發生的本源。由此看來，洪邁對於「人性」的要求，是有其標準的。或許該說這是身處儒教氣息瀰漫、理學氛圍濃厚之時代下的宋人對人性要求的標準之一吧。而在宋代對於庶族士人的開放政權的程度遠出唐代的政治氛圍下，士大夫文人的自我價值意識、時代責任意識覺省了，增長了一種修身養氣磨煉人格的道德追求[92]，這或許也正是在此種社會氛圍下此類型故事之所以出現的原因之一。

　　整體而言，比起前代，洪邁《夷堅志》的入冥故事中有關冥府審判的部份，顯現了對「倫理道德與社會規範」的看重，這是洪邁筆下之宋人對「冥法」審判的重要標準之一。除此之外，更重要的是洪邁發出對「墮胎」行為的譴責，顯現了其對生命價值的反省與重視；而對於「訴訟判案」的正確公平與否，也顯示了包含洪邁在內的宋人的關心所在；對於「性太刻」的懲罰，則顯示了在理學氛圍濃厚的時代背景影響下，作者洪邁對人性典範的要求心態。

結語

　　雖然洪邁《夷堅志》之入冥故事，在大部份主題之處理上仍舊以承襲前代之同類型故事為主，但在承襲的過程中，《夷堅志》和其他宋人志怪小說所顯示的記錄大致相同，其所描寫之冥府官僚組織的層級架構較之唐時並未加強整備，反倒有簡化的趨勢，反映出冥府的官僚體系在宋代並未得到明顯的發展之結果。此種情況，或許在某一方面，和十王信仰在宋代民間已逐漸發展並趨於普遍有關，因為地府十

---

91 見《夷堅三志壬》卷第十，頁 1547。
92 劉乃昌：《兩宋文化與詩詞發展略論》，頁 12。

王的組織頗為龐大，在記載與十王信仰未有直接關係的入冥故事時，則可毋需過於拘泥冥府之官僚組織矣。而更重要的是，我們從洪邁的《夷堅志》在忽視冥府官僚體系的建構之餘，相對地把重心放在冥府判決的內容與過程上，將宋人志怪入冥故事的特點反映在對亡者賞罰審判的詳細與法條化上，可以看出宋人的關心所在；與其無限地擴大冥府的官僚體系來增加人們對死後世界認知的混亂與恐懼，倒不如把故事的重點擺在冥法的詳細判決與準則的規範化上，使重視訴訟、審案過程與理性的宋人深信冥府的審判，強化宋人對死後世界的信仰。而洪邁筆下之宋人所關注的冥法審判，從《夷堅志》之入冥故事的整理中，可以歸納出在判決的準則上，反映了洪邁、或許包含許多宋人在內的價值判斷標準是以倫理道德與社會規範為核心之情形，不僅如此，洪邁還記載了冥法對「墮胎」行為、「聽決不直」以及「性太刻」等有關的懲罰事例，藉由故事所描述的判決結果，來顯示出作者對生命價值的尊重、對訴訟的關心與公正判決的注重、以及對人性典範之要求的深層意義。

附記：本章之內容，原刊載於《臺北大學中文學報》第六期，
　　　頁 115-137。配合此書之出版，已進行部分之修訂與補充。

第三章

徘徊於陽世之幽鬼

　　誠如前述，在古代中國人的傳統觀念中，死者在結束陽世之旅程後，即須前往陰曹地府接受審判定奪，再前往下一個階段。然而，從古自今，藉由眾多之文獻記載，往往可以發現一種現象，亦即死後未立即前往陰間卻停留於陽世之鬼魂，不勝枚舉；此輩不願（或無法）前往陰間而徘徊於陽世之幽鬼，其固執地停留於陽世之原因及目的各不相同，然而，其遊走陽世之背後所反映之思維，有時卻深具意義。在《夷堅志》中，作者洪邁同樣地記載了北宋末期至南宋中期之際，徘徊於世間的幽幽眾鬼之形象，在考察書中之整體相關內容後，即能大概掌握其中所呈現之眾鬼諸相，而此種結果，則可以反映出宋人死後世界觀的部分側面。那麼，亡魂無法依照一般人所認定之程序前往下一階段，卻徘徊於人世之原因或目的，究竟為何？頗值得一探。依據《夷堅志》所載幽鬼滯留陽世之原因，直言之，其中有二大因素實為主要之關鍵。一為受生困難，二為無法超脫。對亡魂而言，前者非其本身所能掌控，後者則與其本身之意念有關；亦即前者乃是依照冥間律法之規定，無可奈何地被動滯留人世，而後者通常是亡魂主動地選擇停留在陽間。除此兩大因素外，尚有「因緣夙契」、「業翳牽纏」、「冤屈未伸」、「枉死不明」等其餘原因，讓宋代之幽鬼們在陽世徘徊，難以解脫。

　　首先，關於受生困難與無法超脫，亦各自有其不同之複雜情況，以下分別依序列項詳述之。

第一節　受生困難

　　所謂「受生」，亦可稱為「超生」、「託生」或「轉世」。而「受生困難」是指死者在結束陽世旅程後，卻無法順利地立即前往下一階段，必須暫時滯留於陽世之情況而言。此種情況之產生，關乎陰間地府之作業程序或處理原則，誠如前述，通常與亡魂本身之意願較無關係。此種受生困難之情形，自《夷堅志》所載整體內容觀之，大致可歸納出下列四種情形。

一　未合死（即壽數未盡）

　　顧名思義，意即指死者之壽限未至，卻因某種理由，導致生命提前結束之情況。由於是屬提前之關係，陰間無法即刻收容，遂產生亡魂無所適從，持續徘徊於陽世之窘境。例如：《夷堅甲志》卷第十九〈毛烈陰獄〉一文，即記載因毛烈之詐欺官司拖累，而被帶入陰間地府對質之僧人，其後雖獲地府無罪釋放之判決，卻因遺體已遭荼毗，而造成其無法返陽復生之情況。於是，無可奈何之僧人亡魂，因無法壓抑忿怨之情緒，遂前往毛府，對毛烈之遺族進行騷擾洩憤。

> 是夕，僧來擊毛氏門，罵曰：「我坐汝父之故被逮，得還，而身已焚。將何以處我？」毛氏曰：「業已至此，惟有□爲作佛事耳。」僧曰：「我未合死，鬼錄所不受，又不可爲人，雖得冥福，無用也。俟此世數盡，方別受生，今只守爾門，不可去矣。」自是，每夕必至。久之，其聲漸遠，曰：「以爾作福，

我稍退舍，然終無生理也。」後數年，毛氏衰替始已。[1]

故事最後雖然提及僧人之騷擾行動，直至毛氏家門衰敗才停止，但是僧人之魂是否已得到解脫，則無從得知。文中敘述因僧人未合死，因此陰間無法收容，須符其於此生在陽間所應存在之壽命符數後，方能獲得解脫，也因此，僧人無法擺脫以鬼魂之姿態繼續徘徊於陽世之命運，令人深感同情。而《夷堅乙志》卷第七〈畢令女〉一文中，亦記載了宋代著名之治鬼專家路時中[2]所曾經手之一件案例。其文曰：

> 路時中，字當可，以符籙治鬼著名，士大夫間目曰「路真官」，常齎鬼公案自隨。建炎元年，自都城東下，至靈壁縣。縣令畢造已受代，檥舟未發，聞路君至，來謁曰：「家有仲女，爲鬼所禍，前後迎道人法師治之，翻爲所辱罵，至或遭箠去者。今病益深，非真官不能救，願辱臨舟中一視之。」路諾許，入舟坐定。病女徑起，著衣出拜，凝立於旁，略無病態，津津有喜色，曰：「大姐得見真官，天與之幸，平生壹鬱不得吐，今見真官，敢一一陳之：大姐乃前來媽媽所生，二姐則今

1　《夷堅甲志》卷第十九，頁169。

2　路時中剋制鬼神之事跡，在《夷堅志》中常見記載，其餘宋人筆記中亦有相關之記事，顯見路氏在當時活躍之情形。有關其得法之經過，在《夷堅丙志》卷第十三〈路當可得法〉一文中有大略之記載，文中載及路時中告訴商水縣主簿梁仲禮自身不可思議的經歷。其文曰：「間者獨坐小室，有道人不知何許來，與某言久之，曰：『汝可教，吾付汝以符術，可制天下鬼神。然汝五藏間穢汙充積，非悉掃去不可。』初甚懼其說，笑曰：『無傷也。』命取生油、白蜜、生薑各一斤，合食之。遂與俱去，亦不知何地，凡數日，不思食，唯覺血液津津自口出，每夕以文書十餘策使誦讀，晝則無所見。臨別又言曰：『汝已位爲真官，階品絕高，但如吾術行之足矣。』自是遂以法籙著。」（頁479）神奇之得法經過，替路時中高超的治鬼法術，增添許多神秘之色彩。

媽媽所生也。恃母鍾愛,每事相陵侮。頃居京師,有人來議婚
事,垂就,唯須金釵一雙,二姐執不與,竟不成昏,心鞅鞅以
死。死後冥司以命未盡,不復拘錄,魂魄漂搖無所歸。」[3]

依上文所述,畢造之長女,因心情過度鬱悶而撒手人寰,讓冥司措手
不及,所以無法拘錄其魂魄,只好任其在陽世漂泊。可見,陰間地府
之生死簿,雖然已預先記載了普羅大眾之壽限長短,讓冥間官吏能按
表操課地提拘人魂,但有時卻無法避免死期未至而提前報到之亡魂所
引起之突發狀況,「天算」失準,的確有些諷刺。也正因如此,眾多
無法被陰間收管,又無法再返魂復生之幽魂,有時只好安於現狀,尋
求在陽間的自處之道。如《夷堅支戊》卷第七〈籌洋村鬼〉一文,即
出現頗為有趣之記載。

福州羅源縣村墅名曰鸛坑,有樵夫,常以採薪至籌洋別村,往
反屢矣。一日,歸差晚,行及小灣,逢一人從山下來,呼之
曰:「多時不相見。」樵覺為已死,神色沮喪,徐乃能言曰:
「爾死矣,如何在此?」其人曰:「我本未合死,今居此,無
異昔時。」指茂林間曰:「我只住其中,可偕往說話。」樵拒
之曰:「日勢且黃昏,恐家人候門不便。」乃曰:「爾若到我
家,為傳語娘:我住此與生時一般,不用憂憶。但有酒食時,
安排在門外,自當歆享。」樵急揖之而去。明日,具言於鬼
母。泣而焚紙錢,設置酒殽,閉門祝之。少選出視,特空器
耳,無存也。有妻及三子,死後,妻攜子改嫁,屢為繼父笞
苦。父常獨至香嶺,遇鬼遮道罵曰:「爾之惡何由可奈?既取

---

3 《夷堅乙志》卷第七,頁237。

我妻，又虐我兒，是何道理！」遂奮拳毆之。此人亦與爭鬬，相追至洞口。值有行過者，訝而問之，鬼乃没。迨還舍，青痕遍體。自是不敢復仍前過。[4]

因未合死，於是如生前一般居住在陽間之鬼魂，不僅能藉由生前所識樵夫，代為傳達訊息給予其仍健在之母親，亦能忿毆妻子所改嫁之人，除了其形態為幽鬼外，一切行為能力與生時不殊，可謂是悠遊於陽世之自由鬼魂。文中之幽鬼，在等待壽數完盡，前往陰間之前的時間裏，仍可適時地把握時間關注並且照料家人，或許是幽鬼在等待超生之前，頗值得安慰的另一種「存在」形式吧。

　　當然，以此種原由而導致遊魂滯留陽世之事例，不僅常見載於《夷堅志》，在其餘宋人志怪、筆記中亦多有提及。如宋人郭彖（生卒年不詳）《睽車志》卷一中即寫道：

　　孫機仲郎中紹遠，父元善，价居平江，嘗有幹過市，見鬻籠餅者，乃其亡僕，孫自疑白晝見鬼，唾之。僕遽前拜祈曰：「主翁無然，將使某賈不售。」孫問：「爾已死，何乃在此？」僕請孫至居人稀僻處曰：「壽數未盡，藥誤致殂，而陰府不見收錄，營魂汎然無所之適，故為此以度日。今闤闠中如某者且千數，只如宅中廣官人乳媼亦是也。有如不信，第今夕勿令復與兒同寢，彼將怏怏不自得，俟其熟寐，取楊枝炭火，醋淬之，以灼其體，必有異。」孫甚驚。歸如其說，火之所灼，忽有青煙出衣被間，俄而煙絕，乳媼已失所在，衣被如蟬蛻焉。廣官

人者，機仲弟紹祖，字文仲者也。[5]

內容提及因為亡僕服錯藥物，才導致提前死亡，也因此陰間冥府不願
收錄；於是，無所安頓之亡僕，遂在陽世販賣籠餅[6]維生，繼續其在
陽世的旅程。誠如本書第一章處所述，此種亡魂以有形之姿態，雜處
於人世間的情景，在宋代已是司空見慣，不足為奇之現象矣。而此輩
在陽世與一般人過著相同之生活，既不作怪也不為厲，只以自身能力
想盡辦法在陽世尋求自處之道的幽鬼，其中應有部分是由於此種「壽
數未盡」之故而暫時滯留於人世的吧。是以前述專門收錄宋、元之際
文人筆記而編纂成書的元代無名氏所輯《湖海新聞夷堅續志》一書
〈死僕賣鵝〉一則即載：

> 安慶府李家有僕胡百五，已死數年。一日如京，於街上見賣炙
> 鵝者似之，呼而問。曰：「某實鬼也，本未當死，魂無歸附，
> 未免混凡。」詰其所賣之物，曰：「即世間物，每日就鋪家行

---

5 見〔宋〕郭彖：《暌車志》，收入《叢書集成初編》（北京市：中華書局，1985 年
　北京新一版），頁 8-9。

6 所謂「籠餅」一詞，《太平廣記》卷第二百五十八〈侯思正〉一文中，已見記載。
　文曰：「思正嘗命作籠餅。謂膳者曰：『與我作籠餅，可縮蔥作。』比市籠餅，蔥
　多而肉少，故令縮蔥加肉也。時人號為縮蔥侍御史。」（頁 2012），而〔宋〕孟元
　老《東京夢華錄》卷四，「餅店」一項註中記載：「蒸而食者曰蒸餅，又曰籠餅。
　侯思止令縮蔥加肉者，即今饅頭。」（伊永文箋注，北京市：中華書局，2006 年 8
　月，頁 444），而（宋）張師正《倦游雜錄》〈胡餅〉一則記載：「今人呼奢面為湯
　餅，唐人呼饅頭為籠餅，豈非水瀹而食者皆可呼湯餅，籠蒸而食者皆可呼籠餅？市
　井有鬻胡餅者，不曉著名之所謂，得非熟于爐而食者，呼為爐餅宜矣。」（見氏
　撰、李裕民輯校：《倦游雜錄》，收入《宋元筆記小說大觀》〔上海市：上海古籍
　出版社，2007 年 3 月〕，第 1 冊，頁 729），《夷堅支癸》卷第五〈趙邦才造宅〉
　一文中亦有：「次日，庖婢以昨夕籠餅供朝食。」的記載。（頁 1258）可見，籠餅
　應是指饅頭類之主食，雖然有時會因個人喜好等原因而加入不同餡料，但其在唐宋
　之際，應是富於變化又頗為普遍的大眾食物之一，是以文人筆記中多見記載。

販來，所用之錢即世間錢也。」詰其止宿之地，曰：「夜則泊
於街旁肉案上，巡更軍吏皆不得見，經紀買賣如我輩者甚多，
固鬼也。」以是見湖海之內，人鬼混淆，持指示數人，皆不識
耳。[7]

上引文中所述「某實鬼也，本未當死，魂無歸附，未免混凡。」數
語，正可說明何以陽世間竟出現不少活得與世間凡人無異之幽鬼的情
況，其原因常肇因於陰間地府在處理生死簿問題時的某種失誤而導致
的。

二　時辰未至

此處所謂之時辰未至，與上述「未合死」之情形不同，並非指
「死亡時辰」未到，而是指壽限雖盡，但「受生時辰」未至之狀況。
也因此，此類鬼魂可以不受地府管束，悠遊陽世。如《夷堅甲志》卷
第十五〈毛氏父祖〉一文即載：

衢州江山縣士人毛璿，當舍法時，在學校，以不能治生，家事
堙替，議鬻居屋，未及售。晨起，見亡祖父母、父母四人列坐
廳上，衣冠容貌，不殊生人。璿驚拜問曰：「去世已久，安得
至此？」皆不答。惟父曰：「見汝無好情況。」因仰視屋太息
曰：「汝前程尚遠，可寬心。」璿問：「地獄如何？」父曰：
「有罪始入耳。吾無罪，當受生，但資次未到。」曰：「既未

---

7 見〔元〕無名氏輯，金心點校：《湖海新聞夷堅續志》後集卷二「怪異門」，頁
　240。

有所歸，還只在墳墓否？」曰：「不然。日間東來西去閒遊，惟夜間不可説。近日汝預葉氏墻間祭，我亦在彼。」[8]

上文中，毛璿亡父所言之：「吾無罪，當受生，但資次未到。」數語，即說明了即使在地府已獲得可以「受生」之判決，但因「資次」未到，卻因此仍須在陽世等待的情形；此處指出了亡魂之「受生」，有時須按順序而定的陰律規則，也因此，在陽世等待「超生」之過程中，鬼魂在某種程度上可以「閒遊」各處。又如《夷堅丁志》卷第十五〈田三姑〉一文所載：

> 淄州人田轂女，嫁攸縣劉郎中之子。劉下世數年，田氏病，遣僕至衡山招表姪張敏中，欲託以後事，未克往而田不起。初，田有兄娶衡山廖氏女。女死，又娶其妹。兄亦亡，獨後嫂在，乃與敏中同往弔，寓于張故居沒山閣，時隆興甲申冬也。是夕，廖嫂暴心痛，醫療小愈，過夜半，欻起坐，語言不倫。張往省候，則其姊憑焉，咄咄責妹曰：「何處無昏姻，必欲與我共一壻？死又不設位祀我，使我歲時無所依。非相率同歸不可！」張諫曉之曰：「此自田叔所為，非今嬸過。既一家姊妹，寧忍如此？」少頃，忽拱手曰：「叔翁萬福。」又曰：「慶孫，汝可上床坐。」叔翁者，田三之季父轂，慶孫者，其稚子也，皆亡矣。蓋群鬼滿室，左右盡悚。俄開目變貌，作田氏音聲，顧張曰：「知縣其為姑來，姑生前有欲言者，今當具以告。」邀使稍前，歷道始死時，夫兄侵牟及婢妾竊攘事，主名物色，的的不差。且囑立所養次子為劉氏後，復切切屏語，似

不欲他人預聞。良久，洒淚曰：「我無大罪惡，不墮地獄道中，但受生有程，未能便超脫耳。」嗚咽而去。[9]

據上文所載，廖氏亡魂憑藉其妹之身，在表達心中不滿之情以及所欲交代之事後，悲傷地提及：「我無大罪惡，不墮地獄道中，但受生有程，未能便超脫耳。」之無奈心情。可見，即使在生前並無任何大過者，其在死後面臨受生轉世之際，有時仍須等待所謂的時機到來，而在等待的過程中，亡魂遊走於陽世，特別是在親人之身邊徘徊，則無可厚非矣。

三 罪重，需類似者相代，方能受生

第三種情形為，須出現與亡魂同等罪重者替代亡魂，方能受生。雖然，在中國人之傳統思維中，往往有地府冥王、冥官須輪替（如本書第二章處所述），以及某些因死法特殊之鬼魂（特別是縊死鬼及溺死鬼或被虎所吞食之「倀鬼」[10]等）具有抓交替之觀念，但此種罪重之鬼亦須找人替代，方能得到解脫之規定，則不知據何而來？此類故事，應是為了突顯亡魂「受生」本非易事，而生前罪孽深重者，其死後欲「超生」則更是難上加難，藉以顯示「懲罰」、戒人勿造惡業而產生的。《夷堅乙志》卷第九〈劉正彥〉一文，即明顯地反映了此一觀念。其文曰：

9 《夷堅丁志》卷第十五，頁 661-662。
10 宋以前之小說中，即已出現關於「倀鬼」之記載。自五代入宋之孫光憲（900-968年），其所著《北夢瑣言》中即載：「凡死于虎、溺于水之鬼號為倀，須得一人代之。」（詳見〔五代〕孫光憲撰，賈二強點校：〈周雄斃虎〉，《北夢瑣言》逸文卷第四〔北京市：中華書局，2002 年 6 月再版〕，頁 440。）

宣和初，陝西大將劉法與西夏戰死，朝廷厚卹其家，賜宅於京師。其子正彥既終喪，自河中徙家居之。宅屋百間，西偏一位素多鬼，每角門開，必見紫衣金章人，如唐巾幘，裴回其中，小童拱立於後，亦時時來宅堂，出沒為人害。正彥表兄某，平生尚膽氣，無所畏，獨欲窮其怪，乃書刺往謁，置于門外。少選，門自開，紫衣端笏延客入，設茶相對，儀矩殊可觀。詢其何代人，何自居此，曰：「居此三百年，在唐朝實為汴宋節度使。以臣節不終，闔宗三百口併命此處，至今追思，雖悔無及也。」客曰：「歲月如許，胡為尚淪鬼錄？」曰：「負罪既重，受生實難，非得叛臣如吾者相代，未易可脫。」客曰：「為公徼福於釋氏，作水陸法拯拔，以資冥路，若何？」曰：「無益也，然且試為之。」客退，語正彥。他日，呼闍梨僧建道場於廳事。甫入夜，紫衣者據胡床而觀，小童在傍，几執事之人無不見。僧獨懼，振杵誦降鬼神呪，才出口，紫衣已覺，屬聲呼小童曰：「索命去。」童趨而前，僧即仆地，如為物搏擊。乃告曰：「我實殺汝，焚其骨，以囊貯灰，掛寺浮圖三級下塼隙中，無一人知之。今不敢隱，願舍我。」踰時乃醒，紫衣與童皆不見。問之，元不知所言。此童蓋為僧所箠殺，死後乃從紫衣者，僧見之故懼。至建炎中，正彥卒以逆誅。[11]

因征戰西夏而殉國之劉法，朝廷為撫卹其後代，贈與遺族京師之大宅，而入住其中之劉法之子劉正彥，看似並非因宅中幽鬼之為祟而遭遇不測，而是因謀逆之罪被殺，然而由後文可知，祟鬼之存在與現身，恐是正彥最終將因「逆」遭「誅」之暗示矣。文中所提及之劉法

---

11 《夷堅乙志》卷第九，頁 260-261。

和劉正彥父子，正史中亦有兩人相關事跡之記載，特別是最終因參與
叛亂而遭國法制裁之劉正彥，在《宋史》中更是多處見載。在《宋
史》卷四百七十五「判臣上」〈苗傅傳〉之下，即附載了劉正彥之事
跡，文中記載劉正彥與苗傅等之叛亂，最終為大將韓世忠所擒獲而處
以極刑，其文曰：「賊乘勝犯中軍，㠯忠瞋目大呼，揮兵自前，正彥
墮馬，生禽之。……秋七月辛巳，世忠軍還，俘傅、正彥以獻，磔
于建康市。」[12]而《夷堅志》〈劉正彥〉此文耐人尋味的是，故事內
容一方面反映了入住「凶宅」（三百口同時斃命之所）者，其下場通
常不佳之觀念外，另一方面，也反映了滯留於此宅已三百年之唐代汴
宋節度使之鬼魂，已找到了同為謀逆判臣之劉正彥成為其替代的可能
性。擁有部分史實依據的此文，作者巧妙地將叛臣劉正彥之下場，融
入故事情節中，直接藉由鬼神具備賞善罰惡之力量，彰顯出為臣不忠
者，不僅難逃陽世法律之制裁，即使到達陰曹地府，亦將受到嚴峻之
懲罰；因為，進入陰間之劉正彥，想必接下來即將面對和唐代汴宋節
度使鬼先前所經歷的苦難相同，須等待同樣等級（叛臣）之罪重者替
代，方得以超生，而其須等待的時間，或許又是一段遙遙無期的漫長
歲月矣。

四　未正式下葬

　　受生困難之第四種情況為「未正式下葬」。此種觀念之產生，應
與中國人一直以來重視喪葬之習俗有關，認為惟有透過對亡者之安
葬，才能使亡魂得其所歸。因此，未獲得妥善安葬之亡魂，往往注定

---

12 詳參楊家駱主編：《新校本宋史并附編三種》第 17 冊，頁 13802-13809。

魂魄飄搖，茫然無措。例如，《夷堅甲志》卷第十七〈解三娘〉一文
記載：

> 興州後軍統領趙豐，紹興二十七年春，以帥檄按兵諸郡，次果
> 州，館於南充驛，命吏置榻中堂。驛人前白曰：「是堂有怪，
> 夜必聞哭聲。常時賓客至此，多避不敢就，但舍于廳之西閣。
> 豐笑曰：「吾豈畏鬼者耶！」竟寢堂上。至夜，間哭聲從外
> 來，若有物直赴寢所。豐曰：「汝豈有冤欲言者乎？言之，吾
> 爲汝直。否則亟去。」果去。頃之又來，……一女子散髮在前
> 立曰：「妾乃解通判女三娘者也，名蓮奴。本中原人，遭亂入
> 蜀，失身於秦司茶馬李忞戶部家，實居此館。李有女嫁郡守馬
> 大夫之子紹京，以妾爲媵，不幸以姿貌見私於馬君。李氏告其
> 父，杖妾至死，氣猶未絕，即命掘大窖倒下妾屍瘞之。今三十
> 年矣。幸將軍哀我，使得受生。」豐曰：「汝死許久，士大夫
> 日日過此，何不早自直？」曰：「遺骸思葬，未嘗須臾忘。是
> 間有神司守，不許數出。十年前妾夜哭出訴，地神告曰：『後
> 有趙將軍來此，是汝冤獲伸之時。』日夜望將軍至，故敢以
> 請。」豐曰：「果如是，吾當念之。」女謝去。[13]

最後解三娘之遺骨，在趙豐輾轉之協助下，終於獲得徙葬高原之結
果。雖然文中並未明載三娘之亡魂是否已立即順利轉世投胎，但光憑
遺骨獲葬，至少可讓死者之魂不再漂泊而得到慰藉。可見，未正式下
葬而只將死者遺體草草埋瘞之做法，不僅無法讓死者入土為安，有時
亦可能成為亡者無法順利轉世受生的一種阻礙。三娘鬼魂之請求，幸

---

13 《夷堅甲志》卷第十七，頁 148-149。

運地得到趙豐之回應，而得以入土為安；然而，下一則事例中的亡魂賀蘭鋬，其處境則顯得較為悲情。《夷堅乙志》卷第二十〈潞府鬼〉載：

> 潞州簽判廳在府治西，相傳殭鬼宅其中，無敢居者，但以為防城油藥庫。安陽王審言為司法參軍，當春時，與同寮來之邵、綦亢數人攜妓載酒往游焉，且詣後園習射，射畢，酣飲于堂。忽聞屏後笑聲如偉丈夫，一坐盡驚。客中有膽氣者呼問曰：「所笑何事？」答曰：「身居此久，壹鬱不自聊。知諸君春游，羨人生之樂，不覺失聲耳。」「能飲乎？」曰：「甚善！」客起酌巨杯，翻手置屏內，即有接者，又聞引滿稱快聲，俄擲空杯出。客又問曰：「君為烈士，當精於弓矢，能一發乎？」曰：「敢不為君歡，然當小相避也。」既以弓矢入，眾各負壁坐。少焉，一矢破屏紙而出，捷疾中的不少偏，始敬異之，皆起曰：「敢問君為何代人？姓名為何？何以終此地？」曰：「吾姓賀蘭，名鋬。」語未竟，或哂其名不雅馴，怒曰：「君何不學，豈不見《詩‧小戎》篇『陰靷鋬續』者乎？」遂言曰：「鋬生於唐大歷間，因至昭義，謁節度使李抱真，干以平山東之策，為讒口所譖，見殺於此地，身首異處，骸骨棄不收。經數百年，逢人必申訴，往往以鬼物見待，怖而出，故沉淪至今。諸君俊人也，頗相哀否？」坐客皆愀然。[14]

存活於唐代之賀蘭鋬，因為「身首異處，骸骨棄不收。」之故，死後歷經數百年，直至宋代，其魂魄仍沉淪於陽世，而無法轉世；雖逢人

必訴，但卻無人伸出援手，實為可憐之至。而賀蘭鎏最終因為無法獲得任何人之協助，因此其魂魄仍周旋於潞州簽判廳中，難於解脫。而下文中之段姓女子，則較賀蘭鎏幸運，最終獲得妥善之安置。《夷堅乙志》卷第二十〈蜀州女子〉記載：

> 彭州人蘇彥質為蜀州錄事參軍，有女年八九歲，因戲於牀隅，視地上小穴通明，探之以管，陷焉。走報其父，持長竿測之，其深至竿杪，不能極。及取出，有敗絳帛掛于上，大異之，呼役夫斸其地，踰丈許，得枯骸一軀，首足皆備，即斂而葬諸原。明日，忽有好女子遊于室中，家人逼而問之，輒避入壁罅，終莫得致詰。是時郡有陳愈秀才者，從閩中來，善相人，且能以道術卻鬼魅，召使視之。俄一婦人至，曰：「妾本漢州段家女，許適同郡唐氏。將嫁矣，而唐氏以吾家倏貧，竟負元約。既不得復嫁，遂賣身為此州費錄曹妾。不幸以顏色見寵於主人，為主母生瘞于地下，閱數年矣，非蘇公改葬，當為滯魄。但初出土時，役者不細謹，鋤妾脛骨欲斷，今不能行，不得已留此，非有他也。」陳曰：「欲去何難？吾為汝計。」取紙翦成人形，曰：「用以馱汝」乃笑謝而退。是夜，彥質嫂夢一僕夫背負此女來，再拜辭去。[15]

此則故事又道出了宋代某些低下階層婦女悲慘人生之一面。文中之漢州段家女子，生前因貧窮而遭致毀婚，被賣身為妾後又為夫君之正妻所活埋，導致其成為徘徊於陽世的孤魂滯魄，若非錄事參軍蘇彥質為其改葬，以及陳愈秀才以道術助其脫離瘞處，段女之孤魂，恐將永遠

---

15 《夷堅乙志》卷第二十，頁361。

沉淪而無法解脫矣。可見，安葬與否，對亡魂而言，實為重要，其中，特別是對於父母親之送終，尤其受到許多宋人之重視。在《夷堅志》中有不少例子提及不葬父母者，須承受不良影響甚至以此致禍之記載。如《夷堅甲志》卷第七〈不葬父落第〉、卷第十八〈楊公全夢父〉、卷第七〈羅鞏陰譴〉等諸篇即是如此；而此類故事，其真正欲突顯者，乃是宋代「久喪不葬」風俗之盛行在當時所造成之不良觀感與影響之問題，此一議題，將於本書下一章「宋代寺院之厝柩習俗與鬼祟」中進行詳細之探討，在此先行略過。要言之，遺族按禮俗讓亡者入土為安，才是對彼此最良善之做法。此種觀念，並非僅在《夷堅志》中呈現，其餘宋人之志怪、筆記中，亦常見記載。如前述劉斧《青瑣高議》前集卷一〈葬骨記〉中即載：

> 熙寧四年，皮郎中赴任，道出北部，館於憲車行府。時公臥疾，侍者方供湯劑。火爐倏爾起去，藥鼎墮地。時公臥而見之，頗驚。俄有女奴，叫呼呻吟，仆於廊砌，自言曰：「我，公之妻族中某人也。」少選，公子持劍脅之曰：「爾何鬼？而敢憑人也。」女奴自道：「我非公子之妻族也，託此為先容耳。我即謝紅蓮者也。向為人側室，不幸主婦見即殺之，埋骨於此，不得往生。遇公過此，請謀遷此沉骨故耳。」語訖不復聞，女奴乃無恙，良已。翌日見衛公，具道其事，公曰：「伏尸往往能為怪。」乃命官吏往求之。數日，了不見骨。一夕，役夫夢一婦人曰：「我骨在廚浴之間。」役夫遂告主者，果得骨，但無腦耳。公念其死時必非命，卒遽埋掩，故其章章。乃以溫絮裹之，綵衣覆之。因思無首骨，亦未為全。會恩州兵官出巡，過府見公，乃命宿於其地，以候其怪。中夜後，月甚明，兵官見一婦人，無首而舞於庭。翌日，兵官以此聞。公復

命求之，又獲腦骨。公遣擇日如法葬於高原。一夕，公門下吏李生，夢一婦人，貌甚美，鮮衣麗服。欽躬謂李生曰：「我乃向沉骨，蒙衛公遷之爽塏，俾得安宅，則往生亦有日矣。夫遷神之德，何可議報？子為我多謝衛公。」李生曰：「汝何不往謝焉，而託人，得無不恭乎？」婦人曰：「我非敢懈。蓋衛公，時之正人，又方貴顯，所居有吏兵衛擁護，是以我不敢見。幸煩子致誠懇也。」李生翌日，以此事陳於衛公。[16]

上文所載之女鬼謝紅蓮之命運，與前述《夷堅志》〈蜀州女子〉一文中之段姓女子同樣悲慘，均因不為主母所容而遭到枉殺草瘞，造成其死後在往生路上之阻礙；幸得衛公之幫忙，不僅將其分散之遺骸全數找出，且「以溫絮裹之，綵衣覆之」，最終還為其「擇日如法葬於高原」，使可憐之謝女亡魂得以獲得未來超生之機會，衛公之善舉，實是功德無量。

綜上所述，未獲得正式下葬之幽鬼，往往無法順利轉世，而經「下葬」之儀式後，方能得到解脫。顯見「下葬」儀式，儼然是亡魂在前往下一階段時所必經之過程，未通過此一儀式洗禮之亡魂，彷彿是無法取得轉世受生之門票者，被阻隔於門外，唯有透過生者替其進行最基本之下葬禮儀，才能使幽魂得到真正之超脫。可見，對於亡者後事之處理，的確須慎重以待，方能人鬼兩安。

第二節　無法超脫

除了如上所述，許多亡魂因「受生困難」之種種原由而不得已徘

---

16 見〔宋〕劉斧撰，劉李國強整理：《青瑣高議》，頁 13-14。

徊於陽世外，更多之幽鬼是因自身意念之堅持或某種「業障」而陷入滯留困境，無法超脫。因此種原由而飄遊陽世之鬼魂，亦可分成下列幾種類型。

一　眷戀

此處所謂之「眷戀」，是指亡者對生前之人、事、物無法全然放下，在死後其魂魄仍舊為此而留連於陽世之情形而言。如《夷堅丁志》卷第三〈海門主簿〉即載：

> 通州海門縣主簿攝尉事，入海巡警，爲巨潮所驚，得心疾，謂其妻曰：「汝年少，又子弱，奈歸計何？」妻訝其不祥。簿曰：「有婦人立我傍，求緋背子，宜即與。」妻縫緋紙製造焚之。明日又言：「渠甚感激，但云失一裾耳。」妻詣昨焚處檢視，得於灰中，未化也，復爲製一衣。簿時時説：「見人從竈突中下，而居室相去遠，目力不能到。」凡月餘，預以死日告妻，奄忽而隕。官舍寓尼寺，妻不勝懼，倩兩尼伴宿。才過靈幃前，一尼遽升几坐，作亡者語，且命邀邑宰孫愬。孫來，與問答甚悉，又數小吏某人之過，乞箠之。孫如其戒，而諭以理曰：「君誠不幸，死亦命也。眷眷如是，何得超脫？」爲邀僧惠瑜説佛法，經一日，尼乃醒。及喪歸，又對眾附語，令其妻「欲嫁則嫁，切不可作羞汙門戶事，吾不恕汝」，人或疑小吏

之故云。[17]

引文中之主簿，在臨終前一、兩個月，眼前即已出現許多異象，雖然
某些異象，或許因其「心疾」而起，然其最終甚至能預知自身之死
期，的確十分不可思議。而主簿死後，其鬼魂即附身於前來伴妻同宿
之女尼身上，並透過被附身的女尼之口，交代邑宰孫懃替其懲處某一
小吏；在喪歸後，又再次附身他人以警告妻子，若不願守節，嫁則無
妨，但絕不可讓家人蒙羞，否則將不會受到饒恕。或許正如人們所猜
測的一般，主簿門下小吏與其妻之間，存在著不可告人之事，因此，
主簿死後附女尼之身請求孫懃替其懲處小吏，欲一吐怨氣，但已撒手
人寰之主簿，如孫懃所言，其鬼魂對於陽世之家人仍「眷眷如是」之
行徑，顯然成了阻撓自身前往「超脫」之途上的一種障礙，若此種眷
戀之情無法放下，其魂魄恐終究難逃徘徊與滯留之命運。又如《夷堅
丁志》卷第十八〈唐蕭氏女〉一文，更記載了亡魂眷戀所愛之情，不
管相隔幾世，仍堅持不捨之執著。其文曰：

> 殿前司遊弈軍卒李立，以貧隸兵籍，日爲主將刘馬芻。嘗至湖
> 山深僻無人處，遇女子，秀麗姝少，類仕宦家人，自邀與合，
> 仍以衣服遺之。自是日會其地，且時致錢帛給用度，立賴是少
> 蘇。其徒積訝之，意必盜也，共白主將。密使察之，無他故，
> 始疑其必有異遇。因善術者宋安國試扣焉。宋使呼立，立至，
> 作法召女子亦來，曰：「妾非今世人，蓋唐時蕭家女。立宿生
> 前乃白侍郎子，相許結昏，未嫁而妾不幸爲洛中神物所錄，遂
> 弗克諧。立福力淺薄，展轉墮爲馬曹，然妾一念故未嘗捨也。

---

17 《夷堅丁志》卷第三，頁 561-562。

近者與神緣盡，得自由，遍求白氏子後身，到此乃知爲李立，遂與償夙契。憐其苦貧，是以賙給之爾。」宋曰：「汝所與物，得非竊取乎？」曰：「非也，皆取諸豪貴家有餘者。」宋曰：「汝可速去，勿復顧戀，恐詒後患。吾當移文東嶽，令汝受生。」女唯唯拜謝而退，後果不復見。立貧如初。[18]

上文之蕭家女鬼，在幾世前之唐代，無法與李立之前身締結連理而深感遺憾，只此一念之故，遂一心尋找其輪迴轉世後之後身，終於在時代已經替換之宋代，找到了任職馬曹之李立，一遂宿願。蕭家女鬼，因對李立前身之執著，促使其魂魄甘心在陽世徘徊幾世，仍舊不改初衷，的確讓人感動，卻也令人同情。最後，在術士宋安國勸其「勿復顧戀」，並且以法讓其「受生」之情況下，才終於終止了蕭家女鬼幾世沉淪之可悲處境。此外，《夷堅乙志》卷第六〈趙七使〉一文，則又從另一個角度，記載了因為對彼此之眷戀不忘，導致亡魂徘徊於陽世之情況。其文曰：

宗室趙子舉，字升之，壯年時喪其妻，心戀戀不已，於房中飾小室，事之如生。夜獨宿次，覺有從室中啓戶出者，恐而呼侍婢，婢既應復寢，須臾間，已至牀前，牽帳低語曰：「莫怕莫怕，我來也。」時精爽頓昏，不知死生之隔，遂與共寢，歡如平生。自是日日至，每飲食必對案。僕妾輩從旁窺之，無所見，但器中物亦類有人殘餘者。繾綣益久，意中憒憒，漸不喜食，行步言氣衰劣，然未嘗與人言。有道人乞食過門，適見之，歎曰：「君甘與鬼游，獨不爲性命計！吾能行天心正法，

今以授君，努力爲之，鬼不攻自退矣。」子舉灑然悟，即再拜傳受。繪六甲六丁像，齋戒奉事唯謹。妻猶如故態，頗亦不樂，時時長吁，如不得志者。又半年，涕泣辭訣，曰：「久留，恐壞君法，吾去矣。」遂絕不至。[19]

本文與前述〈唐蕭氏女〉一文正好相反，並非是亡者對於生者之眷戀，而是生者對亡者之過度執著，此種情況，同樣會導致亡魂無法超生。亦即，對於死亡之親人過度懷念，無法放下對死者之情，則反而會導致亡者無法安心離開，而為此世所牽絆，更是難以解脫。顯見，在面對「死亡」之心態上，不管是生者，抑或是死者，均須懂得適時「放下」對彼此的眷戀與執著，方為良策，否則，對彼此而言，都是一種磨難。[20]此外，《夷堅三志己》卷第四〈傅九林小姐〉一文，則描寫了另一種為所愛而甘願滯留於陽世的幽鬼形象。其文曰：

傅七郎者，蘄春人。其第二子曰傅九，年二十九歲，好狎遊，常為倡家營辦生業，遂與散樂林小姐綢繆，約竊負而逃。林母防其女嚴緊，志不能遂。淳熙十六年九月，因夜宿，用幔帶兩條接連，共縊於室內。明日，母告官，驗實收葬。紹興三年

---

19 《夷堅乙志》卷第六，頁235-236。

20 《夷堅支戊》卷第十〈程氏買冠〉一文亦反映了同樣之觀念。其文曰：「浮梁臧灣士人臧慶祖，娶妻程氏，恩義甚篤。程年不及三十而亡，臧念之不替。每日上食靈几，必自設匕箸於側，與相對飲饌，夜則寢其幃室，雖葬畢亦然。嘗往田舍收租，祝之曰：『我今出西莊，暫捨汝去，勢須留一月。已戒某妾謹潔供饌矣，無用感戚。』遂行。」（頁1129）故事後段竟然出現程氏現形，向前來兜售飾品之小販購買頭冠，最終造成不小之騷動的情節。可見，就因為丈夫之執著，導致亡靈魂魄滯留其家，並仍舊按生前模式與人交接，而產生無法脫離之情況，令人感嘆。顯然，「執著」與「放下」，其間之利害輕重，恐怕只有當事人彼此能夠衡量矣。

春，吉州蘇客逢兩人於泰州酒肆，為主家李氏當壚供役。蘇頃
嘗識傅，問其去鄉之因，笑而不答。蘇買酒飲散。明日，再往
尋之，主人言：「傅九郎夫妻在此相伴兩載，甚是諧和。昨晚
偶一客來。似說其宿過，羞愧不食，到夜同竄去。今不復可詢
所在也。」[21]

生前無法長相廝守的一對戀人，最終選擇一起自縊殉情，雖然做法過
於極端，但頗令人同情。然而，讓人驚訝的是，此二人之魂魄卻能在
死後形影不離，現身陽世繼續完成生前無法達成之心願，即使是為人
僕婢替主人賣酒，想必亦是一種幸福。其二人之魂魄，在得以投胎轉
世之前，能一起在陽世徘徊滯留，應是甘之如飴的，而此類故事之所
以出現，其中的部分原因，相信應是對於在世上未能實現之愛情的一
種補償心理吧。

　　然而有趣的是，無論是生者或是亡魂，不僅是對人，有時對於
「物」，亦會產生莫名執著之情況。如《夷堅支癸》卷第五〈白雲寺
行童〉一文，即為一例。

淳熙三年夏，吳伯泰如安仁，未至三十里，投宿道上白雲寺，
泊一室中。喜竹榻涼潔，方匹馬登頓頗倦，不解衣曲肱而臥。
朦朧間見小行童，垂苗髮，着短褐衣，拱手側立，情態甚恭。
云：「主僧遣邀飲茗。」語之曰：「容我睡少時便去見。」童不
答，亦不退。俄然而隱，吳殊未以為疑。再合眼，復在側。又
與之語，不答不退如初。乃急起訪僧。笑曰：「比有士大夫暫
憩此榻，所睹亦然。蓋昔時行童某者，性好雅淨，自買此受

用,而去年已亡。小兒癡迷,故尚爾戀着,亦可念矣。」吳勸付諸火以絕之,其怪遂息。[22]

文中所記載之小行童,對於生前所愛用之竹榻,即使死後仍懷著不捨與眷戀之情而為其所束縛,不斷地執著於此,而無法解脫。雖然不知在竹榻焚毀以後,小行童是否得以立即超生轉世,但若無吳伯秦之建議以斷其念,小行童恐永無超脫之日矣。又如下文之安國寺僧妙辨,亦同樣的為生前的喜好之物所羈絆而顯現了可悲之幽鬼痴相。《夷堅支乙》卷第三〈安國寺僧〉記載:

> 饒州安國寺據莊園田池之入,資用饒洽,勝於他剎,名為禪林,而所畜僧行皆土人相承,以牟利自潤。僧妙辨者,尤習為不善,于持戒參學,略無分毫可稱,衣鉢差厚,保護之如頭目。紹熙甲寅五月,以病死。臨命之際,喉中介介,若貪戀不忍捨之狀。寺眾在傍觀之,知其昏於篋櫝精神混亂所致。既絕就殯,行者法珍守其柩。未及舉焚,六月旦日將黃昏,法珍方蓺燭炷香,覺左右前後履聲窣窣,四顧無所睹,頗疑懼焉。且二鼓,寐未熟,見妙辨從壁畔徐徐而來,貌如生時,手拍供案,彈指長吁,又往發遺篋,周視所貯,復闔之,繼撤關啟戶,旋亦闔之,作怒推壁,兩堵焘然而摧。珍大駭呼救,乃滅。由是感疾,幾死。主僧命厥侶奉柩出城焚之,而悉斥賣其物,為修薦畢,怪變始息。[23]

妙辨對於生前所喜愛、擁有的一切,全珍藏於箱篋中,即使病故,其

---

22 《夷堅支癸》卷第五,頁1258。
23 《夷堅支乙》卷第三〈安國寺僧〉,頁812。

魂魄仍對此念念不忘，流連篋側；殊不知對於亡者而言，一切實體存在之物，均已無法受用且毫無意義，卻對此作出惋惜的憤怒之態，直至圓寂後亦無法放下，顯見，即使生前身為佛門子弟，按理應視一切為虛無、萬物皆空之僧人，有時亦難於看破一切，放下某些執著，妙辨鬼魂之現身，在此顯得格外地諷刺。

　　綜上所述可知，人在臨終一刻，均須放下對此世所執著與眷戀之一切，方能得到真正之解脫。若非如此，恐將成為永遠沉淪於陽世而無法轉世之孤魂滯魄矣。

二　地緣縛靈

　　因地緣（命終之處）關係而形成之亡靈固著於其處之情況者，為方便論述起見，筆者將此類亡魂以「地緣縛靈」稱之。[24]因其處為亡魂生前的命終之所，是以一般人之觀念中總認為亡靈有徘徊其處之可能。直至今日為止，中國人往往在造成死亡事故之現場為亡靈所進行之招魂儀式，應與傳統觀念中死者靈魂會在命終之所徘徊的認知有關。此種關於地緣縛靈之描述，歷代文獻中不乏記載，《夷堅志》自不例外。例如《夷堅丙志》卷第十六〈會稽儀曹廨〉一文即出現相關之記載。

　　嚴陵江珪，紹興中權浙東安撫司屬官，居于會稽舊儀曹廨中。

---

24 日語中有「地縛靈」一詞，相當於英語中的 restligeists。常指因無法接受自身死亡，或不知自身已死之亡魂，徘徊在其死亡之所在或建築物而無法離開之鬼魂而言。而本文此處所謂之「地緣縛靈」之「地緣」，除了日語所指出之「死亡所在」之概念外，亦包含亡者死後棺木的放置或暫殯之所。

二子年皆十餘歲，早起至中堂小閣內，見婦人羅衫而粉裳，就其母裝梳處理髮，訝非本家人，走入房白父。珪亟起視之，尚見其背，入西舍一嫗榻旁而滅。呼嫗起語之，嫗曰：「今日天未明，婦人在窗外折桃花一枝，簪於冠，笑而入，恍惚間復睡，竟不知為何人。」珪以問守舍老闇卒，曰：「二十年前，柳儀曹居此時，其子婦以產厄終室中。今出見者，其人也。」世傳鬼畏桃花，其說戾矣。[25]

文中記載了因難產而死亡之柳儀曹媳婦，其魂魄在二十年後，仍出現在其命終之所的儀曹官廨中，可見，此女鬼之魂魄應已在此徘徊二十年之久而無法轉世，的確可憐之至。而類似此種，產婦因難產死於官曹、官舍之記載，似乎在傳統舊社會中頗為常見。在《夷堅三志己》卷第五〈趙不刊妾〉一則中，亦出現類似之內容。其文載道：

荊門僉判趙不刊，一妾曰憐憐，以產子死於官舍，而精魄罔罔，常若在家。每五更必出堂門屏外，呼喚吏卒云：「安排官人轎子。」皆以為宅中他婢，但嫌其太早，悉起伺候。淹久困歇，則又復爾，訖於趙之去。代者許鼎臣至，鬼亦常出沒。乃擇行法道士，書符焚於所斃之室以禁制之。然後稍息，竟不能絕也。許未終更而卒，故鬼得而撓之云。[26]

前述柳儀曹之已亡媳婦，其魂魄徘徊於命終之儀曹官廨，偶爾現身使他人受到驚嚇，但並未危害生者。而此文所述趙不刊之妾憐憐，即使死後，仍忘不了生前的職責，造成僕隸們之困擾，雖然不致帶給他人

---

25 《夷堅丙志》卷第十六，頁 502。
26 《夷堅三志己》卷第五，頁 1342。

災難，但屢遭騷擾之焦躁與畏懼，的確使居住者難安。而上述二文中所記載之兩位女鬼，因不詳其徘徊於命終之所的原因或目的為何，也因此，即使請道士行法禁制，仍舊無法順利驅除鬼魂，只能與鬼共處，或許最終只有搬離其處，才能獲得根本的解決。

不過，對於此類地緣縛靈，有時小有解決之法。例如：《夷堅三志辛》卷第五〈解脫真言〉一文即載：

> 吳周輔灌圃之僕曰操全，勤幹悉力，夙夜不怠。慶元三年，忽不疾而死，而魂魄精爽，不離故處。人往遊者，聞其謦欬之聲，與平常不異。念其存日忠謹，不忍使巫卻逐。館客徐聖俞舊傳西天三藏法師金總持釋迦往生三真言，其一曰「唵牟尼牟尼摩賀牟那牟曳莎賀」。其二曰「唵逸啼律呢娑縛阿」。其三曰「唵似呢律呢娑縛訶」。凡世人死而未解脫者，或為誦之，或為書之，無不獲應，因勸周輔板印貼於操全止息之所，自此影響寂然。[27]

對於「魂魄精爽，不離故處」的亡僕操全，吳周輔不忍召喚巫者將其驅逐，幸好其館客徐聖俞熟黯西天三藏法師金總持釋迦〈往生真言〉，於是操全之魂魄遂藉由〈往生真言〉之祝誦協助之下，從此不再出現，相信其最終應已獲得解脫矣。此文欲推崇〈往生真言〉之功效的意旨十分明顯，而所謂「真言」，通常即指密教之咒語。夏廣興謂：「唐代中期密宗興起，此風始熾，密教稱咒為真言，故密宗又名『真言宗』。『真言』，是佛、菩薩、諸天的密語，由真如法身心中流出，能以簡單的語音符號總括佛菩薩功德、誓願及佛法精義，故又名

---

27 《夷堅三志辛》卷第五，頁1419。

『總持』。」[28]從上文中所謂之「凡世人死而未解脫者，或為誦之，或為書之，無不獲應。」之記載來看，〈往生真言〉就如其名稱一般，對於徘徊於陽世之滯魄，往往能助其順利獲得往生。此外，又如《夷堅志補》卷第十六〈處州山寺〉記載：

> 處州縉雲縣近村一山寺，處勢幽僻，有閩僧行腳到彼，憩於且過堂。經數日，當齋時，不展鉢開單，寺僧邀茶，語之曰：「堂中獨臥，無恐怖乎？且何以不索食？」曰：「身老矣，不能免食肉，荷小行哥勤，渠初非舊識，而每夜攜酒炙果食見過。此必諸尊宿相憐，遣來存慰。既得酒饌飽足，何必又叨齋食？」寺僧曰：「非也。二三年前，有小童名阿伴，自縊於此堂，常常出惑人。有雲水高人寓此，必出煎湯煮茗，供侍謹飭。前夕，本寺一房內有壺酒合食忽不見，疑師所享，必此也。懼為彼所惑，今夜倘再來，願斥之曰：『汝非阿伴乎？何得造妖作怪，不求超脫？』徐察其色相如何。」客僧受教。夕復至，即如所言責之。童面發赤色，無以對，吐舌長尺餘而滅。後來宿者，不復有影響矣。[29]

自縊於山寺且過堂之小童阿伴，在其死後魂魄仍不時地徘徊於自縊之處，並與人周旋，雖未驚嚇投宿之僧人，但私自竊取寺中物品之做法，的確使得寺方人員感到困擾，幸好最終投宿此處之客僧，依照寺中僧人之建議，以其名詰問、並叱責之，遂使得小亡童在露出縊鬼變相後，自此消失不再現身，讓之後投宿山寺之旅客，不再受到鬼魂之

---

28 夏廣興著：《密教傳持與唐代社會》（上海市：上海人民出版社，2008 年 4 月），頁 102-103。

29 《夷堅志補》卷第十六，頁 1700-1701。

干擾。寺僧以縊鬼生前之名（阿伴）告知投宿客僧之目的，應是知曉以此法可以讓其自動消失的緣故；因為，「叱鬼之名」實為六朝以來，道徒們有時藉以退鬼的方法之一，而文中客僧亦的確藉此法而達到目的，顯然此法有其效果在。關於包含此種「叱鬼之名」在內的各種退鬼之術的探討，將詳述於本書第五章第三節，在此暫略不提。

　　整體而言，宋人志怪、筆記中有關地緣縛靈之記載為數甚多，顯見認為靈魂會徘徊於臨終之所的看法，應是許多宋人的普遍認知。首先，從《夷堅志》所載此類故事之整體來看，若以地點而言，地緣縛靈最常出現的是宋代各處的寺院，其次是邸店及官舍或官廨。寺院成為多數鬼魂的徘徊之所，有部分原因應與宋代的厝柩習俗有關，因為在宋代，將死者棺木寄置寺院之風俗十分盛行，所以各處佛寺常出現幽鬼現身之傳聞，而投宿其處者往往遇鬼之事件，遂在宋人志怪、筆記中多見記載矣。關於厝柩寺院等相關問題，將於下一章處進行詳述，在此先行略過。至於邸店與官舍或官廨中之所以常有鬼類出現，從《夷堅志》所載來看，均與死於此所之亡靈的現身有關。[30]

　　其次，除了地點之外，成為地緣縛靈而滯留陽世的亡者中，以自縊身亡者最多，亦有部分是因產難而離世的婦女，此二者均是屬於非自然死亡的亡靈，從某種角度而言，死者本身往往帶著某種遺憾或怨

---

30 首先，與邸店之鬼有關之例：例如《夷堅丁志》卷第十五〈張客奇遇〉（頁 666-667）、《夷堅支乙》卷第三〈劉氏僦居〉（頁 812-813）及《夷堅支庚》卷第六〈處州客店〉（頁 1178-1179）等。其次，與官廨或官舍有關之例：例如《夷堅丙志》卷第十六〈會稽儀曹廨〉（頁 502）及《夷堅志三志己》卷第五〈趙不刊妻〉（頁 1342）之二者，皆為產婦因產難而死於官廨或官舍之故，而《夷堅支景》卷第八〈汀州通判〉（頁 945-946）一文之眾鬼，則為前後近十任死於任所官廳的故通判們。而沈宗憲曾提及：「官舍多怪，可謂是宋代鬼傳說的一個特色。」並推測其原因可能有三項：「一是人死於某地；二是人葬於某處，該地本為官舍，或日後為官舍；三是官員本身道德因素。」（詳見氏著：《宋代民間的幽冥世界觀》〔臺北市：商鼎文化出版社，1993 年 3 月〕，頁 87-88）

恨而離世，因此其魂魄固執地停留於往生之處的意念遠比其餘正常死亡之鬼魂更為強烈，而其中的某些鬼魂甚至會出現作祟生者之駭人舉動[31]，因此，對於此類非正常死亡之「暴死」者的恐懼，就一直延續至後代。甚至於到了清代，竟出現了因難產而逝世之亡魂亦如投繯身亡的縊鬼（即吊死鬼）、縱身入水之溺鬼（即水鬼）一般，須尋求「替代」方能轉世超生的觀念[32]，的確令人匪夷所思，只能說在傳統社會中，部份中國人之內心，對於「暴死」或「凶死」者所產生的畏懼，是無比巨大的，因此，心靈深處認為此輩鬼魂會為祟他人藉以自代之恐懼，則有無限膨脹之可能性。

第三節　因緣夙契

因為某些命中注定的因緣夙契，亦會產生亡者在死後必須暫時停留於陽世之情況，待此段因緣遇合、了卻，方能獲得解脫。《夷堅三志己》卷第四〈暨彥穎女子〉一文記載：

> 章丘暨彥穎，以乾道庚寅秋虜大定十年省親臨濟回。天色未

---

31 關於地緣縛靈所引起之鬼祟問題，詳參本書第五章第二節「三、地緣鬼祟」一項。

32 清人俞樾《右臺仙館筆記》中即記載：「楚人有梅姓者，官於中州，其妻將產，使人召收生嫗。嫗至，見一婦待於中堂，服飾甚豔，戴花滿頭，責嫗曰：『來何遲也？人家何等大事，汝乃遲滯如此乎？』嫗惶悚謝過，乃傴入房視產婦，而婦產頗不易，久之，勢甚危殆，嫗曰：『事至此，恐不可為諱矣。宜請主婦來。』其家人曰：『產者，即主婦也，吾家安得更有主婦？』嫗曰：『待我於堂，且責我遲滯者，誰歟？』家人聞之，皆大駭異，謂無是人。嫗不信，徧索之，果無有。已而其婦竟卒。後有知者曰：『舊有朱姓居此屋，其婦以產難卒。據嫗所見，與朱氏婦，形狀相同，殆必其鬼矣。』豈以產難卒者，亦如縊鬼、溺鬼之求代歟？」（見〔清〕俞樾：《右臺仙館筆記》卷六，收入《筆記小說大觀》〔臺北市：新興書局，1977 年〕，十六編第 7 冊，頁 4066-4067。）

晴，而陰昧冥晦。謂為日暮，求託宿之所，得一邸店而居。方
倦憩房內，一女子推戶欲入。問為誰，搖手不答，且揜其口。
暨在羈旅，深悅慕其貌，又密問之，對曰：「我即南鄰京氏處
女也。知爾至此，故竊相就。」暨大喜，留與共宿。未曉，促
啟程，因隨歸里，情好轉篤，目之曰京娘。經歲餘，同一家出
游野外，見墓祭者擘裂紙錢，忽大慟曰：「未知我父母曾為我
添墳上土否？」眾駭而扣之，不肯言。晚歸舍亦默，中宵長
嘆，執暨手曰：「我實非人，死去已久，但精識不泯，得以周
旋世間。與君有夙契，得諧伉儷之歡，茲暫請別。明年今日，
當再會面於郊矣。」遂趨出不見。及期，果遇之。泣敘暌闊，
暨挽與歸，辭不可，曰：「會合有時，非由我也。我便去，只
遣一僕相從，君不宜往。」乃如之。僕躡步可三里，抵茂林，
女入其中，有數侶伴出迎，載以驢而逝。暨憶念成疾，竟致淪
喪。臨終，猶眷眷稱京娘不已。[33]

　　文中之暨彥穎與京娘之遇合情況，乃一般志怪小說中所常見之人鬼戀
情節，京娘因與暨彥穎有「夙契」之姻緣，因此兩人注定要相遇，而
京娘也注定須為此段遇合而徘徊人世，然而，兩人的此段姻緣與遇
合，最終卻也讓暨彥穎付出了近於以身殉情的死亡代價，讓人無限感
慨。在得知京娘之非人面目後，暨彥穎對其痴情依舊，對於京娘之離
去，因無法承受而罹疾淪喪，兩人之相遇，究竟是幸還是不幸，只有
當事者能感知矣。

　　此外，又如《夷堅支甲》卷第六〈西湖女子〉一文中，提及江西
某官人在前往調官途中，在西湖附近巧遇一民家女子而兩心相悅，但

最後因女子父母之反對，官人斷念獨自離開。五年後，舊地重遊，再度與已成亡魂之女子在途中相遇，女子以謊言相酬答，兩人一償宿願地一起生活半年。然而，人鬼殊途，兩人之緣分終究須畫上句點，官人在提議攜女離開之際，女鬼於是：

> 始斂衽顰蹙曰：「自向來君去後，不能勝憶念之苦，厭厭感疾，甫期年而亡。今之此身非人也，以宿生緣契，幽魂相從，歡期有盡，終天無再合之歡，無由可陪後乘，慮見疑訝，故詳言之。但陰氣侵君已深，勢當暴瀉，惟宜服平胃散以補安精血。」[34]

與上文京娘、暨彥穎間之遇合相同地，西湖女子之鬼魂亦因「宿生緣契」而得以和官人共渡半年之時光，兩人在該遇合之期限已盡後，最終分道揚鑣，而官人亦按女鬼之誡，以平胃散止暴瀉。官人其後每當向他人提起此事時，仍懷悽悵不已之情，顯見，愛到深處，實難以因異類相隔閡矣。

第四節　業翳牽纏

所謂「業翳牽纏」，乃是源自於宗教中的觀念而來，即亡魂因為某些個人的「業」，因此必需在死後暫時徘徊陽世，無法立即解脫，待「業翳」去除後，方能遠離羈絆。例如，《夷堅志補》卷第二十一〈鬼太保〉一文即載：

---

34 《夷堅支甲》卷第六，頁 754-755。

京師省吏侯都事一妾懷妊，未及產而死，葬於城外二年。旁近
居人，數見一婦人往來，每歸必攜一餅，久而共疑其事，蹤跡
所由，知為侯氏妾，往告侯生。侯從省中歸，適與相遇，妾闊
步而走，侯逐之，相去十餘步，不能及。出城訪瘞所，略無隙
罅，惘惘然，因為守冢僧言之。僧曰：「此為業翳牽纏，未能
解脫，當舉焚其骨，使得受生。」會寒食拜掃，遂啟其藏，見
白骨已朽，一嬰兒坐於足上食餅。眾大駭，視此兒蓋真生人，
眉目可愛，姨媼輩抱出撫翫，便能呼父母為爹爹媽媽。侯無
子，以為神貺，鞠養之甚至。[35]

已往生超過二年之妾卻時常現身，無法安息，乃肇因於需照料其死後
在墓中所產下之子；故事之內容確實荒誕不羈，已化為白骨之妾，卻
能攜餅餵子，掬養小兒，讓人匪夷所思，但母愛之偉大，則令人感
佩。而正因為如此，已亡之妾，在愛兒之存在為人所發現之前，其必
須停留於陽世，而無法解脫。然而，此種死後墓中產子之傳說或記
載，不僅是《夷堅志》，在其餘宋人志怪、筆記中亦偶見記載。例
如，前引郭彖《睽車志》卷三中即載：

汴河岸有賣粥嫗，日以所得錢，置缻筩中，暮則數而緡之，間
得楮鏹二，驚疑其鬼也。自是每日如之，乃密自物色買粥者。
有一婦人，青衫素裲襠，日以二錢市粥，風雨不渝，乃別貯其
錢，及暮視之，宛然楮鏹也。密隨所往，則北去一里所，闃無
人境，婦人輒四顧，入叢薄間而滅，如是者一年。忽婦人來謂
嫗曰：「我久寄寓比鄰，今良人見迎，將別嫗去矣。」嫗問其

故。曰：「吾固欲言，有以屬嫗。我李大夫妾也。舟行赴官，
至此死于葦間，薰葬而去。我既掩壙，而子隨生，我死無乳，
故日市粥以活之。今已期歲，李今來發叢，若聞兒啼，必驚
怪，恐遂不舉此子。乞嫗為道其故，俾取兒善視之。」以金釵
為贈而別。俄有大舟抵岸，問之，則李大夫也。徑往發叢，嫗
因隨之。舉柩而兒果啼，李大夫駭懼，因為言，且取釵示之。
李諦視，信亡妾之物，乃發棺取兒養之。[36]

此文同樣地反映了「為母則強」的亡靈形象。即使身故，仍能藉著鬼
魂之姿，穿梭於陽世，為鞠養死後產下之子而徘徊滯留，展現了令人
動容之一面。然而，此種傳說或異聞之所以產生，其背後往往隱含了
某種民間俗信或文化意義之訊息。在較早之南朝宋劉敬叔（生卒年不
詳）《異苑》卷八中記載了關於孕婦身亡後，處理喪葬問題時的禁
忌，其文曰：

> 元嘉中，沛國武漂之妻林氏懷身得病而死。俗忌含胎入柩中，
> 要湏割出，妻乳母傷痛之，乃撫尸而祝曰：「若天道有靈，無
> 令死被擘裂。」須臾尸面頩然上色，於是呼婢共扶之，俄頃而
> 墮而尸倒。[37]

文中提及在六朝時期民間對於身懷六甲之孕婦死亡，是十分忌諱將產
婦連同腹中胎兒一起入棺的，因此，一般之做法，必須要先剖腹將胎
兒取出後方能入殮下葬。因為此種禁忌之故，文中林氏之乳母才撫屍

---

36 見〔宋〕郭彖：《暌車志》，頁 27-28。
37 〔南朝·宋〕劉敬叔撰，范寧校點：《異苑》（北京市：中華書局，1996 年 8
月），頁 82。

痛哭，希望林氏之遺體不要受到毀傷。然而，不知是精魂有感抑或是精誠動天，最終死屍竟能產子，確實不可思議，林氏之遺體，最後能以無損傷之情況下入棺下葬，的確值得慶幸。而傳統觀念中之所以忌諱含胎入柩，應是害怕未能產子而身亡之孕婦，其鬼魂會因為執著或遺憾而無法解脫，甚至作祟的關係。此種對於未產卻身亡之孕婦不可直接入棺之禁忌，不僅是在中國，在臨近之日本亦是相同的。因此，澤田瑞穗（1912-2002）提及：

> 在孕婦未產而身亡的情況下，將孕婦之腹部剖開取出胎兒，並將母子一同埋葬的習俗，至明治末期為止，在日本各地經常出現。特別是在愛奴人之間所舉行之 ufui（ウフイ）儀式與此是目的相同的，而其主角是村中的老婆婆。在孕婦的遺體放入墓穴之後，把黑布覆蓋在臉上的老婦，揮舞銳利鐮刀剖開孕婦腹部，取出胎兒排放在母親身旁，並將其背對背埋葬。因為，將胎兒抱在腹中的話，身為女人的執著念頭將會存留於現世，說不定會作祟，所以即使看似殘酷，實際上是親人的悲傷同情以及畏懼，讓此種怪誕儀式產生的。[38]

顯見，在某些民間習俗上，不同民族間往往會出現類似之處理做法，而忌諱已亡孕婦含胎入柩之觀念與習俗的產生，相信中、日民族間的思考模式，應有某些雷同之處。此外，又如《夷堅三志辛》卷第二〈彭師鬼孽〉一則記載：

> 鄱陽之俗，師巫能事鬼者，謂之行頭梁。彭師者，以慶元元年

---

[38] 詳參澤田瑞穗著：《修訂鬼趣談義──中国幽鬼の世界》（東京都：平河出版社，1990 年 9 月），頁 56-57。

病疫死,所居在中朋巷。後二年,其妻招民楊二共居,而盡以
故夫常用螺鼓牛角,售與女覡郝娘。已而郝偶徙室為鄰,當召
集鬼神之際,彭聞鼓聲則出,至公然現形,毆逐下梁者。郝
懼,持所得器物儗之瓦市作場,彭妻亦捨去。獨楊二猶處之,
每夫婦夜寢時,必為彭扯拽下地,責罵言:「汝那得起離我老
幼,占我房宇!」晝日亦出,拋擊盤盂桌凳,楊遂遷居。自遇
夜則徧敲眾鄰門戶,稱:「東鄰西舍,全不念故舊,既使郝娘
奪我行頭,又接我門徒知識。」至今撓害未已。彭生為人時,
傳習妖詐,死而自墮業網中,真可笑也。[39]

生前從事巫職之彭師,在罹患疫病身故後,因為生前所學不正,造諸
多「業端」,是以死後,其鬼魂仍不斷返回陽世,騷擾生前所識,不
僅造成左鄰右舍之困擾,其自身亦無法解脫。然而,令人不解的是,
彭師所造之「惡業」,卻要他人同擔惡果,的確頗無道理。顯見,世
間所謂「個人造業個人擔」之說法,有時似乎並不全然如此。當然,
生前習妖詐之術的彭師,死後亦令人畏懼與厭惡,或許顯示了生為惡
人,往往死為惡鬼之觀念的顯現。

第五節　冤屈未伸

因為受冤枉死,魂魄無所歸之亡魂,一心想尋求冤屈獲伸而在陽
間滯留遊蕩,其情可解亦可憫。如《夷堅丙志》卷第七〈安氏冤〉中
記載:

---

39 《夷堅三志辛》卷第二,頁1399。

京師安氏女，嫁李維能觀察之子，爲祟所憑，呼道士治之，乃
白馬大王廟中小鬼也。用驅邪院法結正斬其首，安氏遂蘇。越
旬日復作，又治之。祟憑附語曰：「前人罪不至殊死，法師太
不恕。」須臾考問，亦廟鬼也，復斬之。後半月，病勢愈熾。
道士至，安氏作鬼語曰：「前兩祟乃鬼爾，法師可以誅。吾爲
正神，非師所得治。且師既用極刑損二鬼矣，吾何畏之有？今
將與師較勝負。」道士度力不能勝，潛遁去。李訪諸姻舊，擇
善法者拯之。纔至，安氏曰：「勿治我，我所訴者，隔世冤
也。我本蜀人，以商賈爲業。安氏，吾妻也。乘吾之出，與外
人宣淫，伺吾歸，陰以計見殺。冤魄棲棲，行求四方，二十有
五年不獲。近詣白馬廟，始見二鬼，言其詳，知前妻乃在此。
今得命相償，則可去，師無見苦也。」道士曰：「汝既有冤，
吾不汝治。但曩事歲月已久，冤冤相報，寧有窮期？吾今令李
宅作善緣薦汝，俾汝盡釋前憤，以得生天，如何？」安氏自牀
趨下，作蜀音聲喏，爲男子拜以謝。李公即命載錢二百千，送
天慶觀，爲設九幽醮。安氏又再拜謝，欻然而蘇。[40]

因前世所犯下之罪過，在此世仍須受到前世罪業之糾纏，的確駭人聽
聞。然而，有時已糾結之冤業，似乎是非解不可，即使早已物換星
移，人事已非，幾番輪迴轉世，該解之結，時機一至，仍舊須面對處
理。因此，文中之安氏，終究須面對前世所犯下之惡業，而在此世遭
受鬼擾之苦，幸虧找到善於施行道法者居中協調，最終讓冤魂釋懷，
不再為祟，而安氏亦撿回一命。文中冤魂，為報被害之仇，死後在陽
世盤旋，苦苦尋求加害者二十五年，其可悲之命運，亦著實令人同

情。當然，其最終願意聽從執道法者之規勸，盡釋前憤，也讓自身得到薦拔，是一種明智的決定。因為，若不肯放下怨憤之心，執意報復對方，或許在下一場輪迴中，彼此之命運又須再次糾結，那麼，劫難就永無中止之期矣。可見，許多時候，選擇放過對方，等於救贖自己，冤家宜解不宜結，的確是深奧的哲理。

又如《夷堅丁志》卷第十五〈水上婦人〉一文記載：

> 政和間，京西路提點刑獄周君以威風陗直震郡縣。嘗乘舟按部還，遙見水上若婦人，長尺餘，衣袂蹁躚，迎舟而下。泊相近，容色凄慘，類有所愬。及相去只尺，迷不知所在，疑為偶然也。次日所見復如之，其色益悲。周謂必冤魄伸吐，遂停棹，即近縣追一倡，須語言稍警惠者。眾莫測何為。既至，衣冠焚香，祝之曰：「汝果抱冤，當憑此倡以言，吾為汝直。」須臾，倡凜凜改容，哀且泣，音聲如他州人，云：「妾某州某縣某氏，為某人謀財見殺，事不聞於官，無由自白，敢以遺恨告。」周隨錄其語，密檄下彼郡捕得凶民，一問具伏，遂置諸法。[41]

上文中被殺害奪財之女鬼，因自身之冤屈未獲平反，內心懷怨慽慽，因此亦無法解脫受生。於是，冤死女鬼現影於提點刑獄周君之眼前，企圖傳達求助之意念，最終獲得周君之協助得以一雪冤屈，可謂結局圓滿。從周君看見幽鬼哀怨地現形，即採取緊急之措施，讓亡魂附身倡女，一吐冤情之做法來看，周君的「威風陗直」之行事作風與性格，顯露無遺，也正符合《宋史》卷一百六十七〈職官志七〉上所

---

41 詳見《夷堅丁志》卷第十五，頁 665。

載：「提點刑獄公事：掌察所部之獄訟而平其曲直，所至審問囚徒，詳覆案牘，凡禁繫淹延而不決，盜竊逋竄而不獲，皆劾以聞，及舉刺官吏之事。」[42]之提點刑獄官所須顯現的模範形象。而含冤未伸導致滯留陽世之文中女鬼，其所以現身周君眼前之原因，亦自不言而喻矣。雖然不知女鬼在冤屈平反後，是否得以立即解脫，但其徘徊人世的強烈意念與執著心，相信應已得到釋放矣。

第六節　枉死不明

因為枉死而導致亡魂徘徊於陽世之情況，與前述（一）「未合死」之狀況頗為類似，然不同的是，「未合死」者，通常是經過地府一度收押，確定死期未至，因無法羈留，遂暫時放任幽鬼遊蕩陽世之情形居多；而枉死之鬼魂，大都是地府在未立即得知之情況下所產生的，因此，若幽鬼自身未徑自投身地府，則可在陽世閑遊。如《夷堅三志己》卷第二〈許家女郎〉一文記載：

> 尤溪民濮六，亡賴狂蕩，數盜父母器皿衣物典質。父濮五，遣詣市鋪，從財主為役，亦復侵盜妄用。慶元三年二月，為父所逐，又竊母一金釵，不敢歸，欲駐跡坊港，慮遭執縛，乃遁於蓁野間。困睡過中夜，月色正明，見好女郎獨坐大樹下，問之曰：「地夐夜深，人家小娘子安得來此？」女曰：「我非人，是鬼耳。」濮曰：「姐姐若是鬼，如何月下有影，且作人說話，聲音清亮，故來相戲也。」女曰：「與你方相見，何由嚇汝？我是縣市許七郎室女，因月經正行，為鄰里炒鬧隔住，遂成大

病，以致身亡，葬於此地。緣生前未聘事，兼是枉死，魂魄更無歸著，漫出閑遊。尋常但聞鬼詐為人，迷惑生者，豈有肯自稱是鬼？茲可無疑。趕問哥哥姓第？」曰：「濮六。」女曰：「六哥速歸，這裏不是六哥來處。」濮曰：「為不合使過父母錢物，趕逐在外，無可奈何。」女令少住，遽於十數步間，取起絲花綾木錦各一匹，與之曰：「用此變轉，可以陪得。幸便回程。」濮捧接感謝。擬行挑狎，女忽不見。濮始懼，乘月還邑。明日，攜三縑出，適逢許七者評價欲買，而認為女棺內所將，即拉鄰里收執，謂其刧墓。濮述昨夕事，眾皆弗信。呼集都保，詣彼實驗，略無損動之跡。破柩視之，尸已不存，殮時十縑，其七仍在。許哀慟而反。[43]

引文中的許姓女鬼既不作祟亦不為厲生者，甚至還以棺中陪葬之物贈予浪蕩子濮六，欲助濮度過難關，顯現了鬼亦有情之一面。女鬼的死亡之由，據其本人所述可知，乃發端於極為渺小之原因，最終卻因此枉送性命。因為是毫無預期之枉死，或許地府尚未得知或是在處理上措手不及，所以其魂魄無所歸，只好漫出閑遊於陽世中，等待未知的命運。不過，許姓女鬼自身雖然陷入無所適從的茫然之境，在遇見濮六後，竟仍願意伸出援手，顯見其善良之本性；以此善良之心，相信在不久之將來，其徘徊遊移之魂魄，應可得到解脫。

又如《夷堅三志壬》卷第八〈光山雙塔鬼〉一文，亦記載了葉真常道人，在淳熙元年投宿光山縣境雙塔寺時遇鬼之事；葉道人在被寺中兩童行帶入小房後：

---

43 見《夷堅三志己》卷第二，頁1317。

即就臥，似睡不睡，見兩僧自地踊出，又一少年，丰儀爽秀，若仕宦家子弟，續奔出，並立於房中。葉料其非人，亟起坐，存神定息，叩齒數通，良久，三人俱入地。過三更，復如前，葉叱之曰：「汝輩想是達理耿介之士，或枉死不明，或伏尸不化，愚愚相守，無解脫期。今當聽我言，捨故時形骸，反自己真性，再歸人道，何所往而不可。」語才畢，覺冷風颯然，三鬼皆失所在。葉寢至鐘動，聞戶外人聲，起開門，見僧行三四輩來問：「夜中無異境界否？」葉以實告知，皆有慚色。一僧引手指床下云：「二十年前麻城王主簿喪一子年二十四歲，寄攢於此，更不來取，寺中不敢輒舉化，每夕必出為怪。乾道間，行腳兩僧旦過，止于房，不信有鬼，一夜魘殺，因是同為人害。昨暮山主怒道人之來，故令就宿耳。」葉厲聲叱罵，不顧而行。自後聞三鬼果絕迹。[44]

雖然不知上文中王主簿之子何以身亡，但二僧的確是因為受到主簿之子的魘殺而枉死，因此其鬼魂未立即受到地府收押，卻徘徊於雙塔寺的某房中，作祟驚嚇後來之入居者。幸好此回入住者為懂得施法之葉道人，靠著不懼之心以理論鬼，最終驅退三鬼，不至釀成災難。然而，此文所載之枉死鬼與上文所述之許姓女鬼不同，顯現的是令人畏懼的惡鬼之態。

　　此種因為枉死，所以造成鬼魂未立即受到陰間收管，而可以漫出閑遊、徘徊陽世之觀念，直至後代之作品中，亦可見記載。清代蒲松齡（1640-1715）《聊齋誌異》卷五〈章阿端〉一文中，即提及：當故事主角戚生詢問女鬼阿端為何可以閒散各處，不受監管之問題時，阿

---

44 詳見《夷堅三志壬》卷第八，頁1531。

端回答曰：「凡枉死鬼不自投見，閻摩天子不及知也。」[45]此處亦同樣地說明了對於突發死亡之鬼魂，陰司在處理上常無法立即顧及之情況，也因此，枉死鬼往往徘徊於陽世之景象，乃不足為奇矣。

除了上述不管是主動抑或是被動之各項原因，導致亡魂無法超脫而徘徊陽世之外，亦有部分亡靈，其在陽世之滯留，乃是處於原因不明之情況；世間原本就有諸多無法解釋之現象或道理存在，更何況是神出鬼沒的鬼神之事，即使是原因不明或沒有原因，只要生者不去冒犯對方，而其亦不對生者造成干擾或災難，那麼，遵循聖人所秉持之「敬鬼神而遠之」的教誨，似乎是最佳的相應之道矣。

結語

無論是礙於陰間地府之應變不及而導致亡魂的無奈徘徊，還是亡靈的作繭自縛對陽世的執著靠攏，我們從上述《夷堅志》所記載的眾多事例中，看到了徘徊於此世之宋代幽鬼的種種情態，它不僅代表了宋人的死後世界觀的某一側面，同時亦可看作是宋人對所處時代幽鬼多見而試圖提出的一些解釋。

如上所述，此輩徘徊於陽世之幽鬼，有近於厲鬼之惡鬼，亦有頗為溫良的善鬼，無法一概而論地認為此輩之存在皆是一種威脅，是宋人鬼神觀的一種顯現。

對於此種徘徊於陽世之鬼魂，只要找出其滯留人世之因，則大多數最終仍有超渡之法，使其得以早日獲得超生。如前引〈解脫真言〉一文中，吳周輔將釋迦往生真言板印貼於其亡僕操全生前止息之所，讓其魂魄早日脫離故處一般，透過宗教之真言之使用，即可順利助鬼

---

45 詳見〔清〕蒲松齡著：《聊齋誌異》（臺北市：台灣古籍出版公司，2006 年 3 月），上冊，頁 308-310。

獲得解脫。當然，更簡便之做法為：透過宗教經典之誦讀，使亡魂不再被此世眾多牽絆所束縛而得以脫離，亦是古人經常使用的方式之一。如前述郭彖《睽車志》卷四中，透過戒行嚴潔之老僧替亡婢招喜日誦《金光明經》，誦滿十部後，亡婢即順利獲得往生而不必再徘徊陽世之記載，即是如此。[46]顯然，宗教之咒語及其經典之力量，在引領亡魂前往彼岸之效用上，往往是為傳統社會中的百姓所信賴的，因此，在宋代許多記載與鬼靈相關的故事中，經常可以看到上述二者之力量的發揮。

　　然而，某些因為往生前帶著強烈遺憾或怨恨而離世之鬼魂，其徘徊陽世之意念及目的往往較為強烈，因此無法如上述之事例一般，輕易地驅遣或助其超生，而此輩鬼魂亦往往會為厲作祟以尋洩憤與報復，於是一場場人鬼間的糾纏與折磨，有時乃無法避免地激烈展開矣。

---

46 詳參〔宋〕郭彖：《睽車志》，頁31。

第四章
宋代寺院之「菆柩」習俗與鬼祟

第一節　宋代佛寺之社會功能

　　佛教信仰在宋代社會十分盛行與普遍，是以佛教寺院在當時隨處可見，也因此，宋代文人之作品中，經常會出現與宋代佛寺相關之某些側面記載，透過這些內容，後人往往得以從中一窺當時之寺院在宋代社會中所扮演之角色與存在價值。在《夷堅志》中，不管是正面描寫或側面提及寺院的相關內容，可謂多不勝數，讀者可以從中發現，宋代之佛寺，除了是佛教徒進行禪修與一般信徒們進行祈福懺悔之地點外，亦常常擔負了其餘諸多重要之社會功能。若以《夷堅志》及宋代其餘志怪、筆記小說等所載內容觀之，宋代佛寺常見之社會功能至少包含以下數項：其一為充當科舉考試進行之際的闈場，其次是士大夫的寓居與一般緇徒的寄宿之所，再者有時亦充當官廳，更有進行商業活動之寺院，亦是人們所喜愛的旅遊之景點，最後較為特別的是，常成為一般士庶安置亡親的「菆柩」[1]之所。以下即按照上述各項功

1　所謂「菆柩」，即「寄棺」、「停棺」之意，「菆」字原本有將木材堆放於棺柩周圍之意，後來逐漸引伸為停放棺柩之意。古代有相近的「菆塗」一詞，但「菆柩」一語，在宋代圍繞於喪葬問題之際，可謂是十分常見之詞語，此一詞語在宋以前幾乎未見，因此，其在宋代之盛行，具指標性之意義。關於「菆柩」之問題，雖然偶見提及，但未見以專文或專書論述者，至於「久喪不葬」風俗，僅徐欣宇：《南宋福建久喪不葬研究》（臺北市：國立政治大學歷史研究所碩士論文，2009 年）一書對此進行過探討，然其研究範圍僅「福建」一地，無法概括整個南宋或宋代之情況。依本章以下之論述可知，「久喪不葬」和「菆柩寺院」習俗二者，往往互為表裏，因此僅就《夷堅志》一書所載「菆柩寺院」之事例中，福建僅占一例，其餘三

能，依序進行說明。首先是與科舉考試有關的闈場之例。

一　充當科舉考試之闈場

　　《夷堅支庚》卷第六〈鄱陽縣社壇〉一文即載：「饒州自建炎後，就薦福寺試舉人。」[2]而《夷堅支癸》卷第一〈王播之魁解〉亦載：「乾道辛卯，饒州將秋試，是時以薦福寺為舉場。」[3]由上可見，在南宋高宗（建炎）至孝宗（乾道）之際，佛寺成為科舉考試闈場之情況，尤其是某些特定之寺院；如上述二例，即均記載了饒州之薦福寺在不同時期充當試場之情形，此類記載應可視為是當時社會實況之反映。除此之外，《夷堅乙志》卷第十四〈筍毒〉一文，亦記載了以永甯寺為試闈之內容。[4]另外，在前引蔡京之子蔡絛所著《鐵圍山叢談》卷第三中，亦有如下之記載：

> 元豐末，叔父文正知貢舉。時以開寶寺為試場。方考，一夕寺火大發。魯公以待制為天府尹，夜率有司趨拯焉。寺屋皆雄壯，而人力有不能施，穴寺廡大牆，而後文正公始得出，試官與執事者多焚而死。[5]

上述內容雖然旨在記錄元豐末年，開寶寺試場發生大火，而作者之叔父文正公被緊急救出之事，然據其所載「時以開寶寺為寺場」一語，

　　十幾例均為他處之情況來看，「久喪不葬」和「菆柩寺院」之問題，絕非為福建一處之特殊風俗，而是宋代整個社會之普遍情況，因此，此章之撰寫，頗具意義。

2 詳參《夷堅支庚》卷第六〈鄱陽縣社壇〉，頁 1181。

3 詳參《夷堅支癸》卷第一〈王播之魁解〉，頁 1225。

4 詳參《夷堅乙志》卷第十四〈筍毒〉，頁 299。

5 見〔宋〕蔡絛撰，馮惠民、沈錫麟點校：《鐵圍山叢談》，頁 44。

適足以證明在北宋之際，即已以佛教寺院做為科舉試場之情況。

當然，宋代寺院除了偶爾成為提供政府選才任官之際進行考試之場所外，亦是當時之文人、百姓們所常借宿的寄身之所。

二　一般士庶寓居與寄宿之所

因寺院大多占地寬廣，且地處幽靜，是以往往成為宋代士庶長久寓居或暫住之重要場所。此類例子，不勝枚舉。例如：《夷堅乙志》卷第十八〈超化寺鬼〉一文即載：

> 衢州超化寺，在郡城北隅，左右菱芡池數百畝，地勢幽閴，士大夫多寓居。[6]

又如《夷堅支丁》卷第二〈大善寺白衣人〉中亦載：

> 恩平郡王娶司農丞王楫女，其家因是寓居於越府大善寺之羅漢堂。[7]

除《夷堅志》外，如《宋人軼事彙編》卷十二中亦載：

> 宣和間，蘇叔黨（按：即東坡之子）遊京師，寓居京德寺。[8]

6　詳參《夷堅乙志》卷第十八〈超化寺鬼〉，頁338-339。
7　詳參《夷堅支丁》卷第二〈大善寺白衣人〉，頁979-980。
8　詳參丁傳靖輯：《宋人軼事彙編》（北京市：中華書局，1981年9月），下冊，頁643。

　　如上所述，宋人不僅常以寺院做為選擇寓居之主要場所，亦有借僧寺為書堂藉以教授弟子者。如《夷堅丙志》卷第二〈魏秀才〉一文即載：

　　　　成都雙流縣宇文氏，大族也。即僧寺為書堂，招廣都士人魏君誨其群從子弟。[9]

　　同樣地，郭彖《暌車志》卷五亦載：

　　　　閩人鄭鑑虛中，假玉泉僧舍教授生徒。[10]

　　綜上所述，不僅是當成寓居之所，甚至將寺院做為教授學徒、修習學問之處，想必是取寺院闃靜、較不受外界干擾之環境，為適合學子們專心研讀學問之所在的緣故。

三　充當官廳或官舍

　　宋代某些官署以「寺」為名，乃沿襲歷代之傳統而來；就《宋史》卷一百六十四〈職官志四〉、卷一百六十五〈職官志五〉之記載觀之，即可知當時各「寺」之大概職掌。如「太常寺」主要是「掌禮樂、郊廟、社稷、壇壝、陵寢之事。」[11]、「宗正寺」主要是「掌敍宗派屬籍，以別昭穆而定其親疏。」[12]、「光祿寺」主要是「掌祭

9　詳參《夷堅丙志》卷第二〈魏秀才〉，頁 373-374。
10　詳參〔宋〕郭彖著：《暌車志》，頁 46。
11　詳參楊家駱主編：《新校本宋史并附編三種》第 5 冊，頁 3882-3885。
12　同前註，頁 3887-3890。

祀、朝會、宴饗酒醴膳羞之事，修其儲備而謹其出納之政。」[13]、「衛尉寺」主要是「掌儀衛兵械、甲冑之政令。」[14]、「太僕寺」主要是「掌車輅、廄牧之令。」[15]、「大理寺」主要是「掌斷天下奏獄，送審刑院詳訖，同署以上于朝。」[16]、「鴻臚寺」主要是「掌四夷朝貢、宴勞、給賜、送迎之事，及國之凶儀、中都祠廟、道釋籍帳除附之禁令。」[17]、「司農寺」主要是「掌供籍田九種，大中小祀供豕及蔬果、明房油，與平糴、利農之事。」[18]、「太府寺」主要是「掌供祠祭香幣、帨巾、神席，及校造斗升衡尺。」[19]等，不管其職事之輕重，均屬宋代以「寺」為名之官署。宋人葉夢得（1077-1148）《石林燕語》卷八中記載：

> 東漢以来，九卿官府皆名曰「寺」，與省臺並稱，鴻臚其一也。本以待四夷賓客，故摩騰、竺法蘭自西域以佛經至，舍於鴻臚。今洛中白馬寺，摩騰真身尚在。或云寺即漢鴻臚舊地。摩騰初来，以白馬負經，既死，尸不壞，因留寺中，後遂以為浮屠之居，因名「白馬」；今僧居概稱寺，蓋此本也。[20]

此文不僅指出自東漢以來，九卿官署皆以「寺」為名之傳統外，亦提及僧侶所居之處稱為「寺」，可能是源自白馬寺之典故而來。然而，

13　同前註，頁 3891-3892。
14　同前註，頁 3892-2893。
15　同前註，頁 3893-3895。
16　同前註，頁 3899-3902。
17　同前註，頁 3903。
18　同前註，頁 3904-3906。
19　同前註，頁 3906-3909。
20　見〔宋〕葉夢得撰，宇文紹奕考異，侯忠義點校：《石林燕語》（北京市：中華書局，1984 年 5 月），頁 118。

除了上述原本即以寺名為官署之機構外，在某些突發的狀況之下，亦會出現將一般寺院，暫時充當官廳或官舍之情形。如《夷堅支庚》卷第四〈石城尉官舍〉即載：

> 石城縣尉廳，久以兵壞，寓治于僧寺。[21]

《夷堅支丁》卷第三〈陳恭公祖墓〉亦載：

> 石城永福寺，縣主簿據為（官）舍。[22]

除了充當官廳或官舍以外，在戰爭之際，寺院有時亦須充當軍營、禁苑等。如《夷堅志》佚文〈靈石寺六言詩〉一則即載：

> 臨安西湖，舊傳南北兩山僧寺大小合三百六十，兵革之餘，又為軍營、禁苑、勢人園圃之所包占，今存者不滿百。唯南山境趣幽寂，無繁華腴艷氣象，靈石寺僻在深林叢薄中，古屋猶不壞。[23]

　　顯見，對宋代之朝廷而言，無論是充當縣尉廳、官舍，還是軍營、禁苑，寺院往往是公務所需之際，最便於提供協助的重要場所。

---

[21] 詳見《夷堅支庚》卷第四，頁 1162。
[22] 詳見《夷堅支丁》卷第三，頁 985。
[23] 詳參愛宕松男〈洪邁夷堅志逸文拾遺（二）〉，頁 116。此文愛宕氏輯自潛說友《咸淳臨安志》卷九三「紀事」。王秀惠〈夷堅志佚事輯補〉亦收此文，題為「靈石寺詩」。（頁 172）

四　商業交易之所

地處京城所在之「（大）相國寺」，是宋代商業交易之有名地點。
在宋人王栐（生卒年不詳）《燕翼詒謀錄》卷二中即記載：

> 東京相國寺乃瓦市也，僧房散處，而中庭兩廡可容萬人，凡商
> 旅交易，皆萃其中，四方趨京師以貨物求售轉售他物者，必由
> 于此。太宗皇帝至道二年，命重建三門，為樓其上，甚雄，宸
> 墨親填書金字額，曰「大相國寺」，五月壬寅賜之。[24]

關於相國寺熱絡之商業交易活動，在宋人筆記中多有記載；除了上述
《燕翼詒謀錄》之內容外，在宋人吳處厚（生卒年不詳）《青箱雜
記》卷三中亦見著墨。其文載曰：

> 鄉人上官極，累舉不第，年及五十，方得解，赴省試，游相國
> 寺，買詩一冊，紙已熏晦，歸視其表，乃五代時門狀一幅曰：
> 「勑賜進士及第，馬極右極，伏蒙禮部放牓，勑賜及第，謹詣
> 門屏祇候謝。」而馬拯與拯同名，是歲拯果登科。[25]

又如宋代朱弁（1085-1144）《曲洧舊聞》卷四〈穆伯長自刻韓柳
集鬻於相國寺〉一文載：

---

24 見〔宋〕王栐撰，誠剛點校：《燕翼詒謀錄》（北京市：中華書局，1981 年 9
　月），頁 20。

25 見〔宋〕吳處厚撰，李裕民點校：《青箱雜記》（北京市：中華書局，1985 年 5
　月），頁 31。

穆修伯長在本朝為初好學古文者,始得韓、柳善本,大喜。自
序云:「天既屐我以韓,而又飫我以柳,謂天不予饗,過
矣。」欲二家文集行於世,乃自鏤板鬻於相國寺。性伉直不容
物,有士人來,酬價不相當,輒語之曰:「但讀得成句,便以
一部相贈。」或怪之,即正色曰:「誠如此,修豈欺人者。」
士人知其伯長也,皆引去。[26]

由上述事例可知,相國寺之交易市場應是宋代文人買賣詩冊、文
集等十分重要之據點。而除了相國寺外,其餘寺院,亦有成為交易場
所之處。如前述蔡絛《鐵圍山叢談》卷第六中即載:

往時川蜀俗喜行毒,而成都故事,歲以天中重陽時開大慈寺,
多聚人物,出百貨。其閒號名藥市者,於是有於窗隙閒呼「貨
藥」一聲,人識其意,亟投以千錢,乃從窗隙閒度藥一粒,號
「解毒丸」,故一粒可救一人命。[27]

上文所述之成都大慈寺,雖然一年鮮少開放讓百姓們交易百貨,但卻
仍能聚集眾人,進行百貨之交易。顯見,無論是如「相國寺」一般之
經年累月的熱絡交易,抑或是如「大慈寺」般偶一開放之買賣,均說
明了佛教寺院在宋代常具備商業功能之事實。

---

26 見〔宋〕朱弁撰,孔凡禮點校:《曲洧舊聞》(北京市:中華書局,2002 年 8
　月),頁 142。
27 見〔宋〕蔡絛撰,馮惠民、沈錫麟點校:《鐵圍山叢談》,頁 104-105。

五　旅遊之處

　　寺院除了上述之功用外，自古以來一直是一般大眾散心遊賞的佳
處。除了雄偉之建物本身外，寺中之裝飾與院中景象，相信亦是文人
喜於駐足的原因之一。因此，宋人筆記中不乏文人遊寺之記載。如蘇
轍（1039-1112）《龍川略志》第一〈燒金方術不可授人〉一文中即
載：

> 予兄子瞻嘗從事扶風，開元寺多古畫，而子瞻好畫，往往匹馬
> 入寺，循壁終日。[28]

開元寺壁上之古畫，想必十分引人入勝，因此讓擅長作畫、喜愛畫作
之東坡，循壁終日地欣賞古畫而盡情漫遊，顯見寺院中之壁畫，或許
正是其吸引遊客到彼一遊的原因之一。而丁傳靖輯《宋人軼事彙編》
卷十二亦載：

> 羅壽可再游汴梁，書所見云：「相國寺有石刻：蘇子瞻、子由、
> 孫子發、秦少游同來觀晉卿墨竹，申先生亦來。元祐三年八月
> 五日。老申一百一歲。」[29]

描述了相國寺之石刻，曾吸引了東坡兄弟與秦少游等至彼同觀之情
形。因此，除了壁畫外，寺院中的石刻亦有可觀之處。而更有趣的
是，葛立方（？-1165）《韻語陽秋》卷十六中所記載之：

---

28 詳見〔宋〕蘇轍撰，余宗憲點校：《龍川略志》（北京市：中華書局，1982 年 4
　月），頁 1。
29 見丁傳靖《宋人軼事彙編》（北京市：中華書局，1981 年 9 月），下冊，頁 614。

> 湖州上強精舍寺，有陳朝觀音、商仲容書寺額、三門高百尺，
> 謂之三絕；又池有金鯽魚，數年一現，故白樂天詩有：「唯有
> 上強精舍寺，最堪遊處未曾遊。」之句，蓋為此也。臨安六和
> 寺有金鯽魚池，蘇子美六和寺詩云：「松橋待金鯽，竟日獨遲
> 留。」亦以其出有時，故竟日待之云爾。自子美之後四十年，
> 東坡始遊茲寺，嘗投餅餌待之，乃略出，不食復入。坡以謂此
> 魚難進易退而不妄食，宜其壽若此，其語深有味也。[30]

湖州之上強精舍，不僅有所謂之三絕可供遊寺者觀賞，池中更有數年才一出現之金鯽魚可見，增加了遊客欲一賭運氣之遊興。同樣地，在臨安六和寺中的金鯽魚更是因蘇子美之詩而聞名，連東坡亦嘗為此至彼一遊，並對金鯽魚「難進易退」之生存態度與智慧，表達了讚嘆。

綜上所述，無論是古畫、石刻、觀音像、名家書法，或是長壽自在的金鯽魚，寺院的裝飾藝術與自然生態，均足以讓許多宋人得到心靈上的滿足。

六　菆柩之所

宋代佛寺最特別之社會功能是：成為一般大眾寄置棺木（即停棺或殯宮）的重要場所。關於此種情形，在宋人筆記中常見記載，特別是在《夷堅志》中，所占篇數甚多；按此推測，此種做法或習俗，應是宋代社會生活側面之如實反映。關於菆柩寺院之習俗，為本章所欲探討的重點核心，因此，詳細之事例將於以下各節處進行探討，在此僅先列出《夷堅志》中所記載之棺木寄置寺院的總表，藉此證明此種

---

30 見〔宋〕葛立方：《韻語陽秋》，收入《叢書集成初編》（北京市：中華書局，1985 年），頁 135。

習俗在宋代的盛行情形。

《夷堅志》莋柩寺院一覽表

出處／卷數	篇名	寺名與所在	所屬
《甲志》卷10	〈南山寺〉	英州南山寺	廣南東路
卷11	〈張太守女〉	南安軍城東嘉祐寺	江南西路
卷11	〈張端愨亡友〉	番禺（某僧寺）	廣南東路
卷16	〈化成寺〉	湖口縣化成寺	江南西路
卷19	〈僧寺畫像〉	平江士人肄業僧寺	浙西路
《乙志》卷2	〈莫小孺人〉	姑蘇某寺	浙西路
卷4	*〈殯宮餅〉	汴京	(北宋)東京 (南宋)南京路
卷7	〈畢令女〉	京城外僧寺	浙西路
卷8	〈葛師夔〉	洪州上藍寺	江南西路
卷10	*〈餘杭宗女〉	會稽至錢塘間的普濟寺 餘杭縣某寺	(北宋)兩浙路 (南宋)浙東、浙西路 (北宋)兩浙路 (南宋)浙西路
卷18	〈天寧行者〉	邵武光澤縣天寧寺	福建路
《丙志》卷2	〈魏秀才〉	成都雙流縣	成都路

卷 10	〈雍熙婦人詞〉	姑蘇雍熙寺	浙西路
卷 11	*〈朱氏孔媼〉	京城某坊菴中	(北宋)東京 (南宋)南京路
卷 11	〈芝山鬼〉	芝山	江南東路
卷 15	*〈阮郴州婦〉	郴州天寧寺	荊湖南路
《丁志》卷 3	〈王通判僕妾〉	撫州疎山寺	江南西路
卷 4	〈郭簽判女〉	湖州德清縣寶覺寺	浙西路
卷 15	〈張珪復生〉	臨川城西廣澤庵	江南西路
卷 16	〈臨邛李生〉	邛州某山寺	成都路
《支甲》卷 6	〈張尚書〉	道州北境杏園寺	荊湖南路
卷 7	〈趙善待〉	建昌城南林田寺	江南西路
《支乙》卷 7	〈姚將仕〉	常州某僧舍	浙西路
《支景》卷 3	〈三山陸蒼〉	吳江	浙西路
卷 7	〈天王院古冢〉	隆興府城北天王院	江南西路
《支癸》卷 2	〈楊教授母〉	臨安附近野寺	浙西路
卷 5	〈北塔院女子〉	樂平西禪寺	江南東路
《三志己》卷 5	〈王東卿鬼〉	長興縣大雄寺	(北宋)兩浙路
卷 5	〈邢監酒刃妻〉	真州六合廣福寺	淮南東路
卷 5	〈朱妾昞昞〉	撫州某僧寺	江南西路
《三志辛》卷 8	〈書廿七〉	華亭小寺	浙西路
《三志壬》卷 8	〈光山双塔鬼〉	光山縣双塔寺	淮南西路

說明：

1、篇名前註記「＊」號者，其事例發生之時間點為北宋，因此在所屬區域部分先註記北宋時之行政劃分，再註記其地在南宋之際的所屬，若北宋、南宋之際行政劃分名稱未更動者，則不另註記。

2、《乙志》卷 10〈餘杭宗女〉一則，記載兩起不同之寄棺事件，因此所屬有兩處。

從上表所列可知，僅《夷堅志》一書即出現三十二則記載宋人將棺柩寄置各處寺院之內容，其數量十分可觀，若加上其餘宋人文獻，相信應可找出更多事例，顯見此種風氣與習俗在宋代的確是十分普遍的，特別是其中的浙西路（占十一則）與江南西路（占八則），是屬於棺柩寄寺最多見的兩處，至於其原因，可能牽涉地狹人稠，亦可能是當地佛寺數量較多（但像被稱為佛國之福建地區，寺院數量眾多，在上表中卻僅占一例，則似乎無法以此作為原因），亦有可能與故事提供者所處之地緣有關等，因此，嚴格說來，實難以斷定確切之因；然此種喪葬風俗在宋代頗為普遍之景象，則是無庸置疑的。

而此種「厝柩寺院」之風俗，自宋以後，直至清代為止，仍普遍地存在於中國各地，成為傳統社會裏根深蒂固的葬喪風俗之一。如清代袁枚（1716-1797）《子不語》中即出現不少與此相關之記載；其書卷八〈醫肺癰用白朮〉一則記載：

蔣秀君精醫理，宿粵東古廟中。廟多停柩，蔣膽壯，即在柩前看書。夜燈忽綠，柩之前和橐然落地，一紅袍者出，立蔣前曰：「君是名醫，敢問肺癰可治乎，不可治乎？」曰：「可治。」曰：「治用何藥？」曰：「白朮。」紅袍人大哭曰：「然

則我當初誤死也。」伸手胸前，探出一肺如斗大，膿血淋漓。蔣大驚，持手扇擊之。家童齊來，鬼不見，而柩亦如故。[31]

同樣地，卷十〈魏象山〉一則記載：

> 余窗友魏夢龍，字象山，後余四科進士，由部郎遷御史。己卯典試雲南，歿于途，歸柩于西湖昭慶寺。其年十月，沈辛田觀察疫厝其先人之柩于此寺，……。[32]

無論是粵東古廟，抑或是西湖昭慶寺，甚至是其餘地方，均可藉上述二例說明，直至清代為止，在中國各地，百姓們將棺柩暫厝或久置於寺廟之景象，依然普遍可見的情形。當然，不僅是袁枚之《子不語》，在同是清代的紀昀《閱微草堂筆記》中，亦有此類事例，其書卷十一中記載：

> 董曲江前輩言，乾隆丁卯鄉試，寓濟南一僧寺，夢至一處，見老樹下破屋一間，欹斜欲圮，一女子靚粧坐戶內，紅愁綠慘，摧抑可憐，疑誤入人室內，止不敢進，女子忽向之遙拜，淚涔涔沾衣袂；然終無一言，心悸而寤。越數夕，夢復然，女子顏色益戚，叩額至百餘，欲逼問之，倏又醒，疑不能明；以告同寓，亦莫解。一日，散步寺園，見廡下有故柩已將朽，忽仰視其樹，則宛然夢中所見也。詢之寺僧，云是某官愛妾，寄柩於是，約來迎取，至今數十年，絕無音問，又不敢移葬，徬徨無

---

31 見〔清〕袁枚著，周欣校點：《子不語》，收入王英主編：《袁枚全集》肆（南京市：江蘇古籍出版社，1993 年），頁 161。
32 同前註，頁 194-195。

計者久矣。曲江豁然心悟，故與歷城縣相善，乃釀金市地半畝，告於官而遷葬焉。用知亡人以入土為安，停擱非幽靈所願也。[33]

顯見，明知讓亡者「入土為安」是生者對往生者較佳之最終關懷，但卻仍有許多遺族往往礙於種種原由，讓亡靈之棺柩久未能葬、長置佛寺，導致其陷入徘徊無依，苦尋解脫之慘境，令人不勝同情。

　　綜觀上述，可以清楚地了解到宋代之寺院與宋人之日常生活息息相關之情形，從偶爾充當科舉考試之闈場、一般士庶借寓之所、成為暫時之官廳（舍）、商業交易之場所、旅遊之景點，甚至於是棺柩的寄置之處；顯見，對宋人而言，佛寺可謂是不可或缺的重要存在，其發揮了比以往之時代更多的社會功能，深深地影響了宋人的生活。[34]

第二節　菆柩（權厝）寺院與久喪不葬習俗

　　將亡者棺木暫寄，甚至長久放置佛寺之做法，並非始於宋代，在唐人小說中即已出現相關記載。《太平廣記》卷第三百二十八引《法苑珠林》〈王志〉一文即載：

---

33 見〔清〕紀曉嵐著：《閱微草堂筆記》，頁198。

34 本章所整理之宋代時期寺院所發揮之社會功用，主要是以《夷堅志》及其餘宋人志怪、筆記中所載內容為主，恐無法全面地總括宋代佛寺所擔負之社會功能，至於宋代佛教與寺院對當時社會之貢獻，可參閱方豪〈宋代佛教對社會及文化之貢獻〉（上）（中）（下），分別載於《現代學苑》第六卷第九期（1969年9月，頁1-12）、第十期（1969年10月，頁15-24）、第十一期（1969年11月，頁23-35）三文，以及黃敏枝：《宋代佛教社會經濟史論集》（臺北市：臺灣學生書局，1989年5月）。

唐顯慶三年,岐州人王志,任益州縣令,考滿還鄉,有女美,未嫁道亡,停縣州寺中累月。寺中先有學生,停一房。夜初見此女來,粧飾華麗,欲伸繾綣,學生納之。相知經月,此女贈生一銅鏡、巾櫛各一。令欲上道,女與生密共辭別。家人求此物不得,令遣巡房求索,于生房得之。令遣左右縛此生,以為私盜。學生訴其事,非唯得此物,兼留上下二衣。令遣人開棺檢之,果無此衣。既見此徵,于是釋之。問其鄉里,乃岐州人,因從父南任,父母俱亡,遊諸州學問,不久當還。令給衣馬,裝束同歸,以為女夫,憐愛甚重。[35]

因為王志之女,在王志擔任縣令任期結束,由益州將回歸故鄉岐州之際,不幸亡於途中,於是遂被停棺於州縣某寺中長達數月,因此與寄宿此寺之書生衍生了一段人鬼戀情。文末記載,王志因書生為岐州同鄉,且與其女有一段緣分,最終視書生為女婿,對其憐愛有加,讓王志在喪女傷痛之餘,得到某種安慰。此種結局,與傳統文學中所記載之「冥婚」故事,實甚相似。然而,不論此文之作,其原本意旨為何,但將亡者棺木停置縣內寺中之客觀描述,即已反映出唐時已有寄棺佛寺之具體情況。此外,又如《太平廣記》卷第三百五十四〈張仁寶〉一文記載:

校書郎張仁寶素有才學,年少而逝。自成都歸葬閬中,權殯東津寺中。其家寒食日,聞扣門甚急,出視無人,唯見門上有芭蕉葉,上有題曰:「寒食家家盡禁煙,野棠風墜小花鈿。如今空有孤魂夢,半在嘉陵半錦川。」舉族驚異。端午日,又聞扣

---

35 見〔宋〕李昉等編《太平廣記》,頁 2608。

門聲，其父於門罅伺之。乃見其子，身長三丈許，足不踐地，門上題：「五月午日天中節。」題未畢，其父開門，即失所在。頃之克葬，不復至矣。[36]

因為被暫殯於寺院中的張仁寶之鬼魂，無法入土為安，於是在寒食與端午二節之際題詩門畔，想辦法提醒家人自身之處境，終於在其獲得安葬後不再出現。此種寄棺或暫殯佛寺之做法，在接下來之五代、宋代，甚至直至清代為止，在中國各地已頗為普遍，其已成為傳統中國的民間喪葬風俗之一。《舊五代史》卷第五十九，同樣地記載了後周莊宗令王瓚替梁主收屍，並將其棺木權厝佛寺之內容。其文曰：

> 翌日，莊宗御玄德殿，瓚與百官待罪及進幣馬，詔釋之，仍令收梁主屍，備櫬櫝，權厝於佛寺，漆首，函送於郊社。[37]

　　如上所述，雖然在宋代以前即已出現將棺柩寄置寺院之記載，然而從《太平廣記》所記載之唐、五代小說之整體觀之，其事例並不多見，僅少數幾例而已。可見，在宋代以前，此種做法，似乎並不盛行，也尚未成為一種風氣。然而，自宋以後，此種寄棺寺院之情況，卻一發不可收拾，寄棺寺院成為一種常態，逐漸地亦有部分宋人以平

---

36 同前註，頁 2804。此文《廣記》未引出處，李劍國謂：「張仁寶：《廣記》卷三五四引，闕出處。《歲時廣記》卷一六亦引，題《見鬼男》，出《錄異記》。」（詳參氏著：《唐五代志怪傳奇敍錄》，下冊，頁 1053。）《錄異記》為唐末五代時期之杜光庭（西元 850-933 年）所撰，杜光庭在中和元年（881）隨僖宗避難成都後，自此留蜀不返，本文中所載內容亦為蜀地之事，顯見此文出自《錄異記》，應無爭議。

37 見楊家駱主編：《新校本舊五代史并附編三種》（臺北市：鼎文書局，1981 年 2 月三版），第 2 冊，頁 795。

常心看待此種處理方式。此種寄棺寺院之風氣與做法在宋代之所以興
盛的部分原因,相信應與宋代「久喪不葬」之風俗息息相關,甚至有
時互為表裏。關於宋代社會所盛行的「久喪不葬」習俗,在宋人筆記
中常見記載。如北宋文瑩(生卒年不詳)所撰《湘山野錄》卷下中即
記載:

> 殿中丞程東美守賓州日,儂賊寇賓,因棄城,後得罪編置於
> 郢,純厚人也。能道守賓日監斬陳崇儀事甚詳。自言狄相青,
> 正月一日至賓,初六日詰旦,帥旆將起,就坐,擒陳及禆將供
> 奉官將斬之。捽二人者於庭,謂曰:「二君後事,但請無慮,
> 青一切為置之。」時陳神識荒越,卒無一詞。獨供奉者慷慨不
> 怖,氣貌怡然,叩狄公曰:「某萬死無恨,獨一事須干台聽。
> 以亡母骨櫬尚寄州南存留院,二十年不孝未葬,某今得罪既
> 死,乞令燒訖,篋其骨,專謹人馳歸,并家書付妻、男,將某
> 骨與亡孃之骨買地一處葬之,則閉目受刀無恨矣。」狄公許
> 之。[38]

即將被斬首之供奉官,將其亡母之柩櫬寄存於賓州南部之存留院中,
長達二十年未葬,因深感不孝,遂在臨終前要求能將母柩火化下葬,
而最終亦得到宰相狄青之首肯,讓其了卻死前之心願。故事之重點,
雖非議論親亡久不葬之非,但至少說明了當時此種風俗存在之情況。
又如宋代文人羅大經(生卒年不詳)所著《鶴林玉露》卷之二丙編
〈玉山知舉〉中,所收錄的一則與汪玉山有關之異事。其文曰:

---

38 〔宋〕文瑩撰,鄭世剛、楊立揚點校:《湘山野錄》,頁53。

淳熙中，王季海為相，奏起汪玉山為大宗伯知貢舉，且以書速其來。玉山將就道，有一布衣之友，平生極相得，屢黜於禮部，心甚念之。乃以書約其胥會于富陽一蕭寺。與之對榻，夜分密語之曰：「某此行，或者典貢舉，當特相牢籠。省試程文易義冒子中，可用三古字，以此為驗。」其人感喜。玉山既知舉，搜易卷中，果有冒子內用三古字者，遂竟批上置之前列。及拆號，乃非其友人也，私竊怪之。數日，友人來見，玉山怒責之曰：「此必足下輕名重利，售之他人，何相負乃如此！」友人指天誓日曰：「某以暴疾幾死，不能就試，何敢漏泄於他人？」玉山終不釋然。未幾，以古字得者來謁，玉山因問之曰：「老兄頭場冒子中用三古字，何也？」其人泯默久之，對曰：「茲事甚怪，先生既問，不敢不以實對。某之來就試也，假宿于富陽某寺中，與寺僧步廊下，見室中一棺，塵埃漫漶，僧曰：『此一官員女也，殯于此十年矣，杳無骨肉來問，又不敢自葬之。』因相與默然。是夕，夢一女子行廊下，謂某曰：『官人赴省試，妾有一語相告，此去頭場冒子中可用三古字，必登高科，但幸勿相忘，使妾朽骨，早得入土。』既覺，甚怪之。遂用前言，果叼前列，近已往寺中葬其女矣。」玉山驚嘆。此事馮此山可久為余言，雖近於語怪，然亦不可不傳，足以袪人二蔽：一則功名富貴，信有定分。有則鬼神相之，無則雖典貢舉者欲相牢籠，至於場屋亦不能入，此豈人之智巧所能為乎？一則人發一念，出一言，雖昏夜暗室，人所不知，而鬼神已知之矣。彼欲自欺於冥冥之中，而曰莫予云覯者，又惑之甚者也。[39]

---

39 見〔宋〕羅大經撰，王瑞來點校：《鶴林玉露》（北京市：中華書局，1983 年 8

作者在文末提及,將此一怪異之事記載流傳之目的,乃為去除一般人的某些迷思;然從另一種角度來看,此則記載,乃屬本書第一章所提及之「人鬼互利」之故事類型,文中之寄棺女鬼,透過其所聽聞之中舉捷徑,告知借宿寺院之某考生,希冀對方在中舉之後,能將其遺骸下葬,使其魂魄得以入土為安。其後,此考生按女鬼所教進行試卷之作答,果真中舉,為報答女鬼之恩,於是將女鬼下葬,以了其心願。在筆者看來,汪玉山友人之暴疾,或許與女鬼之為祟有關,若真如此,則令人頗有「螳螂捕蟬,黃雀在後」之慨。但不管本文主旨為何,女子棺木被殯於佛寺廡下十年之久的客觀事實,是無庸置疑的,也因此衍生出此段奇文異事。

此外,又如宋代周煇《清波雜志》卷第四中,亦記載其季女葬臨安北安山僧舍,周煇每年春季省墓之際,在僧寺中所見之光景。其文曰:「煇季女葬臨安北安山僧舍,四五年來,每值春時往視,寺之兩廡皆內人殯宮。」[40]周煇以第一人稱之方式記載自身之見聞,說明了此則內容的可信程度。由此觀之,宋代寺院接受各方之菆棺暫殯之情況,儼然已是頗為普遍,且隨處可見之現象矣。

然而,承前所述,此種久喪不葬與寄棺寺院之習俗,在宋代開始突然盛行,應有其原因,兩者間雖有重疊或互為表裏之處,但仍有些微之差異,以下即分別進行探討。

月),頁 267-268。明代劉元卿(1544-1609)所編纂之《賢奕編》卷二中,亦收錄此文,唯內容已簡化許多。詳參〔明〕劉元卿編纂:《賢奕編》,收入《筆記小說大觀》(臺北市:新興書局,1978 年),四編第 4 冊,頁 2645-2646。

40 詳參〔宋〕周煇撰,劉永翔、許丹整理:《清波雜志》(鄭州市:大象出版社,2012 年 1 月),頁 50。

第三節　宋代久喪不葬與蔽柩寺院之因

一　久喪不葬之因

　　在宋代各處十分普遍之久喪不葬習俗，不僅大幅地改變了中國人自古以來之喪葬禮俗，亦可視為是當時社會的一種特殊現象。然而，此種情況，雖然並非始於宋代，但卻在宋代盛行，究其原因，主要可以指出三項。其一為土地狹小之問題，其二則是宋人的禁忌與迷信風水之問題，最後則是貧困之問題。

（一）土地狹小（版圖變小）

　　就如在第一章處所述，在中國歷史上，宋代因為武力薄弱，遭致外族入侵等各種原因之故，國土版圖十分狹小，加上因為經濟發達等所增加之人口快速成長，造成各地居者之密度均高，導致連生者所居之地已頗為飽和，更遑論騰出空間埋葬死者，因此，若想依循古禮土葬，又不願引起爭議而將親人火葬，那麼將棺柩暫時停置某處，等待時機下葬，往往即變成不得已之權宜之策，然而，未料許多寄置寺院之棺木，卻在等待中逐漸被久置，甚至遺忘，最終讓死者遺骸面臨了慘遭棄置之命運。如《夷堅支乙》卷第九〈鄂州遺骸〉即記載：

　　　　鄂州地狹而人眾，故少葬埋之所。近城隙地，積骸重疊，多興棺置其上，負土他處以掩之。貧無力者，或稍經時月，瀕於暴

露,過者憫惻焉。[41]

因為地狹人眾,所以惜地不葬之風氣,即在宋代蔓延。導致許多無主
之骨的增加,而可憐這些遺骸之父母官,只能盡一己之力,協助善
後。同樣地,如《宋史》卷三百一十四〈范純仁傳〉中即記載了范仲
淹之子范純仁在哲宗元祐四年擔任太原府知府之際的事,其文曰:

> 其境土狹民眾,惜地不葬。純仁遣僚屬收無主爐骨,別男女異
> 穴,葬者三千餘。又推之一路,葬以萬數計。[42]

從太原府一處即有無主之骨三千餘具,甚至將太原府所屬河東路之無
主遺骨下葬,竟以萬數計,僅從數字上來看,即可了解當時未受到安
葬者之數量,是多麼地驚人。又如在《宋史》卷十五中,亦記載了神
宗元豐二年所發生之歷史,其文曰:

> 三月庚午朔,董氈遣使來貢。辛未,詔給地葬畿內寄菆之喪,
> 無所歸者官瘞之。[43]

由神宗親自下詔,讓畿內寄菆之喪,由政府派遣官員代為下葬,使久
未下葬者得以入土為安。可見,不管是由君王下詔,或是官員自身之
仁心展現,亦或是幽鬼自身之要求,均可看出或證明出宋代久喪不葬
風俗的盛行狀況。而此種情況之產生,其部份原因,顯然與上述宋代
各處地狹人稠有關,而除此之外,造成宋代久喪不葬之另一主要原因

---

41 見《夷堅支乙》卷第九,頁 864。
42 詳參楊家駱主編:《新校本宋史并附編三種》第 13 冊,頁 10289。
43 見楊家駱主編:《新校本宋史并附編三種》第 2 冊,頁 297。

即為宋人講究禁忌與迷信風水之關係。

（二）禁忌與迷信風水

　　宋人不僅禁忌多亦十分迷信風水，特別是對於葬地的堅持。《夷堅志》中有許多關於尋找葬地之記載，亦有詳細記載墓地挑選之法的事例。從其中可以歸納出部分宋人對於葬地吉凶可能對遺族造成影響的某些看法：如墓地風水好壞會影響子孫未來[44]，家人罹疫與墓地不吉有關[45]，以及風水良好之葬地亦需有德者方能受福[46]等觀念，對於圍繞在葬地相關之問題上，可謂十分複雜，若不謹慎，可能影響至大。前述宋人羅大經《鶴林玉露》中即曾記載：「世之人惑璞（筆者案：即晉代郭璞）之說，有貪求吉地未能愜意，至十數年不葬其親者。」[47]即說明了宋人迷信葬地風水而導致親人久喪而無法下葬的嚴重情況。而《夷堅支景》卷第四〈金雞老翁〉一文則記載了趙師輴為父謀葬地的過程：

> 趙師輴居湖州武康上柏圓覺寺，乾道九年春，為父謀葬地，久而未得。夏五月，夢一翁，雪髯白衣，右手抱金雞，與語云：「吉卜只在三十里內，明日便可得。」時所營茫然無緒，未敢以為信。明日正午寢，寺知事僧來謁，言有一道人持經帳為某家售地，輴即令入詢之。迨晚偕詣其處，問山名，乃金雞峯也，頓悟昨夢。喚主至，商價須百千，喜而酬之。成券之日，

44　見《夷堅三志己》卷第四〈周十翁墓〉一則，頁 1334-1335。
45　見《夷堅支戊》卷第二〈孫大小娘子〉一則，頁 1066-1067。
46　見《夷堅支戊》卷第二〈陳魏公父墓〉一則，頁 1064-1065。
47　詳參〔宋〕羅大經撰，王瑞來點校：《鶴林玉露》，頁 344。

又適辛酉，竁穴坐壬向丙，於青囊家指為佳城。葬之次年，輈
以進士登第。[48]

相信夢中啟示而購買亡父之葬地的趙師輈，在葬畢其父之隔年，果以
進士登第。雖不知趙師輈之中舉，是巧合亦或是真與其亡父葬地佳有
關，但可以相信的是，類似之相關記載的流傳，肯定助長了當時百姓
對葬地風水的講究。而文中所謂「青囊家」，應指的是深諳地理風水
者而言。周蘇平謂：「古代相地術的名稱很多，除風水外，又稱『相
宅』、『堪輿』、『青鳥術』、『青囊之術』等等。……稱相地為『青囊』
者，可能是由于晉人郭璞所著堪輿書名《青囊中書》的緣故。」[49]上
文中「為父謀葬地，久而未得」的趙師輈，若非因夢境之引導而立刻
決定葬地，或許其亡父之葬期，有一延再延之可能性。然而，因迷信
葬地風水與禁忌等而久不葬親人者，相信大有人在，因此造成許多有
識者的批評。宋人王欽臣(生卒年不詳)《王氏談錄》的〈論陰陽拘
忌〉一則即謂：

公言：昔有一士人，病其家數世未葬，亟出錢買地一方，稍近
爽塏者。自祖考及緦麻小功之親，悉以昭穆之次葬之，都無歲
月日時陰陽忌諱與塗穴之法。人且譏其易而謂禍福未可知。歲
中輒遷官秩，後其家益盛。以此觀之，真達者也。今之人稽留
葬禮，動且踰紀，邀求不信之福於祖先遺骸，真罪人也。[50]

---

48 《夷堅支景》卷第四，頁 913。
49 詳參周蘇平著：《中國古代喪葬習俗》(西安市：陝西人民出版社，2004 年 5
　月)，頁 112。
50 見〔宋〕王欽臣撰：《王氏談錄》，收入朱易安、傅璇琮等主編：《全宋筆記》

文中提及王欽臣之父王洙批評宋人：欲藉講究葬地風水以求福，因而久喪不葬，動輒踰紀之做法，是不孝之罪人，並舉出不在乎歲月日時陰陽忌諱與塋穴之法而葬數世亡親的某一士人，非但未罹禍，還獲遷官之福，藉以證明迷信葬地風水之非。當然，除了上述二者外，久喪不葬最直接之原因即為貧困之故。

（三）貧困

傳統之土葬禮俗，頗為勞民傷財，因此對於貧困無力者而言，無疑是一大難題。《夷堅丁志》卷第十〈劉左武〉中即有：「劉左武者，河北人。南來江西一邑，三十年而亡。數歲間妻及男女數人繼死，但餘子婦並幼子存。家貲本不豐，悉為一僕乾沒，至於五喪在殯不能葬。」[51]之記載，而《宋史》卷四百五十九〈魏掞之傳〉記載了平日居家時「謹喪祭，重禮法」之魏掞之，其曾「白于官，請督不葬其親者，富與期、貧與財，而無主後者掩之。」[52]之事，其中即提及對於富者給予期限，貧者施以錢財，以督其葬親的內容。而宋代政府極力設置之漏澤園善政，亦主要是為了救助貧困或無後代主喪者而產生的。黃敏枝在提及宋代漏澤園之設置問題時，曾謂：

> 漏澤園的全面設立與宋代火葬習俗的流行有關，政府希望提供墳地給那些無力土葬者掩埋，一方面藉此戢止火化的盛行，並

第三編（鄭州市：大象出版社，2008年1月），第3冊，頁7。
51　詳參《夷堅丁志》卷第十，頁625。
52　詳見楊家駱主編：《新校本宋史并附編三種》第17冊，頁13469。

革除親人死後十數年尚不得安葬，寄櫬於僧寺之惡習。[53]

雖然宋代之朝廷，想藉由漏澤園之設立，將「禁止火葬」與「菆柩寺院」、「久喪不葬」等一般視為是違背倫理之習俗，一起革除，然而，從宋代志怪、筆記小說等之記載可知，此種風俗終究難以遏止，甚至一直延續至清代，成為傳統中國喪葬習俗中的頗為特殊的一環。

二　菆柩寺院之因

　　在親人往生之際，家屬按傳統喪葬禮俗之程序，在短期內將亡者下葬，使其入土為安，應是遺族對已逝者的一種關懷。然而，事實上卻有諸多因素，造成亡者無法適時地被埋葬，而是被安置於各處之寺院。其原因究竟為何？似有釐清之必要。筆者依據《夷堅志》所載內容之整理，即可約略整理出當時形成此種現象或習俗之可能情況。

（一）羈旅途中（赴官途中）

　　如《夷堅支癸》卷第五〈北塔院女子〉一文記載：

鄱陽吳溱伯秦，淳熙庚子歲，偕二三友結舉課於樂平西禪寺北塔院。童行姓詹者處鄰室，夜聞其與人飲酒語笑，穴壁窺之，見一紅衣女，殊秀艾。意其挾外倡入，又念邑市無此人。每夕皆然，或夢魘呼叫。嘗詰其故，不敢諱，乃言：「此女夜夜攜酒漿殽菽來共享，醉則留宿。只著乾紅衫，未嘗換，亦儼然無

---

53 詳參黃敏枝：《宋代佛教社會經濟史論集》，頁428。

垢污。捧一水精合在手，會罷必藏於袖，就求之不肯，曰：
『有父母在，脫或見問，何辭以對？不可。』」歷數月，詹尪
羸骨立。度不能支梧，捨之而遁，竟死。其前一僧亦然。續有
五戒僧者至，不久亦見女，急徙居。人指以為凶室，莫敢至，
遂催仆為丘墟。後二年，有應寺丞之子到邑，頗聞其事。始
言：「十餘歲前寓彼，一笄女暴亡，殯于廡下。吾隨牒入嶺
表，茲方北還，正謀火化其遺骸耳。」啓棺之次，得水精合，
紅衫尚存。乃證昔為鬼而害平人也。[54]

文中提及寺丞之子，十餘年前，因收到牒紙需赴任嶺表，於是將突然
殂逝之女兒棺木寄置西禪寺北塔院之廊廡下，預計待己北還之際，方
擬火化遺骸帶走。豈料此女之鬼魂，十餘年間竟為害他人如此，想必
是其父所始料未及的。當然，此種寄棺寺院之做法，乃是礙於赴任期
限之緊迫，無法立即處理亡女遺骸的權宜之計，似乎無可厚非，然一
寄十餘年之做法，卻讓亡者無法入土安魂，因此遂衍生出亡魂現身為
厲之事，的確讓人不勝感慨。又如《夷堅三志己》卷第五〈朱姿晱
晱〉一文記載：

撫州司法朱撝，縉雲人也。有愛妾晱晱，妻趙氏嫉妬悍屬不能
容，箠楚無度，竟致於死。撝時在官所，追憶悲恨，至廢寢
食。未久，趙亦殂，奉喪殯於僧寺。人皆見一美女，披髮跣
足，隨柩以行，知其為晱晱之鬼也。洎撝終任還家，輿趙柩入
門，亡妾躡其後。撝瀝酒祝之曰：「汝死誠為冤痛，吾念汝不
已。但娘子既已下世，尚何所云。業債相償，自應託化。」乃

> 呼道流建醮,為趙答謝懺釋,並以薦妾往生,自是不復出。[55]

本文之焦點,主要是圍繞在妻妾間的「嫉妒」、與幽鬼含怨「糾纏」之間的問題上,然而文中記載了朱撝之妻趙氏之殂世,因為剛好在朱撝在外地撫州任官之故,於是將妻子暫殯於當地的僧寺,待朱終任還家之際,才將妻子之棺柩移回故鄉,因為是終任,至少應有一年以上,可見在任官途中,礙於公務之故,暫時將已亡親人棺木寄置僧寺之情況,是頗為普遍的做法。

(二)無力歸窆

　　與上述(一)處因時間緊迫問題所產生的寄棺寺院情況不同,此處之事例乃因財務困難所導致。《夷堅支景》卷第三〈三山陸蒼〉一文記載:

> 傅敧,字次張,濰州人。為士子時,以紹興二十年過吳江,縱步塔院,見僧房竹軒雅潔,至彼小憩。其東室有殯宮,問為誰,僧云:「數歲前知縣館客身故,聞其家在福建,無力歸窆,因權厝於此。」敧惻然憐之。既還舟次,是夜夢儒冠人持名紙來見,曰三山陸蒼,自敘蹤跡,與僧言同。將退,拱白曰:「旅魂棲泊無依,君其念我。」明旦,敧以告邑宰,亦有舊學院小吏知其事者,遂遷葬於官地上,仍修佛果資助之。至七月,敧赴轉運司試,寓西湖小剎,復夢陸生來,再三致謝,且云:「舉場三日題目,蒼悉知之,謹奉告,切宜勿泄。若泄

之，彼此當有禍。」敞寤而精思屬槁，洎應試，盡如其素，於是高擢薦名。[56]

因為客死他鄉之知縣館客陸倉，遺族無力將其棺木運回福建歸葬，最後只能被寄棺於吳江某塔院，處境堪憐。或許因為傅敞「惻然憐之」的仁心，讓陸倉之鬼魂得到感應，於是透過夢境，請求其協助安葬。之後傅敞助其遺骸得以遷葬於官地，並讓其得到佛果之資助，所以陸蒼其後亦同樣地藉由夢境告知傅敞，本次舉場之試題，讓傅敞於有備之餘，最終考取科名，人鬼互助，得到最佳的雙贏效果。

此外，又如《夷堅支癸》卷五〈楊教授母〉一文亦載：

> 資州人楊某，幹辦諸司審計，卒於官。其家不能歸，寓居臨安打繩巷。不數年，妻曹氏亦亡，皆寄攢野寺。一子光，苦志學問，獲漕臺薦送，純熙戊戌，赴省闈。試罷。偶貢院西牆為大風雨所攻，頹仆數丈。臨安教授高槀為點檢試卷官，夜在房門首考閱程文，忽於燭下見婦人，年五十許，拜而致懇，語言操蜀音，云：「老婦資州人，有子忝入舉場。此卷子正其所作，願收置下列。儻僥倖一命，則旅骸可西歸矣。」高曰：「觀汝子之文平平耳，未必可得。」復申扣甚力，乃許之。恍然而驚曰：「媼何以能到此？」曰：「數夜徘徊於外，望金甲神人周匝圍繞，無路可入。適間風雨打了牆，諸神亦避，故從牆隙而至，不敢遲久。」遂不見。高始懾怖，終夕不寢。明日，攜此卷詣所隸參詳官鄭少卿，道媼之請，遂收置末級。洎拆封，果楊光也。廷對注官，調涪州教授，因奉二親之柩歸。高改秩為

德興宰,談其事。予案登科記是年無楊光,疑姓名不然也。[57]

資州老婦之鬼魂現身於點檢試卷官高槀之面前,懇求高槀將其子之試卷納進入選者之列,如此一來,其子方能注官,才有能力安葬其與亡夫二人,高槀最終助老婦之子楊光一臂之力,讓其得以將寄攢野寺之已亡雙親之棺柩攜歸故鄉安葬。亡魂此舉,看似因害怕其與亡夫之遺骸無法歸鄉而起,然而,相信此舉之背後,應摻雜了對其子前途的一種助祐與關懷。

(三)罹疫病亡

除了「羈旅途中」與「無力歸窆」之情況外,「罹疫病亡」者,其棺木亦常被送至寺院等處安置。不難理解,此應為生者害怕疫病之傳染而進行的處置方式。《夷堅丁志》卷第十五〈張珪復生〉即記載了相關之內容。其文曰:

> 江吳之俗,指傷寒疾為疫癘,病者氣才絕,即殮而寄諸四郊,不敢時刻留。臨川民張珪死,置柩于城西廣澤庵。庵僧了熹夜聞撲索有聲,起而伺,則張柩中也。既不敢發視之,隔城數里,無由得言,但拱手而已。良久聲息,遲明奔告,其家亦不問。至秋,將火葬,剖柩見尸,乃側臥掩面,衣服盡碎裂,蓋曩夕復蘇而不獲伸也。吁,可傷哉!番陽亦有小民,以六月拜嶽帝祠,觸熱悶絕,亟柩厝于普通塔,其事正同。[58]

---

57 《夷堅支癸》卷第二,頁 1236-1237。
58 《夷堅丁志》卷第十五,頁 666。

因為「傷寒」在古時被視為是一種流行傳染病，因此，罹患此病而身故者，往往在其甫斷氣之際，即立刻被放入棺柩中而寄櫬郊外。上文所載之張珪即因如此，死後即被送往城西之廣澤庵中放置。遺族為求得自身之安全，而將死者之遺體立刻移諸寺庵，在情理上似乎無可厚非，然而，上述文中之主角張珪，卻因家人的此種舉動而造成了無法挽回的悲慘命運。是問：若張珪之家人，在其假死狀態之後，能按古禮暫時將遺體安置家中數日，或許即能挽救張某之性命而不致造成遺憾矣。[59] 雖然，作者並未明確表達傳載此事是為了寄寓某種告誡，但針對當時之人在罹疫親人往生後，即立即將其棺木移送寺院之做法，相信是存在不妥之想法的。

又如《夷堅支乙》卷第七〈姚將仕〉一文所載：

> 文惠公總領淮東日，攜幼弟迅在官，其所生母病，療治無良醫，乃載詣常州。時從兄景高為晉陵宰，畏其疾傳染，使往節級范安家。招醫巫診治，竟不起，殯於僧舍。明年正月望夜，高兄之子㰤，年十歲矣，與親識兩人觀燈于東嶽行廟，范安之居在廟外，邀啜茶果，歸而被疾，信口妄語，不省人事。郡人姚將仕者，納粟買官，能行五雷天心法，命視之。先敕神將呼土地詰問，有降神小童見，至呭呭自語：「官府嚴整，如何得有邪祟？恐是他家婢妾之屬所為，那可責我！實無鬼可捕。」姚謝去，自於其家飛符噀水，凡十餘日，攝出一女子，蓋迅母

59　〔宋〕朱熹《家禮》卷四〈喪禮〉「大斂」載：「司馬公曰：『禮曰、三日而斂者，俟其復生也。三日而不生，則亦不生矣。』故以三日為之禮也。」（《景印文淵閣四庫全書》142冊，頁551）顯然，古代葬禮之所以如此安排，應是希冀亡者可以復生，或是有復生之前例，因此才制定此種禮法的。但上文中之張珪，因其家人習於當時所盛行之寄棺寺廟習俗而違背了自古以來的喪葬禮俗，最終造成了無法挽救之悲劇，令人無限感慨。

也，不肯言所以來，姚牒城隍寄收。他日再呼問，始云：「因
小官人到范家，故隨入縣舍。」於是以酒饌香楮遣之，而申太
山府乞注生具，焚其柩，樺即愈。[60]

在視疫病如洪水猛獸一般之傳統社會，人民因為恐懼心態及醫療技術
與環境之不足，往往造成死者不計其數之慘況。對於此輩事出突然又
為數不少之遺骸，在短時之內欲全數下葬，實非易事。因此，積極參
與社會福祉事業之宋代佛教寺院，即成為暫時收留他們的良所。《宋
史》卷六十二〈五行志〉中即載：

> 德祐元年六月庚子，是日，四城遷徙，流民患疫而死者不可勝
> 計，天寧寺死者尤多。二年閏三月，數月間，城中疫氣薰蒸，
> 人之病死者不可以數計。[61]

上文中清楚地記錄了在南宋恭帝德祐年間，天寧寺中安置眾多因罹患
疫病身亡之流民的情景。可見，將病疫身故者送往鄰近寺院安置之做
法，在當時民眾之觀念中，十分理所當然且並無不妥之處。相信此種
風氣，對於民眾寄棺寺廟習俗之逐漸形成，應具推波助瀾之作用。

（四）寺院僧侶之供奉與誦經超渡

按常理思考，與其選擇將棺柩長久停放於自家或其餘地方，倒不
如寄置於殿宇寬廣之寺院，至少可以讓死者得到寺院僧侶定期之誦經
超渡，獲得冥福，應是多數人會贊同的想法。如宋代闕名撰《異聞總

---

60 《夷堅支乙》卷第七，頁846。
61 見楊家駱主編：《新校本宋史并附編三種》第3冊，頁1371。

錄》卷四記載：

> 致和中，鎮江府丹徒縣李主簿，被轉運檄往湖州方田，府差二
> 吏，曰徐璋，曰蔡禋，與偕行。既至境，館於近郊觀音院僧
> 房，其旁一小室，扃鐍甚固。二吏竊窺之，見壁間挂美女子
> 像，前設香火，知為殯宮。私自謂曰：「我輩在旅淒單，若得
> 如此來伴一笑，何幸哉。」徐以扣僧。僧云：「郡人張文林，
> 今為明州象山令，其長婦死，攢殯彼室淺土中，而委吾歲時供
> 事。此其畫像也。」[62]

明州象山令張文林，將其已故長婦之遺體，寄殯於湖州方田縣境之觀
音院僧房中，並且委託僧人歲時供奉照料。因為僧人可以在每年一定
之季節或時間裏，代替遠在它處之遺族進行對亡者之祭祀，因此，對
於某些無法將已亡親人歸葬故鄉者而言，或許是較為妥善之處置方
式。然而，此種在遺族看來較為妥善之做法，未料卻可能造成亡者之
痛苦。宋人何薳（1077-1145）《春渚紀聞》卷三〈殯柩者役於伽藍〉
一文即載：

> 余馬嫂之季父承奉郎察，字彥明，錢塘人。赴調至山陽，感時
> 疾而終。婦家即山陽李氏也。遺孤始十歲，未克扶護歸祔先
> 隴，因權厝城北水陸寺，凡十五年，其母金華君終，始獲從
> 葬。其子初至啟攢，致夢其子曰：「我自旅攢此寺，即為伽藍
> 神拘役，至今未得生路。今獲歸掩真宅，始神魄自如，而轉生
> 有期矣。」又丹陽方可大言：建中靖國年間，有時相夫人終于

62 見〔宋〕闕名撰：《異聞總錄》，收入《筆記小說大觀》，二十二編第二冊，頁
1193。

相府,未獲護葬還里,權厝城外普濟寺。忽見夢於其門人,
云:「為語我家,我日夕苦於伽藍神之役,得速歸瘞,則免此
矣。」門人請曰:「夫人而見役何也?」夫人曰:「我生享國
封,不為不尊,而死亦鬼耳。況以遺骸滓穢佛界之地,得不大
譴罪?而姑役使之,亦幸矣。」二事適相類者,則知精廬所
在,在人則以為託之閴寂,聞鐘梵之聲,可資亡者依向之福。
必不慮因循失葬,明則致羈魂之尤,幽則苦護神之役。反俾亡
者不安,不得不為戒也。[63]

文末所載「則知精廬所在,在人則以為託之閴寂,聞鐘梵之聲,可
資亡者依向之福。必不慮因循失葬,明則致羈魂之尤,幽則苦護神
之役。反俾亡者不安,不得不為戒也。」即說明了:在宋代,有人認
為將棺木寄置寺院,讓亡者聽聞寺院鐘梵之聲,是有助亡者之冥福
的,然而,卻不知因為遺骸滓穢佛界之地是一種不敬,更何況亡者還
會受到寺院伽藍神之拘役,此種寄棺之舉,反倒陷亡魂於困境中,使
其自此難安矣。

　　如上所述,宋人將亡親之棺木寄置寺院,各有其不同之原因;
然而,不管宋人寄棺寺院之初衷為何,卻往往可能在因循苟且之情
況下,讓亡親之棺柩,最終成為可憐的無主之棺。此種情況,在宋代
危稹(1158-1234)所撰〈漳州義塚〉一文中即已詳載:

　　人死曰歸,葬曰藏者,復其所也。藏者,欲人之不得見也,故
　　先王制禮,喪葬有期,下至於士,則踰月而已。何漳之為子若
　　孫者,乃有不葬之俗耶?其親死,往往舉其柩而置之僧寺,是

63 見〔宋〕何薳撰,儲玲玲整理:《春渚紀聞》,收入朱易安、傅璇琮等主編:
　　《全宋筆記》第三編,第3冊,頁213。

蓋始於苟簡，中則因循，久則忘之矣。嗚呼！已則忘之矣。而
不知虛廊冷殿之間，寒聲泣霜，弱影弔月，其望於子孫一旦之
興念者，猶未已也。[64]

文中對於漳州地區，亡者遺骸往往被寄置僧寺，最終卻遭到遺忘之亡
魂的心理，寫得頗為絲絲入扣，讓人心有戚戚焉。為人子孫者，若能
體察危積此文之真意，相信對於將亡親棺柩寄置佛寺之舉動，應會慎
重地考慮再三矣。

　　如上所述，百姓由於各種因素而將棺木寄置僧寺或暫殯其間，的
確有某種程度上之便利，因此導致此風難息。然而，反過來看，寺院
此方願意成為百姓寄棺之場所，除了寺廟經濟上的考量以外，有時與
寺院之荒廢有關。例如：

隆興府城北望雲門外三里許有天王院，院有舍利塔，舊傳隋仁
壽中分布舍利於五十州，建置寶塔，此其一也。初到院日，有
白脰烏前道，故又以烏遮名之。罹建炎兵盜，塔毀基存，其徒
僅立屋數椽以居，莫能復舊觀。淳熙七年，杭人俞紳來為府鈐
轄，其妻徐氏，夢一異僧引詣廢寺，有故塔遺址，羣烏聚焉。
徐氏素崇禮西方甚謹，覺以語紳，使訪測厥祥。或以天王院
告，因過之，儼然夢境也。徐少時為韓蘄王妾，後乃嫁紳，饒
於財，盡捐橐中所藏以造寺。寺既久廢，多為人寄厝其間，紳
白府悉起之，凡十數冢。[65]

64 詳見〔宋〕祝穆撰：《古今事文類聚》前集卷五十六，《景印文淵閣四庫全書》925
　　冊，頁884。
65 詳參《夷堅支景》卷第七〈天王院古冢〉，頁 935-936。寺院之荒廢，除了與本身

上文記載了因為遭到建炎之際的兵荒馬亂所影響，天王院受到波及，最終荒廢之經過，也因為長久以來之荒廢，其最後成為百姓們寄棺之所的情況，即是例證。

然而，無論是久喪不葬，抑或是寄棺寺院，均是對傳統葬禮的一種違背與挑戰，因此，遭到許多有識之士的撻伐，勢必難免。

第四節　宋人對久喪不葬及菆柩寺院之看法

在遺族因為各種考量而不遵循傳統葬禮，將亡親之棺木寄置佛寺，甚至久喪不葬之習俗在宋代逐漸盛行之同時，有不少文人挺身而出勸諭百姓或對此種做法提出批評。如南宋朱熹（1130-1200）即曾提出：「勸諭遭喪之家，及時安喪，不得停喪在家，及殯寄寺院，其有日前停寄棺柩，灰函，並限一月安葬，切不須齋僧供佛，廣設盛儀。」[66]之榜文，不僅如此，朱熹《家禮》卷四亦載：

> 司馬公曰：「周人殯於西階之上，今堂室異制或狹小，故但於堂中少西而已。今世俗多殯於僧舍，無人守視，往往以年月未利，踰數十年不葬，或為盜賊所發，或為僧所棄，不孝之罪，孰大於此。」[67]

經營不善以及上文所載因兵盜等亂象造成毀廢有關外，有時亦與政府之宗教崇尚政策有關。如《夷堅支丁》卷第一〈楊戩毀寺〉一文即有：「崇寧以來，既隆道教，故京城佛寺多廢毀。」之記載。（頁972）

66 詳參〔宋〕朱熹著，王雲五主編：《朱文公集（二）》卷一百〈勸諭榜〉，《四部叢刊正編》（臺北市：臺灣商務印書館，1979年11月），第53冊，頁1774。

67 詳參〔宋〕朱熹撰：《家禮》，收入《景印文淵閣四庫全書》（臺北市：臺灣商務印書館，1983年），第142冊，頁551。

藉司馬光之言斥責宋代士庶，不僅將棺柩殯寄僧舍，還因迷信時辰而「久喪不葬」，最終導致亡者之棺木為盜所發或遭棄置之命運，實可謂不孝之至矣，以此勸導百姓慎思此俗之非。而司馬光本人亦早在〈葬論〉一文中，即已毫不留情地指責了宋人在喪葬禮俗上的種種不合宜之做法，其中當然包含對「久喪不葬」之批判在內。

> 葬者，藏也。孝子不忍其親之暴露，故斂而藏之。齎送不必厚，厚者有損無益，古人論之詳矣。今人葬不厚於古而拘於陰陽禁忌則甚焉。古者雖卜宅卜日，蓋先謀人事之便，然後質諸著龜，庶無後艱耳，無常地與常日也。今之葬書，乃相山川岡畝之形勢，考歲月日時之支干，以為子孫貴賤貧富壽夭賢愚皆繫焉；非此地，非此時，不可葬也。舉世惑而信之，於是喪親者往往久而不葬。問之，曰歲月未利也；又曰未有吉地也；又曰遊宦遠方，未得歸也；又曰貧未能辦葬具也；至有終身累世而不葬，遂棄失尸柩，不知其處者。嗚呼！可不令人深歎愍矣哉！[68]

文中指責了宋人在面對喪葬問題之際的過度「拘泥陰陽禁忌」，及迷信葬書中所記載之葬地、葬時等影響後代子孫發展的讒言，並直指宋人之所以久喪不葬的原因，乃源於上述種種而來，可謂一針見血。同樣地，宋人莊綽《雞肋編》卷上記載：

> 禮文亡闕，無若近時，而婚喪尤為乖舛。……喪家率用樂，衢州開化縣為昭慈太后舉哀亦然。今適鄰郡，人皆以為當然，不

---

68 詳參〔宋〕司馬光〈葬論〉，收入呂祖謙編，齊治平點校：《宋文鑑》（北京市：中華書局，1992 年 3 月），卷第九十六，頁 1357-1358。

復禁之。如士族力稍厚者，棺率朱漆。又信時日，卜葬嘗遠，
且惜殯攢之費，多停柩其家，亦不設塗覽，至頓置百物於棺
上，如几案焉。過卒哭則不祭，唯旦望節序，薄具酒殽祭之，
亦不哭，是可怪也。[69]

文中亦指出因為「信時日，卜葬嘗遠，且惜殯攢之費」，導致最後
「多停柩其家」的結果，對於宋代當時喪葬禮俗之亡闕與乖舛，提出
了不解與質疑之聲。而前引周煇《清波雜志》卷第十二中亦記載：

浙右水鄉風俗：人死，雖富有力者，不辦蕞爾之土以安厝，亦
致焚如。僧寺利有所得，鑿方尺之池，積洿蹄之水，以浸枯
骨，男女骸骼，殽雜無辨。旋即填塞不能容，深夜乃取出，畚
貯散棄荒野外。人家不悟，逢節序仍裹飯設奠於池邊，實為酸
楚，而官府初無禁約也。范忠宣公帥太原，河東地狹，民惜地
不葬其親，公俾僚屬收無主爐骨，別男女，異穴以葬；又檄諸
郡傚此，不可以萬數計。仍自作記，凡數百言，曲折致意，規
變薄俗。時元祐六年也。淳熙間，臣僚亦嘗建議。柩寄僧寺歲
久無主者，官為掩瘞。行之不力，今柩寄僧寺者固自若也。[70]

文中指出浙右、河東一帶之民眾，或者「火化」、或者「惜地」，均不
願按傳統土葬習俗來安葬已故亡親，導致枯骨遭棄置荒野或久寄僧寺
之情形。雖然，有臣僚之良善建議，但卻無法有力施行，遂致使大眾
寄柩僧寺之情況，未獲改善，顯然，欲改變某種在民間早已普遍施行
之習俗，實非易事。而南宋李昌齡《樂善錄》卷三中則記載了：秘書

---

69 詳參〔宋〕莊綽撰，蕭魯陽點校：《雞肋編》，頁8。
70 參頁〔宋〕周煇撰，劉永翔、許丹整理：《清波雜志》，頁127。

丞孔墳，因未覺母塚被盜，導致亡母遺骸手骨遭折，於是亡母鬼魂現身數落孔墳夫妻，該如何事奉亡親方為孝之種種，孔最終求母原諒，替亡母擇地改葬，設庭宇守護如法，致嚴以祀，並召浮圖課經薦亡母之經過。於是，

> 人以其事告左僕射王荊公，公異之。元豐二年，以河北便糴授墳，墳至相府，荊公以所聞語墳，墳盡泣而後對，公亦潸然。今有親死不葬或寄寺觀而不顧者，其罪當如何？[71]

作者藉孔墳之孝，以反諷當時社會上所充斥之「親死不葬」與「寄棺寺院」而不顧的為人子女們，其所犯下之罪過，又該如何計量？藉此非議上述兩種風俗在整個宋代盛行下的喪葬禮俗之非。

第五節　菆柩寺院與久喪不葬之影響

如上所述，「菆柩寺院」與「久喪不葬」之做法，不僅招致有識之士的言語非議與撻伐，在實際上，此種習俗亦可能對亡者或對遺族之其中一方，帶來不良之後果或影響。例如《夷堅甲志》卷第十一〈張端愨亡友〉一文記載：

> 張端愨，處州人。嘗為道士，平生好丹竈爐火。初與一鄉友同泛海，如泉州。舟人意欲逃征稅，乘風絕海，至番禺乃泊舟，二人不得已少留。鄉友者得疾死，張為殯殮，寄柩僧寺。一夕，寢未熟，而友至，呼其字曰：「正父，公酷好爐鼎，何為

---

71 詳參〔宋〕李昌齡編：《樂善錄》，收入張元濟輯：《續古逸叢書》，頁664。

也?」張悟其死,應曰:「吾自好之,何預君事!」即閉目默
誦大悲咒。纔數句,友已知,曰:「偶來相過,何爲爾也!」
即去。久之,復夢曰:「我與君相從久,今當遠別,不復再
見,幸偕我行數步相送。」張諾之。與俱行數步,至一紅橋,
友先行,語張曰:「君且止,此非君所宜過。」揮淚而別。既
覺,不能曉。後數日,廣帥王承可侍郎令諸剎,凡寄殯悉出
焚。張念其故人,命僧具威儀,火之城下,收其骨。至一橋,
擲水中,乃夢中所至處也。時紹興十八年。[72]

被寄柩僧寺之張端慤同鄉友人之遺骸,最終在政府官員之一聲令下,
遭致焚化,並擲入水中,結果頗為悲涼。可見,寄棺僧寺之棺柩,有
時會身不由己地受到官吏(有時與政府之政策有關)之處理,如文中
之張端慤友人,其遺骨已無法回至故鄉安葬,而是成為骨灰被灑入水
中;以傳統中國人之思維來看,此種結局,令人同情與感傷。而友人
現身於張端慤夢中,揮淚而別之情景,正暗示著或說明了其遺骸接下
來可能遭到的被焚待遇與命運矣。又如宋代朱彧(生卒年不詳))所
撰《萍洲可談》卷三中亦記載:

> 元祐間有大臣,不欲書名氏。父嘗貶死朱崖,寓柩不歸。既
> 貴,自過海迎取。已更數十年,無識其父柩者,於僧房中有數
> 棺,枯骨無款記,不獲已,乃挈一棺歸,與其母合葬。後竟傳
> 誤取僧骨來。紹聖初,言者欲萋斐,以無驗不敢舉。[73]

---

72 參《夷堅甲志》卷第十一,頁96。

73 參〔宋〕朱彧撰,李偉國點校:《萍洲可談》(北京市:中華書局,2007年11
月),頁166。

引文中的某大臣，雖不知其原本不葬其父之理由為何，但在己身飛黃
騰達之際，方欲迎葬其父，卻已歷時數十年之久，早已無法辨識僧舍
中之棺木何者為是，在無可奈何之情況下，最終僅能擇一棺柩攜歸，
並與其母合葬；未料卻有誤取僧骨之傳言襲至，若真如此，不僅失禮
於與僧骨合葬之亡母，亦讓其亡父遺骨仍遭冷落地棄置僧舍之命運，
可謂不孝之至矣。諸如此類，對於年歲久遠且無款記之棺木，要從中
找出親人遺骸，的確是至難之事，因此錯取他人棺柩之情況也就極有
可能發生。而這一切失誤，均源於「菆棺僧舍」與「久喪不葬」而
來，因此，此種做法或習俗所產生之可能弊端，也就顯而易見矣。相
信如上文所述之情況，絕非僅是單一的特例，相同事例產生之可能性
極高，因此，朝廷方面為勸導大眾，於是特別針對必須以身作則的為
官者，對其未按古禮之方式在規定時日內安葬親人，祭出了懲罰之做
法。如《宋史》卷十七與卷一百二十四中，均記載了哲宗元祐年間，
所下之相關詔令。卷十七〈哲宗本紀〉記載元祐六年，

> 八月己丑，三省進納后六禮儀制。辛卯，詔御史臺：「臣僚親
> 亡十年不葬，許依條彈奏及令吏部檢察。」[74]

卷一百二十四〈禮志二十七〉亦記載：

> 元祐中，又詔御史臺：「臣僚父母無故十年不葬，即依條彈
> 奏，及令吏部候限滿檢察。尚有不葬父母，即未得與關升磨
> 勘。如失檢察，亦許彈奏。」[75]

---

74 詳參楊家駱主編：《新校本宋史并附編三種》第 2 冊，頁 332。
75 同上註，第 4 冊，頁 2912。

而實際上，亦有多位官僚的確因此受到懲處。如《宋史》卷三百二十
九〈王子韶傳〉記載：「御史張商英劾其不葬父母，貶知高郵
縣。」[76]、卷三百五十六〈劉昺傳〉記載：「昺與弟煥皆侍從，而親
喪不葬，坐奪職罷郡，復以事免官。」[77]不僅有被貶之情況，亦有被
奪職之遭遇；顯見，此種親亡不葬之問題，在當時所受到的重視情
況。又如宋人筆記《道山清話》（著者不詳）中亦載：

> 莘老入相，不及一年而罷，坐父死不葬。後莘老作《家廟記》
> 自辯，劉器之為其集之序。[78]

文中莘老，為劉摯（1030-1097）之字，其在哲宗元祐六年曾任宰
相，亦在同年被罷相，其遭罷相之由，或許並非真因「父死不葬」之
故，然依據上文之記載，足以說明，在宋代「父死不葬」一事，嚴重
時極有可能使貴為宰相之大臣，一夕之間遭到免職之對待，其影響可
謂大矣。當然，久不葬親人，除了對自身之官途發展有立即之影響
外，亦有人認為不葬親人（特別是父母），將對己身之未來，不管
是在仕途上還是在生理、性命上，均會造成不良之影響，並將其形諸
文字，讓眾人引以為戒，特別是透過神鬼信仰之力量。蘇冰、魏林所
著《中國婚姻史》中，在提及宋代離婚問題所牽涉之價值取捨時，曾
道：「鬼神迷信觀念實為倫理意識型態的迂迴表達，宋時始有離婚有
損陰德之說法。」[79]其實，不僅是離婚，久不葬父母同樣「有損陰

---

76 同上註，第 13 冊，頁 10612。
77 同上註，第 14 冊，頁 11207。
78 見〔宋〕無名氏撰：《道山清話》，收入朱易安、傅璇琮等主編：《全宋筆記》
　第二編，（鄭州市：大象出版社，2006 年 1 月）第 1 冊，頁 110。
79 詳參蘇冰、魏林著：《中國婚姻史》（臺北市：文津出版社，1994 年 4 月），頁
　261-264。

德」之觀念，在宋代似乎亦普遍盛行。如《夷堅甲志》卷第七〈不葬父落第〉中即記載：

> 陳杲，字亨明，福州人。貢至京師，往二相公廟祈夢。夜夢神曰：「子父死不葬，科名未可期也。」杲猶疑未信。明年，果黜於禮闈，遂遣書告其家，亟庀襄事。後再試登第。[80]

陳杲因為未葬亡父，遂無法中舉，最終在聽從夢中二相公神所提醒之葬親一事後，即刻完成埋葬亡父之大事，果然於再次應舉後得以登第。故事之主旨，顯而易見，是為告誡當時之人，對於亡親之安葬應按傳統禮法在規定之時日內完成，以盡人子之孝，那麼，自身之功名方有可期之日。同樣地，在《夷堅甲志》卷第十八〈楊公全夢父〉一文中亦載：

> 楊公全，資州人，其父以政和癸巳卒，未葬。明年春，夢父歸家，公全問何年當得貢。曰：「有冥司主簿，正掌文籍，乃吾故舊，嘗取簿閱之，汝三舍中無名，至科舉始可了耳。」又云：「汝知朝廷已行五禮否？」對曰：「不知。」又雜詢家事甚悉，語畢，其去如飛。是年八月，始頒《五禮新儀》，士人父母未葬者，不許入學。公全悟父言，是冬襄事，至丁酉歲升貢，謂夢不驗，既而無所成。宣和辛丑，罷舍法，復行科舉，乃以甲辰登科。[81]

---

80 見《夷堅甲志》卷第七，頁58。
81 見《夷堅甲志》卷第十八，頁157。

內容中同樣地藉舉子若不葬父，則自身功名難期以告誡世人。文中所謂之《五禮新儀》，確實在政和四年（甲午）八月頒行，然細覽《政和五禮新儀》卷二百一十五至卷二百二十「凶禮」之內容[82]，未見「士人父母未葬者，不許入學。」之語，因此，此一規定究竟是作者為勸諭士人而故作的誇大之語，抑或是來自他處政令之誤植，則不可得知矣。總之，公全亡父之柩，終獲下葬，而公全亦如亡父所言，在辛丑年復行科舉之後順利登科。不管是上述文中之陳呆，還是本文中之楊公全，禮葬亡父後之結果，均有助其未來之發展，值得慶幸。然而，下文中之羅鞏，則未如此幸運。《夷堅甲志》卷第七〈羅鞏陰譴〉記載：

> 羅鞏者，南劍沙縣人。大觀中，在太學。學有祠，甚靈顯，鞏每以前程事，朝夕默禱。一夕，神見夢曰：「子已得罪陰間，亟宜還鄉，前程不須問也。」鞏平生操守鮮有過，願告以獲罪之由。神曰：「子無他過，惟父母久不葬之故耳。」鞏曰：「家有弟兄，罪獨歸鞏，何也？」神曰：「以子習禮義爲儒者，故任其咎。諸子碌碌，不足責也。」鞏既悟悔，乃急束裝遽歸。鄉人同舍者問之，以夢告，行未及家而卒。[83]

比起上述二文之陳呆與楊公權，此文中所記載之羅鞏，可謂是「久不葬父母」之輩中，下場最為悲慘者。因為，久不葬父母之過，導致性命不保，可謂懲罰極重。或許因弟兄有諸人之眾，卻長久以來無人處理父母之下葬事宜，已令人痛心，更何況其中身為儒家子弟之羅鞏，

---

82 詳參〔宋〕鄭居中等撰：《政和五禮新儀》，收入《景印文淵閣四庫全書》（臺北市：商務印書館，1983 年），第 647 冊，頁 878-903。

83 見《夷堅甲志》卷第七，頁 58。

飽讀聖賢之書，卻連養生「送死」的最基本之禮儀亦無法施行，因此
受到天譴，的確頗為可悲。而久不葬父母，除了可能造成已命不保之
影響外，亦可能牽連後代子孫。如周密《癸辛雜識》續集卷下〈不葬
父妨子〉中即寫道：

> 或謂停父母之喪久而不葬者，則其子孫每歲縮小。近見錢達
> 可、康自修二子之事皆然，此其異也。[84]

又如趙令畤（1064－1134）《侯鯖錄》中記載：

> 沈文通云：省副陳洎死後，婢附語云：「當為貴神，坐不葬父
> 母，今為賤鬼，足脛皆長毛。」比來士大夫多不葬親，致身後
> 子孫不振，遂不克葬，生毛必矣。余錄此事，政以勸親舊之不
> 葬親者。[85]

　　由上述二例來看，久喪不葬或不葬父母者，子孫可能每歲縮小，
甚至本身死後可能成為足脛長毛之賤鬼，且子孫亦會遭受不振之不良
之影響，顯見，無法讓亡親入土為安者，不僅禍延自身亦殃留後代，
影響可謂大矣。因此，「久喪不葬」與「厝柩寺院」二者，顯然已成
為宋代儒者在施行喪禮上最為關注之核心問題矣。

　　然而，此股不葬親人之風氣與習俗，儘管遭致多數有識者之批
評，但是，一般大眾或許礙於現實中的各種因素，始終無法對此進行
改變與停止，甚至於延續至後代。元代孔齊（生卒年不詳）在《至正

84　〔宋〕周密撰，吳企明點校：《癸辛雜識》，頁209。
85　見〔宋〕趙令畤撰，孔凡禮點校：《侯鯖錄》（北京市：中華書局，2002年9
　　月），頁106。

直記》一書中即記載：

> 不葬父母者，大獲陰罪，前代已有明鑑，姑以所見者言之。荊溪芳村吳義安以父母爐骨，置祖祠梁上，終身不葬。後生子不肖，亦如之。吳子文不葬父母者七年，吾嘗力諭之，更助以錢，始克葬，後以不善終。弟應東、長子本中皆為盜所殺。[86]

又謂：

> 溧陽張允天妻死不葬，至正丙申死于非命。鄞縣袁日華不葬其妻，及身死四年，庶母老而子幼，弟父不義，至今亦不克葬。五叔遜道同知喪妻屬氏，既從異端，爐骨寄僧舍中，又無故終身不葬，後為晚婦淫悍所辱，甚至見逐于外，困餓而死。庶子克一，亦從異端，焚化復寄僧舍中，與其母骨相并。至正己亥冬，西寇犯杭城，僧舍皆毀，遺骨亦為之狼籍。近世有如此者，亦多矣。報應顯然，茲不盡錄。[87]

上述二文，作者直指元人因為不葬亡親，最終下場無一可以善了之情況，並藉此提出報應顯然之觀念。因此，吾人可以透過此二文了解到，在元代，此種不葬亡親之習俗的盛行，仍是不減其風的情況。

然而，不知是否因積習難改，導致見怪不怪，抑或是隨著時代遷移，人們對喪葬習俗或觀念已改變，至清代，停棺未葬一事，對於為人子女者或遺族所造成之災難、影響，已較無前代嚴重。袁枚《子不

---

86 參〔元〕孔齊撰，莊威、郭群一校點：《至正直記》，收入《宋元筆記小說大觀》（上海市：上海古籍出版社，2001 年 12 月），第 6 冊，頁 6599。
87 同前註。

語》卷一〈鍾孝廉〉記載：

> 余同年邵又房，幼從鍾孝廉某，常熟人也。先生性方正，不苟
> 言笑，與又房同臥起。忽夜半醒，哭曰：「吾死矣！」又房問
> 故，曰：「吾夢見二隸人從地下聳身起，至榻前，拉吾同行。
> 路決決然，黃沙白草，了不見人。行數里，引入一官衙。有
> 神，烏紗冠，南向坐。隸掖我跪堂下。神曰：『汝知罪乎？』
> 曰：『不知。』神曰：『試思之。』我思良久，曰：『某知矣，
> 某不孝。某父母死，停棺二十年，無力卜葬，罪當萬死。』神
> 曰：『罪小。』曰：『某少時曾淫一婢，又狎二妓。』神曰：
> 『罪小。』曰：『某有口過，好譏彈人文章。』神曰：『此更小
> 矣。』曰：『然則某無他罪。』神顧左右曰：『令渠照來。』左
> 右取水一盤，沃其面，恍然悟前生姓楊，名敞，曾偕友貿易湖
> 南，利其財物，推入水中死。不覺戰慄，匐伏神前曰：『知
> 罪。』……。」又房為寬解曰：「先生毋苦，夢不足憑也。」
> 先生命速具棺殮之物。越三日，嘔暴血亡。[88]

引文中記載被帶入陰曹地府之鍾孝廉，原本以為自身最大之罪過是
「不孝。某父母死，停棺二十年，無力卜葬，罪當萬死。」而被拘押
至冥曹的，未料陰間主宰之神對於其停棺二十年不葬父母之過卻回答
曰：「罪小」，顯然，陰間主宰的此種回應，對於宋、元之際一直以來
視「不葬父母」為不孝之大罪的看法，有些許之改變。或許此種觀
念，僅為袁枚個人或少數清人之看法，然而，很顯然地，從宋代至清
代，延續了數百年之習俗，即使覺得應予以叱責與撻伐，然其激烈之

---

88 詳參〔清〕袁枚著，周欣校點：《子不語》，頁 4-5。

程度，應已無法與此風始長之際的宋代相比矣。因此，對於袁枚撰寫
此文之際的心態與觀念，或許亦不足為奇矣。

第六節　菆柩習俗與鬼祟

　　或許由於全國各處寺院中所累積之殯柩過多，不管是在心理層面
之觀感上，抑或是鬼魂之實際騷擾上，往往形成住宿者或是近寺鄰里
之恐懼與困擾；因此，有時政府官員亦會下令寺院將寄殯之棺木進行
處理。如前述《夷堅甲志》卷第十一〈張端愨亡友〉一文中所載：
「後數日，廣帥王承可侍郎令諸剎，凡寄殯悉出焚。」之內容，即是
如此。然而，宋代之際，諸寺院中所放置之棺柩眾多，已是不爭之事
實，於是寺院中亡魂顯靈騷擾旅客之事情，也就時有所聞。《夷堅丁
志》卷第四〈郭簽判女〉一文記載：

　　　　湖州德清縣寶覺寺，頃有郭簽判，菆女柩於僧房，出與人相
　　　接，大為妖害。後既徙葬，而物怪如初。寺中扃此屋三間，不
　　　敢居。久之，侍衛步軍遣將卒來近郊牧馬，宗室子趙大詣寺假
　　　屋沽酒，僧云：「無閒舍，獨彼三間，及鬼故不為人所欲，然
　　　非所以處君也。」趙曰：「得之足矣，吾自有以待之。」即日
　　　啟門，通三室為一，正中設榻，枕劍而臥。夜漏方上，女已颯
　　　然出，豔妝鮮服立於前，趙曰：「汝何人？何為至此？」笑而
　　　不言。問之再三，皆不對。趙遽起抱之，頗窘畏，為欲去之
　　　狀。俄頃間如煙霧而散，懷中了無物。自是帖然，趙居之十餘

年，不復有所睹。[89]

上文中描寫了棺柩被寄置於寶覺寺僧房中的郭簽判亡女，其鬼魂現身祟擾生者，使寄宿者遭受其害之情形。但奇妙的是，此輩幽鬼，通常在其徙葬他處後，為厲之事往往可以獲得平息，但郭簽判亡女之鬼魂，不知為何，即使是在遷葬之後，仍固執地徘徊於寶覺寺中，不時出現祟擾活人。幸好宗室子趙大不畏鬼怪，正面迎戰為祟女鬼，最終反而致使幽鬼陷入窘境，使其魂飛魄散，自此不再現身為厲。故事一方面呈現了寄棺寺院僧房之幽鬼，往往可能現身為害他人之傳統觀念外，另一方面亦反映了所謂勇者不懼，其往往可以擊退鬼怪之寓意。又如《夷堅甲志》卷第十六〈化成寺〉記載：

> 沈持要為江州彭澤丞，紹興二十四年六月，被檄往臨江，過湖口縣六十里，宿於化成寺。已就客館，至夜，訪主僧。僧留止丈室別榻，方談客館之怪曰：「舊有旅櫬在房中，去年一客投宿，望棺中有光，頗駭。起坐凝思諦觀，覺光中如人動作狀，愈恐。所居鄰佛殿，客度且急，則當開門徑趨殿上。方啟帳伸首次，棺中之鬼亦揭棺伸首。客下一足，鬼亦下一足。客復收足，鬼亦然。如是數四。客惶駭，知不可留，急走出。鬼起逐之。客入殿環走，且大呼乞救，群僧共赴之。未至，客氣乏仆地，幾為所及。鬼忽與殿柱相值，有聲鏗然，遂寂無所聞。僧至，扶客起，就視其物，則枯骨縱橫，碎于地矣。它日，死者之家來，疑寺中人發其柩，訟于官，數月乃得解。」[90]

---

89 見《夷堅丁志》卷第四，頁568。
90 見《夷堅甲志》卷第十六，頁144。

上文記載了原本擺放於僧寺客室中之旅櫬，其棺中之鬼竟出棺追逐投宿之客，令此客惶駭急逃，差點遭到殘害；若非此鬼本身誤撞殿柱而其身骨支解破碎的話，此客恐難幸免於難矣。顯見，宿客本身即使未對棺中亡者有不敬或騷擾之行為，但有時仍無法避免遭到鬼魂之作祟為厲，「菆柩寺院」之做法，不僅有時可能會對亡者之後代子孫造成不良影響，甚至對無任何關係之第三者亦可能產生傷害，可見，此俗的確有禁止之必要。

然而，並非所有菆柩寺院之幽鬼，均會如上述諸例一般主動現身騷擾寄宿之生者，有時鬼祟之產生，乃肇因於生者自身之招惹而來。如《夷堅乙志》卷第四〈殯宮餅〉一則即載：

> 靖康元年春，京師受圍。監察御史姚舜明之子宏欲歸越，出南薰門買舟。已得舟，欲復入城，適有旨，不許諸門納入者。宏無可奈何，率所善士人兩輩，陸馳而東。循汴數日，晚至道側小寺，僧盡不在，僧房多殯宮，三子者不可前，姑留宿。令僕買酒於村店，并得豬肉以來。寺庖久不爨，什器皆闕，雖有肉，不能饌。一士笑曰：「吾自有計。」取肉置一棺上，縷切之以為羹。讀棺前楬識，知其為婦人，士戲之曰：「中夜空寂，不妨過我。」三子既醉寢。過夜半，此士蹶起，嘔吐狼籍，意緒昏昏。旦視之，所嘔皆餅餌，而昨夕未嘗食也。云昨睡方熟，有好婦人來，相與飲，以餅啖我。遂往殯前物色之，蓋死者家陳餅以供，滿楪皆片裂矣。[91]

不僅在棺木上切肉，對亡者不敬，甚至戲言邀約，態度輕浮，果然引

來亡魂之現身，雖然士人最終並未因此遭遇慘變，但「嘔吐狼籍，意緒昏昏」之結果，適足以給予懲戒。然不知是否是因故事中之士人，其本身正處運勢頗旺之情況，是以幽鬼無法對其造成重大之傷害，只能說其幸運地逃過一劫，值得慶幸。而下文中之主角周舜臣，亦同屬自身招惹鬼怪而致禍之故事。《夷堅丁志》卷第三〈土通判僕妾〉記載：

> 撫州王通判，家居疎山寺。其僕之妻少而美，寓士周舜臣深屬意焉，而不可致。會王遣人篝火扣門，邀周夜話。及開門，乃僕妻也，顧周笑，吹燈滅，相隨以入，曰：「非通判招君，我作意來此爾。」周不勝惬適，遂留宿。明日再相逢，漠然如不識面，頗怪之。又疑與疇昔之夜所合者肥瘠不類，至夜復來，不敢納。堅不肯去，天未明，忽不見。周密扣寺僧，蓋鄰室有婦人厝柩。旋得病，月餘乃愈。蔡子思教授者聞之，特詣其室，焚香致禱，求一見，欲詢鄉里姓氏爲誰，將爲訪其家，寂無所睹。[92]

故事中的周生，因見同寄寓疎山寺之王通判僕人之妻年少貌美，遂起色心。因此心念一動，遂使寄棺此寺之女鬼，得以藉機幻化成僕人妻之樣貌，進而迷惑周生，幸而周生及早起疑，遂讓女鬼無法持續爲祟。然而，周生也因此得病，經歷月餘方才痊癒如初。

　　上述二例之鬼祟，全是生者自身招惹而來的禍端，雖然身心頗受影響，但最終仍幸運地保住性命。然而，下一則事例所記載之士人徐賡，則無法如此幸運矣。甲志卷第十九〈僧寺畫像〉記載：

92　《夷堅丁志》，頁555-556。

> 平江士人徐賡，習業僧寺，見室中殯宮有婦人畫像垂其上，悅
> 之。纔反室，即夢婦人來與合。自是，夜以爲常。未幾，遂
> 死。家人有嘗聞其事者，至寺中蹤跡得之，其像以竹爲軸，剖
> 之，精滿其中。[93]

上述引文中記載士人徐賡，因偶見殯宮所掛亡者畫像之麗影，遂起邪
念，才因此招致禍端，最終斷送性命。較之上述二例，徐賡沉溺於鬼
惑之時間較長，且自始至終亦未醒悟，在鬼氣不斷地侵襲之下，終於
導致悲劇之形成，讓人不勝感慨。前述〈王通判僕妾〉一文中之周
生，因為對他人之妻心生妄念，遂導致鄰室寄棺女鬼得以藉此施展鬼
技，騷擾周生，而同樣地，習業僧寺之徐賡，對殯宮之畫像起念，遂
導致精盡人亡之結果。嚴格說來，此二人均因心中「動念」之故，才
遭到如此之下場。因此，不該妄動邪念，方為做人之根本，只要邪念
一動，則無法逃過鬼神之查知。如同元代無名氏所輯《湖海新聞夷堅
續志》〈棄妻折福〉一文中所記載之士人李某，即因不善之念一動，
福份盡失矣。

> 宋丙午科舉，福建有赴省士人李某，道經衢州，擔簦負篋，貧
> 窶益甚。路傍店主姓翁，夢其家土地與言：「明日有秀才獨行
> 赴省姓李者，是黃甲人，宜善待之。」店主伺候，果如夢中所
> 言者來，遂待以酒食，給以果囊，隨以僕從，俾如京師。士人
> 曰：「主人何愛厚如此？」店主曰：「本店土地最靈，報我云官
> 人明年登黃甲，所以相待也。」其士人大喜，而夜宿其店，心
> 思我向去作官，但妻不稱作孺人，此時當更娶美者。越兩日，

---

93 《夷堅甲志》，頁166。

土地復獻夢於主人云：「此士人用心不善，便欲棄妻，今無功名矣！」士人到省回，尚覬店主待之如前。乃一茶不與，且不納之宿。士人苦問其見薄之因，店主云：「吾家土地已知君有棄妻之意，不復有功名矣！」士人惆悵而歸，果不中榜。可知一念纔起，鬼神即知，人亦可自警矣！[94]

對於原本有機會中舉之李某，卻在預先得知未來可以中舉之後，心中突然興起拋妻另娶之念頭，對於如此用心不善之李某，正如如前章所述，按冥間以「陰德」為功名制度的取決之標準下，李某的「一念」，即已將功名拱手送離，只能惆悵而歸，想必其內心必定悔不當初矣。顯然，要惜福並隨時心存善念，方是處世之道。

　　如上所述，宋代以來的「厝柩寺院」之習俗，即使受到當時許多有識之士的批判與撻伐，卻往往礙於上述各種可能寄棺寺廟的難處與理由，此種風俗直至宋末仍難以改變，甚至延續至明、清之際，我們仍可在文人筆記中發現許多相關之記載。而同樣地，由於寄棺寺院之幽鬼所引發的鬼祟，亦未曾停歇。如影響日本近世文學甚深的明代瞿祐（1347-1433）[95]《翦燈新話》一書，其卷二〈牡丹燈記〉中的女鬼符麗卿，即是寄棺湖心寺中的亡靈，符女最終將喬生害死，當時得知此事的寺僧即曾感嘆地說道：

　　此奉化州判符君之女也。死時年十七，權厝於此，舉家赴北，

94　〔元〕無名氏撰，金心點校：《湖海新聞夷堅續志》前集卷一「人倫門」，頁24。

95　瞿佑之生卒年，有不同之說法，此處所本者，乃據蕭相愷所主編之：《中國文言小說家》（鄭州市：中州古籍出版社，2004年4月），頁439-441而來。

竟絕音耗。至今十有二年矣。不意作怪如是！[96]

將棺木權厝佛寺，往往一放長達十數年之久的情況，自宋以來似乎已是司空見慣之事矣。因此，符麗卿亡魂的現身，乃至作怪，並將鰥夫喬生推向死亡，亦仿佛如事先已安排好之劇碼一般，終究在明代志怪小說的世界裡再次上演了一齣無法避免的悲劇。

結語

日本學者澤田瑞穗曾舉出元代陶宗儀《南村輟耕錄》〈葛大哥〉[97]、清代徐昆《柳崖外編》〈李文美〉[98]及東軒主人《述異記》

---

96 詳參〔明〕瞿祐撰：《翦燈新話》（臺北市：世界書局，1974年），頁23。

97 〔元〕陶宗儀《南村輟耕錄》卷九〈葛大哥〉一則，其文如下：吾鄉臨海章安鎮，有蔡木匠者，一夕，手持斧斤自外歸，道由東山。東山，眾所殯葬之處。蔡沉醉中，將謂抵家，捫其棺曰：「是我榻也。」寢其上。夜半，酒醒，天且昏黑，不可前，未免坐以待旦。忽聞一人高叫，棺中應云：「喚我何事？」彼云：「某家女病損證，蓋其後園葛大哥淫之耳。卻請法師捉鬼。我與你同行一觀如何？」棺中云：「我有客至，不可去。」蔡明日詣主人曰：「娘子之疾，我能愈之。」主人驚喜，許以厚謝。因問屋後曾種葛否。曰：「然。」蔡徧地翻掘，內得一根，甚巨，斫之，且有血，煮啖女子，病即瘥。（收入《元明史料筆記叢刊》〔北京市：中華書局，1959年2月〕，頁110）

98 〔清〕徐昆《柳崖外編》〈李文美〉一則記載：靜海縣某教諭，遼陽人。已選赴任，過山海關，一騎一僕，風雪大作。令僕前覓旅店，昏夜獨行，風雪益陡。至一古廟前，廊檐漠漠，下馬繫柱。手捫而逼視之，雪光中一棺在焉。教諭揖之曰：「棺中客，大哥歟？大嫂歟？某獨行迷路，風雪凜冽，不得不暫棲于此。其勿厭。」遂靠棺而假寐。夢中見南來一少年，呼曰：「李文美！李文美！」自棺後出一人，長鬚可五寸許，曰：「子來為何？」少年曰：「前村演劇，子所好也。盍往觀諸？」其人搖手曰：「今日有遠客，行李馬匹皆在此。而山中多虎狼，吾去誰為吾客防護者？」少年曰：「素識乎？」其人曰：「不識。」少年曰：「不速之客，突如來。如即有不虞，子無罪焉。」遂拉臂強之曰：「今日必偕！」其人曰：「不可也，客方正而好禮，吾不忍而捨也。況前村劇為第一夜，明日客去，後兩宵，何難與君偕。」少年遂獨歌而去。其人出視馬匹及行李，周

〈鬼救虎害〉[99]等三文，提及中國人因不得已之情況下，暫與棺柩共處一夜之際，往往會發生不可思議之體驗，並指出此類故事之產生，乃源於中國人特殊之喪葬習俗而來。其文曰：

> 若無所謂的在正式下葬前將棺木寄置殯屋或寺廟之停葬風俗的話，就不會出現此種怪異之故事吧。中國的志怪故事之所以經常繞著棺柩話題的原因，大部分是源於此種特殊之葬俗而產生的。[100]

不僅如此，澤田氏亦在其所著《中国の傳承と説話》一書中提及：

> 由於將死者永遠埋葬之正式墓地，為其一家一族之故籍，亦即

旋一匝，冉冉而滅。教諭醒，風息雲散，殘星已落，銀河在天，廊外雪半尺許。四顧寂無一人，馬猶繫柱，馬前有虎爪痕。乃悟前宿之不被害者，棺中人護之也。其人謂誰，李文美也。更揖之曰：「李大哥，吾深感子。」騎馬尋路而行，其僕自前村迎至。蓋已覓旅店而待之不至，故迎以來。至前村，果演劇，昨晚為第一宵云。（徐昆撰，杜維沫、薛洪校點：《柳崖外編》〔長春市：吉林大學出版社，1995 年 11 月〕，頁 100）

99　〔清〕東軒主人《述異記》卷上〈鬼救虎害〉記載：康熙廿八年間，武林清河坊有趙姓者，往西山索逋，歸已日暮，行至集慶寺之東，驟雨昏黑，人無雨具，不能前進。徬徨間，見有厝棺之室，簷底可以避雨，乃向棺致揖曰：「暮夜不及入城，暫假尊簷憩息。」遂坐其下假寐。夜將半，忽聞有呼者云：「某地演戲，吾與若，盍往觀乎？」室內應曰：「汝自去，吾今夜有客，不及奉陪。」呼者邀之數四，而室中堅卻如初。五更雨止，天亦漸明，急趨入城而遺其槖大戢，乃假諸人者，慮其來索，復尋至昨宿處，戢在簷下，見其旁虎跡甚多，始悟夜間之鬼所以不去者，感其人之有禮而護其虎厄也。嗚呼！鬼尚知愛禮，而人可弗鬼若哉。（收入《叢書集成續編》211 冊〔臺北市：新文豐出版公司，1989 年〕，頁 460。）

100　詳參澤田瑞穗：《修訂鬼趣談義──中國幽鬼の世界》（東京都：平河出版社，1990 年 10 月），頁 195-196。

出生地,所以離開故籍而居住他鄉時,在正式歸葬故鄉之前,
會設置臨時之影堂以安置靈柩。在廣大的宅邸中,可以於建地
內另備一屋一室設置影堂,若無法置於家中時,將其寄置寺廟
等處,借一室安置棺木,掛上亡者生前畫像並以香火供養之。
此種風俗,稱為停棺或旅櫬,影堂也可稱為殯宮。換言之,因
為是暫時假葬於影堂內,所以其時間甚至從數年長達至十數年
皆有。以此種特殊之葬法為素材,自古以來無數之怪異故事遂
誕生矣。[101]

澤田氏認為正因為封建時代的中國社會,一直以來存在著「停棺」或
「殯葬」的特殊習俗,因此許多怪異故事中與棺柩相關之議題,遂陸
續得以產生矣。在宋代,因蔽棺而產生之鬼祟事件傳聞甚夥,不論其
為實況之顯現亦或是好事者的捕風捉影,均已從另一種角度反映了蔽
棺習俗在當時的盛行實況。

　　本章節所探討之鬼祟,均為因為本身棺柩被寄置於寺院,久不下
葬所產生的幽鬼為屬,此類鬼祟之發生,即屬於前一章處所提及之因
「地緣」(即佛寺)之關係而形成的「縛靈」騷擾事件,因此一般人
若不身涉其處,則不至遭受此類幽鬼之騷擾。此類故事之盛行,不僅
凸顯了宋人觀念中普遍存在著:亡者棺木未正式附土下葬,將導致亡
靈不安,進而現身為祟之可能外,同時亦反映了「久喪不葬」,甚至
「寄棺寺院」之習俗,在宋代的確是頗為嚴重的社會問題之一。

　　然而,並非所有的鬼祟,均為被祟者踏入某種易於招陰之環境而
來,更多時候,是為祟幽鬼本身之不請自來;此輩幽鬼之現身作怪,
其背後往往存在著某種原因或目的。概言之,包含《夷堅志》在內之

---

101 詳參澤田瑞穗:《中国の傳承と説話》(東京都:研文出版,1988 年 2 月),頁
　　108。

宋人志怪、筆記中所記載之「鬼祟」問題與事件，不僅為數甚多，其原因亦十分複雜，為讓亡者與生者之兩安，如何處理「鬼祟」問題，已成為宋人在面對「死者對待」的問題之際，十分重要且無法避免之課題。下一章，將探討《夷堅志》中所記載的各種鬼祟原因以及宋人為因應此患所採取的退鬼之術。

第五章
鬼祟之因與退鬼之術

第一節　鬼祟之觀念

　　東漢許慎（生卒年不詳）《說文解字》謂：「祟、神禍也，從示出。」段注載：「釋元應《眾經音義》曰：『謂鬼神作災禍也。』」[1]而五代・南唐徐鍇《說文繫傳》曰：「禍者，人之所召也，神因而付之。……祟者，神自出之以警人者。」[2]可見，早期觀念中的「祟」字，主要含有天降其罰之意。六朝志怪中牽涉「祟」字之記錄，亦往往反映了此種觀念。南朝・宋劉敬叔《異苑》卷六記載：

> 晉宣帝誅王陵，後寢疾，日見陵來逼，帝呼曰：「彥雲緩我！」身上便有打處。賈逵亦為祟，少日遂薨。初陵既被執，過賈逵廟，呼曰：「賈梁道，王陵，魏之忠臣，唯爾有神知之。」故逵助焉。[3]

已成神之賈逵，在忠臣王陵被誅之後，藉神之力替王陵復仇，讓誅殺不當之晉宣帝，最終因此受報身亡。文中對於賈逵神之懲罰宣帝，以

---

1 見〔東漢〕許慎撰，〔清〕段玉裁注：《說文解字注》（台北縣：漢京文化事業公司，1980年3月四部善本新刊），頁8。
2 詳見〔五代・南唐〕徐鍇撰：《說文繫傳》（臺北市：臺灣中華書局，1970年1月），第1冊，頁4。
3 見〔南朝・宋〕劉敬叔撰，范寧校點：《異苑》，頁52。

「為祟」二字記之，顯然，此處之為祟，即具有天（或神）降其罰之
意。而同樣地，南朝・宋王琰（生卒年不詳）《冥祥記》亦載：

> 宋唐文伯，東海贛榆人也，弟好蒱博，家資都盡；邨中有寺，
> 經過人或以錢上佛，弟屢竊取。久後病癲，卜者云：「祟由盜
> 佛錢。」父怒曰：「佛是何神，乃令我兒致此？吾當試更虜
> 奪，若復能病，可也。」前縣令何欣之婦上織成寶蓋帶四枚，
> 乃盜取之，以為腰帶。不盈百日，復得惡病，發瘡之始，起腰
> 帶處。世時在元嘉年初爾。[4]

因為偷竊寺中他人提供供佛之錢財而得癲病之唐文伯之弟，在占卜
癲病起因之際，得到是因盜佛錢之結果，聽聞此語之唐父，遂怒斥
神佛，最終亦因不信神佛之懲罰，而得到惡病之結果，此處顯然亦
接近於來自上天的懲罰之意；而卜者以「祟」稱神佛之懲罰。顯
然，六朝之際，「祟」一字之概念，仍清楚地顯示了傳統天（神）降
罰之原意。

　　然而，此種天降其罰之觀念，在下一則故事中，則有些許改變。
南朝・宋祖沖之（429-500）《述異記》記載：

> 黃州治下有黃父鬼，出則為祟，所著衣帢皆黃，至人家張口而
> 笑，必得癘疫，長短無定，隨籬高下，自不出已十餘年，土俗
> 畏怖。[5]

---

4 見〔南朝・宋〕王琰：《冥祥記》，收入魯迅：《古小說鈎沈》（北京市：人民文
　學出版社，1951年10月），頁424。
5 見〔南朝・宋〕祖沖之：《述異記》，收入魯迅《古小說鈎沈》，頁155。

黃父鬼之為祟，應已非所謂之天降其罰之概念，而是較接近所謂之作怪或為厲之意。顯然，若自志怪小說所載內容觀之，「祟」之語義和其所反映之觀念，其在六朝之際即已有所擴展，雖然此時仍是以延續自古以來之天降罰之觀念為主，然亦逐漸地含有鬼魂為祟之概念矣。而六朝志怪中的鬼神因個人需求而騷擾生者的情況，通常會以作怪等字眼形容之，顯見六朝志怪之作者們在記錄時，其在用語上是有所區別的。

　　然而，在時序進入唐代以後，唐人小說中所見幽鬼單純為「祟」之事例多見，往往與早期之天降罰的觀念較無關係，自唐以後之宋、元、明、清各代，在小說作品之記載中所謂「祟」，亦以幽鬼按各人之目的或理由而為之者居多矣。而本章所欲探討之「鬼祟」，亦指此而言。據《夷堅志》所載來看，宋代之鬼祟事件眾多，其原因亦十分複雜，如何應對，則反映了宋人看待鬼魂之觀念與態度矣。

第二節　鬼祟之因

　　宋人蘇轍（1039-1112）所著《龍川略志》〈李昊言養生之術在忘物我之情〉一文中記載：

> 李昊來陳時，年八九十歲矣，顏色已衰，然善篆符，人有鬼者，得其符，鬼或去。陳述古官舍多鬼，殆不復安居，昊居其西堂，鬼即為止。予問昊何以能爾，昊曰：「述古多欲，故為鬼所侮；吾斷欲久矣，故鬼不敢見，非他術也。」[6]

---

6 詳見〔宋〕蘇轍撰，俞宗憲點校：《龍川略志》（北京市：中華書局，1982 年 4

內容指出：李昊認為人若「多欲」，則易為鬼所辱，若能斷欲，則鬼
怪自不敢現形。此番言論在理學興盛，儒者提倡「存天理，去人欲」
的宋代，的確能獲得某些宋人之認同與支持。然而，所謂「欲念」，
豈能輕易斷除？特別是在古代儒者所提及之「飲食男女，人之大欲存
焉。」的慾望上，更是如此。若按李昊之說法，做到「斷欲」，則鬼
怪不敢現身，那麼，宋人作品所載遭受鬼怪騷擾事件多不勝數之情
況，是否亦間接地反映了宋人多欲、無法輕易斷欲的普遍現實。不僅
如此，宋人彭氏（生卒年不詳）輯撰《墨客揮犀》卷六〈絕色慾〉一
則記載：

> 蒲傳正知杭州，有術士請謁，蓋年踰九十而猶有嬰兒之色。傳
> 正接之甚歡，因訪以長年之術，答曰：「其術甚簡而易行，他
> 無所忌，惟當絕色慾耳。」傳正俛思良久，曰：「若然，則壽
> 雖千歲何益。」[7]

如文中蒲傳正一般，認為若要斷除色慾方能延年益壽，那麼長壽就無
太大意義的此種想法，或許正代表了許多無法斷欲者的心聲，顯見色
慾難斷的普遍心理。因此，利用一般人難以斷除之慾念來誘惑對
方，成為幽鬼惑人的慣用伎倆之一，也成為志怪小說中「人鬼戀」
故事情節的部分基本結構。是以「媚惑」，就成了幽鬼常見的鬼祟原
因之一。

月），頁 62。

7 詳見〔宋〕彭□輯撰，孔凡禮點校：《墨客揮犀》（北京市：中華書局，2002 年 9
  月），頁 347。

一　媚惑

以媚惑之目的而出現之鬼祟，在宋人筆記中常見記載。如莊綽《雞肋編》卷下即載：

> 宣和中，濟南州宅中有鬼為美婦人以媚太守。其後林震成材司業出守是州。初到，乃雜於官奴中，黔衣淺色無妝飾，頎長而美，頗異於眾。林儒者，雖心怪之，未欲詢究。後屢閱公宴，竟不見此人，乃問之隊長，告以服飾狀貌，眾皆云無，林方惑之。次日遂徑入堂室，林遂親愛之。自是與家人雜處，無相忤也。一日二小女兒戲於堂上，婦人過而衣裾誤拂兒面，其人誶之，婦人笑而回，以手捧兒面捌之，面遂視背不能回轉。舉家大異，始知妖異。時何執中為丞相，林乃其壻，奏聞徽宗，至遣法師以符籙驅治，終莫能逐。乃移林知汝州，未幾，林竟卒。[8]

文中的林震，在一開始即已陷入對方的美色陷阱中，導致其後的引狼入室，最終陪上寶貴之性命。林雖為熟讀聖賢書之儒者，但在面對美色當前之際，無法實踐聖人之教誨以把持自身，最後毀於自身不謹之行為上，的確頗為諷刺。同樣地，以此種目而出現之鬼魂侵犯，在《夷堅志》中亦屬於常見的一種鬼祟形態，且主要以女鬼迷惑男士之類型為主，被祟者大多會如上述故事之林震一般，在生理上產生不良之影響甚至喪命。例如，《夷堅甲志》卷第五〈葉若谷〉一文記載：

---

8 見〔宋〕莊綽撰，蕭魯陽點校：《雞肋編》，頁119。

承信郎葉若谷，洪州人。爲鑄錢司催綱官，廨舍在虔州。葉不挈家，獨處泉司簽廳。紹興甲子歲正月十六日，未晴時，有女子款扉而入，意態閑麗，前與葉語。初意其因觀燈誤至，未敢酬，恍惚間不覺就睡。女亦至，則並寢。以言挑之，陽爲羞避之狀。已而遂合，凝然一處子耳。良久，歡甚。一老嫗自外至，手持錢篋，據胡床箕踞而坐，傍若無人，徑趨床揭帳，以兩手拊席曰：「你兩個好也。」葉疑女家人，懼甚。女搖手掩葉口，令勿語，嫗遂退。女迫夜分方去。自是連日或隔日一至，至必少留，葉猶以爲旁舍女子，往來幾兩月，漸覺羸悴，繼得疾慼甚，徙居就醫，乃絕不至。方初見時，著粉青衫，水紅袴襦。既久未嘗易衣，然常如新，亦其異也。[9]

葉若谷在感覺身體羸悴，疾病纏身後，幸好能離開泉司簽廳而徙居就醫，方得以遠離可能發生之更大災難，實屬萬幸。文中女鬼，之後是否另覓目標進行騷擾，則不得而知。但因為以此種目的而為祟之幽鬼，其與被祟者間，並非存在著深仇大恨，是以只要被祟者能及早醒悟，懂得自離惑境的話，通常不致慘遭滅頂。是故，就如道教教義所顯示：此類鬼祟之發生，有時隱含著對某些人性面的「試探」成分存在。[10]若能堅定地把持本心，不被某些慾望所牢牢牽制，即使偶陷惑境，亦能盡早醒悟抽離，那麼、被祟者仍舊有機會回歸到生命運轉之正軌上。若無法如此，則不幸之命運，將會襲捲而至。[11]就如下文所

---

9 見《夷堅甲志》卷第五，頁41。

10 〔宋〕陶弘景《登真隱訣》中即記載道：「世有下士惡強之鬼，多作婦女，以惑試人。」詳見《道藏》第6冊（上海市：上海書店，1996年10月），頁614。

11 如《夷堅甲志》卷第四〈吳小員外〉一則，即提及了遭遇鬼祟時間若過某一長度將產生無法挽救之危害的觀點。文中提及：善於治鬼的皇甫法師，見到與女鬼往來三個月而導致臉色憔悴之吳生時，驚駭曰：「鬼氣甚盛，祟深矣。宜急避諸西

舉，《夷堅甲志》卷第八〈饒州官廨〉一例所載之士人胡价，即因此賠上寶貴性命。其文曰：

> 饒州譙門之南一官廨，素有怪。紹興十一年，常平主管官韓參居之，延樂平士人胡价爲館客，郡守程進道亦遣其子從學。會程受代，价納官奴韓秀賂，白程爲落籍，程許之。韓倡乘夜攜酒肴竊入价書室，與飲，且堅囑之，遂得自便。他夕，倡復攜具至，既飲，又遍以餘尊犒從者，自是數至。一夕，過三鼓，西鄰推官廳會客散，望价書室燈尚明，呼之，猶與相應答。及天明，則价臥榻上死矣。主人詰問侍童及外宿直者，皆云：「每夜有婦人自宅堂取酒炙以出，意宅中人，不敢言，及旦則去。昨宵已雞唱，聞先生大呼，疑其夢魘，不謂遽死。」蓋鬼詐爲倡以惑价，而价不悟。後三年，通判任良臣居之，其女十餘歲，常見二人相攜以行，因大病，急徙出。後以爲驛舍云。[12]

文中提及被女鬼所迷惑之胡价，直至最後終未醒悟，無奈成為前往冥途中的一員，甚至在胡价死後，其鬼魂竟和女鬼相攜而行，沉淪於官廨中，無法解脫，頗為可悲。當然，一開始胡价若不納婦人入室，應不至淪為亡魂，造成此種結局，其本身確實難以規避其咎。接著在三年之後，通判任良臣一家亦入住此一官廨，幸好通判在女兒因遭遇此二人之鬼魂而罹患大病後，明智地選擇立即徙居，免去女兒亦成為冤

方三百里外，儻滿百二十日，必為所死，不可治矣。」（頁 29-30）還好有法師之幫助、教導，吳生最終在滿百二十日當日擊退女鬼，挽回搖搖欲墜之餘命一條。顯見，有時受惑時日之長短，將是受惑者面臨生死關卡的重要契機。

12 《夷堅甲志》卷第八，頁 70。

魂之可能，值得慶幸。文末記載，此一官廨最終被改為驛舍，雖不知其用意何在，但此種做法，應無法改變根本之問題，若自始至終均未出現願意與此二鬼進行溝通之人的話，相信其鬼魂仍會悠遊於驛舍，繼續造成對他人之困擾。

　　如上述二例所載，女鬼之誘惑為祟，被祟者往往造成身體上之傷害或可能斷送性命外，亦有因女鬼之媚惑而導致癡呆喪心者，而此種結果，有時比起生命之消逝更讓人覺得可悲。如《夷堅支癸》卷第七〈陳秀才游學〉一文即載：

> 汀州陳秀才，紹興中游學抵餘干，入縣庠。賦性愿朴，而舉業又高。邑中二富氏子弟，皆勤苦篤志，慕其才藝，與之交游，遂延至書館。踰三四年不言歸。名儒李彥聖知其有父母，語之曰：「離鄉力學，此意固可尚，然遠捨庭闈，屢喚不還，何以副倚閭之望？」陳但唯唯，終歲不暫出門。朋友邀之行樂，亦不肯從。或勉強陪隨，旋踵即反。人益證其謹飭，初不它疑。慶元三年二月，忽訪彥聖，求屏卻諸生，拜而請曰：「閩俗娶婦至難，況於寒士！某所以久於外者，非婚姻成遂，誓不南轅。聞吾主家有季女欲擇對，仗先生一言，立可得矣。」彥聖駭怪曰：「彼家元無將嫁女，君託身其舍館，不應萌此念。之豈病狂耶？」陳毅然作色曰：「我那敢妄？其女常相窺覘，彼此屬意已久。」即探袖取衣巾帕篋數種曰：「此其所與者也。」彥聖不得已，為詣富氏，審訂虛實。（案：此下疑有脫文。）陳掩面垂泣，富氏子弟度不復可留，命僕治疊行李，厚其資賙遣之。出，回視臥榻，若對婦人道離別語，哽塞不忍去。才行，狂疾大作。叱送僕退，擲裝橐於市橋石欄干邊，危坐七晝夜，不飲不食，縱值風雨亦不動搖。眾士慮其死亡，且

惡傷同類，列狀白邑宰葉初，使傳鋪遞押歸汀州。葉不聽，置
之於齋中。迄今神采如癡，富氏之人言：「數年前曾有一寵妾
終於彼。」陳所遇者，蓋其鬼云。[13]

原本才學孤高、本性純厚之陳秀才，因女鬼之誘惑，最終發狂失心，
成為無法自持之痴人，着實令人深感同情。當然，陳秀才之所以落入
此種惑境，乃因其所謂之「閩俗娶婦至難，況於寒士！某所以久於外
者，非婚姻成遂，誓不南轅。聞吾主家有季女欲擇對，仗先生一言，
立可得矣。」之情況所導致，因身為寒士，無力娶婦，既然出現娶婦
之契機，且是對方主動，當然要盡力把握才是，因此才會陷入無法自
拔之境地。而陳秀才最終無法從惑境中清醒，變成喪心痴人，的確可
悲之至。文中女鬼之所以找上陳秀才，或許也正因為洞識了陳生之此
種心理與處境，因此得以讓自身之鬼伎得逞。此文應在某種程度上反
映了當時在閩地，寒士娶婦頗為艱難的社會現實。宋代由于商品經濟
的發展，對社會生產無疑起了巨大的推動作用，但商品化的思想滲透
到了各個社會領域，也深刻地反映到婚姻關係中的講究財禮。[14]所
以，宋代社會之男女婚嫁禮俗，其中的特點之一，即為「重財」之風
氣。[15]因為此種風氣日趨嚴重，對於社會人心之貪婪造成不小之影
響，於是北宋之丁騭（生卒年不詳）曾上奏疏，請求君王對此種風俗
之禁止。其文曰：

---

13 《夷堅支癸》卷第七，頁 1273-1274。
14 詳參姚瀛艇主編：《宋代文化史》（開封市：河南大學出版社，1992 年 2 月），頁
   529-532。
15 蘇冰、魏林著：《中國婚姻史》中亦載：「男女婚嫁不講求門第、等級的匹配，
   而以對方家庭是否富有為標準，以能否得到盡可能多的聘財、嫁奩作取捨，以擇
   富戶聯姻為尚，這已經成為宋代婚姻的風尚主流和普遍的社會現象。」（臺北市：
   文津出版社，1994 年 4 月，頁 228）

臣竊聞近年進士登科，娶妻論財，全乖禮義。衣冠之家，隨所厚薄，則遣媒妁往返，甚於乞丐，小不如意，棄而之它。市井駔儈，出捐千金，則貿貿而來，安以就之。名掛仕版，身披命服，不顧廉恥，自為得計，玷辱恩命，虧損名節，莫甚於此！陛下上法堯、舜，旁規漢、唐，開廣庠序，遴擇師儒，自京師以達天下，教育之法，遠過前古。而此等天資卑陋，標置不高，筮仕之初，已為污行，推而從政，貪墨可知。臣欲乞下御史臺嚴行覺察，如有似此之人，以典法從事，庶幾惇厚風教，以懲曲士！[16]

能讓仕宦之臣上奏陳請君王導正某種風氣，並建議違禁者以法懲治，一般而言，大多顯示了此種風俗在社會上頗為普遍或盛行之可能。陳秀才受女鬼誘惑而導致的悲劇，在某種程度上也代表了身處嫁娶重財之南宋時期的某些寒士在婚姻問題上居於弱勢的整體悲劇。

　　上述各例，因其文中並未明載女鬼惑人之最終目的為何，雖然一般認為其背後有時隱含了對人性（特別是男人好色心）之試探，但大多終究只能視為是單純之鬼魂為屬。然而，仍有部分例子，透顯了某些女鬼不斷誘惑、與生者交合並為害對方之目的，並非只是單純之為

---

16 見〔宋〕丁騭撰〈請禁絕登科進士論財娶妻〉，收入〔宋〕呂祖謙編，齊治平校：《宋文鑑》卷第六十一（北京市：中華書局，1992 年 3 月，頁 905）。司馬光所撰《書儀》卷三「婚儀上」中亦記載：「文中子曰、昏娶而論財，夷虜之道也。夫婚姻者，所以合二姓之好，上以事宗廟，下以繼後世也。今世俗之貪鄙者，將娶婦，先問資裝之厚薄，將嫁女，先問聘財之多少，至于立契約云，某物若干、某物若干，以求售某女者，亦有既嫁而復欺紿負約者，是乃駔儈鬻奴賣婢之法，豈得謂之士大夫婚姻哉。」（詳見《景印文淵閣四庫全書》第 142 冊，臺北市：臺灣商務印書館，頁 475-476。）顯見，婚姻締結之際所牽扯之講究財禮問題，在宋代已嚴重到為許多有識之士所詬病之程度，或許正反映了商業經濟活動發達之宋代，社會環境讓百姓對某些傳統禮俗逐漸產生觀念改變的情況。

屬，而是藉此以「養尸成人」，企圖完成某種存在之「鍊形」，達成駐足現世或永續存在之最終目的。例如《夷堅三志辛》卷第十〈王節妻裴〉一文即記載：

> 龍游王節，自少學卜筮，長而盤游他方。淳熙十六年，到潭州益陽，適同邸彭生亦挾術至，妻裴氏偕行。六月彭死，店主人張二哀裴之無歸，為平章嫁節。節時二十九歲，裴二十五歲，年時相當，甚為愜意，復漂轉售技。紹熙二年，抵袁州。四年，次鄲州。兩處各生一子。還過洞庭湖，有巴陵人劉一郎者，能知人未來事，俗稱為活神道，見之云：「汝妻非人，乃三世之鬼。先在永州東關惑殺蔡氏兒，繼在桂府化為散藥，惑殺楊十二郎，其三則彭六也。既奪三人精氣，養尸成人，他日汝定喪命。」節不之信。裴已聞之，反責節無義，遂依然共處。明年，至蘄之巴河，值雲水道人，見裴曰：「此三世鬼精，何得在是！」節怒其言，搊拽欲行打。道人曰：「不須爾，吾今召天將使汝知之。」裴立於側，拊掌大笑，騰空而滅。[17]

王節之妻裴氏在惑殺三人後，再嫁王節；雖然王節尚未出現身體不適之情況，但時間更久後，或許會遭致無可挽回之遺憾。幸虧王節運好命大，不僅有活神道劉一郎之提醒，又有雲水道人之協助，即使其本人最終仍未從惑境中醒悟，但裴氏已遠離身側，讓王節至少保住性命，才不致於成為裴氏「養尸成人」下的另一個犧牲品。又如《夷堅乙志》卷第十八〈天寧行者〉一文記載：

---

17 見《夷堅三志辛》卷第十，頁 1464-1465。

邵武光澤縣天寧寺多寄戢，行者六七人，前後皆得癡疾，積勞悴以死。唯一獨存，亦大病，自謂不免，已而平安，始告人曰：「每爲女子誘入密室中，幽朎邃閣，床褥明麗，締夫婦之好。凡所著衣履，皆其手製，如是往來，且一年久。一日土地神出現，呼女子責曰：『合寺行者皆爲汝輩所殺，豈不留一人給伽藍掃灑事？自今無得復呼之。』女拜而謝罪，流涕告辭，自此遂絕。」始能飲食，漸以復常，念向來所遊處，歷歷可想，乃邑內民家女戢房，白其父母發視，蓋既死十年，顏色肌體皆如生。傍有一僧鞋，已就，兩手又抱隻履，運針未歇，枕畔烏紗巾存焉。父母泣而改殯。[18]

上述內容雖未言明寄棺寺院之女鬼，其誘惑寺中行者之目的是否亦為「養尸成人」，但從接近文末處所載「既死十年，顏色肌體如生」之情況來看，此一女鬼透過與眾多行者之接觸，最終可以保持遺體十年不朽而栩栩如生之狀態，顯然其與生者之交合，對其維持外在形骸之不腐朽，確實作用不小。[19]不過，隨著女鬼棺柩被開啟之情況產生，其外在形體應已無法維持原貌，而是如一般之死骸，從此形銷骨毀矣，或許如此之結果，對其而言方是真正的解脫。除《夷堅志》外，前引郭彖《睽車志》中亦有相關之記載，其文曰：

---

18 《夷堅乙志》卷第十八，頁336-337。
19 塚墓中所埋葬之死者，歲月已久卻仍能呈現「容貌如生」，有時與埋葬之法是有所關連的。前引元人陶宗儀所撰《南村輟耕錄》卷十一〈墓屍如生〉一則處即載：「余聞漢廣川王去疾，發魏王子且渠冢，無棺槨，有石床，床下悉是雲母。床上二屍，一男一女，皆年二十餘，東首裸臥，顏色如生人，鬢髮亦如生人，此恐是雲母之功。」（頁139）可見，自然界中的某些礦物，有時對於防止屍體之腐朽有其功效。

閩人鄭鑑虛中，假玉泉僧舍教授生徒，居久之，日覺瘦悴，友
人訪之，見其露臂，膚革虛黃，如蟬蛻然，怪而問之。虛中恍
惚若譫言者曰：「居妻家亦頗樂，偶自瘦爾。」虛中初無室
家，友人疑其妖魅所感，驚謂之曰：「君未嘗娶，何者為妻
家？得無妄想耶？」虛中遽若省悟，但唯唯愧謝而已。是夜即
得疾，繼而殂。寺僧云：「其所寓室，有數政前兵官子婦之棺
瘞其下，而鄭初不知之也。」他日兵官之家，發取其殯，棺壞
易之，見其屍，初不朽，而自腰腹以下，肌肉如生人，始悟虛
中蓋與之遇也。[20]

　　對於人鬼之間的緣分（一般以女鬼和陽世男子之組合居多），一
直是歷代志怪小說中常見的一種故事主題，不管作者企圖透過內容以
寄寓之主旨為何，故事中的男女主角最終難逃「幽明異路」之一途，
且多數故事中之男子，其下場總難逃「氣力枯悴」、「漸覺羸悴」、「精
神昏悴」等結果，情況較佳者，在休養些許時日後則能回復健康，但
狀況不佳者，甚至難逃一死。對於此種「異類姻緣」類型之故事，其
中主角之下場何以不同之原因，清代學者紀昀《閱微草堂筆記》卷五
「灤陽消夏錄五」中，曾試圖提出某種解釋：

　　（狐）曰：「人陽類，鬼陰類，狐介於人鬼之間，然亦陰類
也。故出恆以夜，白晝盛陽之時，不敢輕與人接也。某娘子陽
氣已衰，故吾得見。」張惕然曰：「汝日與吾寢處，吾其衰
乎？」曰：「此別有故。凡狐之媚人，有兩途者，一曰蠱惑，
一曰夙因；蠱惑者，陽為陰蝕則病，蝕盡則死；夙因則人本有

20　〔宋〕郭象：《睽車志》，頁46。

緣，氣自相感，陰陽翕合，故可久而相安。然蠱惑者十之九，
夙因者十之一。其蠱惑者，亦必自稱夙因；但以傷人不傷人，
知其真偽。」[21]

文中對於千百年來，何以有人與狐、鬼相處會下場悲慘，有人卻能相
安無事之情況做出了解釋。但不管是蠱惑還是夙因，在中國人的傳統
觀念中，鬼或狐等屬陰之異類，當其接近或糾纏陽世活人之時，對於
屬陽的生者而言，均是一種衝突，一種脫離常軌之情況，因此，無論
其對生者而言是否造成生理上之傷害，往往最終之結果，惟有分道揚
鑣一途。

二　復仇

　　中國人對於鬼神所擁有的異於凡人之強大能力，自遙遠之古代時
期即已深信不疑，特別是鬼神所擁有的復仇力量，常讓一般人恐懼萬
分。早在《墨子・明鬼》中，即反映了先哲對於此種神秘力量的主
張，其文曰：

今執無鬼者言曰：「夫天下之為聞見鬼神之物者，不可勝計
也，亦孰為聞見鬼神有無之物哉？」子墨子言曰：「若以眾之
所同見，與眾之所同聞，則若昔者杜伯是也。周宣王殺其臣杜
伯而不辜，杜伯曰：『吾君殺我而不辜，若以死者為無知則止
矣；若死而有知，不出三年，必使吾君知之。』其三年，周宣

---

21 詳參〔清〕紀曉嵐：《閱微草堂筆記》，頁73。

王合諸侯，而田於圃，田車數百乘，從數千人滿野。日中，杜
伯乘白馬素車，朱衣冠，執朱弓，挾朱矢，追周宣王，射之車
上，中心折脊，殪車中，伏弢而死，當是之時，周人從者莫不
見，遠者莫不聞，著在周之《春秋》。為君者以教其臣，為父
者以譣其子，曰：『戒之慎之！凡殺不辜者，其得不祥，鬼神
之誅，若此之憯遬也！』以若書之說觀之，則鬼神之有，豈可
疑哉？[22]

文中引述杜伯鬼魂報復周宣王之事，不僅強調鬼神之實有，更進一步
說明鬼神之懲惡、復仇之力量，既直接又快速。而先哲之此種主張，
讓後世許許多多含冤而死之鬼魂，相信死亡之後所可能擁有之力量，
於是使不少含冤者勇於赴死，期待在死後獲得自身在生前所無法獲得
的某種超越的力量，是以英國學者弗雷澤提到：

中國人對於死者存在及其力量的信仰，「毫無疑問對社會道德
給予了強大的、有益的影響。它加強了人們對人類生命的尊重
以及對年老、體弱、有病的人的慈善待遇，特別是在這些人已
經到了墳墓邊緣時更是如此……這些善行甚至也擴展到了動物
身上，因為在事實上這些動物也有可以施加報復或帶來酬謝的
靈魂。不過，對鬼魂及其回報的堅信還有其他效果。它制止了
令人髮指的非正義行為。因為受屈的一方絕對地相信自己靈魂
脫離肉體後的復仇力量，總是毫不畏懼地自殺，使自己變作屬

鬼」,以便在死後對壓迫者進行他生前無力做到的復仇。[23]

上述引文第六行中所謂之「回報」,原文為「retributive」[24],比起「回報」一詞,解釋成賞善懲惡的「報應」二字,應更貼近原文之意。可見,不管是墨子,抑或是佛雷澤,他們都認為讓人民相信鬼神存在強大之懲惡及復仇之力量,對社會秩序之維持或人民對道德之重視,均能發揮正面之影響。而此種先哲對鬼神力量之主張,在後來佛教「報應」觀念的推波助瀾之下,更強化了部分中國人對鬼神擁有超凡力量的深信不疑,特別是其在賞善懲惡的施行上,而此種思維,相對地助長了志怪類作品中冤魂為祟復仇等故事的續出與盛行。從《夷堅志》整體內容來看,此一類型之鬼祟,通常以冤魂的報復行動為主,是以此類鬼魂之騷擾,讓被祟者產生之心理或身體上之折磨亦屬激烈者居多,且被祟者最終之下場均不甚佳,為所謂的「報應」觀念,提供了最佳之例證。如《夷堅甲志》卷第五〈劉氏冤報〉即載:

> 高君贊,福州人。登進士第,為檀氏贅婿,生一子。既長,納同郡劉氏女為婦,生二男一女,而子死。君贊仕至朝散郎,亦亡。長孫不慧,次孫幼,唯檀氏與劉共處。劉年尚壯,失婦道,與一僧宣淫于家。姑見而責之,劉恚且懼,會姑病,不侍藥,幸其死。置蠱以毒姑之二婢,未及絕,強殮而焚之。後數月,劉得疾,日日呼所殺婢名曰:「我頤極痛,勿搦我髮。」又曰:「箠我已多,幸少寬我。」 其家問之,曰:「阿姑與二

23 詳見(英)J・G・佛雷澤著,閻雲祥、龔小夏譯:《魔鬼的律師——為迷信辯護》(北京市:東方出版社,1988 年 8 月),頁 143-144。

24 詳見 Frazer・James George《The devil s advocate;a plea for superstition 》,London:Macmillan,1927,頁 150。

婢守笞我。」旬日而死。其子以祖致仕恩得官，亦不立。今家道蕭然。[25]

文中之劉氏婦，在丈夫離世後，不僅不守婦道與僧有染，且不顧罹病之婆婆，並毒殺二婢，在對方尚未斷氣前，狠心將其人殮焚化，可謂狠毒之至。果然，在數月後，劉氏婦得到報應，在已故婆婆與亡婢等三鬼之為祟折磨下，終於在旬日之間，成為下一個慘死之亡魂，而其家道亦由此中落蕭然。顯見，冤鬼之復仇，來得既急且快，違背良心之加害者，或許逃得過陽世之刑罰，卻難逃幽鬼之陰誅。[26]可見，幽鬼的復仇之心，足以化成某種無形之強大力量，而此種復仇之力量，甚至可以讓生前懦弱無能者，死後變為強魂。《夷堅三志壬》卷第六〈隗伯山〉記載：

饒州市民隗十三名伯山者，淳熙初年，來蟂州門王小三家作入舍女婿。為人無智慮，癡守坐食，王家不能容，常逼逐出外，不使與妻相見。卑詞瀝懇於其父母，不肯聽，竟成休離。隗計窮無以自處，十二年冬月，自刃於婦氏門。小三兄子小七，正為郡吏，殊以切齒，唆啟其叔陳詞，乞行檢覆，以杜後日惡子脅持之患。自是隗屬晝夜出撓，一門老稚，皆不敢過其所，出入懷懼。又三年正旦日，小七病宿酒，使妻詣廚內作菜羹解醉醒，將還房，望厥夫在床上拍席喝叫，吐唾嘆被，即時絕命。

25　《夷堅甲志》卷第五，頁41。

26　王立即曾謂：「冥法陰誅傳說的普遍及其生命力的旺盛，從一個獨特的側面烘染了復仇主題的文化氛圍，說明中國人古人復仇意識的強烈執著、復仇心態的穩固不移。」（詳參氏著〈冥法與復仇──復仇主題中「冥法」對陽世之法的補弊糾偏〉，《中國文學研究》1994年第1期（總第32期），頁95。）

妻至,救之無及矣!料必為隗所禍也。[27]

入贅女婿隗十三,因為資質平庸,對妻族王家無法有所貢獻,故不為王家所容,即使屈辱地卑詞懇求,最終仍被迫與妻子離異,讓其陷入無處容身、無以自處之窘境。走投無路之隗十三最後選擇自刃於妻家大門,結束性命。原本是毫無智慮、癡守坐食之庸人,在死後卻化成為祟之厲鬼,最終將生前岳父之姪子王小七害死,幽鬼之怨氣與危害,的確讓人十分感嘆與畏懼。文中之王小七,因嗜酒傷身,或許其自身之狀況原本即不甚良健,在雙重的傷害之下,遂導致劫數難逃。然而,下文中之海州太守牙哥,不管其祿位運勢如何旺盛,終究難逃復仇幽鬼之怨念誅殺。《夷堅三志己》卷第四〈張馬姐〉記載:

> 虜大定八年,蓋中國乾道戊子歲也。海州守曰牙哥,信用忠義人侍其旺,使出入門下。面前張馬姐,亦胡人,面前者客將也。言旺必叛,不可留,牙不信。未幾,旺果結楚州朱其謀南歸。中夜斬關入城,欲殺牙,牙走登高樓以避其銳。張在傍呼曰:「不聽鄙言,致有今日。」比曉,旺以眾少引去。其麾下張雄飛,墜樓傷足,為馬姐所擒。至於牙前,雄飛心怨焉,妄云:「張馬姐實招我。」牙已悔向者不采張言,畏或漏露,己必獲罪,陰謀欲害之。聞此語,正投機會,遂并斬兩人。事定,牙晝坐於郡齋,聞有擊窗戶者,疑其鬼物,叱之曰:「是何鬼祟,而敢來此?」空中應曰:「我是故面前張馬姐,昔日屢獻忠言,不見納。後來事應,當受重賞,而反以為戮。既訴諸陰府矣。」牙曰:「我命正旺,可若何?」自是張形見于屏

後，二鬼隨之，曰：「使君雖祿位尚旺，我亦不離左右，姑少
待也。」牙頗懼，屢醮謝之不退，至于死乃隱，相去三年。[28]

因為是屬冤魂之鬼祟，其目的性十分強烈，所以此輩冤魂所進行之鬼
祟，通常未達目的絕不罷休，是以出現上文中之張馬姐一直騷擾牙哥
直至其運衰命終後方才罷手之情況，嚴重者甚至出現為報隔世冤屈而
進行之鬼祟。如在先前第三章處所述之〈安氏冤〉一文，即為一明顯
例證。此外，又如《夷堅支景》卷第五〈高子潤〉一文中亦記載：

文林郎高子潤，淳熙庚子歲為真州判官。因被疾，夜夢神人告
云：「汝生前作官，誤斷公事，陷一平人於死。今雖隔世，猶
日日伺隙欲償冤對。以吾衛護之故，未能前，然恐終不能庇
汝。若能急納祿，不獨可以延年，兼此鬼亦不復為祟矣。」高
窹，以告妻子，使治裝歸。明旦白郡守，乞致仕，守留之甚
力，高詳舉昨夢云：「儻知而不去，恐不能脫死。」守愴然，
即從其請，上諸朝，時相嘉其恬退，奏於合遷秩上更加一官。
歸秀州，居東門之外，一意治生，遂為富室，且賦性倜儻，有
氣義。高氏巨族也，姻黨至多，以窮來言者必蒙其惠。或云方
夢神人時，他有緒訓，既不能為人言，故不能審。[29]

文林郎高子潤，因前世為官之際，誤斷一案，導致一無罪之人冤死，
遂在此世仍舊無法擺脫此一冤鬼之糾纏，因此疾病纏身。幸而夢見神
人告之其解冤釋結之方，而高子潤亦能確實為之，遂逃過劫難。雖然
不知此一冤鬼，明明歷經隔世仍舊執著地尋找仇家，何以又會如此輕

28　《夷堅三志己》卷第四，頁1328。
29　《夷堅支景》卷第五，頁918。

易地放過高生，的確令人費解，然高生願意捨棄祿位，毅然決然辭官之做法，實屬不易。更甚者，其在退官之後，願意捨錢捐財幫助族人親類，確實替自身積累了不少善業，或許正因為如此，讓其本身適足以獲得真正之救贖。佛家常謂：放下屠刀，即可立地成佛，況且高子潤所犯之過錯，乃前世所造之業，其在今生願努力進行彌補，的確是一種值得讚許之做法，真可謂是知過能「補」，善莫大焉。

　　嚴格說來，復仇型之鬼祟是鬼祟原因中最為重要且關鍵的一種類型，是以在《夷堅志》的鬼祟類故事中所占之分量極重，而其中必須特別指出的是，關於正妻虐待侍妾而導致侍妾身亡（包含不堪受虐而自縊者），最終成為冤魂而報復正妻之事例多見，可謂是《夷堅志》所載復仇型鬼祟中的重要核心。例如，《夷堅乙志》卷第十五〈馬妾冤〉即載：

　　　蜀婦人常氏者，先嫁潭州益陽楚椿卿，與嬖妾馬氏以妒寵相嫉，乘楚生出，箠殺之。楚生仕至縣令，死，常氏更嫁鄱陽程選。乾道二年二月，就蓐三日，而子不下，白晝，見馬妾持杖鞭其腹。程呼天慶觀道士徐仲時呪治，且飲以法水，遂生一女，即不育。而妾怪愈甚，常氏日夜呼譽，告其夫曰：「鬼以其死時杖杖我，我不勝痛，語之曰：『我本不殺汝，乃某婢用杖過當，誤盡汝命耳。』鬼曰：『皆出主母意，尚何言？』」程又呼道士，道士敕神將追捕之，鬼謂神將：「吾負至冤以死，法師雖尊，奈我理直何？」旁人皆見常氏在牀，與人辨析良苦。道士念終不可致法，乃開以善言，許多誦經呪爲冥助，鬼領首，即捨去。越五日，復出曰：「經呪之力，但能資我受生，而殺人償命，固不可免。」常氏曰：「如是吾必死，雖悔之，無可奈何。然此妾亡時，有釵珥衣服，其直百千，今當悉

酬之，免為他生之禍。」呼問之曰：「汝欲銅錢耶，紙錢邪？」笑曰：「我鬼非人，安用銅錢？」乃買寓鏹百束，祝焚之。煙絕而常氏殂，時三月六日也。[30]

趁夫君楚生外出，而致嬖妾馬氏於死地之正妻常氏，最後因其所種下之惡因，嚐到苦果，不僅遭到馬氏冤魂之杖鞭，甚至連腹中胎兒亦無法守住，下場着實可憐。雖然常氏悔不當初，然而其所犯之過，必竟是無法挽回的人命殘害之罪，因此「殺人償命」成為其無可避免之最終制裁。雖然常氏自知死期不遠，但最後能平心靜氣地顧慮到冤冤相報的道理，最終決定將馬氏生前所留之有價遺物，轉成功果資薦亡妾，可謂明智善舉，因為，在接下來之來世甚至於更遠的來世中，或許常氏與馬氏兩人在此世所遭遇的恩怨與孽緣，可以轉化成某種善緣也說不定。馬氏冤魂在最後所展現的笑容，或許正隱喻了「冤家宜解不宜結」的道理。[31]又如《夷堅支甲》卷第四〈蘄守妻妾〉記載：

蘄春太守妻晁氏，性酷妬，遇妾侍如束溼。嘗有忤意者，既加

30 《夷堅乙志》卷第十五，頁 311-312。

31 或許是因宿世冤業難解之問題，逐漸多見，也逐漸成為宋人的鬼神觀中的部分概念，所以宋代的陰間冥府中，出現了專門處理冤業相報的官署單位。宋人張邦基《墨莊漫錄》卷十〈曲轅先生陳明遠再生記〉一文記載了陳明遠死而復活之故事。文中提及其在冥間時所遭遇的一段內容，其文曰：「復有吏馳出呼明遠，則明遠季父鉞。鉞，太學進士，有聞，亡已三年矣。既見，訪明遠家事，云：『我當錄冤簿三年，纔二年爾，非佳職也。爾歸，持尊勝七俱胝咒，祈以免我。又有故服藏某處，幸焚之，遺我。』寄聲親戚如平生。復告明遠，言：『世之人冤慎勿復，復之後勢如索綯焉，若有迨百千生不能解者。故吾此局置吏最多，而簿書期會，常若不及。神君聖靈，尤深厭此。』言未竟，若有呼之者，因疾馳去。」（詳見孔凡禮點校，北京市：中華書局，2002 年 8 月，頁 261-265）顯見報復行為，有時會招來更大的回擊，須待其中一方願意放下，方能停止無止盡的報復輪迴。

痛箠，復用鐵鉗箝出舌，以剪刀斷之。妾刮席忍痛，不能語言飲食，踰月始死。後其家設水陸齋會，僧方召孤魂，晁窺屏間，正見故妾手持刀鉗二物，流血滿身，就位享供饌。怖而奔歸，為傍人言，深有悔懼意。尋得疾，呻吟之際，但云：「妾督冤責償，勢必不免。」蘄守許以佛經及多焚楮鏹釋其怨，晁云：「切不可。」數日而卒。[32]

引文中晁氏虐待侍妾的狠毒之舉，的確令人髮指。此種如凌遲一般的苦痛，想必受虐侍妾應是生不如死。承受著如此之痛楚月餘，而最終身亡的侍妾，其心中怨念之深，應是不言而喻的。然而，對於此時的侍妾而言，死亡本身是其獲得解脫的最佳方式，因為其不僅可以從痛苦的深淵中跳脫，還能藉由鬼魂所擁有的強大的復仇力量，對晁氏給與重重的反擊。對於生前無法反抗的「階級倫理」，卻可以在死後完全解脫此一項束縛之觀念，在某種程度上對於在現世的階級社會中，部分被凌虐的下層者，起著某種鼓舞的力量，也更助長某些自殺之行為的進行。此類故事，嚴格來說，它反映了現實社會中的某種真實顯影。傳統社會中所一直存在的「妻」與「妾」之間的糾葛，常是一個無解的難題。雖然偶爾會出現正妻遭受冷落而自經的可悲故事，但古代文獻中層出不窮的記載內容，仍是以婢妾慘遭主母（即正妻）虐待的事例居多，而正妻的虐待舉動，在鬧出人命以前，似乎難以罷手。下文中之張氏，即是一個典型的例子。《夷堅支乙》卷第八〈胡朝散夢〉記載：

華亭胡朝散宣，夏夜納涼，因踞胡床而睡，夢一偉丈夫，着白

---

32 見支甲卷第四，頁742。

道服，撼之使起，曰：「居家有不恰好一事，宜急起理會。」
胡驚寤，亟出戶，果見一人自經于廊下，往視之，其子婦房中
使妾也。婦者同邑張氏女，賦性慘妬，此妾少有過，杖之百
數，不能勝楚毒，乃就死。胡使呼婦就傍熟視，婦略不動色，
徐云：「他人不須管，若不可救，我自當其責。」即取凳登
之，解縊索，移時復甦。胡氏供事廣德張王甚嚴敬，舉家不食
豬肉，故蒙神力云。張婦之惡，猶不少悛也。[33]

差一點造成使妾自縊身亡，卻能氣定神閒地淡然處之的張氏的此種態
度，究竟是何種心態？文中個性慘妬的張氏，在經歷過使妾自殺未遂
的事件後，仍舊不改其狠毒之心，或許真要惹出人命，讓自身經歷到
與前述二例〈馬妾冤〉之常氏、〈蘄守妻妾〉之晁氏相同之處境與下
場後，才能真正體悟到自身所犯下的究竟是何種罪業吧！然而，在宋
代的現實社會中，相信張氏絕非特例，如張氏一般心態的正妻，想必
不在少數。[34]讓她們如此地有恃無恐的強大後盾，是宋代的封建社會

---

33 見《夷堅支乙》卷第八，頁 857。文中所記載之「廣德張王」神，應指的是廣德縣
　境內的張王神，宋人王象之所編《輿地紀勝》卷第二十四記載：「祠山在軍（筆
　者案：廣德軍）西五里，舊為橫山，有廣德張王祠，天寶中封為祠山。又案宣域
　志顏魯公嘗書橫山碑云、新室之亂，野火爇其祠，建武中，復立以魯公碑證之。
　蓋其祠嘗立於新室建武之前矣。洪興祖云、其靈蹟自西漢始著，觀自西漢始著之
　辭，則疑非漢人也。祠山張王廟有碑載云、廟神乃西漢之張安世，不知此碑作於
　何人，當改。」（臺北縣：文海出版社，1962 年 4 月，頁 195）張王神指的是否為
　漢代的張安世，似乎頗有爭論，但可以確定的是，在宋代，張王神受到廣德縣境
　內百姓的供奉與景仰。《宋史》卷三百二記載：「范師道字貫之，蘇州長洲人。
　進士及第，為撫州判官，後知廣德縣。縣有張王廟，民歲祠神，殺牛數千，師道
　禁絕之。」（詳見楊家駱主編《新校本宋史并附編三種》第 10 冊，頁 10025）廣德
　縣民，每年宰殺數千頭牛以祠張王神，顯見此神廟香火鼎盛之情況。有關張王神
　之相關詳細研究，可參閱皮慶生：《宋代民眾祠神信仰研究》（上海市：上海古籍
　出版社，2008 年 10 月）第二章〈張王個案研究〉一文。
34 宋人彭□輯撰《續墨客揮犀》卷三記載：「延平吳氏姊妹六人，皆妬婞殘忍，時

體制，特別是婚姻制度的規範，正妻地位的尊崇與侍妾地位的卑下，即決定了他們命運的不同。[35]因此，如馬妾等受盡凌虐的婢妾，應是宋代社會許多地位低下之婢妾的整體寫照與縮影，他們的怨氣與冤魂，無疑地是構成了宋代幽鬼世界結構中頗為重要的一環。

三　地緣鬼祟

所謂地緣鬼祟，是指因地緣關係而遭遇之鬼祟。通常是被祟者的所在之處，往往是鬼魂生前的往生之所、或者是蔽柩、暫殯之處（通常以寺院居多，關於蔽柩、暫殯寺院而引起的地緣鬼祟事例，已第四章第六節處進行過探討，在此不贅述），因於其處往生或暫殯，故導致魂魄即滯留徘徊於彼處之情況，而部分的此類鬼魂遂偶出為祟，騷擾入居者。如《夷堅乙志》卷第十九〈光祿寺〉記載：

> 臨安光祿寺在漾沙坑坡下，初為官舍，吳信叟嘗居之。其妻畫

號六虎。就中五虎猶甚。凡三適人，皆不終。生手殺婢十餘人。每至夜分，常聞堂廡間喧呼擊朴之聲。同室者皆懼，五虎怒曰：『狂鬼敢爾耶！』命開戶移榻於中庭。乃持刃獨寢。於是徹旦寂然。人謂五虎之威，鬼猶畏之也。」（孔凡禮點校，北京：中華書局，2002年9月，頁445-446）以虎喻凶悍妒婦，且鬼猶畏之的說法，自宋以後亦見記載。明人謝肇淛（1567-1624）《五雜組》卷之八記載：「江氏姊妹五人，凶妒惡，人稱『五虎』。有宅素凶，人不敢處。『五虎』聞之，笑曰：『安有是？』入夜，持刀獨處中堂，至旦帖然，不聞鬼魅。夫妒婦，鬼婦猶畏之，而況于人乎？」（收入《明代筆記小說大觀》，上海市：古籍出版社，2005年4月，頁1643。）此文所記載之內容與上述二例，有異曲同工之妙。

35　前引莊綽《雞肋篇》記載：「古所謂媵妾者，今世俗西北名曰『祗候人』，或云『左右人』，以其親近為言，已極鄙陋。而浙人呼為『貼身』，或曰『橫牀』，江南又云『橫門』，尤為可笑。」（頁93）單從宋人對媵妾的稱呼，即可說明此輩在當時的卑下處境。

寢，有沙紛紛落面上，拂去復然，驚異自語曰：「屋下安得此？」則有自屋上應者曰：「地名漾沙坑，又何怪也？」吳氏懼，即徙出。蔣安禮為光祿丞，齋宿寺舍，因噴嚏，鼻涕墮卓上，皆成小木人，雕刻之工極精，攬取之，則已失。頃之復爾，凡墮木人千百，蔣一病不起。杭人云：「舊為偽福國公王宅，華屋朱門，積殺婢妾甚眾，皆埋宅中，是以多物怪。」今無敢居之者。[36]

文中之光祿寺，因為過去屬於偽福國公王宅邸之際，不僅積殺過多之婢妾，且未將冤死者慎重埋葬，導致幽魂之怨氣無法消散，仍悲慘地徘徊於其處，時時作祟擾人，令人畏懼。因此，吳信叟在妻子遭遇怪異後，立即徙居，所以逃過一劫，而其後入住之蔣禮安，卻不幸地成為一病不起之亡魂，最終導致此處從此成為無人敢居之凶宅。又如《夷堅丁志》卷第十八〈賣詩秀才〉載：

張季直，中原人。待湖北漕幕缺，寓居豫章龍興寺。嘗晝寢，恍惚間聞人拊掌笑曰：「休休得也岡，雲深處高臥斜陽。」驚起視之，無見也。再就枕，復聞之。張不敢寐，走出，訪寺僧。僧曰：「昔年有秀才以賣詩為生，病終此室，豈其鬼乎？」張悚然，立丐休官，不半年亦死。及葬西山，其地名「得也岡」云。[37]

引文中因病而亡於龍興寺之秀才鬼，不知何因，其死後魂魄仍流連於寺中，在張季直投宿其所病死之客室後，現「聲」騷擾張氏，導致張

36　《夷堅乙志》卷第十九，頁346-347。
37　《夷堅丁志》卷第十八，頁689。

氏不敢就寢,最終在得知幽鬼之真實身份後,亦不知為何,原本等待
調職之張氏,立即請求休官,並在休官半年後,即撒手人寰,其葬地
即為當時鬼秀才詩中所謂的「得也岡」。與其說是巧合,不如說是鬼
秀才早已預知張季直的死亡期限與下葬之所,遂在季直投宿之際,以
鬼詩預告。對於即將命終運衰之人,幽鬼常能擾之,似乎已成為傳統
志怪故事中所常見的橋段,張季直所遭遇之死前異象,正可謂是此類
故事的最佳例證之一。如先前第三章「徘徊於陽世之幽鬼」第二節處
所引〈趙不刊妾〉一文,亦提及了因接替趙不刊成為荊門僉判之許鼎
臣,因其壽命近終,是以趙不刊之亡妾一憐憐「得而撓之」的情景。
此處,亦同樣地反映了此種「運衰命終」之人,往往易於遭鬼騷擾之
認知或觀念。

　　另外,因地緣關係而產生之鬼祟,除了上述與亡魂臨終所在相關
聯外,亦有非死於其處,而是殯於其所之故而產生之鬼祟。如之前第
四章所舉之「蕆柩」寺院之眾多例子,即屬於此。又如《夷堅甲志》
卷第四〈項宋英〉一文所載:

> 項宋英,溫州人。宣和中,浪游婺女,鄉人蕭德起振爲儀曹,
> 館之書室,與語至夜,留酒一壺曰:「我且歸,不妨獨酌。」
> 項方弛擔疲甚,即就枕。俄有婦人至,與之言,酌巨觥以勸。
> 意其蕭公侍兒,不敢狎,不得已少飲,婦人強之使盡。項疑且
> 恐,乃大呼。蕭公之弟擴聞之,亟至,扣戶問所以,婦人始
> 去。擴入見衾席間皆爲酒沾漬,驗之,則向所留酒也。明日問
> 諸人,乃某官昔年嘗殯亡女于此。項即徙室,自是不復遇。紹
> 興八年試南京,館于臨安逆旅。一夕,在室中終夜如與人對
> 語,同邸者詢之,項曰:「婺女所見之人,今復來矣。」然亦

亡它，又十年方卒。[38]

　　上述引文之鬼祟發生地點，雖非寺院，而是以成為殯所之書室做為場景之例子，亦是如此。項宋英因為宿於女鬼所殯之書室，遂遭到女鬼之騷擾，幸好在離開此室後，得以脫離女鬼之糾纏。但奇妙的是，歷時十數年後，當項宋英投宿臨安某旅社之際，此一女鬼竟又現身項生眼前，雖然未對其造成不利之影響，但女鬼之現身，不免令項生感到困擾與畏懼。然而，此文亦反映出雖然亡魂通常會出現徘徊於其命終之地或殯所等之習性，但在獲得轉世超生之前，其魂魄並非只能固定地滯留於其處，有時亦可隨心所欲地前往他處而不受束縛。從女鬼兩度現身項生眼前卻未加害於他來看，女鬼之企圖接近項生，或許是基於一種戀慕情感所驅使的緣故吧。

　　此外，在本書第三章第二節「地緣縛靈」處所提及：因產難而於身故之所為祟的幽鬼事例，在此略做補充說明。《夷堅甲志》卷第五〈蔣通判女〉記載：

　　　錢符，字合夫，紹興十三年為台州簽判，往寧海縣決獄。七月二十六日，憩于妙相寺。方憑桉戲書，有掣其筆者，回顧無所見。是夜睡醒，覺床前彷彿似有物，呼從卒起張燈，作誓念詰問，遂不見。次夜復至，立於故處。符問之：「若果是鬼，可擊屏風。」言未既，自上至下，凡擊數十聲。符大懼，命燃兩炬于前，便有大飛蛾撲燈滅。物踞坐蹋床上，背面不語。審視，蓋一婦人，戴圓冠，著淡碧衫，繫明黃裙，狀絕短小，久之不動。符默誦天篷呪數遍，遽掀幕而出。宿直者迭相驚呼，

> 問其故。曰：「有婦人自內出，行甚亟，踐諸人面以過。」說
> 其衣服，乃向所見者。符謂已去，且夜艾，不暇徙，復就枕。
> 夢前人徑登床，枕其左肩，體冷如冰石，自言：「我是蔣通判
> 女，以產終于此。」強符與合。符力拒之，遂寤。次日，詢諸
> 寺中寓居郭元章者，言其詳，與符所見無異。設柩處正死所
> 也。[39]

　　蔣通判女，因產難而命盡於妙相寺，因此其死後亡魂徘徊於死所並未
離去，且對於投宿於妙相寺、寢於同室床榻之台州簽判錢符，進行色
誘之騷擾。幸好錢符不因妄念而受迷惑，亦未因畏懼而屈服，而是極
力抗拒，最終救了自己。雖然不知女鬼誘惑錢符之最終目的為何，但
錢符此段遇鬼遭遇，乃因其進入了幽鬼往生之所的此種「地緣」關係
而產生的，則是不爭之事實。

四　有所求

（一）求食

　　雖說鬼魂應為不具實體之一種存在，然人死為鬼，人之思維與感
受，許多時候均會直接延續至鬼魂之世界。因此，鬼魂也會產生飢餓
而須求食之觀念，頗為一般大眾所接受。關於幽鬼為飢餓所驅，不得
已須靠為祟生者以獲得供養之觀念，早在六朝時期之志怪作品中即多
見記載。最為人所熟知的例子，即為南朝・宋劉義慶《幽明錄》中的
新死鬼之故事。其文曰：

有新死鬼，形疲瘦頓，忽見生時友人，死及二十年，肥健，相問訊。曰：「卿那爾？」曰：「吾飢餓殆不自任，卿知諸方便，故當以法見教。」友鬼云：「此甚易耳，但為人作怪，人必大怖，當與卿食。」新鬼往入大墟東頭，有一家奉佛精進，屋西廂有磨，鬼就捱此磨，如人推法，此家主語子弟曰：「佛憐我家貧，令鬼推磨。」乃輦麥與之，至夕磨數斛，疲頓乃去。遂罵友鬼：「卿那誆我？」又曰：「但復去，自當得也。」復從墟西頭入一家，家奉道，門傍有碓，此鬼便上碓如人舂狀。此人言：「昨日鬼助某甲，今復來助吾，可輦穀與之。」又給婢簸篩，至夕力疲甚，不與鬼食，鬼暮歸大怒曰：「吾自與卿為婚姻非他比，如何見欺？二日助人，不得一甌飲食。」友鬼曰：「卿自不偶耳！此二家奉佛事道，情自難動，今去可覓百姓家作怪，則無不得。」鬼復去，得一家，門首有竹竿，從門入，見有一群女子，窗前共食，至庭中，有一白狗，便抱令空中行，其家見之大驚，言自來未有此怪。占云：「有客索食，可殺狗并甘果酒飯於庭中祀之，可得無他。」其家如師言，鬼果大得食。此後，恆作怪，友鬼之教也。[40]

故事內容雖十分可笑，但至少傳達了幽鬼苦飢之觀念。此類事例，自六朝以來，不勝枚舉，其後之唐人小說中亦有諸多記載，顯見，此種觀念，已逐漸在傳統中國人的心中固著定型。而《夷堅志》中許多記載鬼神之故事，亦延續並反映了此種觀念，如《夷堅乙志》卷第三〈竇氏妾父〉一文即記載：

---

[40] 見〔南朝・宋〕劉義慶：《幽明錄》，收入魯迅：《古小說鈎沈》，頁274-275。

徐州人竇公邁，靖康中買一妾，滑人也。未幾，虜犯河北，妾父母隔闊不相聞，憂思之至，殆廢寢食。忽僵仆於地，若有物憑依。乃言曰：「某，女之父也。遭兵亂，舉家碎于賊，羈魂無所歸。欲就此女丐食，而神不許，守竇氏之門歲餘矣。土地憐我，今日始得入。」竇氏曰：「汝不幸死，夫復何言？吾令汝女作佛事，且具食祭汝，汝亟去。」許諾，妾即蘇。竇氏如所約，陰與之戒，勿令妾知。又再歲，其父乃自鄉里來，初未嘗死也。前事蓋點鬼所爲以竊食云。[41]

上述文中之幽鬼，較之六朝時期之餓鬼只是單純作怪嚇人以求食之做法，更勝一籌。懂得運用智慧，附身妾身轉達飢餓之情，不僅獲得祭食，甚至也賺到此家主人為其所資助之冥福佛果，真可謂是「點鬼」[42]。當然，若無竇氏妾本身因戰亂與父母離散，而顯現出廢寢忘食之憂思情況，此一幽鬼或許就無可趁之機，既有此機，此鬼遂藉子女對亡親之孝心而得以施展其技，只能佩服幽鬼之「苦飢」困境，造就了其「求食」之智慧。面臨重大困境時，往往能激發潛力以求窘境之解套，鬼與人，又有何不同呢？鬼、人之思維，亦其一也。

---

41 見《夷堅乙志》卷第三，頁 205-206。

42 點鬼求食之故事，《夷堅志》中常見記載。如〈臨安海商李省〉一文即載：「臨安鹽橋富室李省，販海作商，每出必經涉歲月。紹熙元年，與同業六七人，共宗伴而出，互四年弗反，且無音耗，其妻絕憂之。有與李善者，謂妻曰：『同塗數客已盡歸，不應獨後，豈非墮於非命乎？宜往占之。』妻歷訪十餘肆，皆云不吉，恐難得還。妻慟哭而歸。召僧建道場，招魂挂服，聞空中泣聲甚哀，出視之，見李在渺茫烟霧間，宛如存日，仍詢問幼稚婢妾。且云：『賴汝薦拔之功，獲離苦難。』明日，妻買地造塚，備極力役之費。一月，李泛舟達江下，元不死也。點鬼詐為此態，予累書之矣。」此文引自〔宋〕潛說友撰《咸淳臨安志》卷九十二所輯之《夷堅志》佚文，收入中國地志研究會編：《宋元地方志叢書》（臺北市：大化書局，1980 年），第 7 冊，頁 4754-4755。

（二）求祭祀

幽鬼求食，有時只為一頓之飽餐，而求祭祀，則至少是希冀春、秋二季之際，得以獲得基本之眷顧。《夷堅志補》卷第十六〈城隍赴會〉一文記載：

> 淳熙初，饒州兵家子張五，持刀入皂角巷劉家，殺其母并二女。先是，張與劉小女通，每為其母及長女所見，忿而行兇。所通者叫呼，故併罹禍。邏卒將執之，望其刀猶在手，恐拒捕或自戕，哂之曰：「大丈夫殺人償命，是本分事，今懼怕如此，豈不為人嗤笑？」乃擲刀於井，束手就擒。獄成，斬於市。張無父母，唯一兄為詹氏贅婿。有妹未嫁，忽染祟，嚼啖陶器，拈弄炭火，無所不至，大率如病狂。詹招法師張成乙考召，其鬼乃作張五聲音，舉止與之絕類，曰：「我既伏法，魂魄無歸，若能供我，則當屏跡矣。」法師釋其罪，但牒城隍司收管，兄以時節祀之。[43]

生前連殺三人，造盡惡業之張五，死後仍悍戾不減，讓未嫁之妹，染病發狂，實可惡之至。然其此舉，在法師張成乙的考召下，遂得知乃為求祭祀而為，因其允諾若得供養祭祀，則願消聲匿跡，於是法師將其送至城隍神處收管，而其兄最終亦遵照其願，以時節祭祀之，讓生者得以不再受騷擾。

當然，《夷堅志》中亦有不為祟，而透過夢境但求生者施予眷顧之事例。《夷堅支乙》卷第十〈王姐求酒〉一文記載：

43　見《夷堅志補》卷第十六，頁1702。

建康葉氏極多內寵。一妾王,妾病死,亦無子,故雖葬於墓
園,而春秋薦奠勿及。淳熙己酉,葉自昭州終詣闕,攜二妾
行,具夢王姐來求酒,且愀然曰:「吾沒後幽魂無歸,欲自取
覆官人,又近不得。爾兩人幸為我一言。」既寤,白于主翁,
亦為悽惻。逮還家,即命祀其墓,仍以中元日為設齋位云。[44]

葉氏亡妾—王姐,在夢中求酒之行為,似乎與上述(一)處之求食相
類似,然而,通常會現身求食之鬼,大多為無人祭祀之孤魂野鬼,王
姐之情況似乎不同。其出現之目的,並非是單純之求酒,應是透過求
酒之行為表達希冀得到祭祀的隱藏願望。如文中所述,葉氏雖將其妾
王姐之遺體安置於墓園,但因其生前只是眾多內寵中的一位,且無後
嗣,死後遂為葉氏所遺忘,甚至在春秋二次之祭祀中,亦未被想起,
處境堪憐。透過夢境之轉達,最終得到家人之祭祀,可謂萬幸。而宋
人張師正所撰《括異志》〈魏侍郎〉一文,則記載了冒充他人以求祭
祀之幽鬼故事。其文曰:

刑部侍郎魏公瓘,初以金部員外郎知洪州,罷官,舟經大孤
山。方乘順風,揚舲甚駛。一女使滌器而墜水,援之不及。舟
速浪沸,頃刻已十餘里。公惋嘆良久。一女奴忽沉冥狂語趨
前,而舉止語音皆所溺婢也。泣且言曰:「某不幸而溺於水,
實命之至是,無所恨;然服勤左右久矣,一旦不以理而終,夫
豈不大戚耶。儻歲時月朔,賜草具饌,化楮泉於戶外,使某得
以歆領,雖泉下亦不忘報。」公與夫人聞之惻然,悉允其求。
語次,一漁艇載所溺婢,櫂及公舟。告曰:「溺婢為浪泊而

___

44 見《夷堅支乙》卷第十,頁874。

出，獲援之以送。」婢固醒然未嘗死，而女奴亦不復降語。[45]

此與先前所述〈竇氏妾父〉一文中，為求食而以智紿人之黠鬼，其詐騙之手法頗為類似。女奴之溺水不及救，而其主人魏公瑾為此惋嘆良久之情景，相信均為躲於暗處之黠鬼所目睹，於是此鬼抓緊時機，見縫插針，立即附身於另一女奴身上，並模仿墜水女奴之聲音與動作，向公瑾夫婦祈求歲時月朔之祭祀，並得到允諾。眼見成功在望，卻因女奴之獲救，使其鬼計無法得逞，最終只能識相離去。黠鬼為求得祭祀而機關算盡，卻輸給了眼前之現實的可悲形象，亦令人頗為同情。

（三）求薦拔

欲求得薦拔，企圖早日獲得超生，亦是幽鬼為祟的常見原因之一。如《夷堅三志辛》卷第九〈焦氏見胡一姊〉一文即載：

> 饒民妻焦氏，慶元三年正月，在本家中庭值婦人遮道而立，驚叱之。婦進揖，焦曰：「汝是何者，夜入我門？」不答而退。逐之，入柴房而絕跡。自是數見之。經月餘，焦固問根源，曰：「汝如不肯說出，便請天心法師驅囚赴岳下治罪矣！」始顰蹙言：「故為張大夫妾，只在鄰屋居，為其妻凌逼，不容存活，遂自縊于此室中。至今未得託化，所以累次現形。覬望娘子慈悲，與少善緣，使之脫去。」焦曰：「然則要知姓氏，方可致力。」乃云：「胡一姊也。」焦曰：「候至中元節永寧寺塔院建水陸大齋，當為設位薦拔，切不可再出頭露面，怖嚇老

弱。」即頷首而没。及期，焦償前約。至十八夜，夢婦人斂袂
而前，再拜曰:「妾蒙大恩，已獲超升，特來辭謝。」從此寂
然。[46]

上文中之女鬼胡一姊，雖未刻意為厲，然數次現形遮道，亦讓人頗感
困擾與畏懼；終於在焦氏語帶威脅之追問下，胡一姊說出了希冀焦氏
為其薦拔之懇求，而其多次現形之目的，原只為此。在焦氏允諾於中
元節時為其設位薦拔，助其超生後，胡一姊遂頷首而没，不再現形驚
嚇他人。而其最終亦因焦氏之守約相助，得到超生，從此人、鬼兩
安。又如宋人章炳文（生卒年不詳）《搜神秘覽》卷下〈楊氏〉一文
記載:

潤州江陰縣主簿潘慶基弟忽違裕，似有物乘之，耳眼口鼻血污
塞室，幾迫於死，莫知端由。左右因曰:「昔有王主簿者，縣
君楊氏，產蓐得一子，不幸而逝，爾後常為變怪，歷任多施釘
法，苟可遣免，歲餘復出，亦未知信也。」既而慶基室人將俛
月，乃召持天心正法者，書符籙置於臥室四維，逮免乳。常見
一婦人在室外往來，或坐或臥，但不得而親耳。後乃夢所見者
相告曰:「我因產難中遂至不救。」復擁鼻曰:「死已久矣，但
覺腥臭不可聞，幽囚於此，無時出期。妾有是時所生子名潙
之，今在秀州作法曹，能為告之，使作因果濟拔，不勝感
荷。」言訖，悲泣不止。既覺，甚痛之，緣便馳報王搽，王搽
亦不知其母之亡於是邑也，乃遣人賣資賄來飯僧，廣薦佛事，
已而復見夢曰:「幸蒙恩憐，遂得超拔往生矣。」拜謝而去，

---

46 《夷堅三志辛》卷第九，頁1456。

> 自後乃無怪誕。[47]

比起上文中之胡一姊，此文中之女鬼楊氏，其為祟之方式，顯得較為過份。然楊氏最終之目的僅是希冀潘慶基一家人能為其傳語其子，為其受囚之幽魂，作佛果薦拔，但卻手段如此激烈，的確令人不解。從其鬼魂無法親自現身其子面前，僅能透過潘氏替其傳達來看，與先前在「地緣鬼祟」一處所述〈項宋英〉一文之女鬼可以跟隨項氏至他處之情形不同，其魂魄僅能徘徊於亡所，卻無法遠離其處，可見，徘徊於陽世間之幽鬼，其可否任意隨處行動，有時亦牽涉了是否已被限制或收管（監控方：包伽藍神、土地神及城隍神等）[48]之問題，若是在受管之列者，則只能在一定範圍之內活動矣。

　　此外，又如宋人張知甫（生卒年不詳）《可書》中亦記載：

> 胡紡能以符水濟人。宜興有一士人遠宦，忽一日，其妻為祟所憑。家人詢其所以，輒云：「某乃官人任內打拷致死，故來求功德追薦。」其家遂作書問。遠宦之士報云：「不曾有之。」胡聞其事，詣其家取書以示祟。祟但舉號三聲，慚惶而退。[49]

此文又呈現了為求功德薦拔，因而詐騙他人卻弄巧成拙之幽鬼形象。

47　見〔宋〕章炳文撰，儲玲玲整理：《搜神秘覽》，收入朱易安、傅璇琮等主編《全宋筆記》第三編（鄭州市：大象出版社，2008 年 1 月），第 3 冊，頁 159-160。

48　如《夷堅支丁》卷第三〈阮公明〉一則中，阮公明對其生前友人王質所說的：「吾久墮鬼籍，緣天年未盡，陰司不收，但拘縻於城隍。晝日聽出，入夜則閉吳山枯井中。如我等輩，都城甚多，每到黃昏之際，繫黃裹肚低頭匍匐而走者，皆是也。」（頁 988）提及了徘徊於陽世之鬼，有一部分是受城隍神所拘縻之情況。

49　參見〔宋〕張知甫撰，孔凡禮點校：《可書》（北京市：中華書局，2002 年 8 月），頁 418。

不管是為求食、為求祭祀或求薦拔，由上述列舉各例，可以看出宋人
志怪中，能掌握關鍵情況，並以機智謊言等企圖蒙騙生者之幽鬼，不
在少數，而此類亡魂形象，直至清代之志怪小說中亦可常見。正如清
人紀昀在提及點鬼冒充廖太學已亡寵姬求作水陸道場功德，卻遭搓破
一事時所說的：「此可悟世情狡獪，雖鬼亦然，又可悟情有所牽，物
必抵隙。」[50]的道理，生者對亡者所顯現之「情」（無論是親情、愛
情或是同情），往往是點鬼得以藉此趁機耍詐的契機。

（四）其他

　　除了上述「求食」、「求祭祀」與「求薦拔」三者是亡魂所常見之
「有所求」而為祟的動機以外，亦有因特殊要求而騷擾生者之個別事
例。如《夷堅甲志》卷第十四〈潮部鬼〉一文即記載：

> 明州兵士沈富，父溺錢塘江死，時富方五六歲，其母保養之。
> 數被疾祟，訪諸巫，皆云：「父為厲。」母瀝酒禱之曰：「爾死
> 唯一子，吾恃以為命，何數數禍之！有所須，當夢告我。」是
> 夕，見夢曰：「我死為江神所錄，為潮部鬼，每日職推潮，勞
> 苦痛至，須草履并杉板甚急，宜多焚以濟用，年滿方求代脫去
> 矣。」母如其言，焚二物與之，富自是不復病矣。[51]

亡魂透過為厲之迂迴方式，讓巫者找出兒子之病因，乃因其為祟所
致，以達到向妻子求焚草履與杉板之目的。文中之亡魂明明可以透過
「夢」為媒介，直接向妻子提出自己之需求，卻反而讓兒子遭受侵襲

---

50 詳參〔清〕紀曉嵐著：《閱微草堂筆記》，頁 241-242。
51 見《夷堅甲志》卷第十四，頁 125。

來傳達所需，的確令人費解。或許可以解釋的是，其反映了古人認為：疾病（特別是原因不明者）與鬼魂為祟，有時存在某種關連之傳統思維。此種觀念，在六朝志怪與唐人小說中即已常見記載，詳細之分析，可參看拙著〈鬼祟之因與治鬼之術－以唐人小說所載鬼祟故事為探討中心〉一文中的第四小節「鬼祟與疾病」[52]。

五　與生者爭宅

　　幽鬼不喜與人雜處，乃六朝以來志怪小說中所常反映之觀念。然而，有部份幽鬼卻喜居生者之陽宅，為占人宅，往往祟擾居住者，盼其因畏懼而搬離，於是，人、鬼間為爭宅而挑起之鬥爭，遂激烈地展開。《夷堅乙志》卷第十四〈全師穢跡〉一文記載：

> 樂平人許吉先，家于九墩市，後買大僧程氏宅以居。居數年，鬼瞰其室，或時形見，自言：「我黃三、江一也，同為賈客販絲帛，皆終于是，今當與君共此屋。」初亦未為怪，既而入其子房中，本夫婦夜臥如常時，至明，則兩髮相結，移置別舍矣。方食稻飯，忽變為麥；方食早穀飯，忽變為晚米。或賓客對席，且食且化，皆懼而捨去。吉先招迎術士作法祛逐，延道流醮謝祀神禱請，略不劾。所居側鳳林寺僧全師者，能持穢跡呪，欲召之。時子婦已病，鬼告之曰：「聞汝家將使全師治我，穢跡金剛雖有千手千眼，但解於大齋供時多攪酸餡耳，安能害我！」僧既受請，先於寺舍結壇，誦呪七日夜，將畢，鬼

52　詳參盧秀滿撰：〈鬼祟之因與治鬼之術——以唐人小說所載鬼祟故事為探討中心〉，《臺北大學中文學報》第十期（2011 年 9 月），頁 121-125。

又語婦曰：「禿頭子果來，吾且謹避之，然不過數月久，當復來，何足畏！吾未嘗爲汝家禍，苟知如是，悔不早作計也。」僧至，命一童子立室中觀伺，謂之開光。見大神持戈戟幡旗，沓沓而入。一神捧巨蠢，題其上曰「穢跡神兵」，周行百匝，鬼趨伏婦牀下，神去乃出，其頭比先時倏大數倍，俄爲人擒搦以行。僧曰：「當更於病者牀後見兩物，始真去耳。」明日，牀後大櫃旁涌出牛角一雙，良久而沒，自是遂絕不至。凡爲屬自春及秋乃歇，許氏爲之蕭然。[53]

在程氏宅中與許吉先一家同居之黃三、江一二人之鬼魂，若其不為祟騷擾許氏，或許不至如此快速地遭到驅除之命運，二鬼之囂張作怪，反倒加速了自身之滅亡。文中記載二鬼不畏術士之作法祛逐，亦不懼道流之醮謝祀神禱請，而只降伏於穢跡呪的法力之下，顯然，此文主要在闡述全師所持〈穢跡呪〉之法力高強之意旨，昭然可見。

又如《夷堅支丁》卷第一〈禁中涼殿〉一文則記載了已故哲宗之鬼魂，以亡君之威，強占禁中新建涼殿之故事。文中提及：當盧太尉至涼殿處查驗怪象之際，哲宗之幽魂即現身，謂盧太尉曰：「汝歸去說與官家，這些個屋也讓不得與我。」而聽完哲宗之要求後，盧即回應曰：「恭領聖旨。」於是拜退。此一涼殿，因哲宗之故，最終皇室之人遂虛而不居矣。[54]與上述黃三、江一之情況不同，哲宗之據宅成功，代表了在人、鬼的「爭宅」一事上，幽鬼的一場勝利。然而，此種勝利，畢竟是可遇不可求的，因為鬼與人爭宅之結果，往往失敗之情況居多。如宋人張師正《括異志》輯佚〈劉燁〉一則即載：

---

53 《夷堅乙志》卷第十四，頁 304-305。

54 《夷堅支丁》卷第一，頁 973。

劉燁侍郎有別第在襄陽。燁卒，長子庫部又卒。乃鬻其第，為
茅處士所得。夜聞呼曰：「庫部來。」俄一人頂帽，從數鬼，
叱茅曰：「我第爾何敢據？速出，無賈禍也！」凡三夕至，其
聲愈屬。茅叱曰：「爾昔為人，今為鬼矣，尚恃貴氣敢爾邪？
苟我擅居爾第，宜迫我出。爾子不肖，不能保有先人舊廬，售
貨於我，尚敢逐我耶？」言訖返叱令速出。鬼遂遁去。[55]

雖然說「邪不勝正」是一般人所認為的必然道理，然而茅處士得以在
人鬼爭宅之大戰中退鬼，其關鍵實在於其對劉燁侍郎之鬼魂所闡述的
一番道理。對於一切均講究「理」的宋人而言，不管是生前還是死
後，此種以「理」為重的思維，似乎並未改變；因此，劉燁等諸鬼之
撤離，或許正說明了此種道理。然而，若遇到的鬼祟，是屬於接下來
之「強魂為厲」的話，許多時候其為祟模式或理由可就毫無道理可言
矣。

六　強魂為厲

　　對於亡魂之為祟，若能找出其作祟原因，往往即能對症下藥，與
其進行溝通，進而消除對方之騷擾，讓被祟者回歸正常之生活。然
而，陽世間卻往往存在著某些目的不明，無法退遣之頑強幽鬼，此輩
之為祟，有時只能視其為單純的「強魂為厲」，不幸遭遇者，也只能
感嘆命運之捉弄，而無能為力矣。如《夷堅支丁》卷第六〈上饒徐氏
女〉記載：

---

55 見（宋）張師正撰，白化文、許德楠點校：《括異志》，頁118。

上饒徐氏二女,長嫁王秀才,性頗淫冶,因夫外出,輒與少僕私。後得疾,日進不瘥。平時用一鏡,其妹嫁楊氏者屢求之,不肯與。至是謂家人曰:「我病無活理,安能戀鏡?姨姨要此物,可持以送之,表我意念。」久之,果死。妹居在三十里外,來奔喪。相與經畫後事,且營佛供,因留駐數日。臨去,姊家述亡者之言,付以鏡。妹悲哭捧咽,遂攜歸。及還舍,取以照面。時日色已晚,忽施脂粉塗澤,開箱易新衣,氣貌怡悅。人問其故,曰:「姐姐見在鏡子裏喚我,須著隨他去。」皆驚而來視,初無所睹。遂對之笑語,惘然如狂癡。裝才畢,覺頭眩,頃刻而亡,時慶元元年四月也。姊既葬,淫僕詣墓下,若有呼之者。繞墓往反數十匝,咄咄云:「娘子喚我。」趨伏墓前,再拜不能興。它僕掖起之,死矣。[56]

行為不檢點,對於妹妹又吝於施予之王秀才妻,在其死後,竟連續害死其妹與少僕,的確令人不寒而慄。對於此種死後化為強魂之厲鬼,實難以捉摸其行為模式,妹妹與少僕的死於非命,讓人十分感慨。然而,下文中之李興,其為強魂所擾且最終送命之緣故,乃出於自身之招攬所致。

禁衛人員大李興,以年勞解軍伍補官,調泉州都監。臨赴任,遣妻子出陸自臨安先行,興收拾併疊差晚,乘馬追路。至龍山下,為小民十百壅過,僅得穿過。乃是日誅一海刼,既釁鼂梟首矣。興謂觀者曰:「此乃凶賊,為良民害,斬決萬段,猶未足以償其惡。爾曹何為注視之?」因舉足蹴踏遺骸,且加唾

罵，血污屨弗顧。眾亦稍散。興忽迷罔，茫然不知東西，殆若
喪心而為鬼所附者。上馬復還城內，投宿小邸。一僕慮家人望
信，欲往報之，不聽。自此狂態日甚，逢人輒奮擊。人見其身
軀壯偉，又膂力異常時，避不與校。至裸膊蓬首，扣內前沙子
門云，欲謁官家叫屈。守者知其病，且念向來同輩，但扶曳出
之。故交有居於觀巷者，強引與歸。閉諸一室，而穴壁傳致飯
食，不論多少皆無餘。或經日忘設，亦自若。叫噪勃跳，殊為
所撓。凡十餘夕，竟自經而死。其家幾達閩，始得信，蒼黃奔
歸。蓋劫鬼為之孽也。子產曰：「匹夫匹婦彊死，其魂魄猶能
憑依於人，以為淫厲。」正謂此云。[57]

常言道：「死者為大」，不管其生前功過，既已命盡，往往不再被追
究，若死者有負於他人，那麼自有地府之陰罰等待著，無須生者強出
頭。上文中之李興，或許因所經道路被圍觀受戮海盜之遺體的民眾所
阻礙，於是在眾人面前唾罵侮屍，一方面為驅散民眾，一方面欲一吐
怨氣。然而，此舉卻替自身招來無可挽救之災難。李興之發狂、自
經，相信與海盜之強魂為厲有關，生前秉性凶狠者，其死後亦往往為
凶狠之鬼，冒犯者，恐難逃對方之報復，李興之辱屍舉動，無疑是損
「鬼」不利己之行為，終究為此付出了慘痛的代價。

七　幽鬼執念

如先前第三章第二節處所述，許多幽鬼因為某些眷戀與執著而徘

57　《夷堅支戊》卷第三〈李興都監〉，頁1077。

徊人世，無法立即超生，他們既不作怪亦不為祟，只因此種執念難以
即刻斷除，遂導致自身停滯陽世之命運。然而，亦有諸多亡魂，因為
強烈之執著念頭，而為此為祟生者，擾亂對方，甚至造成傷害；其中
最常見的即是：對生前配偶再婚問題之干擾、威脅與報復。

（一）對生前配偶之執著

　　某些幽鬼會對生前配偶過度執著之觀念，早在六朝志怪中即已見
記載。南朝・宋劉義慶《幽明錄》中寫道：

> 呂順喪婦，更娶妻之從妹，因作三墓，攢累垂就，輒無成。一
> 日，順晝臥，見其婦來，就同衾，體冷如冰，順以死生之隔語
> 使去。後婦又見其妹，怒曰：「天下男子獨何限，汝乃與我共
> 一壻！作冢不成，我使然也。」俄而夫婦俱殞。[58]

　　而南朝・宋劉敬叔《異苑》卷六亦載：

> 吳興袁乞妻，臨終執乞手云：「我死君再婚否？」乞言不忍
> 也。既而服竟，更娶。乞白日見其死婦語之云：「君先結誓，
> 云何負言。」因以刀割其陽道，雖不致死，人性永廢。[59]

無論是呂順亡婦或是袁乞亡妻，二鬼婦均對生前丈夫之續絃感到憤
怒，最終報復對方，導致對方非殘即死之下場，讓人深感恐懼。幽鬼
之執著，的確可畏。而此種不管是源自於嫉妒或是因對方之毀約而為

---

58 〔南朝・宋〕劉義慶：《幽明錄》，收入魯迅：《古小說鉤沈》，頁259。
59 見〔南朝・宋〕劉敬叔撰，范寧校點：《異苑》，頁58。

祟報復之幽鬼形象，在六朝以降的志怪小說中，常見記載，《夷堅志》亦不例外。例如：《夷堅丁志》卷第十八〈袁從政〉一文記載：

> 袁從政，宜春人。紹興庚辰登第，調郴縣尉。先是，筠州上高陳氏女新寡來歸，以妻袁，大婦相歡，嘗有「彼此勿相忘，一死則生者不得嫁娶」之約。既之官，未滿秩，陳亡。不能挈枢歸，但殯道旁僧舍之山下，再調桂陽軍平陽丞，遂負前誓，更娶奉新涂氏女，相與赴平陽。道由是寺，同年有官於彼者為具召之。才就坐，見故妻從外來，戟手罵云：「平生之誓云何，今反負約邪？不捨汝矣！」袁但向空咄咄，如與人言。又呼從史令回城隍牒，史駭愕，漫應云：「已回牒了。」 袁終席不復顧主人，不告而起，歸與涂氏說其詳，中夜發狂出走。涂追照以燭，袁吹滅之，竟赴井死。[60]

此文中之女鬼陳氏，同樣地對於生前之約定頗為執著，對於忘約娶新婦之袁從政，進行報復，讓其最終發狂，墜井身亡，令人徒增感慨。實際上，袁從政為陳氏再嫁之夫，嚴格說來，陳氏本身即為再醮之人，或許其與前任丈夫間未有如此之約定，然而，揮別與前任丈夫之夫婦關係而另嫁他人，乃不爭之事實。顯見，以不同之標準看待他人與自己之行為，無論是人抑或是鬼，並無不同。然而，對於生前配偶再婚一事的執著，許多時候，並非只是單純之情感背叛的問題，其背後往往牽涉更複雜之原因在內。如《夷堅甲志》卷第二〈陸氏負約〉一文記載：

---

60 見《夷堅丁志》，頁689。

衢州人鄭某，幼曠達能文。娶會稽陸氏女，亦姿媚俊爽，伉儷綢繆。鄭嘗於枕席間語陸氏曰：「吾二人相歡至矣，如我不幸死，汝無復嫁，汝死，我亦如之。」對曰：「要當百年偕老，何不祥如是！」凡十年，生二男女，而鄭生疾病，對父母復申言之。陸氏但俛首悲泣，鄭竟死。未數月而媒妁來，陸氏與相周旋，舅姑責之，不聽。纔釋服，盡攜其資適蘇州曾工曹。成婚才七日，曾生奉漕檄考試它郡。行信宿，陸氏晚步廳屏間，有急足拜於庭，稱鄭官人有書。命婢取之，外題「示陸氏」三字，筆札宛然前夫手澤也。急足已不見，啟緘讀之，其辭云：「十年結髮夫妻，一生祭祀之主。朝連暮以同歡，俸有聚而共聚。忽大幻以長往，慕何人而輒許。遺棄我之田疇，移資財而別戶。不恤我之有子，不念我之有父。義不足以爲人之婦，慈不足以爲人之母。吾已訴諸上蒼，行理對于幽府。」陸氏歎恨不意，三日而亡。[61]

此文中已亡鄭某之書信所言，或許是許多幽鬼執著於生前配偶再婚與否之重要關鍵，簡言之，其一是牽涉「祭祀」之問題，其二是有關「財產轉移」之問題。在《夷堅志》其餘相關故事中，亦可找出部份相同之例，而其中特別是有關「祭祀」之問題，無論是男鬼亦或是女鬼，對於死後無人替其主持「祭祀」，恐怕是最令其害怕之事，因此，對於生前配偶之再婚，往往百般騷擾與破壞，甚至不惜讓對方致死。然而，殊不知讓對方同赴黃泉後，往後的「祭祀」問題又該如何是好？由年幼之子女一肩扛起？而無子女者，又該如何？總之，此類故事所反映之文化心理，並非三言兩語即可道盡，礙於篇幅，無法在

---

61 見《夷堅甲志》，頁 15-16。

此詳論，筆者將於日後另撰專文探討。

（二）對生前物品之執著

在第三章第一節處所引述之〈白雲寺行童〉一則，即記載了已亡之小行童對其生前所愛用之竹榻過於眷戀執著，是以死後靈魂仍堅守在竹榻周圍，不僅驚怪他人，亦導致自身無法解脫轉世一事，即為十分典型之例子。又如《夷堅支景》卷第五〈湯教授妾〉一文記載：

> 湯衡平甫，臨安人。登進士第，待某州教授闕。就上饒王侍郎家館舍，攜帑寓於門屋之側。乾道中，王氏遭火災，焚燒俱盡。湯妻得驚疾致亡，窆於彼處。湯後至都城買一妾，頗有色藝，悉取故妻箱笥首飾付之。嘗以清明節上冢，將偕遊山，未及行，白晝見妻舉手搦妾，碎其冠珥裳衣，肆擊移時乃没。舉室怖駭，又不敢招邀巫法毆禦。湯於是為檢拾遺物，可直千緡，盡付寺觀，追營薦焉。妾病踰月方愈，影響亦絕。[62]

上文中之已故湯妻，對於丈夫將其生前所使用之首飾等贈予其在都城新買之妾，做出了反擊，不僅攻擊新妾，亦毀壞首飾衣裳，表現自身的忿恨心情。遺族在驚恐之餘，不忍招致巫者對付湯妻，只能選擇整理湯妻之遺物，將其送至寺觀，替其進行追薦法事，希冀平息亡者之怒，終於在一個月後，新妾身體得以平復，而湯妻之為祟亦從此告終。雖然不知湯妻鬼魂之現身施暴，是否包含妒嫉之成分在內，但很明顯地對其生前所愛用之物，抱有一定程度之執著，是以在自身已化

---

62 《夷堅支景》卷第五，頁918。

為無形之存在後,仍無法捨棄在有形存在之際方具意義的一切事物,
湯妻的執念,不禁讓人感慨。

　　上述各項,為《夷堅志》所載幽鬼為祟之主要原因,除此之外,
當然亦出現許多原因不明之鬼祟事例[63],有些鬼魂只是以純粹捉弄活
人為樂,而有些則能讓人致命。因為不知其為祟之因,往往無法對症
下藥以制服對方,只能祈求災難自動遠離,顯現人鬼對立之際,有時
的確會出現凡人對其無可奈何、束手無策之情況。然而,從《夷堅
志》整體觀之,存在某種原因或目的而為祟之幽鬼仍屬多數,是以若
能對症下藥,則最終大多能解除來自亡靈之騷擾。

第三節　退鬼之術

　　針對鬼魂為祟,被祟者若不願與其正面對抗,或自覺無法治之,
通常最為簡單與安全之方式,即為「躲避」,從廣義上來看,此種做
法也算是一種「趨吉之術」。若非屬於冤魂尋仇之鬼祟,一般而言,
只要離開鬼魂所滯留之處,均可脫離被鬼騷擾纏身之命運。例如:
《夷堅乙志》卷第十六〈趙令族〉一文即載:

---

63 例如《夷堅乙志》卷第十七〈閣皂大鬼〉一文即記載:「臨江軍閣皂山下張氏者,
以財雄鄉里。紹興十四年,家僕晨興啓戶,有人長丈餘,通身黑色,徑入坐廳
上,詰之不應,曳之不動,急報主人。及呼眾僕至,擊之以杖,鏗然有聲;刺之
以矛,不能入,刃皆拳曲如鉤;沃之以湯,了不沾濕,頑然自如,亦無怒態。江
西鄉居多寇竊,人家往往蓄大鼓,遇有緩急,擊以集眾,至是,鼓不鳴。張氏念
不可與力競,乃扣頭祈哀。又不顧,徐徐奮而起,循行堂中,井竈溷溺,無不至
者。張氏藏帑,悉以巨鏁扃鑰,鬼輕掣之即開,所之既徧,復出坐。及暮,將明
燭,火亦不然。一家惴懼,登山上玉笥觀,設黃籙九幽醮,命道士奏章于天,七
日,始不見。張氏自此衰替,今為窶人。」(頁326)故事中的大鬼,不知其出現
目的為何?但從文末處所載,原財雄鄉里的張氏,從此家道中落,成為窮人之內
容看來,此一大鬼,應與一般觀念中的窮鬼或窮神相接近,其出現在張氏之家,
或許是張氏從此衰替的一種預告吧。

趙令族居京師泰山廟巷，僕人嘗入報，有髑髏在書窗外井旁，令族曰：「是必鷗鳶銜食墜下者，善屏棄之。」僕持箕帚去，此物殊不動，將及矣，遽躍入井中，其聲然如。僕以事告，令族曰：「乃汝恐懼不自持，誤麾之墜水，姑以石窒之，勿汲也。」明日又往，則復在石上，且前視之，逮相近，宛轉從旁揭石以入。僕益恐，令族猶不信，曰：「明日謹伺之，我將觀焉。」乃窺於窗隙中，所見與僕言同，亦懼。會元夕張燈，自登梯捲簾，未竟，忽悲哭而下。問之，不答，遂得心疾，厭厭如狂癡。其妻議徙居以避禍，既得宅於城西，遣其子子澈先往，妻與令族共乘一兜擔。子澈掃灑畢，回迎之，遇諸東角樓下，揭簾問安否，令族神色頓清，但時時探首東望，極目乃已。及至新居，則洒然醒悟，能說病時事。……。令族既免，續又有宗室五觀察來居之，不半年死，時宣和中。[64]

在趙令族因鬼祟而失心，並逐漸走向死亡之際，多虧其妻當機立斷移居以避禍，終於讓趙令族脫離鬼魂之騷擾而回復正常與健康。但其後入住之皇室宗親五觀察，就無法幸運避禍而遭遇死亡。可見，無力與鬼魂對抗者，「避開」實為最佳之方法。又如《夷堅丙志》卷第九〈溫州賃宅〉一文載：

溫州城中一宅，素凶怪。先是仲監稅居之，一家盡死。後數年，呂監稅者自福州黃崎鎮罷官來，亦居之，常見仲君露首禿髮往來西舍間。女子年十二三，最惱人，伺客至，輒映壁窺之而笑，翻弄什器，塗浣窗几，不可搏逐。唯一嫗頗恭謹，每女

子出，必叱去。呂妻病，數日不愈，嫗教之曰：「縣君無它疾，但煎五苓散，下半硫丸，足矣。」呂以其言有理，亟從之，一服而愈。然人鬼雜處，家之百物，震動無時，或空轎自行於廳上，舉室殊以爲憂。他日，嫗又告曰：「我輩相與共議，欲迎君作主，約用後月某日。此計若成，君必不免，宜急徙以避禍。」呂以告胡季皐。季皐爲福州幹官時識之，亦勸使去。去之日，西舍男女數十輩駢肩出觀，相顧嗟惜，似恨謀之不早也。後無復有敢僦舍者。經一月未畢，邑胥挈家來，或告其故，胥笑曰：「我乃人中鬼也。彼罔兩爾，何足畏？」處之不疑，群鬼亦掃跡。[65]

上文中鄭監稅所居住之宅邸，雖然為眾鬼占據，且家人常受其為祟騷擾，但其中一老嫗鬼，似乎頗為良善，不僅告知鄭監稅治療病妻之藥方，且在眾鬼計畫奪取監稅性命之前，預先告知鄭監稅徙居以避禍，讓其一家得以免於災難。不過，其後入住之邑胥一家，因為邑胥之不懼鬼怪，群鬼亦不擾之，甚至自離其處。顯見，幽鬼與生者之間的較量，未必均是幽鬼占上風，端看其所面對之對象所處之狀況而定，若如上文中稱己為「人中之鬼」的邑胥，其陽氣旺盛之氣勢，足以讓群鬼識相地知難而退，另謀他處而去。當然，若無邑胥一般之本錢，如鄭監稅一般選擇搬離鬼域，或許仍是最佳之做法。

除了上述採取「躲避」之方式，以消極之態度面對鬼魂為祟之情況外，在《夷堅志》中則記載了更多以積極之態度對抗鬼祟之內容。其中不僅包含被祟者本身正面迎擊之對抗外，亦有藉助懂得施術者，甚至神明，進行對為祟亡魂的驅退。以下即列項舉例說明之。

一　勇於面對（主動迎擊）

《夷堅支景》卷第八〈泗州邸怪〉一文即記載：

> 安定郡王趙德麟，建炎初自京師挈家東下，抵泗州北城，於驛
> 邸憩宿。薄晚呼索熟水，即有妾應聲捧杯以進，而用紫蓋頭覆
> 其首。趙曰：「汝輩既在室中，何必如是。」自為揭之，乃枯
> 骨耳。趙略無怖容，連批其頰曰：「我家不是無人使，要爾怪
> 鬼何用！」叱使去，掩冉而滅。趙不以語家人，留駐竟夕，天
> 明始登塗。[66]

宗室趙德麟，果然具備「勇者不懼」之威嚴，見到全身只剩枯骨之
鬼，毫無懼容，並斥退之，讓鬼怪無計可施，自動消失。常言道：
「見怪不怪，奇怪自敗。」確實有幾分道理。其實，此種面對鬼怪而
鎮定不失常態之敘述，在記載眾多鬼態之六朝志怪中，早已出現。如
南朝・宋劉義慶《幽明錄》記載：

> 阮德如，嘗於廁見一鬼，長丈餘，色黑而眼大，著皂單衣，平
> 上幘，去之咫尺。德如心安氣定，徐笑而謂之曰：「人言鬼可
> 憎，果然。」鬼即赧愧而退。[67]

氣定神閒地取笑鬼態之阮德如，其氣魄與上文中之宗室趙德麟，可謂
有異曲同工之妙。對於此種不畏鬼之人，幽鬼只有甘拜下風矣。如下
一則《夷堅支丁》卷第九〈王直夫〉亦同。其文曰：

66　《夷堅支景》卷第八，頁945。
67　見〔南朝・宋〕劉義慶：《幽明錄》，收入魯迅：《古小說鉤沈》，頁215。

兗州萊蕪人王直夫，雖出於田家，而賦性剛介，不媚鬼神。每妻子疾病，但盡力醫療，凡招神禮禳之事，皆所不為也。黨友或勉之，則曰：「死生有命，富貴在天。吾平生立志，不可易也。」虜正隆元年之春杪，變怪驟興，正晝鬼見形於中庭，窺戶嘯梁，移床徙釜，歌笑馳走，百端千態，舉室怖駭，寢食不安。直夫毅然不動，呼長幼戒之曰：「無以異物置疑而畏之。吾曹人也，肖天地真形，稟陰陽正氣。彼陰鬼耳，烏能干陽？汝輩宜安之，勿過憂怯。」家人意少定。一日，端坐堂上，見巨魅身長七尺，高冠大帶，深衣朱履，拱立於前。直夫了不動色。魅斂袵言：「王翁真今日正人，某等固已敬服，猶謂色屬內荏，故示怪以相憾。而翁若不見不聞。自是無敢循舊態矣。」竦揖而没。[68]

王直夫之剛介、不畏鬼神之秉性，並非只是紙上談兵，在面對鬼怪之騷擾與現身眼前之事，均能泰然處之，是以最終讓為怪作祟之鬼怪，在佩服之餘，選擇主動離去而讓王宅回復平靜，一介農家子弟之剛直、識理與臨危不亂之胸襟，的確令人讚賞。又如《夷堅支戊》卷第三〈李巷小宅〉記載：

饒州城內北邊李郎中巷有小宅，素為鬼物雄據，居者不能安。每召會親賓，肆筵設席，客未至，已見奇形異狀者，分坐飲啄。紹興中，歷梁氏、管氏兩家，最後董儀判官居之。董亡，厥子售於東鄰王季光使君。季光為人膽勇，不畏妖屬。得屋之初，遣一僕守宿，遭其惱亂，終夕不得寢。明夜，易以兩兵，

亦復然。王猶弗深信，親往驗之，大聲咄之曰：「吾聞此地多鬼，若果有之，宜即露現。」少頃，颯颯如持箒壁上塵土，王不為動。俄又為驟馬馳逐之聲。王曰：「汝造妖只爾，何足怕，更須呈身向我。」便隱隱從柳陰下出，竚立不移走。王起，即而語之曰：「汝若是橫死伏尸者，今已歲久，難於尋覓，何不自營受生處？如要從我求酒饌酹福願薦拔，亦無閒錢可辦。苟冥頑不去，當令師巫盡法解汝於東岳酆都，是時勿悔。」其物隨言而沒，宅自是平寧。[69]

不管是《幽明錄》中的阮德如，或是〈泗州邸怪〉中的趙德麟，以及王直夫，或是此文中的王季光，均有過人之膽量與不畏鬼怪之器度，因此，在面對鬼魂現身騷擾時，往往可以正面迎擊而無所顧慮，不管是以玩笑諷鬼，以常理論之或是以嚴詞脅之，均能令鬼停止騷擾，也因此能輕易地成功驅退對方。

二　立廟祠之

對於因戰爭或盜賊等亂象而慘遭身亡者，透過大眾為其立廟祠之的方式，往往能使其魂魄得到安慰，如《夷堅丙志》卷第四〈廬州詩〉記載：

廬州自酈瓊之難，死者或出為厲，帥守相繼病死。歷陽張晉彥

---

69 《夷堅支戊》卷第三，頁1076。

作詩千言，諷邦人立廟祀之。廬人如其戒，郡治始寧。[70]

酈瓊之叛變，發生於南宋高宗紹興七年秋天八月，因其叛變所造成之影響，在廬州、壽春一帶造成百姓慘烈之犧牲。因此，《宋史》卷二十八〈高宗本紀〉中曾記載：「（九月）戊寅，以廬州、壽春府民遭酈瓊虜掠，蠲租稅一年。」[71]對於慘遭酈瓊等燒殺擄掠的廬州及壽春府等地之百姓，得以免除一年之租稅，顯見其嚴重之程度。當然，因為酈瓊之叛變，導致無數百姓無辜慘死，冤魂們在廬州一地出沒並為厲之傳聞出現，顯然有其依據之社會現實的背景在內。因此，如上文所載，對於此輩因臣僚叛變而成為冤下魂的可憐幽鬼，透過替其立廟以祭祀之的做法，顯然是最為妥善之方式，藉此可以讓其世世代代得到廬州百姓之祭祀供奉，並從此守護此地百姓，或許是讓此輩鬼魂得到安慰的最佳方法。因為，民間認為，正常死亡者的精氣都已經耗盡，死後的鬼魂都比較安分守己，不會再有什麼作為，對於這類鬼魂，當然也就不必加以特殊防範。而橫死者即非正常死亡者的鬼魂則不同，由於精氣正旺，死亡時往往又鬱結著某種冤屈不平之氣，所以死後其魂就會向生人發洩或報復，給生人造成傷害。要避免這種飛來橫禍，惟有一個辦法，就是為其建廟立祠，使游魂變成神道，正式接受芸芸眾生的香火，享受生人的奉祀，然後化解冤氣。[72]

當然，立廟之舉，嚴格說來工程頗為浩大，並非隨時隨地輕易地一蹴可成，因此，亦可採取較為簡便之法，如《夷堅支乙》卷第十〈傅全美僕〉中，記載了未替幽鬼立廟，卻以折衷之方式，描繪亡者

---

70 《夷堅丙志》卷第四，頁 394。

71 詳參楊家駱主編：《新校本宋史并附編三種》第 2 冊，頁 532。

72 詳參賈二強著：《唐宋民間信仰》（福州市：福建人民出版社，2002 年 10 月），頁 207。

之形於廟中，使其如同神明一般，得以享受香火之事例。

> 紹興十七年七月，建昌軍管下箬嶺士人傅宗道置酒延客，方就
> 席，聞鑼聲錚錚然，遙望乃羣盜也，其徒數十人。因急喚壯僕
> 治禦備，婦人皆登山。盜入門，見酒饌，恣飲食焉，掠財物四
> 千緡而去。隔保聞寇至，盡持刀矛來，盜已醉，所攘半為諸人
> 所得。近村厚平里有傅全美家兩田僕亡命邀擊，死於盜手，其
> 魂每夕至主人之門，冤憤呼叫。全美之父怒甚，開門屬聲叱罵
> 之曰：「汝自利賊財，至於喪身，何干主家事，而來恐嚇人如
> 此！吾念汝積年奔走之勤，不忍加治，今將繪汝形於近廟，俾
> 汝受香火，待時託生，宜速去。」自是其聲日遠。及繪畢，遂
> 寂然。[73]

文中二鬼，因自身之貪利涉險而死於非命，卻以強魂之姿祟擾生前主
人，訴己之冤，的確可悲之至；幸而生前主人之父，諭之以理，不僅
未召請術者治之，亦將二人生前形貌繪於廟中，俾其於神明之側同享
香火祭祀，冀其早日獲得超生之做法，可謂仁慈之至。而無賴為祟之
二鬼，在畫像繪畢之際，果然銷聲匿跡。可見，無需大費周章地替幽
鬼建置廟宇祭祀，讓其鬼魂藉畫像之力依附於一般之廟宇中，使其可
以經常受享香火之祭拜，亦是值得一試的方法之一。然而，雖然立廟
祠鬼是為可以解決鬼祟的方式之一，卻並非適用於所有之幽鬼。如
《夷堅丙志》卷第十二〈饒氏婦〉一文中之饒氏一家，即苦於祟鬼之
騷擾長達數年之久，雖然百般祈攘，卻終無所益。饒氏最終替其立一
華麗之新廟於山間，並日日祠之，未料祟鬼不久後又再次至饒家作

---

73 《夷堅支乙》卷第十，頁 876-877。

祟，並回應饒翁之責備曰：「吾豈癡漢耶？如許高堂大屋捨之而去，乃顧一小廟哉！」[74]饒家對其無可奈何，直至家中常被祟鬼附身之媳婦身故，幽鬼才遠離，然而饒氏一家亦從此衰替矣。可見，此鬼極有可能是民俗觀念中所謂的「窮鬼」之類的存在，因此，饒氏家族之所以會遭遇此鬼之騷擾而導致家運衰退，或許是早已註定之命運矣。又如宋代張師正撰《括異志》卷四〈梁寺丞〉一文記載：

> 梁寺丞彥昌，相國之長子也。嘉祐中知汝之梁縣。其內子嘗夢一少年，黃衣束帶紗帽，神彩俊爽，謂之曰：「君宜事我，不爾且致禍。」既寤，白梁，梁不之信。既而竊其衣冠簪珥，掛於竹木之杪，變怪萬狀。梁伺其嘯，拔劍擊之。鬼曰：「嘻，汝安能中我！」又命道士設醮以禳之，始勅壇，奪道士劍，舞於空，無如之何。謂梁曰：「立廟祀我，我當福汝。」既困其擾，不得已立祠於廨舍之側。又曰：「人不識吾面，可召畫工來，我自教之。」繪事既畢，乃內子夢中所見者。會家人有疾，鬼投藥與之，服輒愈。歸之政事，有不合於理者，洎民間利害隱匿，亦密以告。梁解官，廟為後政所毀，鬼亦不靈。[75]

雖然，文中祟鬼一開始讓梁寺丞感到相當困擾，然而，在其回應對方之要求，替祟鬼立祠繪像後，梁寺丞卻從此不僅未遭騷擾，且直至解官為止，獲得祟鬼多方之幫助，反而有益無損。此則故事，即是第一章處所提及「人鬼互利」之類型，對於宋人而言，在人鬼難辨、人鬼混雜的時代裏，鬼亦會有益於人的觀念，無疑地是一種可以緩解對幽鬼心生畏懼的方法。同樣地，在宋人志怪中亦出現，雖不為祟，但村

---

74 《夷堅丙志》卷第十二，頁468。
75 見〔宋〕張師正撰，白化文、許德楠點校：《括異志》，頁48-49。

民因敬畏其鬼魂，主動立廟祠之的情況。宋人郭彖《睽車志》卷三中即載：

> 泉州永春縣，毗湖村民蘇二十一郎，為行商，死於外，同輩以
> 爐骨還其家，蘇之神隨至，語言如嬰兒，或見其形，亦能預言
> 人休咎。有親舊往視者，蘇輒令其妻具飲饌待之，酒肴皆不索
> 自至，其神每來，率以黎明時，先遠聞空中擊鉦聲漸近，既至
> 如風雨然，自簷楹間而入。村人敬而畏之，相與立廟祀焉，至
> 今猶存。[76]

就因蘇二十一郎之鬼魂不僅不為祟且能預言人之休咎，當地村民將其視為神明一般，替其立廟並祭祀之，村民立廟之心態，顯而易見，是為了「避禍」與「求福」。然而，值得注意的是，從《太平廣記》所收唐人小說之整體內容來看，在面對鬼祟之際，採取「立廟祠之」之做法的例子，僅出現一例[77]，較之宋人志怪、筆記中所記載者，實差距頗大；顯見，比起唐人，宋人較願意以此種方式與為祟鬼魂達成妥協，而此種結果所顯現出來的宋人巫鬼崇信之風，相信亦是宋代叢祠數量眾多、而淫祀嚴重之現象所以產生的背後助力或原因之一。[78]

三　安葬與焚柩

在本書第三章處曾提及，許多未被安葬之亡者，其魂魄無法獲得

76　見〔宋〕郭彖：《睽車志》，頁24。

77　詳參〔宋〕李昉等編：《太平廣記》卷第三百一〈張安〉一則，頁2389。

78　《夷堅丁志》卷第十九〈江南木客〉一文即載：「大江以南地多山，而俗機鬼，其神怪甚傀異，多依巖石樹木為叢祠，村村有之。」（頁695）

轉世超生之契機，於是只能徘徊於陽世，直至出現願意為其安葬者，
方能擺脫羈魂遊蕩之命運。此輩幽魂，雖然死後未獲一棺下葬之原因
各不相同，然其現身，不以為祟為目的，而是希冀入土為安者居多。
也因此，對於某些為祟之鬼魂，只要對其進行安葬或焚其柩之舉動，
即可讓其為祟之行為得以停止。如《夷堅支景》卷第二〈鄧富民妻〉
一文記載：

> 邵武光澤縣村疃曰牛田烏陪，富民鄧生買一妾，嬖愛殊甚。妻
> 不能堪，遂自經而死，即日響怪百端，鄧苦之，而無計可息。
> 召墓師為卜葬，館於書室，鄧不可徑就枕，且傍壁寢，令客處
> 外。夜月正明，聞窗外芭蕉林風敲撲藪聲，失驚曰：「又來
> 也。」客方問其故，死妻已披髮立帳邊，漸逼枕席，客口舌間
> 為髮所沾絆，三人呼駭起走，不復寢於彼矣。妾當晝入酒庫，
> 見主母垂髮立其側，即悸倒地上，幾至隕命。訖於妻葬，乃
> 已。[79]

帶著怨恨並選擇自盡之鄧生妻，在其下葬前，其鬼魂不時現身，造成
遺族等之恐懼，雖然其並未做出挾怨報復等之強烈行為，然而其時常
披髮現身一事，即足以令人不寒而慄，因為對於生者而言，像鄧生妻
等屬於非正常死亡之「凶死」者，一般均認為其會為厲生者，因此，
其存在本身即是一種潛在之威脅。不過，一切之擔憂，就在鄧妻下葬
後，得到了釋放。顯見，一般所謂之「入土為安」一語，對於亡魂與
生者而言，均可謂是最佳之結語。然而，亦有即使已葬畢，卻仍舊為
祟他人之強鬼，如此一來，只能焚其棺柩以祈鬼祟之終結矣。如《夷

---

79 《夷堅支景》卷第二，頁890。

堅三志己》卷第九〈葉七為盜〉一文記載：

> 景德鎮貧民朱四，其妻張妻姐，慶元三年五月初夜如廁，聞有
> 呼之者。張應曰：「誰人喚我？」曰：「葉七也。」張問：「是
> 何處人？」曰：「只在近鄰舍，何故不相識？」張曰：「夜已向
> 深，似不當到此。」葉曰：「見爾家窮乏，有見錢一貫，特用
> 相助。」張喜，接錢還室，葉亦去。明夜又來扣門，復致錢五
> 百。自後，夕夕如是，積所得幾十千。經半月，遂通衽席之
> 好。及六月，又以衣服冠梳及銀釵與之。巷內程百二妻，因過
> 朱氏，認得張頭上釵及所冠衣皆其物也，謂為盜，擬執搦告
> 官，報集里舍皆至。張云：「係是葉七哥日前送來與我者，了
> 不知其故。」程妻亦念張七姐不曾來我家，難以疑他作賊。且
> 詢葉七來歷形狀，張悉從實備告之，眾皆愕然。有鄰老張二
> 云：「其人已死二十餘年，葬在宋家東司籬外。吾聞此鬼在外
> 迷惑人，前後非一。今子孫久絕，試共發壙驗之。」眾曰：
> 「嗒。」既舉板已朽爛，而僵尸不損。凡諸家先所失物，多有
> 在其側者。乃焚其棺而投諸水中。[80]

已死亡逾二十年以上之葉七，竟仍能現身陽世，並透過偷取他人財物
贈予貧民朱四之妻張氏，以換取和張氏間的偷情，的確令人訝異。葉
七之鬼魂與張氏交合的此種舉動，是否與本章最前面「媚惑」一項處
所述一般，是為了達到某種「鍊形」而為，則不可得知，而其遺骸
「僵尸不損」之情況，是否即因此而來，亦無法斷定，然而可以確定
的是，葉七鬼魂的偷竊行為與誘淫婦女之惡行，最終讓自己得到了報

80　《夷堅三志己》卷第九，頁 1375-1376。

應,甚至導致棺柩被焚,屍骨被投諸流水之結果。也因為如此,景德鎮之百姓得以從此解除了來自葉七鬼魂之為祟矣。焚棺之手段雖然激烈,然而,通常是可以快速解決棺中亡魂為祟的方法之一。

四　叱鬼之名

　　鬼怪之所以駭人,其原因往往在於人們不知其真正之實體為何,無法採取與對方進行溝通之法或找出因應之對策,因此恐懼之心倍增,若能得知對方之真實面目,或許就能找出不受騷擾之方法,而「名字」即為掌握其實體之重要關鍵。東晉葛洪(284-364)《抱朴子》〈登涉〉篇中即多處提出:「見之皆以名呼之,即不敢為害也。」、「但知其物名,則不能為害也。」、「知天下鬼之名字,……則眾鬼自卻。」[81]等觀念,認為對於天下鬼怪妖物,只要知其名,且呼其名,即可退卻之。而英國學者弗雷澤曾提及:

　　　　未開化的民族對於語言和事物不能明確區分,常以為名字和它們所代表的人或物之間不僅是人思想概念上的聯繫,而且是實際物質的聯繫,從而巫術容易通過名字,猶如透過頭髮指甲及人身其他任何部分來為害於人。[82]

　　又謂:

---

81 詳參李中華注譯,黃志民校閱:《新譯抱朴子(上)》(臺北市:三民書局,1996年4月),頁415-452。
82 弗雷澤著,汪培基譯:《金枝:巫術與宗教之研究》(臺北縣:桂冠圖書公司,2004年5月初版三刷),頁367。

原始人悄悄地隱藏起自己的真名，是害怕巫術以它來為害於人，他們認為他們的神名也必須保守秘密，如被其他神祇甚至凡人知道了就要以符水禁咒來驅遣它們。[83]

此段論述，不僅可用在某些原始民族之身上，也可以印證於幽鬼之行為模式與心理認知上；因為，幽鬼之思維，大多數即為人之思維。《夷堅乙志》卷第十九〈廬山僧鬼〉即記載了以此種方式驅退鬼祟之故事。其文曰：

> 僧聞修，姓陳氏，行腳至廬山，將往東林。值日暮，微雪作，不能前，乃入路側一小剎求宿。知客曰：「略無閑房，唯僧堂頗潔，但往年有客僧以非命死其下，時出為怪，過者多不敢入。」聞修自度不可他適，又疑寺中不相容，設為此說，竟獨處焉。知客為張燈熾火，且告以僧名，慰勞而出。逮夜，趺坐地爐上，衲被蒙頭，默誦經咒。微睡未熟，隱約見一僧相對，亦蒙頭誦經，知其鬼也，屬聲詰之曰：「同是空門兄弟，生死路殊，幸且好去。」不答，亦不起。聞修閉目合掌，誦大悲咒，亦梵聲相應和，聞修心動，稱其名叱之曰：「汝是某人耶？」其人遽起，含唾噀聞修面，滿所披紙衾上，皆鮮血，遂不見。知客聞叱咤聲，知有怪，亟來視之，紙衾蓋白如故，遂邀與歸同宿。天明即下山。[84]

上文中，因僧人聞修之堅持下，小剎之知客（即佛寺中專門處理接待賓客之僧人）遂勉為其難地讓聞修入住傳說中的凶室。但值得注意的

---

83 同前註，頁386。
84 《夷堅乙志》卷第十九，頁349。

是，知客在離開前，特意告知聞修亡僧之名的此種做法，因為，聞修並未詢問亡僧之名，知客之用意或許即隱含了知鬼之名，即可退之的此種觀念在內。而聞修在得知此鬼即為知客先前所提醒者之後，遂開口做出「稱其名叱之曰：『汝是某人耶？』」的舉動，未料祟鬼真的消失不見，顯見，得知作怪幽鬼之名字，並叱喝其名，有時的確能讓鬼魂立即退去，不再為祟。

同樣地，在乙志卷第二十〈童銀匠〉中亦記載：

> 樂平桐林市童銀匠者，為德興張舍人宅打銀。每夕工作，有婦人年二十餘歲，容貌可觀，攜酒殽出共飲，飲罷則共寢，天將曉乃去。凡所持器皿，皆出主人翁家，疑為侍婢也，不敢卻，亦不敢言。往來月餘，他人知之者，謂曰：「吾聞昔日王氏少婢，自縊於此，常為惑怪，爾所見，得非此鬼乎？幸為性命計。」童甚恐。是夜，復以酒至，即迎告之曰：「人言汝是自縊鬼，果否？」婦人驚對曰：「誰道那？」遽升梁間，吐舌長二尺而滅。童不敢復留，明日辭去。[85]

又如前述章炳文《搜神秘覽》卷下〈神怪〉一則中亦記載：

> 衢州開化縣程郎中宅，欲講姻親之好，呼匠者為花。夜嘗有小女童，年十七八許，問匠者求之。經數日皆然。匠者內懼，疑其有他意。翌旦，即告焉。程公怒詢其家人，未嘗有也。或者曰：「昔年有一女童縊亡於外閣中，疑此是也。」程公出以報，匠者知之。是夜復至，匠者詢之曰：「爾非郎中宅左右，

---

85 《夷堅乙志》卷第二十，頁353。

乃是外閣所自縊鬼耳。數來此有何哉？」女童即驚惕，張口吐舌，舌大若盤，其人嗑呼，遂滅。[86]

上述二文均是自縊之鬼的為祟之例，內容亦頗為相似，不管是童銀匠或是〈神怪〉一文中之匠者，二人最終均未直稱縊鬼之名，只反問對方是否為「自縊鬼」之實，即足以讓其大驚失色，露出縊鬼變相而消失。顯見，此輩為祟作怪之幽鬼，當其實體未被查覺時，其往往能隨心所欲地騷擾他人，就像隱身於暗處者，可以盡情地給予在明處者一些驚訝與恐懼，然而，當其實體被發覺與暴露後，即無法為所欲為矣。可見，不管是直呼鬼怪之名，亦或是指出其真正之實體，均可反過來讓為祟鬼怪感到畏懼，最終選擇銷聲匿跡矣。南方朔曾謂：

> 人的名字是人的標示，儘管它是一個標示的符號，但人的自我認同卻棲息其中。因此，佛洛依德遂說：「人的名字是他個人的主要成分，可能還是他靈魂的一片。」[87]

因此，當被對方得知名字或實際面目後，彷彿等同於包含靈魂等在內之個人的一切，均會攤開在對方之面前而為對方所查知，於是，對方可以藉此進行對我方的控制或殘害，或許這正是幽鬼害怕名字或實體暴露在他人面前的緣故吧。因此，遇到此種狀況之際，幽鬼往往會選擇立即自動消失，以免遭遇反遭制伏之災難。也因此，藉由叱鬼之名的方式，有時亦是解除幽鬼為祟騷擾的有效方法之一。

---

86 詳見〔宋〕章炳文撰，儲玲玲整理：《搜神祕覽》，頁151。
87 見南方朔著：《語言是我們的星圖》（臺北市：大田出版公司，1999年3月），頁95。

五　以法術退之

不願或無法以「躲避」之方式擺脫鬼魂之騷擾，也無法以己身之力量與鬼魂正面對抗者，最後之做法，大多會尋求身懷法術者，請其進行對亡魂之整治。而此輩具法術者，包含道士、僧人、方士與巫覡等；其所使用之方法，不外乎「符」、「呪」、「作法」、「齋醮」等，有時各項方法須按程序逐一進行，方能有效退鬼，有時只須使用其中一項，即可制伏為祟之鬼，因為幽鬼本身有易治與難退之分別的緣故。以下即分項進行說明，藉此一探宋代術者退鬼之概況。

（一）以符退鬼

如《夷堅乙志》卷第五〈劉子昂〉一文記載：

> 紹興三十二年，劉子昂爲和州守，方淮上亂定，獨身入官。他日，見好婦人出入郡舍，意惑之，招與合。歷數月久，因詣天慶觀朝謁。有老道士請間，曰：「使君不挈家，而神色枯顇黧黑，殆有妖氣，如何？」劉初諱不答，再三言之，乃以買妾對。道士曰：「非人也，將不可治。今以二符相與，逮夜宜懸於戶外，渠當不敢入。」劉以符歸。夜未半，婦人至，怒罵曰：「相待如夫婦，何物道士乃爾！吾去即去，無憶我。」劉不能割愛，亟起取符壞之。終不悟生人何以畏符，復綢繆如初。又數日，道士入府問訊，望見劉，驚愴曰：「弗活矣，奈何！奈何！然當令使君見之。」命取水數十擔覆于堂，其一隅方五六尺許，水至即乾。掘之，但巨屍偃然于地，略無棺衾之屬，僵而不損。劉審視，蓋所偶婦人也。大惡之，不旬日而

殂。[88]

雖然天慶觀之老道士替劉子昂準備了退鬼之符，然而，陷入愛情感境之劉子昂，卻因無法割捨對女鬼之愛，於是最終斷送了自己之性命，令人感慨萬分。雖然，此文之最終結果，看似為退鬼失敗之例，然而，老道士施予劉生之符，確實能夠阻擋女鬼之接近，因此，在退鬼一事上，此處的道士之「符」的確能發揮某些作用。當然，失敗之原因，在於劉子昂的執迷不悟，此則故事等於同時告訴了眾人，不管藉助多麼厲害之外力幫助，若被祟者本身無法認清事實或遠離迷惑，那麼，成為厲鬼為祟下之犧牲品的命運，已然註定矣。又如《夷堅甲志》卷第十二〈宣和宮人〉記載：

> 宣和中，有宮人得病，譫語，持刀縱橫，不可制。詔寶籙宮法師治之，不效。盡訪京城道術者，皆莫能措手，於是閉之空室，不給食，如是數年。有程道士者，從龍虎山來，或以其名聞，命召之。上曰：「切未可啟戶，彼挾刀將傷人。」道士請以禁衛數百，執兵仗，圍其室三匝，隔門與之語，且投符使服。宮人笑曰：「吾服符多矣，其如予何！」遂吞之。已而稍定，曰：「此符也得。」道士遂啟門。宮人譊譊不已，然既為符所制，不能出。道士以刀劃地為獄，四角書「火」字，叱之曰：「汝為何鬼所憑？盡以告我。不然，舉輪火焚汝矣。」不肯言。取火就四角延燒，始大叫曰：「幸少寬我，將吐實。」道士為滅去兩角火。乃言曰：「吾亦龍虎山道士，死而為鬼。凡丹呪法籙，皆素所習，故能解之。不意仙師有真符，今不敢

留,願假數日而去。」道士怒曰:「宮禁中豈宜久,此必速去。」即入奏曰:「此鬼若不誅殛,必貽禍他處,非臣不可治。」遂縛草爲人,書牒奏天訖,斬之。宮人即蘇。[89]

連禁中寶籙宮[90]之法師亦無法退治之祟鬼,在吞服程道士之符後,則法力盡失,最終為道士書牒奏天後所誅,此文欲突顯龍虎山程道士符之厲害的意旨,實昭然可見。同時,據文中所載,其亦說明了某些幽鬼仍能保有生前能力的可能性。此文之鬼道士,對於生前所習得之丹咒法籙,在死後仍能以其對抗同是施術者之人,顯見其生前所擁有之能力,並未因死後而消逝,此類故事之出現應在某種程度上反映了對於生前具某種特殊能力或特別強悍者,對其鬼魂亦如生前一般強悍、甚至可能對生者造成危害的深層恐懼在內。

(二) 以呪退鬼

藉助念誦呪語來驅除作祟鬼魂,有時不須假藉上述之術者而為之,一般人若本身能持誦呪語,往往在緊急時刻,亦能順利遣退鬼怪。如《夷堅丙志》卷第一〈陳舜民〉一文即載:

晉江主簿陳舜民,被檄詣福州,未至三驛,已就館,從者皆出外,獨坐于堂。有婦人自東偏房出,著淡黃衫,靚裝甚濟,徘徊堂上,歌新水詞兩闋。舜民知其鬼物,默誦天蓬呪。殊不

---

89 《夷堅甲志》卷第十二,頁 102-103。
90 即「上清寶籙宮」,《宋史》卷八十五〈地理志一〉記載:「政和五年作,在景龍門東,對景暉門。既又作仁濟、輔正二亭於宮前,命道士施民符藥,徽宗時登皇城下視之。又開景龍門,城上作複道,通寶籙宮,以便齋醮之路,徽宗數從複道上往來。」(詳參楊家駱主編:《新校本宋史并附編三種》第 3 冊,頁 2101。)

顧，緩步低唱，其容如初。舜民益疾誦呪，聲漸屬。婦人顙然
怒曰：「何必如此。」趨入房，乃不見。[91]

又如《夷堅丙志》卷第一〈貢院鬼〉亦載：

> 臨安貢院，故多怪物，吏卒往往見之。乾道元年秋試，黃仲
> 秉、胡長文、芮國瑞、昌禹功爲考試官。國子監胥長柳榮獨處
> 一室，病疝晝臥，一男子一婦人攜手而入，招榮曰：「門外極
> 可觀，君奈何獨塊處此？」榮不應，就榻強挽之。榮起坐，澄
> 念誦天蓬呪，才數句，兩人即趨出。[92]

上述二文，被祟者均以「天蓬呪」驅退鬼魂，顯然「天蓬呪」在驅逐
鬼魂之作用上，的確有其功效。[93]而無論是主簿陳舜民，還是國子監
胥長柳榮，二人均非所謂之術者，而是仕宦官吏，卻能在遇鬼之際隨
口誦呪以應之，顯見，宋代社會呪術十分盛行之情況，此一點從《夷
堅志》眾多相關事例之記載中，即可得到證明。當然，不同呪語，其
作用自有相異之處，若從具備「退鬼」功用之角度來看，僅《夷堅
志》中，提及以呪術退鬼者（無論成功與否），除了前引「天蓬呪」

---

91 《夷堅丙志》卷第一，頁369。
92 《夷堅丙志》卷第一，頁369。
93 關於「天蓬呪」，南朝・梁之陶宏景所撰《真誥》中即見記載。文曰：「天蓬天
蓬，九元煞童。五丁都司，高刁北公。七政八靈，太上浩凶。長顱巨獸，手把帝
鐘。素梟三晨，嚴駕夔龍。威劍神王，斬邪滅蹤。紫氣乘天，丹霞赫衝。吞魔食
鬼，橫身飲風。蒼舌綠齒，四目老翁。天丁力士，威南禦凶。天騧激戾，威北銜
鋒。三十萬兵，衛我九重。辟尸千里，去邪不祥。敢有小鬼，欲來見狀。攫天大
斧，斬鬼五形。炎帝裂血，北斗燃骨。四明破骸，天猶滅類。神刀一下，萬鬼自
潰。」（詳參〔南朝・梁〕陶宏景撰：《真誥》〔臺北市：廣文書局，1989 年 12
月〕，上冊，頁10。）

以外,另有:「大悲呪」[94]、「穢跡呪」[95]、「水火輪呪」[96]、「楞嚴呪」[97]等,是故,從上述眾多宋人藉以退鬼之呪語名目以及事例來看,認為透過呪術之唸誦,可以驅退為祟之鬼的看法,應是許多宋人所認同之普遍觀念,因此,非術者之一般士、庶,往往知曉或持誦某些呪語,則不足為奇矣。

(三)以法術治鬼

宋代是法術相當盛行之時代,許多習儒之士子或為官者,亦往往有習得法術者。如《夷堅支甲》卷第五〈唐四娘侍女〉即載:「右從政郎楊仲弓,習行天心法,視人顏色,則知其有祟與否。」[98],又如《夷堅支乙》卷第九〈徐十三官人〉載:「湖州城北徐朝奉之子十三官人者,自為兒童時,資性誠質。既長,念親戚間有被妖鬼作祟者,遂刻意奉道,行天心考召法,為人泊極,靈驗絕異,而略無需求,至于香火紙錢,率皆自辦。」[99]上述二人之修習法術,大抵以助人為主;然亦有習法卻不用於正途者:如《夷堅支乙》卷第五〈傅選學法〉一則,即記載了凶德可畏之江西副總管傅選,為試所學之法,竟焚符燒僧塔,最終為教授其雷法之王侍晨將所部靈官將吏追回,讓傅

---

94 事例可參《夷堅甲志》卷第十一〈張端愨〉,頁 96;《夷堅乙志》卷第十四〈魚陂癆鬼〉,頁 303-304;《夷堅乙志》卷第十九〈廬山僧鬼〉,頁 349;《夷堅支癸》卷第三〈鬼國續記〉,頁 1239;《夷堅支癸》卷第四〈醴陵店主人〉,頁 1247 等。

95 事例可參《夷堅丙志》卷第五〈小令村民〉,頁 403;《夷堅三志己》卷第二〈姜店女鬼〉,頁 1314 等。

96 事例可參《夷堅丁志》卷第十五〈劉十九郎〉,頁 660。

97 事例可參《夷堅三志己》卷第二〈東鄉僧園女〉,頁 1312-1313。

98 詳見《夷堅支甲》卷第五,頁 745。

99 詳見《夷堅支乙》卷第九,頁 866-867。

選之行法從此不靈矣。[100]可見，若學法者無德且不用於正途，那麼將
會是一場災難。然而，由上舉數例可知，在宋代的道教法術中最常見
者即為「天心法」與「五雷法」，雖然二法之施行，可以替大眾處理
許多問題，但處理神、鬼、妖、魅等之為祟，卻往往是最為常見的。
如《夷堅支乙》卷第二〈余榮古〉一文記載：

> 樂平余榮古，乾道中，以歲饑流泊淮上，偶得五雷法，稍習行
> 之。時村落耕牛多病疫，往治輒愈，頗獲酬謝，可以糊口，因
> 定居焉。淳熙乙巳，暫還鄉。其族姪知權妻詹氏者，父母適如
> 淮地，知權與妻送之，妻還舍感疾，妄言譫語，如狂如癡，不
> 復省人事，乃招榮古視其狀。及行法考召，蓋詹之先亡也。榮
> 古顧曰：「可縛起。」病者時臥房內，便舉手前向，宛若受
> 縛，繼使鞭訊，則又叫呼服罪，徐諭之曰：「汝是詹家祖先，
> 自合隨子孫住處受香火，如何敢擅入人門庭，且作殃禍！吾念
> 汝係姻親，未欲致法，宜速去。」即謝過請釋放，許之。俄頃
> 間病者平安如常。[101]

余榮古不僅治癒病疫之耕牛，亦藉行法考召得以找出族姪媳詹氏的祟
病之由，最終替其去除詹家亡祖的鬼靈騷擾，讓一切回復正軌，可謂
功德一件。當然，除了常見之道法外，亦有其餘的特殊治鬼之法術。
如《夷堅丙志》卷第十二〈河北道士〉一則，記載了連寶籙宮法師亦
無法退治之二位道士之鬼魂，河北道士用所謂的拔鬼筋法則使他們屈
服。當其餘道者問其緣由時，河北道士回答曰：「此鬼不易治，若與
之角力，雖千人不能勝。吾嘗學拔鬼筋法，故一施之，筋骨既盡，無

---

100 詳見《夷堅支乙》卷第五，頁 832-833。
101 見《夷堅支乙》卷第三，頁 814。

能為矣。」此法讓其餘道者十分佩服。[102]雖不知所謂的「拔鬼筋法」是何種法術與傳承，總之，宋代法術之繁多，行法者之眾（包含道徒、佛徒、巫師與一般士庶等），無論其所行之法是載於宗教經典之正統道法，亦或是名不見經傳之旁門小術，均說明了宋人施行法術之盛況，早已遠超過前代之人矣。

（四）以齋醮治鬼

　　透過道、佛二教所進行之「齋醮」儀式進行祟鬼之驅離，亦為宋代常見、且重要的退鬼方法之一。如先前所舉《夷堅乙志》卷第十七〈闍皀大鬼〉一文中以「黃籙九幽醮」[103]、《夷堅乙志》卷第十七〈倉浪亭〉一文中以「水陸齋」[104]等讓祟鬼遠離與安息之例，即屬此類。當然，施行「齋醮」，不僅在退治鬼魂上能起一定程度之作用，在與鬼魂之溝通與撫慰上，均能發揮效能，特別是道士考召作祟之鬼，得知其有冤情時，常採取為其建醮超渡的和解方式，而非用法力驅除。[105]詳細之分析，將移至本書下一章中進行，在此先行略過。除了上述透過「符」、「咒」、「法術」、「齋醮」等施術做法以退鬼外，最後，還有請求神明治理祟鬼之方。

---

102 詳見《夷堅丙志》卷第十二，頁 466-468。

103 《夷堅乙志》卷第十七，頁 326。

104 《夷堅乙志》卷第十七，頁 331。

105 見莊宏誼：〈宋代道教醫療──以洪邁《夷堅志》為主之研究〉，《輔仁宗教研究》第 12 期，2005 冬季號，頁 133。

六　請神治鬼

透過神明所擁有之超凡力量，藉以擊退對方，亦是宋人在遭遇幽鬼為祟之際所採取的方法之一。如《夷堅乙志》卷第九〈欄街虎〉一文即載：

> 趙清憲公父元卿，為東州某縣令。有婦人亡賴健訟，為一邑之患，稱曰「欄街虎」，視笞撻如爬搔。公雖知之，然未嘗有意治也。會其人以訟事至廷，詰問理屈，遂杖之，數至八而斃。即日見形為厲，行步坐臥相追隨不置，雖飲食亦見於杯盤中，公殊以為苦。既罷官，過岱嶽，入謁，女鬼隨之如初。暨登殿，焚香再拜，猶立其旁。公端笏禱曰：「元卿受命治縣，以聽訟為職。此婦人自觸憲罔，法當決杖，數未訖而死，邂逅致然，非過為慘酷殺之也。而橫為淫厲，累年於茲，至於大神之前，了無忌憚。神聰明正直，願有以分明之，使曲在元卿，不敢逃譴，如其不然，則不應容其久見苦也。」禱畢，又拜而起，遂無所見。[106]

東州某縣縣令趙元卿，在其依法執行公務之際，未料被杖刑之婦人卻因此斃命，而其鬼魂遂從此陰魂不散地糾纏元卿，使其十分困擾。或許自知元卿並無理虧之處，因此，鬼婦對元卿之騷擾，並不像「復仇」型之鬼祟一般，對被祟者進行可怕或殘酷的傷害，而只是如影隨形般的捉弄對方，但即便如此，亦足以讓被祟之趙元卿深受其苦。幸好元卿在經過岱嶽廟之際，入廟祝禱嶽神，並以理質詢嶽神，最終解

---

106 見《夷堅乙志》卷第九，頁256-257。

除了鬼婦之騷擾，真是符合了中國人觀念中的「有理行遍天下」，即使對方是鬼神，亦不例外。上文中無理取鬧的鬼婦，因其生前即為一無賴好訟之人，死後亦成為無賴糾纏之鬼，似乎頗為諷刺。然而此處亦說明了遇上此種毫無理由，卻無賴為屬之強魂，也只能自認倒楣，自求多福矣。又如《夷堅乙志》卷第十七〈女鬼惑仇鐸〉中記載：

> 天台士人仇鐸者，本待制之族派也，浮游江淮，壯年未娶，乾道元年秋，數數延紫姑求詩詞，諷玩不去口，遂為所惑。晨夕繳繞之不捨，必欲見真形為夫婦，又將託於夢想，鐸雖已迷，然尚畏死，猶自力拒之。鬼相隨愈密，至把其手以作字，不煩運箕也。同行者知之，懼其不免，因出遊泰州市，徑與入城隍神祠，焚香代訴。始入廟，鐸兩齒相擊，已有恐粟之狀。暨還舍，即索紙為婦人對事，具述本末。……其所書凡千五百字，即日錄焚之。鐸後三日始醒，蓋為所困幾一月。婦人自稱死於癸巳歲，至是時已五十三年矣，鬼趣亦久矣哉。[107]

仇鐸之遭遇，追根究底乃其自招而來，因此，能保住性命，實屬萬幸。當然，旅遊同伴代其訴諸城隍神以求救之做法，實是讓仇鐸得救之關鍵。城隍治鬼之觀念，雖然遲於泰山府君與閻羅王之治鬼，然而，其能治鬼之觀念，卻在宋代逐漸盛行，因此在宋人文獻中，得以屢見相關事例之記載。當然，城隍神治鬼觀念在宋代之普遍，相信應與道教、道教法術在當時之盛行有關。在城隍神被收入道教體系，成為道教尊神之一後，道徒們相信可以透過法術之溝通，祈求城隍神懲治祟鬼，而一般士庶則可如上文中之仇鐸同行友人至城隍廟一樣，焚

---

107 詳見《夷堅乙志》卷第十七，頁 328-330。

香訴請，那麼，無理由卻騷擾生者之祟鬼，將會遭受神明之懲治矣。
而有趣的是，對於政府官員所轉送之訟牒，城隍神亦會遵從辦理。如
郭彖《睽車志》卷三記載：

> 翟公遜大參汝文，鎮會稽，……一日出遊，聞路傍民舍聚哭，
> 問之。曰：「家有婦為鬼所憑，召僧道作法治之，莫能已。」
> 公遜曰：「審如是，胡不投牒訟於府？」民勉從之，明日狀其
> 事訴焉。公遜大書曰：「送城隍廟，依法施行。」令民齎詣
> 廟，以楮鏹焚之，且囑曰：「三日鬼不去，可來告。」至次日
> 中外，民家覺大旋風遶舍，屋瓦皆飛。病婦忽自牀起，顛倒蹡
> 跟，投門而出，家人追及門外，共執持之，移時乃蘇。云：
> 「初見有人持牒來云：『城隍追汝』遂隨之出，皆不省其他
> 也。」自此遂愈。[108]

遭鬼附身之民婦，即使請僧、道作法亦無法將祟鬼從身上驅除，最終
只能無奈痛哭。幸好遇見官員翟公遜替其牒送城隍，最終藉由城隍之
神力，將祟鬼拘押，讓婦人回復健康。與上文相同地，此處協助懲治
祟鬼者，同樣是城隍神，顯見城隍信仰在宋代的普遍情況，而藉由此
文之記載，亦可從中看到政府官員和祀典尊神——城隍神間的正向聯
繫，對於無法親自處理鬼祟案件卻能透過公文傳遞之方式請求神明協
助的政府官員而言，城隍神的存在，的確是其在為官施政上的一種
助力。

---

108 詳參〔宋〕郭彖：《睽車志》，頁24-25。

第四節　法不可治之鬼祟

　　雖然，多數之鬼魂為祟均有其因，亦往往可以找出對付之法；然而，仍有少數鬼祟，無論法力多麼高強之施術者，亦無法退治。此種事例之出現，不僅顯示了人為之法術終有其侷限外，亦說明了某些「冤債」，除了被害之當事者（冤魂）之外，第三者（通常是術者）是無法置喙與介入的。如《夷堅丁志》卷第二〈孫士道〉一文即載：

> 福州海口巡檢孫士道，嘗遇異人，授符法治病，甚簡易，神應
> 響答。提刑王某之弟婦得疾，爲物憑焉，斥王君姓名，呼罵不
> 絕口。如是踰年，禳祀禱逐無不極其至，不少瘥。聞孫名，遣
> 招之。孫請盡室齋戒七日，然後冠帶焚香，親具狀投天樞院。
> 弟婦已知之，云：「孫巡檢但能治邪鬼爾，如我負冤何？」及
> 孫至，邀婦人使出。王曰：「病態若此，呼者必遭咄罵，豈有
> 出理？」孫曰：「試言之。」婦欣然應曰：「諾。少須，盥洗即
> 出矣。」良久，整衣斂容如平時，見孫曰：「我一家四人皆無
> 罪而死於非命，既得請上天，必索償乃已，法師幸勿多言。」
> 且披其胸示之云：「被酷如此，冤安得釋？」孫但開曉勸解，
> 使勿爲屬，即再三拜謝而入。孫密告王曰：「公憶南劍州事
> 乎？」王不能省。孫先已書四人姓名于掌內，展示之，王領首
> 不語，意殊悔懼。蓋昔通判南劍日，以盜發屬邑，往督捕，得
> 民爲盜囊橐者，禽其夫婦，戮之。其女嫁近村，聞父母被害，
> 亟來哭，悲號忿詈。王怒，又執而戮之。女方有娠，實四人併
> 命也。孫曰：「此冤於吾法不可治，特可暫寧爾。它日疾再
> 作，勿見喚也。」自是婦稍定，越兩月復然，訖王死，婦乃

安。[109]

王某昔時在南劍州捕盜之日，因執法過當，導致某百姓家四口斃命之慘劇，於是冤魂在陰間得到許可後，返回陽世進行對仇家王某之為祟與報復。從孫士道與為厲亡魂間之溝通可知，對於「合法」（即文中所謂「既得請上天」）之冤魂報復，再厲害之持術者，亦往往無法違背天道而行的道理，因此，孫氏所謂之「此冤於吾法不可治」一語，正說明了一切冤業慎莫造，否則將陷自身於求救無門、無法可施的絕對惡境。同樣地，如《夷堅乙志》卷第十九〈馬識遠〉一文中，對於遭人抹黑含冤而死之馬識遠，其現身之際詰問結壇施法之道士時所謂的：「吾以冤訴于上帝，得請而來，非祟也。師安得以法繩我？」之數語，即讓道士「不敢對。」[110]亦是同樣的道理。又如《夷堅丁志》卷第九〈張顏承節〉一文中，記載了家住京師某坊之張顏承節，因天雨怒僕夫取雨具來遲，致衣履沾濕，遂以手中拄斧擲之中額，導致僕夫最終死亡，而僕夫之妻與子最後亦因張顏承節之無情拒載附舟，遂投水雙亡。含冤而死之僕夫遂展開復仇之舉，讓張生自殘得疾。當張生以病求助於都水監杜令史之際，杜令史告訴其往昔所造之惡因，於是：

> 張震駭曰：「是皆然矣。某方欲丐藥，何為及此？且何以知之？」杜曰：「吾晝執吏役，夜直冥司，職典冤獄，茲事正在吾手。屢為解釋，渠了不聽從。自今四十九日，當往與君決。至期，可掃洒靜室，張燈四十九盞，置高坐以待之，中夜當有所睹。幸而燈不滅，彼意尚善，若滅其半，則不可為矣。吾亦

---

109 《夷堅丁志》卷第二，頁549-550。
110 詳參《夷堅乙志》卷第十九，頁346。

極力調護，但負命之冤，須待彼肯捨與否。有司固不可得而
強，無用藥爲也。」張泣謝而歸，如其教。張燈之夕，獨坐高
榻，家人皆伺於幕內。近三鼓，陰風勁屬，四十九燈悉滅，其
一復明。亡僕流血被面，妻子相隨，猶帶水瀝瀝，從室隅出，
拽張曰：「可還我命！」即隕墜于下，頭縮入項間而死。[111]

文中指出，陰間地府對於此種此牽涉人命之恩怨，雖然有時會替雙方
進行調解，然而，卻無法強迫負冤者一定必須選擇原諒對方，最終，
只能看負冤者願意釋結與否矣。因此，造成此種情況，張顏除了反省
自身之過外，也只能坦然接受必須面對之懲罰矣。類似事例與觀念，
在宋人張師正《括異志》卷三〈王廷評〉一則中亦明顯可見。

王廷評俊民，萊州人，嘉祐六年進士，狀頭登第，釋褐廷尉評
簽書徐州節度判官。明年，充南京考試官。未試間，忽謂監試
官曰：「門外舉人喧噪詬我，何爲略不約束？」令人視之，無
有也。如是者三四。少時，又曰：「有人持檄逮我。」色若恐
懼。乃取案上小刀自刺，左右救之，不甚傷。即歸本任醫治，
踰旬創愈，但精神恍惚，如失心者。家人聞嵩山道士梁宗朴善
制鬼，迎至，乃符召爲屬者。夢一女子至，自言：「爲王所
害，已訴於天，俾我取償，俟與簽判同去爾。」道士知術無所
施，遂去。旬餘王亦卒。或聞王未第時，家有井竈婢，悷戾不
順使令，積怒，乘間排墜井中。又云王向在鄉閭與一娼妓切
密，私約俟登第娶焉。既登第爲狀元，遂就媾他族。妓聞之，

---

111 《夷堅丁志》卷第九，頁 612-613。

忿恚自殺。故為女屬所困，夭閼而終。[112]

對於已上訴於天，得到復仇允許之女鬼，道士深知已無術可施，於是最終選擇離開，而王廷評在十多天後即死亡。雖不知此女鬼為王之故婢，抑或是登第後悔約木娶之前娼妓，對於此一者，王廷評均有負於對方，而此種造成對方冤死之惡業，往往是在劫難逃，僅能以命償債矣。李隆獻謂：「鬼靈何以要訴之於天/帝？蓋因世人確信天理/天道，既屬於冤枉見殺，在現實人世得不到平反，死後便希望天/帝主持公道。……是以訴天若能申雪，則復仇必定成功，其中倡導的思想不言可喻──「天網恢恢，疏而不漏」──警示意味昭然可見。」[113]應是此類以法術亦無法退治之幽鬼故事之所以出現的理由吧。

　　綜上所述，不僅是術者們即使施法亦不可治，連地府冥官之幫忙勸說，亦有無法協調和解者，一切端看被害身亡之冤魂，其本身願意放下恩怨與否，若願釋結，方有處理之法，若不願解怨，則無法可施。[114]可見，佛道之徒以法或術處理鬼祟問題之際，有時仍須按情理為之，若情理不合，則所謂法術，亦有難以施展之時。而追根究底，

---

112 見〔宋〕張師正：《括異志》，頁38。
113 詳參李隆獻：〈先秦至唐代鬼靈復仇事例的省察與詮釋〉，《文與哲》第十六期（2010年6月），頁168-169。
114 此種鬼神觀，即使宋以後仍舊存在。清代紀昀《閱微草堂筆記》卷六即載：「吳惠叔言其鄉有巨室，惟一子嬰疾甚劇，葉天士診之曰：『脈現鬼證，非藥石所能療也。』乃請上方山道士建醮。至半夜，陰風颯然，壇上燭光俱黯碧，道士橫劍瞑目，若有所睹，既而拂衣竟出曰：『妖魅為屬，吾法能袪，至冤世冤愆，雖有解釋之法，其肯否解釋，仍在本人。若倫紀所關，事干天律，雖籙章拜奏，亦不能上達神霄，此祟乃汝父遺一幼弟。汝兄遺二孤姪，汝蠶食鯨吞，幾無餘瀝，又煢煢孩稚，視若路人，至飢飽寒溫，無可告語，疾痛疴癢，任其呼號。汝父茹痛九原，訴於地府，冥官給牒，俾取汝子以償冤。吾雖有術，祇能為人驅鬼，不能為子驅父也。』果其子不久即逝，後終無子，竟以姪為嗣。」（見〔清〕紀曉嵐著：《閱微草堂筆記》，頁91-92。）

天下眾生若本身不製造惡業，那麼則不致須苦嚐惡果，顯見，一切因緣好壞皆繫於自身，乃是千古以來不變之真理。

結語

從中國古代早期觀念中所謂之「祟」，乃天降其罰的看法，直至後代（以志怪小說所載內容來看，約在六朝、唐代之際）逐漸產生了鬼魂自身為某種需要或目的，而施祟他人之情況，顯現了「祟」一字在語義和觀念上之演進。

雖然，亦有部分原因不詳之鬼祟，讓人不明所以，然而，帶有目的性而施祟於人之幽鬼，仍占較多之比例，從其為祟目的與宋人之對應方式等來看，即可了解宋代鬼魂世界之種種與宋人的死後世界觀。

前述第三章處所載「徘徊於陽世」之幽鬼，其滯留人世之原因，有許多時候只因無法「受生」、「超脫」而存在，其並不一定為祟；而此章所述乃均為「為祟」之宋代幽鬼，較之前者，反映了鬼魂的某種需求。如上所述，《夷堅志》中所載之鬼祟，有單純為媚惑生者、為求食、求祭祀或薦拔，甚至爭宅等而為者，亦有強烈地為「養尸成人」藉以達到某種存在之「鍊形」，或為報冤復仇而欲置生者於死地者，當然更有無法放下對陽世之人、事、物之執著而為祟者，無論是何者，均反映了亡靈處於無法安寧之實際狀態，因此，雖然大多數之亡靈為祟，可以以立廟祠之、替其安葬、叱鬼之名以及以法術等退治為祟鬼魂，然而要使其處於安定而不再為祟生者，對於此輩施予終極之關懷，或許才是最良善之處理方式。而佛道二教之「齋醮」，顯然是最為合適之做法。因為，不管是為撫慰亡者之靈抑或是壓制鬼魂為祟，「齋醮」一事，已是宋人與亡者進行對話與溝通之際最為普遍與

重要之方式。從包含《夷堅志》在內之宋人筆記中,與「齋醮」一詞相關之記載,較宋以前之時代明顯地超出許多,即可看出其在此一時期的重要性。

第六章

齋醮與「薦亡」

　　如先前在第二章處所述，中國人的送死習俗，隨著時空之演進而呈現不同之面貌。時序進入唐、宋以後，隨著道、佛兩教信仰之普遍與盛行，中國人關懷亡者而進行之超渡儀式也就更為繁瑣。若就唐、宋時期文言小說所載內容觀之，即可約略探知由唐入宋漢民族在送死習俗上之變遷與發展情況，其中，齋醮活動於喪葬禮俗上之盛行，即為宋代最顯著的特色之一。從唐代為亡者所進行之造經塑像至宋代之齋醮薦拔，即明顯反映了在時代之遷移下，喪葬習俗之演變概況。

　　對於齋醮文化之研究，歷來已有許多學者針對齋與醮之區別、齋醮進行之意義、科儀、與民俗信仰之關係等個別議題，進行過深入之探討，累積豐碩之成果。[1]然而，大部分之研究者者，主要是從宗教

---

[1] 如柳存仁：〈五代到南宋時的道教齋醮〉（收入《和風堂文集》（中）〔上海市：上海古籍出版社，1991 年 10 月〕，頁 753-780）與張澤洪：《道教神仙信仰與祭祀儀式》（臺北市：文津出版社，2003 年 1 月）一書，均詳細分析了齋法源流、齋與醮之區別，以及宋代新增齋醮科儀之內容；而張澤洪：〈道教齋醮科儀與民俗信仰〉（《宗教學研究》1999 年第 2 期，頁 38-46）及松本浩一：《宋代の道教と民間信仰》（東京都：汲古書院，2006 年 11 月）中，均針對道教齋醮與民俗信仰、習俗間之結合進行深入剖析；而兩位學者亦在其所撰寫之上述二書中，分別針對宋代齋醮之特點，宋代黃籙齋之特色等進行過探討；此外、李豐楙：〈道教齋儀與喪葬禮俗複合的魂魄觀〉（收入李豐楙、朱榮貴所編：《儀式、廟會與社區：道教、民間信仰與民間文化》〔臺北市：中央研究院中國文哲研究所籌備處，1996 年 11 月〕）一文與松本浩一：〈葬礼・祭礼にみる宋代宗教史の一傾向〉（收入《宋代の社会と文化》宋代史研究会研究報告第一集〔汲古書院，1983 年 6 月〕）、《宋代の道教と民間信仰》等著述中，則分別針對道教齋醮儀式與儒家傳統喪禮習俗間的結合或是矛盾衝突等問題，進行詳論，亦值得參考。礙於篇幅，以上僅簡單列舉與本章議題較有直接關連者，其餘相關研究成果，筆者將於本章以下的論述中適時援引，在此不逐一贅述。

探索之角度出發，鮮少出現專門從宗教相關文獻以外之記載，進行對齋醮文化的剖析。但是，就如眾所周知，齋醮活動與中國人之日常生活，實有密不可分之關係，因此包含正史在內之各種文獻，均或多或少出現些許與齋醮活動相關之記錄，更遑論對於社會大眾生活實態之記載與民間習俗之描繪，往往是十分重要之載體的小說，自不在話下。因此，本章即透過《夷堅志》所記載之內容，探究齋醮活動在宋代之發展情況，特別是在「薦亡」之功用上，企圖透過宗教文獻以外之典籍，更宏觀地發掘齋醮文化在中國古代社會所佔有之地位與存在價值。

以下，筆者即透過對《夷堅志》內容之詳細整理，來釐清宋代齋醮文化所展現之面貌。首先，探討齋醮活動在宋代社會所發揮之作用。

第一節　齋醮之作用

在探討齋醮活動於宋代社會所發揮的作用之前，在此先簡略闡述齋醮之意義。

南宋蔣叔輿（1162-1223）所著《無上黃籙大齋立成儀》卷十六中即記載：

> 燒香行道，懺罪謝愆，則謂之齋；誕真降聖，乞恩請福，則謂之醮。齋、醮儀軌不得而同。[2]

---

2 〔宋〕蔣叔輿撰：《無上黃籙大齋立成儀》，收入《道藏》（上海市：上海書店出版社，1998 年 3 月），第 9 冊，頁 478。

指出齋與醮之用意不同，而其儀軌（禮法規矩）亦有別。然而，齋、醮儀軌並不是完全不相干，齋法在臨近尾聲時，須設醮散壇；醮法在開始時，亦必齋戒。從宋代開始，齋醮二法科儀漸趨合流，而以醮法為主。[3]而閔智亭亦謂：「齋與醮本為二義，隋、唐後合二而一，稱『齋醮』或直稱作『醮』。」[4]可見，齋醮活動在唐代以後，其名稱上之「齋」與「醮」似乎已呈現相互混雜而不嚴格區分之狀況。礙於篇幅之限制及避免主旨失焦，筆者在此無意深入闡述齋與醮之詳細區別，只在本章論述所需提及之處，適時進行必要之相關說明。簡而言之，所謂「齋醮」，主要是關注於民眾在懺悔謝罪與禳災祈福等事情上的某種宗教活動。

　　而另一位南宋儒者真德秀（1178-1235）在其所撰寫之〈代周道珍黃籙普說〉一文中即曾提及：「竊惟道家之法，以清淨無為為本，修齋設醮，特教中一事耳。然自漢以來，傳習至今不可廢者，以其用意在於拯度生靈，蠲除災厄，而開人悔過自新之路也。」[5]認為道教齋醮之用意在於「拯度生靈，蠲除災厄，而開人悔過自新之路也。」肯定道教之齋醮活動對社會一般大眾所發揮之功用。總結上述內容，可以得知齋與醮，或許原本用意不同，作法有別，然其在古代社會所發揮之作用，則是無庸置疑。

　　以下，筆者透過《夷堅志》所載相關內容之整理，歸結出齋醮活動在宋代所擔負之作用主要包含：建醮請命（救疾）、感謝再生、除妖禳怪、醮神與禳災祈福、謝過、求仙、祈晴祈雨及薦亡等。

3　詳參鮑柔佛巴魯：〈北宋士大夫參與齋醮活動述評〉，《船山學刊》，2008 年第 4 期，頁 100。

4　參見閔智亭：〈道教齋醮科儀大同小異〉，《道教月刊》23（2007 年 11 月），頁 21。

5　詳參〔宋〕真德秀：《西山文集》，收入《景印文淵閣四庫全書》第 1174 冊，卷四十九，頁 808。

一 建醮請命（救疾）

罹病求醫，乃天經地義之事也。然當醫者已無法可施之際，透過道士進行齋醮儀式以求助於上天，則為病者最後求生之契機。如《夷堅甲支》卷第六〈甄錡家醮〉一文即載：

> 甄錡知南康軍，感疾遂亟，醫者已束手。其子曰偶、曰儻，延天慶觀道士即軍治建醮筵請命，備極誠敬，致供獻器皿匕箸皆易以新者。既畢事，錡與二子及主醮道士俱夢入大官府，見一神呼曰：「甄錡大數已盡，上帝以二子孝誠可嘉，并齋筵精潔如法，特與延壽一紀。」[6]

因二子孝誠而透過道士建醮向上帝請命，病危之甄錡乃得到暫時延壽之結果。雖然由故事內容之後段得知，甄錡在隔年即逝世，與四人所夢不同，但藉由道士所進行之齋醮活動，仍獲得短暫延命之效果，可見，病者家屬在求醫無效之餘，另外選擇求助道士施行齋醮，應為當時士庶會採取的主要做法之一。同時，由上引內容亦可得知，齋醮活動進行之地點，可於道觀以外之處為之；而齋筵之精潔如法，乃為齋醮施行之際十分重要之準備步驟。又如《夷堅乙志》卷第七〈虞并甫奏章〉一文記載：

> 虞并甫侍其父漕潼川，以父病，齋戒浹日，命道士劉冷然奏章請命。劉素以精確著名，自子夜登壇伏，遲明方興，言曰：「適之帝所，見几上書章內兩句云：『乞減臣之年，增父之

算。』帝指示吾曰：『虞允文至孝，可予執政。』而不言從其
請。」已而父竟卒。後十又八年，并甫參大政。[7]

此文亦提及虞并甫（1110-1174）[8]因父親之疾而齋戒，並請求道士上
章請命之內容。雖然，奏章請命之結果並不理想，但卻得知孝子并甫
未來可執政之預言。另外，《夷堅乙志》卷第六〈蔡侍郎〉一文，亦
提及宣和年間，戶部侍郎蔡居厚，因病而導致疽發於背，於是命道士
設醮，並且請求好友王生替其撰寫青詞[9]之內容。但就在齋醮活動結
束後幾日內蔡氏即逝世，之後，王生亦暴亡。王生在三日後死而復
活，並敘述其在陰間冥府之遭遇。王生提及：其因替蔡侍郎所撰寫之
青詞不實，遂為陰司所譴責。但因青詞內容乃蔡侍郎命意，王生代為
行文罷了，因此王生才得以返回陽世。王生在冥府親睹蔡侍郎受苦之
狀時，蔡侍郎求助王生曰：「汝今歸，便與吾妻說，速營功果救
我。」故事最後，蔡妻迎請當時有名之道士施行黃籙醮，替蔡侍郎謝
罪請命。故事內容只記載至此，因此不知蔡侍郎在陰間之後續情況如
何？但從內容可知，此處亦出現生病之際請求道士設醮祈求的做法。

---

7 見《夷堅乙志》卷第七，頁244。

8 虞并甫（彬甫）即虞允文，事親至孝，金主亮入寇之際，大敗之，為宋代抗金名
　將，《宋史》卷三百八十三有傳。

9 所謂「青詞」，簡而言之，乃指道教在祭祀之際所使用之文體或文章而言。其名稱
　始於唐初，〔唐〕李肇《翰林志》載：「凡太清宮道觀薦告詞文，用青藤紙朱字，
　謂之青詞。」（《筆記小說大觀》八編〔臺北市：新興書局，1975 年 9 月〕，頁
　171。）任宗權謂：「道教以肝臟為青色。……青紙代表肝，而朱書代表血，合之
　為『披肝瀝血』。表示對神的赤膽忠心以至於誠惶誠恐的崇敬。」詳參〈道教青詞
　的文學特色〉，《道教月刊》（2007 年 10 月），頁 40。而「青詞」亦可稱「心
　詞」，將「青詞」稱為「心詞」之情況，從南宋末期至元代初期間，似乎十分普
　遍；元代無名氏所撰寫之《湖海新聞夷堅續志》中，即出現許多提及「心詞」一詞
　之內容。關於「青詞」之問題，可參看張澤洪：〈論道教祭祀儀式的青詞〉，《漢
　學研究》第二十一卷第二期（2003 年 12 月），頁 173-197。

　　由上舉數例可知，設醮上章向上天請求疾癒延壽之做法，雖然成効未必顯著，但在親人病重之際，家人往往會請道士進行齋醮活動，藉以祈求患者病癒，此應為宋代一般士庶所會採取之方式。至於向上天請命而往往無法如願延長壽命，或許正反映了「死生有命」，生命長短無法強求的觀念，而齋醮之進行則可視為是「盡人事」之最大努力的終極表現。

二　感謝再生（感謝）

　　除了遭遇疾病之苦，在醫藥無效之下，會讓民眾興起藉由齋醮科儀傳達向上天神靈祈求病癒延壽之念頭外，對於生命之重新開啟，一般士庶亦會透過齋醮活動表達內心的感謝之情。例如《夷堅支景》卷第十〈向仲堪〉一文即記載樂平之向仲堪，為洪州通判時，曾替一名即將被處決之犯人平反，使其無罪釋放。之後，向仲堪自池州往赴選官調職途中，留宿邸舍，卻被疾危殆，於是:

> 夢至殿宇間，聞王者云:「向仲堪有治獄陰德，特延半紀。」既覺，浸以安愈，詣天慶觀啓醮筵以謝再生，……旋復貳處州，終於官，距夢時正六年數也。[10]

由故事內容可知，向仲堪原本氣數已盡，但由於其先前在洪州解救一名無辜者之性命，因此得到閻王延壽半紀（即六年）之獎勵。雖然藉由夢境，得知自身疾癒延壽之因，乃是平日所積陰德所致，但身體復原後之向仲堪，仍舊造訪天慶觀開啓醮筵以感謝再獲重生之喜悅，可

---

10 見《夷堅支景》卷第十〈向仲堪〉，頁 963。

見，齋醮活動對於南宋之際的一般士庶而言，不僅是遇到困厄或薦亡時才會進行，在表達喜慶之際，有時亦會以進行齋醮來表示感謝之意。此外，《夷堅志補》卷第十一〈黃鐵匠女〉一文，其內容載道：

> 袁州城內鐵匠黃念四一女，以慶元三年春入市買鹽，逢道人在鋪，伸扇乞錢，其容止殊倨傲，鋪人怪之，不與。女先繫兩錢於衣帶，乃解以贈之，即去。是夕夢此道人來謝日間之惠，付之藥一粒，曰：「亟服之，令爾化作男子。」女遂服之而寢，小腹痛甚，已而無恙，時正年十六歲。經月後有來議婚者，女始告母曰：「兒今非女身也！」視之果然。父母挾往天慶觀，設齋禱謝。[11]

故事中之道人不知為何方神聖，但黃鐵匠之女，因為善心施錢給予道人，從而得到自女兒身轉變成男兒身之結果，父母在發現女兒之轉變後，立即將其帶往天慶觀，並且設齋感謝。雖然，女兒變成兒子，讓生處重男輕女傳統觀念社會下的黃鐵匠夫婦無比欣喜，且讓道士以將女子轉變成男子視為是一種感謝做法的此種觀念，的確過於貶低女人之價值，但無論如何，黃鐵匠夫婦內心的感恩之情，亦是透過前往道觀進行齋醮來表達。

　　以上二例，除了反映宋代士庶在表達感謝之際，會以齋醮之方式進行外，二則故事均設定了「天慶觀」為設置齋醮之地點，顯見、在宋代各地所興建之「天慶觀」，在齋醮活動之進行上，的確扮演了十分重要的角色。

---

11 見《夷堅志補》卷第十一〈黃鐵匠女〉，頁1646。

三　除妖禳怪

　　齋醮活動，基本上是以道士或僧人透過與至高無上之神靈進行某種程度之交流與溝通，以協助一般普羅大眾各項心願之完成，以及將眾人之苦惱屏除為主要訴求的一種宗教性之活動。因此，對於妖怪之騷擾，齋醮活動亦能在某種程度上發揮功效。例如：《夷堅三志壬》卷第九〈傅太常治祟〉一文，即記載傅太常以齋醮之法力對治妖物之內容。其文曰：

> 餘干許氏，以富甲里中。淳熙初，忽為妖祟所惱，並致群巫，略無一効。聞旁縣進賢有傅太常者，法力孤高，能攝制神鬼，延至其家，命設九幽醮祈禳之。……使主家治小室，極其周密，置罋瓶於中，選四健僕，各立一偶，傅作法戶外。良久，聞瓶內索索之聲，取視之，有蟲類螳螂蜈蚣者且數百，帖伏不動。悉投之溪流，由是怪變漸息，到今無他。[12]

透過傅太常施展法術治妖之結果，妖怪從此消失，讓富室許氏之家得以回歸平靜。顯見，齋醮法術之施行，對於擊退妖物，亦能發揮成效。然而，並非所有妖物皆能透過齋醮之力量而輕易地被擊敗。如《夷堅支庚》卷第三〈陳秀才女〉一文，即反映了道士齋醮符法完全無法禳除妖祟之情況。故事提及：

> 金華縣郭外三十里間陳秀才，有女，美容質。擇婿欲嫁，而為妖祟所迷獲，不復知人。其家頗富贍，不惜金幣，招迎師巫，

---

12 見《夷堅三志壬》卷第九，頁 1536。

> 以十數道士齋醮符法。凡可以禳治者靡不至，經年弗痊。[13]

故事後段記載，秀才之鄰人張生，無意間發現為祟者乃為陳家門外所擺設之石獅子，於是告知秀才，秀才即呼匠人將其鑿碎投入水中，其女於是得以回復平安。張生並無任何足以對抗妖物之法術或超能力，但卻是陳家得以擊退妖物之重要推手，其最主要之關鍵即為得知妖物之真面目。

另一則《夷堅支乙》卷第一〈管秀才家〉一文，亦記載信州永豐縣管村某管秀才家，出現物怪，家人不堪其擾，於是：

> 喚巫師驅逐弗效，又命道士醮禳，復邀迎習行法者，各盡術追究，雖即日稍若暫息，迨去則如初。前後若是者屢矣。管益患之，乃多萃道流，設壇置獄，劾治甚峻，群怪不為動，屬聲詬罵於室中曰：「汝幾個村漢，討錢足了。我不怕汝！」皆知其不可為，相與謝去。[14]

此物怪最後為秀才家之僕夫所擊殺，並發現物怪之真實面目為一大狸。巫師之驅逐、道士之醮禳，均無法退治狸怪，最後卻由一介奴僕成功地消滅物怪，故事內容一方面反映出道士之齋醮在除妖禳怪之際，並非一定能發揮成效，另一方面也顯示當物怪本身防衛鬆懈之際（狸怪化為美女，與僕夫有數夕款接之緣），即為其自身災難之開始，亦為人類擊退其之最佳時機。

以上三則故事，擊退物怪之關鍵人物，分別為道士、秀才與僕夫等不同身分階級之人，顯示齋醮之力量雖然有時能順利擊退對方，但

---

13 見《夷堅支庚》卷第三，頁 1158。
14 見《夷堅支乙》卷第一，頁 801。

並非是唯一且絕對之方法。對於妖物，除了與其正面鬥法之外，若能能得知其真實原形以及鬆懈其防備，亦能收到某種效果。而值得注意的是，上述三篇故事之受害者，在尋求解決怪異事件之際，首先均以邀請巫師為主，如〈傅太常治祟〉之「致群巫」、〈陳秀才女〉之「招迎師巫」、〈管秀才家〉之「喚巫師驅逐」，顯示在當時，在面對妖怪為祟之際，巫者與道士所具備之能力同樣地成為宋人的某種依靠，姑且不論其成效如何，其二者在解決怪異事件之能力上，確實常為當時一般士庶所仰賴。

四 醮神與禳災祈福

由於統治者極力提倡，所以宋代人們狂熱地信奉著千千萬萬的神祇，形成多神崇拜。[15]為傳達對眾神敬仰之意與希冀禳災祈福之願，宋代民眾常藉由齋醮活動來進行，特別是選在諸神誕辰之際，大肆慶祝。如《夷堅支戊》卷第六〈婺州兩會首〉即出現「婺州鄉俗，每以三月三日真武生辰，闔郭共建黃籙醮，禳災請福。」[16]之記載。而《夷堅支景》卷第九〈陳待制〉一文中亦出現：「每歲春二月大茅君

---

15 詳見姚瀛艇主編：《宋代文化史》，頁 560-561。

16 見《夷堅支戊》卷第六，頁 1100。真武神為宋人所十分重視的神祇之一。是道教早期吸收民間星辰崇拜中的北方玄武信仰而來，並進一步將玄武神人格化，促進了玄武信仰的興盛。此神在北宋時期之形象為龜蛇，但進入南宋以後，真武神之神格日益人格化，其形象大多為仗劍大神，而足踏龜蛇。（詳參王卡主編：《道教三百題》〔上海市：上海古籍出版社。2000 年 12 月〕，頁 471-472。）而楊渭生認為宋代道教的新發展各項中，包含了新神之供奉在內，而其所列之新神中，亦提及了真武神。其文曰：「真武神，唐以前人們祠真武以鎮火災，是一般性保護神，至宋代，真武成為鎮邪驅魔，統攝北方的大神，地位提高。」（詳見楊渭生：《宋代文化新觀察》，頁 104）

生朝，士庶道流輻輳，凡宮觀十七所，供醮無虛席。」[17]之敘述。此外，《夷堅支丁》卷第九〈仇邦俊家〉亦載：

> 紹興五年六月二十二日，鄱陽城隍王誕辰，士女多集廟下奠獻。命道士設醮，推客將仇邦俊主其事。[18]

從以上三例可知，眾神皆有其生辰，而宋人會在此時邀請道流設醮以慶祝神明之誕辰。但亦有不管是生辰與否，卻每年固定替神祇設醮之事例。如《夷堅支庚》卷第一〈臨安稅院〉即載：

> 臨安府都稅院中有神祠，名為田相公廟，初不知何神也。每歲正月，必設醮一席以奉之。慶元二年，院吏以寬餘錢絕少，不能辦集，乃置弗講。俄有蛇，當未驚蟄之前，出於像下，屈蟠張口，殊不畏人。一院相顧悚栗。因言頃年亦曾如是，而又差大，於兆為不吉。亟裒率公私，以暮春修故事。既非諸人本心，殊極菲略。至五月，二吏坐罪黥配。十月中，車駕詣景靈宮，稅院官吏迎於道旁，而令婦女觀看於起居幕次內，遂為邏卒所糾。越三日，有旨，監官餘玠、錢萃皆放罷。人以為蛇禍之延，疑亦偶然耳。[19]

或許因為不知田相公為何神，誕辰為何時，遂固定以每年正月設醮一席以供奉之。然而，慶元二年，院吏卻因餘錢不足而在當年停止醮祭，遂出現蛇屈盤張口之異象，雖然事後進行補救，但不僅粗率為之

---

17 見《夷堅支景》卷第九，頁950。
18 見《夷堅支丁》卷第九，頁1034。
19 見《夷堅支庚》卷第一，頁1143。

且心意不誠,導致院中諸吏、監官等陸續遭遇不祥之事,可見,對於神明所進行之齋醮活動,須虔誠持續為之,方能禳災避禍。

又如《夷堅三志辛》卷第二〈鬼迎斛盤〉一文記載:

> 鄱陽坊俗,每歲設禳災道場,不常厥處。慶元四年四月,復就永寧寺大殿,於第四夜命僧建水陸齋供,加持斛盤。寺前居人多聞外間若男女相呼喚,或稱兄弟姊妹姑姑嫂嫂,請同去迎接斛食,輕衣錢財。及齋施已竟,眾僧鳴鐃擊鼓,奉斛出三門,其語頓息。迫過慶善橋,則嘈嘈雜雜,初皆喜悅讙譟,隨至城外江邊拋散訖,乃寂然。[20]

故事內容提及在第四夜所進行之水陸齋供,出現眾多的亡魂集結同來迎取斛食之情景,可見救濟亡魂,讓其能圖得一飽,希冀其不致於騷擾陽世之人,亦或許是禳災道場所欲禳除的「災難」之一吧。

然而,比起禳災避禍,更讓宋代民眾熱衷的是:向神佛「祈福」,而且除了自身以外,有時宋人亦會透過齋醮活動為他人進行求福,以表達對對方的感謝之意。例如《夷堅甲志》卷第十二〈林積陰德〉一文,即提及南劍人林積少時,某日旅泊蔡州某旅社時,在房內拾獲價值不斐之北珠數百顆,於是詢問旅館主人,前一晚投宿之客為誰?在得知對方為所識之商人後,留下訊息,最終將失物物歸原主,雖然官府仲裁將北珠一半授與林積,但林積絲毫不取。於是商人遂「以數百千就佛寺作大齋,為林君祈福。」[21]林積後來登科,為官至中大夫,生子名又,後為吏部侍郎。雖然不知林積與其子之官運順遂是由於積陰德所致,抑或是靠商人為其設齋祈福而來,總之,透過齋

---

20 見《夷堅三志辛》卷第二,頁1398。
21 見《夷堅甲志》卷第十二,頁100。

醮替他人祈福，應為宋人所會採取的做法之一。當然，以齋醮活動向神佛祈福之行為，大多數人最主要還是為自身與家人而為，而且有時會結合眾人之力，希冀加強效果。如《夷堅三志辛》卷第四〈武陵布龍帳〉一文即出現：

> 西北士大夫遭靖康之難，多挈家南寓武陵。建炎三年，郡豪相率連籙大醮以祈福，就天慶觀道堂設位。[22]

之記載，描述宋代士庶集合眾人力量以建大醮之情況。而此種藉醮神以禳災祈福之作法，時至今日，仍在中國人的社會中屹立不搖，顯見，中國人希冀藉由冥冥中的神佛力量以保佑自身一生無災無難、多福多壽的願望，不管在任何時代，都是許多人的共願。

五　謝過

　　體悟自身所犯下之過錯，透過齋醮之進行，向上天祈求原諒，亦為宋人進行齋醮的目的之一。如《夷堅支癸》卷第二〈穆次裴鬥雞〉一文，描述穆度（字次裴）在同官之宴集上，告知眾人其不食雞臛之經過。穆度敘述其平生好鬥雞，對於鬥敗之雞，常以殘忍手段使其致死。某日夢見被冥府吏卒帶入陰間審判途中，遇見頭戴金冠之七位道人。於是：

> 其一人曰：「汝生於酉，雞為相屬，何得殘暴如是？今訴於陰府，決不可免。」度懼甚，乞放還人世，當設醮六十分以謝

過。仍資薦雞託生，道人敕二吏釋之，遂寤。因循憚費，經歲未償。復夢二童來攝，迫趣急行。到官府，七金冠者列位，責亦如前所言。度俯伏請命，乞至本家，增脩百二十分。蒙見許，且戒以宣科之際，勿燒降真香，蓋吾輩私營救汝耳。俄頃得回。度不寐待旦，亟延道流，誠慤還賽。自是之後，不復敢食雞，舉家亦因斷此味，今十餘年矣。[23]

故事最後提及所謂之七位道人，即為北斗七星[24]所靈化，因穆度向來十分虔誠敬侍，所以得到北斗七星神之解救。透過設醮六十分（後增為一百二十分）謝過，並資薦死雞轉世投胎，穆度因此得以逃過一劫，延長壽命。此文除了告誡世人勿殘忍地對待任何物命之外，亦在某種程度上反映了齋醮在進行之際所需之準備與科儀。首先，上述內容所謂之「分」，亦稱為「分位」、「星位」，指齋醮活動進行之際，所設置之眾神之位。[25]南宋寧全真（1101-1181）[26]《靈寶領教濟度金書》卷三一九「設醮」中即記載：

> 自古建齋無設醮之儀，只於散壇拜表後，鋪設祭饌果殽，……

---

23 見《夷堅支癸》卷第二，頁 1234-1235。

24 北斗信仰在南宋時期似乎頗為普遍。《夷堅丙志》卷第四〈景家宅〉一文即記載藉北斗之名以擊退物怪之內容。其文曰：「達州江外民景氏，宅甚大。其側古冢屹然，時時鬼物出見，處者不寧，徙入城避之。予婦家入蜀，僦以居。外舅之弟宗正，夏夜露宿，過三更，見大毛物睢盱而前，引手拍其項。宗正蹙起，屬聲叱之曰：『汝豈不見北斗在上乎？乃敢爾！』其物應聲退。安寢至明。」（頁 397）可見，北斗神不僅能干涉世人生死之問題，亦能過止鬼怪之騷擾。

25 張澤洪謂：「星位又稱分位，齋醮壇場設上真聖位，每座神位前要奏紙錢馬一分，故稱神真聖位為分位。奏獻紙錢馬意為表信效心，懺愆贖過，使人有信向之誠。」詳參氏著：《道教神仙信仰與祭祀儀式》，頁 93。

26 寧全真，原名寧立本，字道立，開封府人，為北宋末年道教東華派之創始人。詳參王卡主編：《道教三百題》，頁 88-90。

> 後世始安排醮筵，陳列聖位，其小者惟二十有四，其多者至三千六百，每位各設茶果酒食，立牌位供養酌獻。[27]

設醮之際所陳列之神靈聖位，最小者只設二十四位，而大者設至三千六百位，不難理解此為所舉辦齋醮大小之不同而來。通常設三千六百位之齋醮，以國家型之齋醮活動為主，一般像普天大醮，通常所陳列之聖位皆以三千六百為基準。而一般士庶，則憑自身能力設置醮位。故事主角之穆度，原本應允設置六十分位，卻因「因循憚費」而未實現承諾，導致再度被帶入陰間之窘境，可見，設置神靈聖位進行齋醮活動所需之花費，應十分可觀。但為保住性命，穆度遂將許諾之分位，增加至一百二十分位，最後方得返回人世，頗有因小失大之嫌。

　　其次是文中道士所言之「宣科之際，勿燒降真香」中所謂的燃香之問題。「香」在齋醮進行之際，是不可或缺的供品之一。周作奎即謂：

> 從齋醮的實際需要來看，香、花、果主要用於供奉拔度鬼魂的天尊，燈、水、齋飯主要用於賑濟被超度的亡魂。[28]

因為，道教認為，香是做法事道場的道人向神靈溝通的媒介和通途。主持道場的高功法師的存想、意念、祈禱、祝願、希冀等，都是通過香煙傳達給上蒼幽冥的。[29]也因此，對於香之品質，宋人是十分重視的。故事內容中所謂之「降真香」，為一種專門合制而成之香品。張

---

27 詳參〔宋〕寧全真撰：《靈寶領教濟度金書》，收入《道藏》，第 8 冊，頁 809。
28 詳見周作奎：〈道教施食道場中供品和法器的宗教神學涵意〉，《武當縱橫》（總175），2005 年 3 月，頁 64。
29 同前註。

澤洪即謂:

> 除了選用山中的白茅為香品外,唐代齋醮使用的香品有五香:
> 沉香、薰陸、白檀、青木、丁香。……南宋景定元年(1260)
> 廬山太平興國宮為國家設齋醮,朝廷賜奉安禦香,香品有沉香
> 三十兩,箋檀香、降真香各十斤。大型齋醮的祭祀用香,須使
> 用專門合制而成的信靈香,此信靈香就是降真香。[30]

上述故事內容描述北斗神告知穆度在舉行科儀之際,勿使用「降真
香」,因為是北斗神私下營救穆度之故,若燃燒「降真香」,則可能招
降其餘天上神靈,那麼、或許穆度就無法全身而退矣。可見「降真
香」在齋醮儀式中招降真神之力量是不容小覷的。

此外,又如《夷堅丙志》卷第五〈李明微〉一文記載:

> 李明微法師,福州人,道戒孤高,爲人拜章伏詞,報應甚著。
> 紹興五年,建州通判袁復一使與天慶觀葉道士同拜醮,既罷,
> 謂葉曰:「適拜章時,到三天門下,見此郡張道士亦爲人奏青
> 詞,函封極草率,又已破碎。天師云:『此不可進御。』擲去
> 之矣。」 葉曰:「張乃觀中道侶也。但不知今夕在誰人家。」
> 明日,張自外歸,葉扣其所往,曰:「昨在二十里外葉家作
> 醮。村民家生疎,青詞紙絕不佳,及焚奏之際,架復傾側,詞
> 墜於地。吾急施手板承之,賴以不甚損,然鶴氅遂遭熱。」葉

爲話明微所見，張甚懼，即日自具一醮謝罪云。[31]

文中之張道士在得知自身替人所進行之齋醮，因為函封之青詞草率、破損，因此為天師所棄，無法上呈天尊後，遂於當日立即自備一醮以向上天謝罪。可見，齋醮之舉辦需十分謹慎敬誠為之，稍有不慎，不僅無法將齋醮之主所欲祈求之願望傳達於上天，亦將為主醮之人帶來災難之可能。[32]由此可知，透過齋醮向上天表達「謝過」、「謝罪」之意，亦為宋代齋醮所能發揮的功用之一。

六　求仙

　　早期，葛洪的神仙道教主要傳行於上層士大夫，稍後其從孫葛巢甫等人構制的靈寶經系，則著重於齋醮科儀的運用，主要流行於民間道教，從而使道教進入了一個新的發展階段。[33]的確，齋醮活動是道教得以更深入民間的重要關鍵之一。但民間道教在舉辦齋醮活動之際，亦不免摻雜求仙之祈盼。《夷堅丙志》卷第三〈道人留笠〉一文即載：

　　永康青城山，每歲二月十五日為道會，四遠畢至。巨室張氏、

31　見《夷堅丙志》卷第五，頁401。

32　見《夷堅支戊》卷第六〈王法師〉一文即記載，常替法師書寫奏章青詞之李生，因飲酒食肉後，乘醉操筆，完成醮事。醮後，王法師夢見其與李生皆被帶入天官庭下，受責備並遭受刑罰。夢醒後，立即聽到李生病危之事，在李生死後三個多月，王法師亦卒。可見，受邀替齋醮主進行齋醮之高功（王法師）與執事（李生）在進行齋醮前須持戒慎之心且齋戒自身替齋主行事，否則將禍及自身。（頁1101）

33　詳參張鳳林：〈齋醮科儀與神仙信仰〉，《中國道教》1994年第4期，頁26。

唐氏輪主之,會者既集,則閉觀門,須齋罷乃啓。一日,方
齋,有道人扣門欲入,闇者止之,呼罵不已。闇往告張氏子,
張慮其撓眾,堅不許。其人不樂,乃往山下賣茶家少駐,索筆
題壁間,脫所頂笠掛其上,祝主人曰:「爲我視此,徐當復
來。」去未久,笠如轉輪,旋繞於壁上。見者驚異,走報觀中
人,共揭笠觀之,得詩一首,其語曰:「偶乘青帝出蓬萊,劍
戟崢嶸遍九垓。綠履黃冠俱不識,爲留一笠不沉埋。」眾但相
視,悔恨無及矣。[34]

青城山自古以來即是道教徒所認爲的洞天福地之一,乃神仙所居之
處。宋人每年在此舉辦道會,進行齋醮活動,應與追求長生不老之目
的有關。因此,在得知被拒絕在外者爲一得道仙人後,因爲錯失與仙
人相遇之機會,導致與會者均悔恨無及。雖然無緣與仙人一遇,但也
隱約透露出只要虔誠舉辦道會持齋,有朝一日仙人即有親降現場之可
能的企盼心理在內吧。

又如《夷堅支甲》卷第六〈遠安老兵〉一文記載:

峽州遠安民家篤信仙佛,嘗作呂公純陽會,道眾預者頗盛。齋
供既罷,一老兵從外來,著敝青布袍,躡破麻鞋,負兩篛籠,
弛擔踞坐,呼叫索食。卻之不可,其家尚有餘饌,隨與之。既
又求酒,畀以小尊,一吸而盡,至於再三皆然。主人駭其量,
與之曰:「尚能飲乎?」曰:「固所願也,但爲君家費已多,不
敢請耳。」酒至,到手即空,不遺涓滴。徐問今日所作齋會云
何,告以故。客曰:「儻呂真人自來,必不能識。」主人指壁

間畫像示之，客注視微笑曰：「我卻曾識他，狀貌結束，全然
與此別。與我絹五尺，當為追寫一本。」主人喜，即付之。客
接絹不施粉墨，但置手中接莎，俄而大吐，就以拭殘污。主始
惡焉，度其已醉，無可奈何。旁觀者至唾罵引去。良久，納絹
于空瓶，笑揖而出。一童探瓶中取視，則仙像已成，衣履穿
束，宛與向客無小異。其家方悟真人下臨，悔恨不遇，標飾置
淨室謹事之。[35]

上述內容中所謂之「呂公純陽」、「呂真人」，即指在南宋之際家喻戶
曉之神仙人物「呂洞賓」。呂洞賓，在《宋史》卷四百五十七中有
傳，傳說其為唐時京兆人，名嵒，一作巖，字洞賓，號純陽子、回道
人。黃巢之亂時移居終南山，其後不知所之。呂洞賓之傳說在宋代十
分盛行，單就《夷堅志》所載，即為數頗多，可見，宋時將其視為得
道真仙之人自應不少。與〈道人留笠〉一文相同地，上述內容中的遠
安民家，因為對仙佛之敬仰，於是設置齋會以求遇仙，雖然有幸一見
呂仙人，但卻無法看出仙人之真姿，遂錯失求仙良機，同樣地以抱憾
告終。顯見，仙人可遇不可求，似乎是一種不變的定律。但無論如
何，透過齋醮活動之進行，即能增加遇仙之可能性，是以此種目的之
齋醮活動亦為宋代士庶道俗所熱中的活動之一。

七　祈晴禱雨

　　在乾旱、暴雨肆虐之際，藉由進行齋醮活動向上天祈晴禱雨，亦
為宋人觀念中齋醮所能發揮的功用之一。鮑柔佛巴魯在探討參與齋醮

---

35 見《夷堅支甲》卷第六，頁755-756。

活動對北宋士大夫的影響問題時,曾謂:

> 在宋代,各級地方官吏的一項重要任務就是齋醮,最主要的齋
> 醮活動是祈雨、祈晴。在宋代士大夫的文集中,幾乎都有祈
> 晴、祈雨、祭祀神靈的青詞、祭文及詩詞。……通過這些齋醮
> 祈禳活動,士大夫們一個個都成了地地道道的呼風喚雨的道
> 士。頻繁的齋醮活動,加深了士大夫們對鬼神的崇信。[36]

此段文字不僅說明了齋醮活動在宋代之盛行,亦反映了為祈晴禱雨而
進行之齋醮活動在宋代的普遍情況。《夷堅支丁》卷第十〈王侍晨〉
一文中之某段文字即提及王文卿侍晨(1093-1153)[37]善於祈雨之事
跡。其文曰:

> 因府治設醮禱雨,命為高切(按:「切」似「功」之誤),王請
> 於府前立棚,令道眾行繞其上,己獨仗劍禹步於下。方宣詞之
> 次,星斗滿天,已而暴風駕雲,亦從西北隅至。燭盡滅,震霆
> 一聲,甘雨傾注。其徒懼而下,王已去矣。自是道俗始加尊
> 事。[38]

原本不為人所敬重,且與道眾之間亦格格不入之王侍晨,經過替地方
政府設醮禱雨,成效甚佳後,方為道俗所敬重。可見,齋醮活動、特

---

36 詳參鮑柔佛巴魯:〈北宋士大夫參與齋醮活動述評〉,頁101。
37 王文卿為北宋末江西南豐道士,為道教神霄派之創始人。曾受宋徽宗之召見,拜
   為太素大夫,凝神殿校籍,不久又拜金門羽客,升凝神殿侍宸,賜號沖虛通妙先
   生。詳參王卡:《道教三百題》,頁90。
38 見《夷堅支丁》卷第十,頁1049。

別是祈雨活動之主醮者，法力高下，一試便知。又《夷堅三志辛》卷
第六〈玉山陳和尚〉一文記載，信州玉山縣務林鄉下巖寺童行陳生，
因曾遇一道人並食入其所贈送之油糍兩枚，從此心神頓清，能言未來
之事。之後眾人共買牒為其削髮，稱之為陳和尚。凡境內水旱疾疫，
命之祈禱，屢屢見效。

> 乾道九年七月間，縣大旱，士民投詞於丁邑宰，乞招之祈雨，
> 丁迫於民情，勉從之，而終不信也。齋場既辦，請之曰：「師
> 能知何日有雨？」曰：「明日申時，但須至誠齋潔，方獲感
> 應。」已而不然。丁咄其惑眾，將置於理，陳笑曰：「闔縣之
> 人盡知齋戒，仰望膏澤以蘇苗嫁，長官獨茹葷自若，為民父母
> 如此，顧歸咎於我哉！」丁曰：「何以知我葷饌？」曰：「今已
> 食鹹鴨卵，尚餘其半，庖廚亦不敢喫，見在廚內罩子裏。吾言
> 不妄言。」丁悵然自悔：「願容洗心懺謝，重建三日道場，不
> 知可致雨否？」陳曰：「試看三日外如何。」及會散僧退，暑
> 氣正炎，忽片雲起西北，雷震一聲，登時傾注，周一晝夜方
> 晴。[39]

上述內容除了反映了祈雨活動須為地方政府官吏所主導外，亦顯示齋
醮活動進行之際，所有參與者皆須至誠齋潔、不可葷食之規定，方能
讓齋醮活動順利圓滿。透過地方官吏丁邑宰之傲慢反遭譴責之事，反
襯出齋醮活動須神聖以待之意涵。

　　除上述各項以外，齋醮活動最重要的功用即為「薦亡」，關於
「薦亡齋醮」為本章所欲探討之核心主題，因此，為詳細論述起見，

---

39 見《夷堅三志辛》卷第六，頁 1426-1427。

將於下一節處專節討論之。

　　從上述齋醮活動在有宋時期社會民生上所擔負之主要功能可知：齋醮活動所涵蓋及關心之範圍，極其廣泛；從與祈福禳災、求仙保壽有關之齋醮以至於祈求病癒與死後冥福之資薦，其觸角伸入了民眾生活中的每個角落，顯現出其對於人活在世上所可能面臨之生、老、病、死問題，在整體上發揮了其宗教之關懷，讓齋醮活動成為並非只是宗教信徒間閉門自營之祕密集團活動，而是一般社會大眾所願意共同參與之全民運動。藉由《夷堅志》之記載可得知，宋時之齋醮，至少具備薦亡、請命延壽、感謝再生、擊妖禳怪、醮神與禳災祈福等主要功用。其中「薦亡」之功用，最為一般大眾所重視與需要，也因此，與此相關之記載在《夷堅志》中特別豐富，顯現了齋醮活動中之「薦亡齋醮」在宋代盛行之程度。

第二節　《夷堅志》所載「薦亡」齋醮事例之分析與省察

　　薦亡齋醮，顧名思義，即為替往生者所舉行之祈求或資助冥福之活動。然而，薦亡齋醮之進行，亦有許多不同之情況。以下，按《夷堅志》所載事例，分成四項依序論述。

一　喪事常儀

　　所謂喪事常儀，即指在親人往生後，亡者家屬按照一般傳統民俗所進行之薦亡活動。通常包含七七齋及百日、小祥（一周年）、大祥（三周年）等在內之追薦亡者之法事。例如：《夷堅丙志》卷第十

〈黃法師醮〉一文即載：

> 魏道弼參政夫人趙氏，紹興二十一年十月十六日以病亡。至四
> 七日，女壻胡長文元質延洞真法師黃在中設九幽醮，影響所
> 接，報應殊偉，魏公敬異之。及五七日，復命土黃籙醮。[40]

在趙氏身故後，家人即按民間喪葬禮俗進行齋醮之薦亡法事；不僅在
其四七日舉行了「九幽醮」，亦在五七日時進行了「黃籙醮」。又如
《夷堅志補》卷第十六〈太清宮試論〉一文，有如下之記載。

> 張勛，字子功，紹興十八年為浙東安撫司參議官，寓越之大喜
> 寺。夙興趨府，未半道，盃促從者令還，至家已卒。及百日，
> 命道士設黃籙醮。[41]

此處亦出現在百日之際，親人替往生者召請道士設醮進行薦亡習俗之
記載。而《夷堅丙志》卷第三〈常羅漢〉一文亦有相關之敘述，其文
曰：

> 嘉州僧常羅漢者，異人也，好勸人設羅漢齋會，故得此名。楊
> 氏媼嗜食雞，平生所殺，不知幾千百數。既死，家人作六七
> 齋，具黃籙醮。道士方拜章，僧忽至，告其子曰：「吾為汝懺
> 悔。」楊家甚喜，設坐延入。僧顧其僕，去街東第幾家買花雌
> 雞一隻來。如言得之。命殺以具饌，楊氏子泣請曰：「尊者見
> 臨，非有所愛惜。今日正啟醮筵，舉家內外久絕葷饌，乞以付

---

40 見《夷堅丙志》卷第十，頁448。
41 見《夷堅志補》卷第十六，頁1704。

鄰家。」僧不可，必欲就煮食。既熟，就廳踞坐，析肉滿盤，分置上真九位，乃食其餘。齋罷，不揖而去。是夕，賣雞家及楊氏悉夢媼至，謝曰：「坐生時罪業，見責為雞。賴常羅漢悔謝之賜，今解脫矣。」自是郡人作佛事薦亡，幸其來以為冥塗得助。紹興末卒，今肉身猶存。[42]

上文記載楊氏家人在其往生四十二日之際，原本請道士進行齋醮薦亡之法事，但常羅漢僧突然出現，表達願為亡者進行懺悔之薦亡儀式，家人亦欣然接受。此處出現道、佛互營喪事之景象，可見，當時之人，對於往生者之薦亡，並不特別拘泥於道教式或是佛教式之做法，只要認為對亡者有益，均能欣然接受。因此，僧道之薦亡齋醮活動，在宋代民眾之心中並不衝突，而遺族唯一須考量的是選擇何者？或是兩者皆營之問題。

二　拔度幽魂

　　以「拔度幽魂」為目的所進行之薦亡齋醮，其與須按既定時間所進行之「喪事常儀」不同，基本上以突發性與不定期之情況為主。有時是因為收到已故親人或他人在陰間受苦而無法超生之訊息，因此特地為亡魂舉行齋醮活動，藉以救度對方為目的；如《夷堅丙志》卷第十六〈碓夢〉一文，內容描述靖康末年某大官死後十餘年，其子夢中驚見已故父母在陰間遭受苦楚，於是：

　　亟詣嚴州，以錢數百千作黃籙醮，延宗室兵馬監押子舉主醮

事。是夕，眾人皆見浴室外一人，衣紫袍金帶，長尺許，眉目宛然可識，立於幡腳，少焉入浴間。醮事訖，子舉為奏章請命，謂其子曰：「尊公事不忍宣言，當令君昆弟自觀之。」取一大合，布灰其內，周圍泥封，使經日而後發視。及發之，上有畫字如世間，書云：「某人蠹國害民，罪在不赦。」諸子慟哭而去。[43]

對於物故十餘年之父母，相信家中子弟早已完成為期三年之基本喪葬禮儀，而故事主角因為在夢中看見已故父母在陰間之慘狀，於是又再度請人為父母設置黃籙醮以祈超渡父母，讓父母早日脫離惡處，往生淨土。然而，故事最後卻記載齋醮禮儀之進行無法解救在冥間受苦之父母，讓子女不勝悲傷。可見，齋醮活動有時並無法救助所有身陷惡境之亡魂，顯示進行齋醮科儀所能幫助之陰間幽魂有其侷限。又如《夷堅支丁》卷第二〈張次山妻〉一文提及，宿州戶曹張次山，某日遊相國寺時，遇見亡妾迎兒，藉由迎兒之引導，在隔日見到已亡之妻。

妻泣訴曰：「我坐平生妒忌，使酒任情，在此受罪。君幸少駐，可見也。」至晡後，聞騶哄傳呼，旄旆劍戟，儀衛甚盛，紫衣貴人下馬入正廳。一行從卒，悉變為獰鬼阿旁形狀。運長叉，攝妻至前斬首，且析其四體為數十段。已而復生，鞭訊痛楚。移時，紫衣去，一切如初來時。妻曰；「每日受苦如此，須請泗州大聖塔下持戒僧看誦《金剛經》，方免茲業。」明日更至此觀之，及期，所睹如昨。但只加執縛，不復斬臠。紫衣

> 問曰:「汝必曾發願,故惡業漸消,可實告我。」妻具對。即
> 合掌曰:「善哉,善哉!勉之。」既去。妻與夫訣。張調官東
> 下,至泗州,設齋賽經回向畢,再詣京城西,茫無所見。其夕
> 夢迎兒云:「媽媽傳語官人,謝經文資薦,為士人家男子
> 矣。」[44]

亡妻透過生前丈夫替其請僧看誦《金剛經》及設齋後,終於可以免除
在陰間受苦之命運,進而轉世投胎。可見,齋醮活動之功德,有時對
於在冥間受苦之幽魂而言,的確是一股莫大之力量。

此種為拔度幽魂而進行之薦亡齋醮,除了有如上述來自陰間亡魂
的請求情況外,有時則是因為某些宅心仁厚之齋(醮)主,主動為沉
淪於陰間之滯魄而設置的。如《夷堅丙志》卷第九〈吳江九幽醮〉
一文,即記載地方官吏為溺死幽魂招請道士設醮進行拔度之內容。
其文曰:

> 吳松江石塘,西連太湖,舟楫去來,多風濤之虞,或致覆溺。
> 乾道三年,趙伯虛為吳江宰,念幽冥間滯魄無所訴,集道士設
> 九幽醮於縣治以拔度之。[45]

吳江宰趙伯虛,因其體念其所管轄之處的特殊地理環境,常有不幸溺
斃之人,於是召請道士進行九幽醮以超渡亡魂,如此,藉由當時民間
社會所盛行之齋醮薦亡,適足以充分展現宋時地方父母官體恤可憐孤
魂野鬼的仁愛之心。

---

44 見《夷堅支丁》卷第二,頁981。
45 見《夷堅丙志》卷第九,頁443。

三　解冤釋結（向鬼致歉）

　　為向亡者致歉而補償亡者所進行之齋醮，亦屬「薦亡齋醮」之一類。通常此類齋醮之進行，屬於被動者居多。往往是齋主（醮主）或其親人，因某種理由而造成他人含冤致死，於是當冤魂回歸陽世尋找冤親債主之際，受到糾纏之齋（醮）主，遂以進行齋醮之方式，幫助冤魂生天，一方面表達向死者贖罪之心，另一方面則希冀藉此能解冤釋結。如《夷堅甲志》卷第十八〈楊靖償冤〉一文即記載：為得到官位連任之州都監楊靖，誤信其子十一郎之謊言，以為稍工（案：即艄工）陳六盜竊其欲賄賂高官童貫等之貢物變賣，遂杖責陳六。陳六不堪遭受誤會，遂投汴水而身亡。之後，陳六之冤魂現身，欲追逮楊靖。於是：

> 臨平鎮有僧，能以穢迹法治鬼，與靖善，遣招之。至則見鬼曰：「我稍工陳六也。頃年以非罪為楊大夫所殺，赴愬於東嶽，獄帝命自持牒追逮，經年不得近，復還白，帝怒，立遣再來，云：『楊靖不至，汝無庸歸。』今又歲餘矣。」……僧諭之曰：「……吾令楊氏飯萬僧，營大水陸齋薦謝汝，汝捨之何如？」鬼拜而對曰：「疇昔之來，苟聞和尚此語，欣然去矣。今已貽怒主者，懼不反命，則冥冥之中，長無脫期，非得楊公不可也。」[46]

楊靖數日後果然遭遇不測。雖然僧人欲藉由替陳六舉辦飯萬僧之大水陸齋以祈求對方寬恕楊靖，但卻為時已晚，楊靖終不免走向死亡一

---

46 見《夷堅甲志》卷第十八，頁156-157。

途。由內容可知，若楊靖能早些建齋設醮，替亡者超渡，則能使冤魂脫離苦海，欣然超生。但在時間不斷地流逝中，冤魂因無法向嶽帝覆命，導致累積之怨恨亦越來越深，以致應允施行再大之齋醮功德亦無法奏效，顯見，對亡者進行之超渡儀式，宜盡早為之，方為上策。

此外，如先前在第三章處所引《夷堅丙志》卷第七〈安世冤〉一文記載：京師一安氏女子嫁李維能觀察之子，但卻為鬼祟所依附，李家為其招請姻親中善道法之道士拯救之。當道士出現後，鬼魂即藉安氏之口說明其之所以祟擾安氏乃是為了報隔世之冤，因此欲得安氏償命，願道士勿為難之。在知悉冤鬼為祟之原委後，道士遂進行理性勸說。

> 道士曰：「汝既有冤，吾不汝治。但曩事歲月已久，冤冤相報，寧有窮期？吾今令李宅作善緣薦汝，俾汝盡釋前憤，以得生天，如何？」安氏自牀趨下，作蜀音聲喏，為男子拜以謝。李公即命載錢二百千，送天慶觀，為設九幽醮。安氏又再拜謝，欻然而蘇。李舉家齋素，將以某日醮。……安氏遂無恙。[47]

在替冤鬼設置九幽醮薦拔後，不僅冤鬼得以生天，而受到騷擾之安氏，亦從此得到安寧。顯見，透過齋醮活動資助亡魂之做法，有時確實能發揮極大之功效，讓生者與亡者皆能得到撫慰。而《夷堅三志己》卷第八〈南京張通判子〉一文，內容提及因生前不肖，被父親與弟弟同謀殺害之男子，死後為祟使弟患癆疾多年，對於弟弟之癆疾，巫師、卜者皆云有鬼為祟。張通判在聽聞道士路當可[48]行法有功後，

---

47 見《夷堅丙志》卷第七，頁420-421。
48 路當可之事蹟及得法經過，已於第三章處提及，除此之外，其亦為南宋初期傳習

遂乞求拯救。路當可遂行符施法役使城隍神抓鬼，在鬼魂現身後，其向路當可泣訴無法容忍弟弟與父同謀殺之，並席捲所有，因此為祟之經過。路當可於是與鬼進行溝通。其文曰：

> 路委曲開諭之云：「汝若取弟，則乃翁無嗣。冤債愈深，何有終畢？又何益於事？吾令汝父建黃籙大醮薦拔汝升天，似為上策，汝意如何？」與言往復，然後從命，倏忽俱不見。張族聞之，悉悲泣曰：「信有之。」路戒使速償醮願，病者漸安，已而無恙。而張氏憚費，頓忘所約，此子因乘馬行河岸，墜地，折脅而死。[49]

對於好不容易才與冤魂達成之協議，卻因張氏擔心舉辦「黃籙大醮」所需之花費而頓時忘記當初與亡者之約定，張氏弟最終仍無可避免地難逃一死。可見，原本透過齋醮之薦拔即可化解之冤結，卻因對錢財之不捨而陷其子於死境的張氏，是何等之不智。然而，在張氏因不捨錢財而無法判斷事態輕重的背後，同時也真實地反映了道佛之齋醮（特別是大型的）活動，的確是一項所費不貲的服務事業。

　　自《夷堅志》所載此類冤魂為祟故事之整體觀之，為鬼祟所苦之齋（醮）主，往往會藉由佛教所提倡之水陸齋醮或道教所推崇之九幽、黃籙等齋醮之舉辦，進行與鬼魂之協商。有成功遣退幽鬼之事例，相對地亦有失敗之個案。而失敗之原因，往往與冤鬼對於復仇之

天心正法者中較著名之人。方勺（1066-？）《泊宅編》卷七中記載：「朝散郎路時中行天心正法，于驅邪尤有功，俗呼路真官。」（〔宋〕方勺撰，許沛藻、楊立揚點校：《泊宅編》，頁42）其於紹興中重編天心正法，撰有《無上三天玉堂大法》傳世。詳參王卡：《道教三百題》，頁87-88。

49 見《夷堅三志己》卷第八，頁1362。

執著不無關係；不在乎自己能否升天以即時脫離冥途之苦，卻只拘泥於加害者是否得到應有之報應，可見生前的怨恨之心，即使死後化成幽鬼，依舊難以平復釋懷。但無論如何，此種向冤魂致歉而施行之補救齋醮活動，的確亦為南時所盛行的薦亡齋醮類型之一。

四 驅遣亡魂

此類型之薦亡齋醮，雖然亦屬被動之情況居多，但與上述以向亡者致歉為目的之齋醮不同，此為已物故者，其魂魄卻仍舊不斷返還人世，造成生者之困擾，因此，生者在不得已之情況下，請求專業人士進行對亡魂之驅遣。如《夷堅甲志》卷第十九〈陳王猷子婦〉一文載道：

> 潮州人陳王猷為梅州守。子婦死焉，葬之於郡北山之上，其魂每夕歸，與夫共寢。夫懼，宿于母榻。婦復來即之，不可卻，雖家人相見無所避。一子數歲矣，韶秀可愛，每欲取以去，舉家爭而奪之。婦出入自若，陳氏甚懼，乃召道士醮設及禱於神，皆不能遣。時紹興庚午三月也。又三月，陳守卒於郡。[50]

陳氏已亡之兒媳，魂魄每晚皆現身與兒子同寢，並欲將其子帶走，讓遺族十分困擾與恐懼。雖然陳氏召請道士進行齋醮且向神明祈禱，但卻無法將鬼魂驅離。故事最後描寫陳氏在鬼祟出現的三個月後身亡，似乎透露出家中出現（不吉之）異象時，宅中長者即有不測之憂的觀念。在陳王猷死後，其兒媳之魂魄是否亦銷聲匿跡，則不得而知矣。

---

50 見《夷堅甲志》卷第十九，頁174。

　　此外，又如《夷堅丁志》卷第十二〈吉撝之妻〉亦記載，嶽州平江令吉撝之，初娶王氏，王氏物故後，復娶同郡張氏。張氏在生女數日後得危疾，醫者亦無法治其疾。於是，

> 其母深憂之，邀巫媼測視，云：「王氏立於前，作祟甚劇。」命設位禱解，許以醮懺，不肯去。巫與撝之曰：「必得長官劾人間夫婦決絕寫離書與之，乃可脫。」撝之不忍從。張日加困篤。不得已，灑淚握筆，書之授巫。即雜紙錢焚付之，巫曰：「婦人執書展讀竟，慟哭而出矣。」張果愈。[51]

故事中「生人休死妻」之情節，十分特別。雖然故事中之主角吉撝之，原本欲按照時人處理鬼魂為祟之際所採取的設位禱解、許以醮懺之方式以遣除亡妻之魂，但卻無法如願。最終採取了活人世界之法律，與亡妻離婚，才讓亡魂死心離開，不再糾纏。

　　以上四者為《夷堅志》所反映之宋代薦亡齋醮的樣貌。除了一般以古代儒家葬禮為基礎而衍生的道教、佛教式的「喪事常儀」類型之齋醮事例外，亦有針對死後在冥間受苦而向陽世親故祈求超渡的「拔度幽魂」類型，還有表達對亡者歉意祈求其諒解之「解冤釋結」型之薦亡齋醮，更有為了遣除不斷返回陽世騷擾生者之「驅遣」型薦亡齋醮，可見，對於深信「死後有靈」之觀念的宋人而言，對於亡者在死後各種心理與情況之照料與對應，似乎惟有透過道佛齋醮活動之進行，方能達成某種和諧關係。

---

51 見《夷堅丁志》卷第十二，頁639。

第三節　齋醮儀式與宋代士庶之生活

　　由於齋醮在宋代社會十分盛行，因此許多民間習俗與活動之進行，往往與齋醮無法切割，特別是在薦亡一事上，更是如此。然而，正因為薦亡齋醮所牽涉之問題甚廣，影響南宋士庶之日常生活頗深，因此難免招致某些士人對於此種宗教活動之質疑與批判，形成了一場不可避免的情理爭辯。在此，本小節擬先針對薦亡齋醮核心之「九幽醮」、「黃籙齋（醮）」與「水陸齋」等進行分析，接著再針對齋醮活動與宋代士庶生活之關係進行說明。

一　薦亡齋醮之核心－「九幽醮」、「黃籙齋（醮）」與「水陸齋」

　　在民間，作度亡醮是道士的一項重要活動，民間的送葬儀式，披麻戴孝本諸儒家禮儀規制，而誦經度亡則屬道釋所為。儒釋道三教，都滲透到民俗活動中。[52]在宋代之喪葬文化中，進行齋醮薦亡乃為十分普遍與盛行之習俗；而薦亡齋醮更是齋醮活動中的核心。道教中的「九幽醮」與「黃籙齋（醮）」，以及佛教中的「水陸齋」是《夷堅志》中最為多見之齋醮名稱，顯見三者在宋代社會頗為普遍之情形。以下，即依序先針對上述三者在《夷堅志》中所呈現之面貌，進行論述。首先是「九幽醮」。

---

52 詳參王卡主編：《道教三百題》，頁 363。

（一）「九幽醮」

在《太平廣記》所收唐人小說中，並未出現有關「九幽醮」之記載，顯見此種醮法在有唐之際，可能尚未普遍或並未出現，而之後的五代時期，管見所及，亦未發現相關文獻之記錄。然而，在宋人文瑩所撰《湘山野錄》中，有一則十分值得注意之內容。其文曰：

> 蜀先主開建初，賜道士杜光庭為廣德先生、戶部侍郎、蔡國公。時蜀難方平，猶惡盜賊，犯者贓無多少皆斬。是歲蜀饑，有三盜糠者止得數斗，引至庭覆讞，會光庭方論道於廣殿，視三囚殆亦惻隱，謂杜曰：「茲事如何？」亦冀其一言見救。而杜卒無一語，但唯唯而已。勢不得已，遂斬之。杜歸舊宮道院，三無首者立於旁哭訴曰：「公殺我也。蜀主問公，意欲見救，忍不以一言活我。今冥路無歸，將其奈何？」杜悔責惏痛，辟穀一年，修九幽脫厄科儀以拔之，其魂歲餘方去。[53]

上文記載了五代時期之杜光庭，因自責愧對亡魂而辟穀一年，並進行九幽脫厄科儀以拔度鬼魂之內容，而此處所進行之九幽脫厄科儀，無法斷定是否與九幽醮有直接之關係，但不失為一值得注意之記載。由此可見，「九幽醮」之名稱與詳細科儀，極有可能為宋代以後方才正式問世，並且在南宋時期即快速地發展成頗為普遍之情況。在以《夷堅志》為主的探討中，即可以找出六例提及「九幽醮」之內容，以及一例「黃籙九幽醮」之記載。此六例依序是：《夷堅丙志》卷第七〈安氏冤〉、《夷堅丙志》卷第八〈趙士遏〉、《夷堅丙志》卷第九〈吳江九幽醮〉、《夷堅丙志》卷第十〈黃法師醮〉、《夷堅三志辛》卷第五

53　見〔宋〕文瑩撰，〔民〕鄭世剛、楊立揚點校：《湘山野錄》，頁55。

〈葉武仲母〉以及《夷堅三志壬》卷第九〈傅太常治祟〉等。其中，摒除最後一例之〈傅太常治祟〉所記載之「九幽醮」是為除怪禳妖而進行外，其餘各例皆是以薦亡為主要之目的。而出現「黃籙九幽醮」之例為《夷堅乙志》卷第十七〈閤皂大鬼〉一則，內容述及設置此齋醮之目的為擊退鬼怪。可見，若單就《夷堅志》所載與「九幽醮」相關內容來看，宋代之一般士庶，除了將「九幽醮」視為是薦亡齋醮的主要齋醮之一外，「九幽醮」亦具有除怪禳妖之作用。然而，比起「九幽醮」，在南宋時期更為普遍與盛行之道教薦亡齋醮則非「黃籙齋（醮）」莫屬。

（二）「黃籙齋（醮）」

　　黃籙齋為道教靈寶齋法中的一種，南朝・宋陸修靜（406-477）在〈洞玄靈寶五感文〉之「眾齋法」中即記載：「大體九等齋各有法，凡十二法，……其二法黃籙齋，為同法拔九祖罪根。」[54]可見其薦拔亡魂之功能。而黃籙齋在唐時似乎已頗為普遍，《太平廣記》中即已出現四例記載。分別是卷第二十六之〈葉法善〉、卷第七十六〈田良逸、蔣含弘〉、卷第九十八〈惠寬〉及卷第四百二十三〈崔道樞〉等。而「黃籙醮」之記載則未見。然藉由此四例之內容觀之，進行「黃籙齋」之目的似乎不同。〈葉法善〉一文記載：「顯慶中，法善奉命修黃籙齋於天臺山。」[55]此文只記載唐玄宗命葉法善修黃籙齋，但卻未言明設齋之目的，因此難究其詳。而卷第七十六〈田良逸、蔣含弘〉一文中記載建黃籙壇場主要是為了祈晴，果然在田良逸行齋升

---

54 詳見〔南朝・宋〕陸修靜：〈洞玄靈寶五感文〉，收入《道藏》，第 32 冊，頁 618-620。

55 詳參〔宋〕李昉等編：《太平廣記》，頁 173。

壇後，「天即開霽」。[56]卷第九十八〈惠寬〉則記載綿州淨慧寺僧惠寬，在其六歲之際，曾隨父設黃籙齋之內容[57]，此與〈葉法善〉一文相同，並未記載舉行「黃籙齋」之目的。而卷第四百二十三〈崔道樞〉一文，則描述因烹食鯉魚（雨龍）而暴卒之韋生（崔道樞之姑子），死後數日，寄魂於母曰：「已因殺魚獲罪，所至之地，即水府，非久當受重譴，可急修黃籙道齋，尚冀得寬刑辟。」[58]此處之黃籙齋則為一般所認知之為亡魂之冥福而進行者。按《全唐文》所載，關於「黃籙齋」齋文之撰寫，李商隱（約812-約858）即有〈為滎陽公黃籙齋文〉、〈為相國隴西公黃籙齋文〉、〈為馬懿公郡夫人王氏黃籙齋文〉、〈為馬懿公郡夫人王氏黃籙齋第二文〉、〈為馬懿公郡夫人王氏黃籙齋第三文〉、〈為故麟坊李尚書夫人王鍊師黃籙齋文〉等諸篇[59]，而五代杜光庭所作齋文，更是不勝枚舉，可見，「黃籙齋」之舉辦與「黃籙齋文」之撰寫，在唐末五代之際，應較為普遍。

　　然而，進入宋代，在宋人小說中記載「黃籙齋」之事例少見[60]，

56　同前註，頁482。
57　同前註，頁653。
58　同前註，頁3445。
59　詳見〔清〕董誥等編，孫映逵等點校：《全唐文》（太原市：山西教育出版社，2002年12月），卷七八〇，頁4802-4805。
60　雖然，在宋代「黃籙齋」之事例較之唐、五代時期少見許多，但於宋人作品中仍舊可以發現少數幾則記載。試列舉如下：如〔宋〕李昌齡《樂善錄》卷十中有「合州石照縣龍會鎮衛元一家，於乾道二年春，召道士王太真建黃籙齋。」之記載（詳參〔宋〕李昌齡著：《樂善錄》，收入張元濟輯《續古逸叢書》，頁735），又如〔宋〕阮閱（生卒年不詳）編《（增修）詩話總龜》卷之四十七所引張靚《雅言雜載》之內容寫道：「橫浦大庾嶺，有富家子慕道建庵，接雲水士多年。一日眾建黃籙大齋方罷，忽有一襤褸道人至求齋，眾不之恤，或加淩辱。」（參〔宋〕阮閱編，民周本淳校點：《詩話總龜》〔北京市：人民文學出版社，1998年2月〕，頁461），此外，〔宋〕何薳《春渚紀聞》卷四〈花木神井泉監〉一文亦載：「建安黃正之之兄行之，客寄桐廬。方臘之亂，為賊所害。賊平，正之素奉天師道，即集道侶與邑人啓建黃籙道場，追薦殺賊之眾，俱有報

而《夷堅志》中記載「黃籙齋」之事例，亦只出現一則，即《夷堅志補》卷第六〈細類輕故獄〉一文。故事描述許顏在夢中入冥，在冥中所遇及預知死期之內容。當許顏進入冥府後，見到在地府為王之先君，其告知許顏，自身與地府鬼神均苦於饑餒之情狀，以及召請僧道齋醮之際，精潔志誠之重要。其文曰：

> 我亦無罪，只緣轉運江東日，怒執蓋卒誤拂襆頭，杖其背，遂罰此二十刧。雖獲免受罪，但與鬼神均苦饑，若子孫歲時享祀精潔，則可一飽，否則不得食，如僧道齋醮亦然。倘修設志誠，主持不苟簡，不唯得旬月飽，又罪業隨輕重減省，幽冥職掌，亦皆轉遷。近報沂州王長者家設黃籙大齋，其人平昔積善，福利當及三界，汝來值此，亦可沾餘波。[61]

故事後段描述，因王長者一家虔誠，其所請主「醮」之道士行持專精，因此此次齋醮造福深遠，天敕普救諸受苦罪之亡魂，顯示一場完善之齋醮，確實功德無量。值得注意的是，文中雖記載為「黃籙大齋」，但其後敘述主持此次齋醮之道士卻以「主醮道士」稱之，可見作者在撰寫內容之際，儼然未嚴格區分「齋」與「醮」，而將其共用。但或許就如蔣叔輿在《無上黃籙大齋立成儀》卷一所言一般：

> 以簡便為適當，以古法為難行，則自張萬福天師以來嘗病之

應。」（詳參朱易安、傅璇琮等主編：《全宋筆記》第三編第 3 冊，頁 223），上述〈花木神井泉監〉一文中所謂之「黃籙道場」，雖然無法斷定是指「黃籙齋」抑或是「黃籙醮」之道場，但在此一併列出，以備參考。

61 見《夷堅志補》卷第六，頁 1598-1600。

矣。今世醮法徧區宇，而齋法幾於影滅跡絕。[62]

道教「齋法」與「醮法」在南宋之際的消長情況，早已普遍形成。也因此，記載民俗剪影之小說作者本身，雖然或許無法親自一一參與實際之齋醮科儀，但仍舊會就當時社會上所流行之習慣與做法，而直接下筆記載，可見，當時或許儼然已用「醮」字涵蓋所有的道教之齋醮活動矣。也因此，《夷堅志》中除了上述一例外，與「黃籙」二字有關者，均記載為「黃籙醮」。且就筆者之統計，《夷堅志》中記載與「黃籙醮」內容相關之故事，計有十五例，遠多於「九幽醮」之事例，顯見「黃籙醮」在宋代興盛之情形。若就此十五則內容觀之，故事內容之醮主，舉辦「黃籙醮」之目的，大多數仍以「薦亡」為大宗，其餘則是為了「謝罪」、「抑制怪光」、「慶神生辰、禳災請福」等緣故而興辦。由此可知，「黃籙醮」除了原本薦亡之作用外，其功能已擴展至更寬廣之層面矣。

而以「黃籙齋」薦亡之做法，時至今日，仍舊在中國人的喪葬禮俗中扮演著十分重要之角色，特別是在保存道教文化相當豐富的台灣。李豐楙即謂：

> 道教所行的潔齋之法，從早期的四類發展到繁複的十二類，但是在民間較常行的仍以黃籙齋為主，臺灣靈寶派的功德程序，從簡要的讀牒到午夜式、也可繁複地進行三晝夜的黃籙齋法，其基本精神則是不變的，就是祈求諸神拔度亡靈，懺悔解罪以昇仙界。[63]

---

62 見〔宋〕蔣叔輿撰：《無上黃籙大齋立成儀》卷一，頁 378。
63 詳參李豐楙：〈道教齋儀與喪葬禮俗複合的魂魄觀〉，收入李豐楙、朱榮貴主

可見，不管是「齋」還是「醮」，道教所發展起來之齋醮活動，其做法仍持續地在現今之社會發揮著重要之功能。

（三）水陸齋

除了道教之「九幽醮」、「黃籙齋（醮）」以外，佛教徒所進行之「水陸齋」亦為《夷堅志》中十分多見之薦亡齋醮。「水陸齋」，雖然還有「水陸醮」、「水陸供」、「水陸會」、「水陸齋會」、「水陸冥會」、「冥陽水陸齋」、「水陸道場」等稱法，但其內容與性質應相類似。從《夷堅志》中記載與「水陸齋」等相關之內容來看，雖然其中亦有少數特殊目的之個別事例[64]，但佛教「水陸齋」之功用，最主要是以薦拔亡魂為目的則是無庸置疑的。而宋代水陸齋醮之盛行，讓當時社會在辦理吉凶喜慶活動之際，瀰漫一股非齋即醮之氛圍，形成身非僧道之徒亦競相仿傚之情形。如《夷堅三志壬》卷第六〈蔣二白衣社〉一文即記載鄱陽地區之少年，將僧人建置道場之規矩、做法，完全如法炮製之特殊景象。其文曰：

編：《儀式、廟會與社區：道教、民間信仰與民間文化》（臺北市：中央研究院中國文哲研究所籌備處，1996 年 11 月），頁 476。謝聰輝亦謂：「今日台灣常見的齋儀，有拔度新亡俗稱為『作師公』的『黃籙齋』法，與賑濟孤魂滯魄的普渡儀式。」，詳見氏撰：〈道醮齋醮儀式與台灣常民生活〉，《當代》第一七五期（2002 年 3 月），頁 31。此外，亦可參看呂鍾寬：〈台灣的道教醮祭儀式與科儀〉，《藝術評論》第一期（1989 年 10 月），頁 191-210。

64 如《夷堅甲志》卷第十八〈餘待制〉一文之「設醮作水陸」，是為向土地神謝過而設置的；《夷堅丁志》卷第六〈泉州楊客〉是為謝神保佑而舉行的；而《夷堅支庚》卷第二〈慈湖夾怪〉亦是為答謝水怪而興辦的；《夷堅志三補》〈廟神周貧士〉是為訟神而進行的，上述種種，均可說明佛教「水陸齋」活動，與道教齋醮活動相同，在可能之範圍內，關照著南宋士庶的各種心理需求。

> 鄱陽少年稍有慧性者，好相結誦經持懺，作僧家事業，率十人
> 為一社，遇人家吉凶福願，則偕往建道場，齋戒梵唄，鳴鐃擊
> 鼓。起初夜，盡四更乃散，一切如僧儀，各務精誠，又無捐勺
> 施與之費，雖非同社，而投書邀請者亦赴之。一邦之內，實繁
> 有徒，多著皂衫，乃名為白衣會。[65]

從文中所記載之「一邦之內，實繁有徒」觀之，相信參與者不在少
數；而鄱陽少年之所以群聚結社進行此種齋醮活動之原因，相信應與
當時社會的確有此市場之需求不無關係。一方面，文中提及此輩少年
對於服務之對象「無捐勺施與之費」之要求，看似屬於義工性質之奉
獻，但從後段內容所記載之「市居百姓蔣二，蓋其尤者，尋常裝造印
香販售以贍生。」來看，殆可推測出此輩中，應有如蔣二一般，是以
販賣與齋醮活動相關之周邊產品維生者，其或許可藉由此種近乎義務
性質之行為，在幫助對方之同時，讓自身本業之經營，亦能保有實際
之銷路。如此一來，此種模式，可謂是一種互利雙贏的做法。或許由
於鄱陽少年們的薄利多銷，儀式之精誠亦不輸僧家，讓欲祈福禳齋、
救拔亡魂之齋主，在以經濟考量並權衡齋醮活動的輕重之際，多了一
種選擇。

二　齋醮活動與宋代士庶之生活

柳存仁（1917-2009）提及道教之發展時曾謂：

> 一種宗教，如果早期是起於民間，帶著黃土泥和粗糙幼稚的成

---

65 見《夷堅三志壬》卷第六，頁 1512。

分的,後來居然能夠發揚光大,開疆闢土,在知識界的領域裏
生根,非有知識分子的熱心參加活動不為功。[66]

認為許多知識份子的熱心參與宗教活動,是宗教在當地紮根茁壯的重
要原因之一。同樣地,宋代道佛兩教齋醮活動之興盛,其背後之支撐
力量,不僅有宋代的教徒與一般百姓,宋代之士人,有許多是認可齋
醮活動並參與其中的。對於部分宋、元士人對道醮齋醮之心態與想
法,元代馬端臨(1254-1323)《文獻通考——經籍考》即載:

> 夫臣庶士民之家,苟有災厄,而為之祈籲天地,醮祭星辰、黃
> 冠師者,齋明盛服,露香叩首,達其誠悃,乃古者祝史巫覡薦
> 信鬼神之遺意,蓋理之所有,而亦人情之所不能免也。[67]

認為此種齋醮活動對活在宋、元之際的人們而言,是古代祭祀鬼神精
神之遺留,亦是「人情之所不能免」的事情。對於宋代之士庶而言,
不僅遇到災厄之際,須求助於道佛之徒的醮祭祈禳,對於世人最為重
視的薦亡齋醮,更是無法免俗。就如《夷堅支癸》卷第二〈仁簡闍
黎〉一文所載:

> 僧仁簡者,京師人,善梵語,於加持水陸最精,名出輩流遠
> 甚。士大夫家有資薦法事,必得其來,乃為盡孝。[68]

---

66 柳存仁撰:〈五代到南宋時的道教齋醮〉,《和風堂文集(中)》,頁 756。

67 詳見〔元〕馬端臨:《文獻通考——經籍考》(臺北市:新文豐出版公司,1986 年
  9 月),卷五十二,頁 1204。

68 見《夷堅支癸》卷第二,頁 1237。

儘管宋代是理學興盛之時代，但對於親人冥途前程之資助，許多宋代士人，不僅已無法單純地認為只要依循儒家之喪葬禮儀完成送死任務即可安心，而是對於後續必要之資薦法事，亦以能邀請公認之持齋（醮）高道為重要目標。是以，就如同上述文中所載，士大夫家有資薦法事，必定要邀請仁簡僧，才算是「盡孝」。相反地、若無法邀請到被公認為是高手之仁簡，其背後所隱藏之意涵，或許就有了背負「不孝」的可能性了。可見，對於薦亡法事不得不重視之心理，顯然是當時士人所需面對的一大複雜課題。

　　誠然，任何事情只要過度，則容易產生負面觀感。特別是過度講究佛道齋醮儀式以資薦亡者，的確在某種程度上，造成社會大眾在心理上及財力上之一大負擔。是以，對於齋醮活動蓬勃發展之宋代，遂引發了某些士人的揚聲撻伐與無奈。如南宋人王栐所撰《燕翼詒謀錄》卷三中即記載：

> 喪家命僧道誦經，設齋作醮作佛事，曰：「資冥福」也。出葬用以導引，此何義耶？至於鐃鈸，乃胡樂也，胡俗燕樂則擊之，而可用於喪柩乎？世俗無知，至用鼓吹作樂，又何忍也。開寶三年十月甲午，詔開封府禁止士庶之家喪葬不得用僧道威儀前引。太平興國六年，又禁喪葬不得用樂，庶人不得用方相魌頭。今犯此禁者，所在皆是也。祖宗於移風易俗留意如此，惜乎州縣間不能舉行之也！[69]

作者發出了對於積習已久之某些齋醮文化，即使在上位者下詔禁止，仍無法移風易俗之無奈感慨。[70]但也正由於王栐之感慨，讓後世之人

---

69 〔宋〕王栐撰，誠剛點校：《燕翼詒謀錄》，頁24。

70 關於南宋士人對於道佛二教之薦亡齋醮法事的批判問題，松本浩一曾引述朱熹、

瞭解到在宋代之際，道佛二教之齋醮活動的深耕與盛行，早已無法輕
易憾動之事實。

結語

　　科學和哲學是人類理性思維的產物，宗教卻以非理性的情感直覺
來接受神靈的啟示。宗教本身並不等於封建迷信，它是人類信仰和情
感的需要，這又是科學和哲學所不能取代的。[71]因此，道佛二教，藉
由齋醮活動堅定人民之信仰及撫慰大眾之感情需求的做法，的確在某
種程度上發揮了其濟世之功能。

　　在早期道教發展史上齋與醮二字分別使用，主要區別在懺悔解
罪、拔薦亡魂者謂之齋；祭祀陽神、酬願祈福者謂之醮，唐代以後遂
常合用並稱「齋醮」。[72]甚至到南宋階段，在齋醮活動之名稱上，
「齋」鮮少出現，「醮」成為主流。從《夷堅志》所載以「齋」為名
之道教齋醮活動，僅出現一例（且其名為「黃籙大齋醮」），其餘均為
以「醮」為名之情況看來，顯示南宋時期道教之齋醮活動，早已轉變
成以「醮」為名、以「醮」為主的儀式了。

　　本章有別於一般從宗教文獻入手進行齋醮研究之做法，而是透過
文學作品《夷堅志》所載與齋醮活動相關內容之事例的整理與分析，
從更貼近士庶生活實況的角度，探討宋代齋醮活動在當時所展現之作

　　陸游、俞文豹、車若水等人之言論進行論述，值得參考。詳參氏著：《宋代の道
　　教と民間信仰》，頁 193-198。

71　詳參胡孚琛：〈道教的文化特徵及其發展前景〉，《道教學探索》第拾號（臺南
　　市：國立成功大學歷史系道教研究室道教學探索出版社，1997 年 9 月），頁
　　382。

72　詳見謝聰輝：〈道教齋醮儀式與台灣常民生活〉，《當代》第一七五期（2002 年
　　3 月），頁 30。

用及面貌，特別是其與亡靈之間的關係。

　　概言之，若自《夷堅志》所載內容為主要考察對象之角度觀之，從齋醮主施行齋醮之請命延壽、感謝再生、擊妖禳怪、謝過、醮神與祈福禳災、求仙、祈晴祈雨、薦亡等目的來看，適可以指出齋醮活動在當時所顯現之主要功能。而其中以「九幽醮」、「黃籙齋（醮）」、「水陸齋」等為主替往生者所進行之「薦亡齋醮」，不管是以「喪事常儀」、「拔度幽魂」、「解冤釋結」還是「驅遣亡魂」之何者為目的，均可說明道佛二教之齋醮活動已從各種可能之角度，進行對亡魂之關懷與救濟，形成此種薦亡齋醮活動，已儼然成為當時民眾在送死習俗中所不可或缺之一部分的情景。也因此，不論多少文人對當時蓬勃發展的齋醮活動抱持莫大之質疑與批評，均已無法撼動薦亡齋醮在宋代社會所佔有之地位與存在價值。

附記：本章之內容，原刊載於《東吳中文學報》第二十二期，頁127-
　　　159。此為修訂稿。

第七章

結論

　　不論是陰間地府中接受最終審判之幽魂諸相，或是基於某種原由而徘徊於陽世之眾鬼形態，透過以《夷堅志》為主的探討過程中，足以讓後人較為深刻地了解到部分宋人死後世界觀中的某些側面。而《夷堅志》所記載之幽鬼故事，嚴格說來並非為洪邁其個人偏頗的主觀描寫與記錄，而是足以代表與其所處同時代許多宋人鬼神觀念的集體認知；因為，《夷堅志》一書之完成，是一種集體成果，除了極少數故事為其親身經歷之見聞外，絕大部份是他人提供之材料，或口述、或寫示，由洪邁整理記錄下來的。[1]因此，與其說是撰著者，洪邁更像是一位記錄者[2]，其透過志怪之筆法，將北宋晚期至南宋中期階段，許多宋人對於死後世界之認知，以及與亡魂之接觸等經驗，透過文字保存下來，讓後人藉由其書中之記載，得以認識或了解到身處在當時社會環境下的宋人的死後世界觀與面對鬼魂之際的感受與反應。日本學者岡本不二明曾謂：

---

1 詳參李劍國著：《宋代志怪傳奇敘錄》，頁 350-351。楊義亦謂《夷堅志》「在素材來源上，既有取自士大夫的口述和雜著，也有取自寒人、野僧、山客、道士、瞽巫、俚婦、下隸、走卒的傳聞，簡直可以看成集體創作，語多怪、力、亂、神。」（詳參氏著：《中國歷朝小說與文化》〔臺北市：業強出版社，1993 年 8 月〕，頁229）

2 大塚秀高認為洪邁將自身比作《太平廣記》之編選者，打算私撰南宋之《太平廣記》，因此提出：「實際上，《夷堅志》是一部企圖將寓言排除，而把收錄及記載之對象限定於一甲子以內之事件的類書。」之看法。（詳參氏著：〈洪邁と《夷堅志》─歷史と現實の狹間にて─〉，《中哲文學會報》第五號，東大中哲文學會，1980 年 6 月，頁 75-96。）

志怪小說所談論之內容,原本不過是「街談巷語、道聽途
說」,未必皆為高尚之內容是自不待言的。然而,即使連百字
未滿之一則故事,其背後卻投射了南宋初期之社會,一群近於
無名者的生存方式。[3]

其實,不僅是生存方式,許多時候甚至包含觀念在內,皆可從志怪小
說中探知一二。篇幅即使短小,只要其中刻畫了時代以及當時百姓生
活之面貌,即足以成為珍貴之參考資料;因為,文學作品是很難脫離
時代的、地域的和個人的趣味的;因此,《夷堅志》,有亂離時代南方
社會習俗的濃郁投影。[4]也因此,透過此書之探討,可以讓後人對於
處於亂離時期下之宋代社會的百姓,從其內心因憂慮不安而顯現之巫
鬼崇信以及看待世界之心境有所參與。

　　本書共分七章,除了第一章之緒論,以及最後一章之結論外,主
要以五章為核心,詳細考察了《夷堅志》中所記載之死後世界與宋代
的幽鬼諸相。

　　首先,第一章透過《夷堅志》與其餘宋人志怪、筆記以及正史等
文獻之記載,探討了宋代巫鬼信仰風氣及其形成之社會背景,以及從
各種天災、人禍等不安與恐懼中所形成的宋代社會人鬼混雜之特殊氛
圍與文化。

　　第二章則以《夷堅志》所載為主,分析了宋代陰間地府之官僚體
系、冥王之選擇標準與輪替問題等;不僅詳列例證,指出宋代士人擔
任地府冥王者,為歷代之冠的特點,亦發現廣祐王神在宋代為區域性
(江南西路與福建路)陰間主宰之特殊現象,更指出宋人在地府官署各

---

[3] 詳參岡本不二明著:《唐宋の小説と社會》(東京:汲古書院,2003 年 10 月),頁
306。

[4] 詳參楊義:《中國歷朝小說與文化》,頁 217。

司之設置上以及在冥法判決上所顯現之道德重視的價值取向，最後則
闡明了冥法中對於「墮胎」、「聽決不直」、「性太刻」等審判結果所顯
示之意義。

　　第三章則探討了徘徊於陽世之幽鬼諸相，整理其滯留之因，不僅
有主動停留者，亦有被動地被迫暫處者；其中有因下葬心願未完成而
無奈停留者，亦有因生育責任未了進而為死後產子而徘徊者，亦有對
陽世之人、事、物之留戀而不捨離去者，更有因懷怨未伸而執著滯留
者，不論其屬於何者，均反映了宋人之死後世界觀以及對於現世鬼物
頻見現象所提出的一些解釋。

　　第四章則考察了宋代社會所盛行之「久喪不葬」與「厝柩寺院」
之習俗，包含其盛行之原因(主要是因土地狹小與風水之禁忌迷信等
所導致)以及士人對此風之批判，此種習俗對後代子孫所造成之影
響，以及「厝柩寺院」之棺中亡靈所引發之鬼祟問題等。南方朔曾提
道：

　　　　每個社會都有一些關鍵字或關鍵語言，這些字或語言裏濃縮著
　　　　該社會的文化特質。[5]

又謂：

　　　　所有的語言，它的本身就是一種文化，在它的裡面沉澱著生活
　　　　和歷史的痕跡。[6]

---

5 詳參南方朔著：《語言是我們的居所》（臺北市：大田出版公司，1998年2月），
　　頁111。
6 同上註，頁213。

而在宋代之喪葬習俗中，「菆柩」一詞，即是所謂之關鍵字，其所代表的即為一種文化，一種沉澱生活和歷史的宋代喪葬文化。因此，在談論宋代的喪葬習俗之際，「菆柩」一語，勢必是無法被忽略的。

　　而本書之第五章，則是探討了鬼祟之觀念，及其產生之原因，以及宋人的退鬼之術等。誠如劉苑如所謂之：

> 在六朝那樣人命如蟻的時代，凶死、枉死、疫死，乃至於家中絕嗣者的情況，必時有所聞，隨之產生的那些漂泊無依、無所繼嗣的厲鬼可能也相對的增加，這類記載在六朝志怪中有相當集中的呈現，由此可窺知，非自然死亡、非正常處理的厲鬼，大多數都是經由一次的處理後，像是申冤報仇、重新安葬、冥婚……等方式，遂其未完成之願後，就可回歸到正常的人鬼世界，不再為厲；或根本經由超現實的復活方式，重新為人者，其最後歸止均不出正常的人間秩序。[7]

因為非自然死亡以及非正常處理之厲鬼，通常會透過為厲生者，以達到解決某種需求之目的，待其心願了後，則不再為厲。然而，在《夷堅志》中的為祟之鬼，未必均為非自然死亡或非正常處理之厲鬼，其有時的確可以因為引文中所謂之「經由一次處理後」而回到其必須回歸之處，但亦有無法如此處理之鬼祟，可見，宋代之鬼祟問題，較六朝之際，顯得複雜許多，因此，因應此種需求而盛行之符咒、法術及齋醮等退鬼之方法與文化，就在宋代異軍突起地成為當代的某種文化特色。劉曉明在《中國符咒文化大觀》一書中曾提及：

---

7 詳見劉苑如撰：《身體‧性別‧階級—六朝志怪的常異論述語與小說美學》（臺北市：中央研究院中國文哲研究所，2002 年 12 月），頁 105-106。

> 符咒作為一種巫術文化是由一定社會歷史條件孕育出來的，離開了這些條件，符咒也就失去了生存的土壤。可以說，符咒發生並發展於符合其生存條件的人類社會的一個特定時代。[8]

其實，不僅是符咒，如上述之道教、佛教之法術以及齋醮儀式等，其亦在宋代此種符合其生存條件之社會下蓬勃發展，展現了宋代宗教文化上的豐富性。

第六章則整理了齋醮文化在宋代所產生之作用，特別是其在「薦亡」上之功用，以及宋代士庶對於此種宗教儀式在宋代喪葬文化中盛行所提出的看法與批評。雖然，齋醮活動在喪葬禮俗上之盛行是宋代「送死」文化有別於前代之特點，然而因為在其和宋代逐漸普遍之十王信仰的兩相配合之下，讓喪禮所需之花費更為可觀，造成了無力付擔者之壓力與困境，反倒間接地助長了「久喪不葬」與「菆柩寺院」等飽受批評之風俗的盛行。

綜上所述，本書透過洪邁《夷堅志》一書之整理與分析，將其書中所記載之幽鬼眾相，無論是在地府接受審判或受到禁錮之鬼魂，抑或是暫時徘徊於陽世等待轉世之眾鬼，還是透過其特殊存在之便，為某種目的而為祟生者的祟鬼，進行了深入之探討，而在宋人與此輩幽鬼溝通或應對之過程中，我們也發現了其中所反映的當代之習俗與文化特色，特別是在死者的對待問題上；也從中看到了幽鬼情態之種種，而此輩之愛、恨、嗔、痴，許多時候乃是宋人心理的迂迴呈現，透過亡魂來表達，最終形成了宋代文人筆下的幽鬼世界。

---

8 劉曉明：《中國符咒文化大觀》（南昌市：百花洲文藝出版社，1995 年 12 月），頁590。

參考文獻

一 傳統文獻

〔周〕墨子撰　李漁叔註譯　《墨子今註今譯》　臺北市　臺灣商務
　　印書館　1974 年 5 月

〔東漢〕許慎撰　（清）段玉裁注　《說文解字注》　四部善本新刊
　　臺北縣　漢京文化事業公司　1980 年 3 月

〔晉〕陶弘景　《登真隱訣》　《道藏》　第 6 冊　上海市　上海書
　　店　1996 年 10 月

〔晉〕葛洪撰　李中華注譯　黃志民校閱　《新譯抱朴子》（上）
　　臺北市　三民書局　1996 年 4 月

〔南朝・宋〕王琰　《冥祥記》　收入魯迅《古小說鉤沈》　北京市
　　人民文學出版社　1951 年 10 月

〔南朝・宋〕祖沖之　《述異記》　收入魯迅《古小說鉤沈》　北京
　　市　人民文學出版社　1951 年 10 月

〔南朝・宋〕陸修靜　〈洞玄靈寶五感文〉　《道藏》　第 32 冊
　　上海市　上海書店出版社　1998 年 3 月

〔南朝・宋〕劉敬叔撰　范寧校點　《異苑》　北京市　中華書局
　　1996 年 8 月

〔南朝・梁〕陶宏景撰　《真誥》上冊　臺北市　廣文書局　1989
　　年 12 月

〔唐〕李肇　《翰林志》　收入《筆記小說大觀》八編　臺北市　新
　　興書局　1975 年 9 月

〔五代〕孫光憲著　賈二強點校　《北夢瑣言》　北京市　中華書局　2002 年 6 月

〔五代・南唐〕徐鍇撰　《說文繫傳》　第 1 冊　臺北市　臺灣中華書局　1970 年 1 月

丁傳靖輯　《宋人軼事彙編》　北京市　中華書局　1981 年 9 月

〔宋〕方勺撰　許沛藻、楊立揚點校　《泊宅編》　北京市　中華書局　1983 年 7 月

〔宋〕王栐撰　誠剛點校　《燕翼詒謀錄》　北京市　中華書局　1981 年 9 月

〔宋〕王欽臣撰　《王氏談錄》　收入朱易安、傅璇琮等主編　《全宋筆記》第三編第 3 冊　鄭州市　大象出版社　2008 年 1 月

〔宋〕王象之編　《輿地紀勝》　臺北縣　文海出版社　1962 年 4 月

〔宋〕文瑩撰　鄭世剛、楊立揚點校　《玉壺清話》　北京市　中華書局　1984 年 7 月

〔宋〕文瑩撰　鄭世剛、楊立揚點校　《湘山野錄》　北京市　中華書局　1984 年 7 月

〔宋〕司馬光所撰　《書儀》　《景印文淵閣四庫全書》　142 冊　臺北市　臺灣商務印書館　1983 年

〔宋〕朱彧撰　李偉國點校　《萍洲可談》　北京市　中華書局　2007 年 11 月

〔宋〕朱弁撰　孔凡禮點校　《曲洧舊聞》　北京市　中華書局　2002 年 8 月

〔宋〕朱熹　《家禮》　《景印文淵閣四庫全書》　142 冊　臺北市　臺灣商務印書館　1983 年

〔宋〕朱熹著　王雲五主編　《朱文公集（二）》卷一百〈勸諭榜〉　《四部叢刊正編》　第 53 冊　臺北市　臺灣商務印書館　1979

年 11 月

〔宋〕何薳撰　《春渚紀聞》　收入朱易安、傅璇琮等主編　《全宋
　　筆記》第三編第 3 冊　鄭州市：大象出版社　2008 年 1 月

〔宋〕李昉等編　《太平廣記》　臺北市　文史哲出版社　1987 年 5
　　月再版

〔宋〕李心傳撰　徐規點校　《建炎以來朝野雜記》　北京市　中華
　　書局　2000 年 7 月

〔宋〕李昌齡編　《樂善錄》　收入張元濟輯《續古逸叢書》　南京
　　市　江蘇古籍出版社　2001 年 9 月

〔宋〕呂祖謙編　齊治平點校　《宋文鑑》　卷第九十六　北京市
　　中華書局　1992 年 3 月

〔宋〕周密撰　吳企明點校　《癸辛雜識》　北京市　中華書局
　　1988 年 1 月

〔宋〕周煇撰　劉永翔、許丹整理　《清波雜志》　收入《全宋筆
　　記》第五編第 9 冊　鄭州市　大象出版社　2012 年 1 月

〔宋〕吳處厚撰　李裕民點校　《青箱雜記》　北京市　中華書局
　　1985 年 5 月

〔宋〕孟元老撰　伊永文箋注　《東京夢華錄》　北京市　中華書局
　　2006 年 8 月

〔宋〕徐鉉撰　白化文點校　《稽神錄》　北京市　中華書局　1996
　　年 11 月

〔宋〕洪邁著　《容齋三筆》　上海市　上海古籍出版社　1996 年
　　3 月

〔宋〕洪邁著　《容齋隨筆》　臺北市　漢欣文化事業公司　1994
　　年 3 月

〔宋〕真德秀　《西山文集》　收入《景印文淵閣四庫全書》　第

1174 冊　臺北市　臺灣商務印書館　1983 年

〔宋〕張世南撰　張茂鵬點校　《游宦紀聞》　北京市　中華書局　1981 年 1 月

〔宋〕張知甫撰　孔凡禮點校　《可書》　北京市　中華書局　2002 年 8 月

〔宋〕張師正撰　白化文、許德楠點校　《括異志》　北京市　中華書局　1996 年 11 月

〔宋〕張師正撰　李裕民輯校　《倦游雜錄》　收入《宋元筆記小說大觀》第 1 冊　上海市　上海古籍出版社　2007 年 3 月

〔宋〕張端義撰　李保民校點　《貴耳集》　收入《宋元筆記小說大觀》第 4 冊　上海市　上海古籍出版社　2007 年 3 月

〔宋〕張邦基撰、孔凡禮點校　《墨莊漫錄》　北京市　中華書局　2002 年 8 月

〔宋〕章炳文撰　儲玲玲整理　《搜神秘覽》　收入《全宋筆記》第三編第 3 冊　鄭州市　大象出版社　2008 年 1 月

〔宋〕阮閱編　周本淳校點　《詩話總龜》　北京市　人民文學出版社　1998 年 2 月

〔宋〕彭□輯撰　孔凡禮點校　《續墨客揮犀》　北京市　中華書局　2002 年 9 月

〔宋〕曾敏行撰　朱杰人校點　《獨醒雜志》　收入《宋元筆記小說大觀》　第 3 冊　上海市　上海古籍出版社　2001 年 12 月

〔宋〕無名氏撰　《道山清話》　收入朱易安、傅璇琮等主編　《全宋筆記》第二編第 1 冊　鄭州市　大象出版社　2006 年 1 月

〔宋〕莊綽撰　蕭魯陽點校　《雞肋編》　北京市　中華書局　1983 年 3 月

〔宋〕趙令畤撰　孔凡禮點校　《侯鯖錄》　北京市　中華書局

2002 年 9 月

〔宋〕趙與時　《賓退錄》　收入《宋元筆記小說大觀》第 4 冊　上海市　上海古籍出版社　2007 年 3 月

〔宋〕寧全真　《靈寶領教濟度金書》　收入《道藏》　第 8 冊　上海市　上海書店出版社　1998 年 3 月

〔宋〕葛立方　《韻語陽秋》　收入《叢書集成初編》　北京市　中華書局　1985 年

〔宋〕郭彖　《睽車志》　收入《叢書集成初編》　北京市　中華書局　1985 年北京新一版

〔宋〕葉夢得撰　宇文紹奕考異　侯忠義點校　《石林燕語》　北京市　中華書局　1984 年 5 月

〔宋〕陳振孫撰　《直齋書錄解題》　收入韋力編《古書題跋叢刊》2 冊　北京市　學苑出版社　2009 年 6 月

〔宋〕潛說友撰　《咸淳臨安志》　收入中國地志研究會編　《宋元地方志叢書》　第 7 冊　臺北市　大化書局　1980 年

〔宋〕蔣叔輿　《無上黃籙大齋立成儀》　收入《道藏》　第 9 冊　上海市　上海書店出版社　1998 年 3 月

〔宋〕蔡絛撰　沈錫麟馮惠民點校　《鐵圍山叢談》　北京市　中華書局　1983 年 9 月

〔宋〕劉斧撰　李國強整理　《青瑣高議》　收入《全宋筆記》第二編第 2 冊　鄭州市　大象出版社　2006 年 1 月

〔宋〕闕名撰　《異聞總錄》　收入《筆記小說大觀》　二十二編第 2 冊　臺北市　新興書局　1978 年

〔宋〕薛居正等撰　《舊五代史》　楊家駱主編　《新校本舊五代史并附編三種》　第 2 冊　臺北市　鼎文書局　1981 年 2 月三版

〔宋〕鄭居中等撰　《政和五禮新儀》　收入《景印文淵閣四庫全

書》　第 647 冊　臺北市　臺灣商務印書館　1983 年

〔宋〕羅大經撰　王瑞來點校　《鶴林玉露》　北京市　中華書局　1983 年 8 月

〔宋〕釋普濟撰　《五燈會元》　臺北市　廣文書局　1971 年 6 月

〔宋〕龔明之撰　《中吳紀聞》　收入《宋元筆記小說大觀》第 3 冊　上海市　上海古籍出版社　2007 年 3 月

〔宋〕蘇象先撰　儲玲玲整理　《丞相魏公譚訓》　收入朱易安、傅璇琮等主編　《全宋筆記》第三編第 3 冊　鄭州市　大象出版社　2008 年 1 月

〔宋〕蘇軾撰　王松齡點校　《東坡志林》　北京市　中華書局　1981 年 9 月

〔宋〕蘇轍撰　俞宗憲點校　《龍川略志》　北京市　中華書局　1982 年 4 月

〔金〕元好問撰　常振國點校　《續夷堅志》　北京市　中華書局出版社　1986 年 5 月

〔元〕孔齊撰　莊威、郭群一校點　《至正直記》　收入《宋元筆記小說大觀》　第 6 冊　上海市　上海古籍出版社　2007 年 3 月

〔元〕馬端臨　《文獻通考－經籍考》　臺北市　新文豐出版公司　1986 年 9 月

〔元〕陸友仁著　《硯北雜志》　收入《筆記小說大觀》　正編第 2 冊　臺北市　新興書局　1973 年

〔元〕脫脫撰　楊家駱主編　《新校本宋史并附編三種》　臺北市　鼎文書局　1980 年 5 月再版

〔元〕陶宗儀　《南村輟耕錄》　收入《元明史料筆記叢刊》　北京市　中華書局　1959 年 2 月

〔元〕無名氏輯　金心點校　《湖海新聞夷堅續志》　北京市　中華

書局　1986 年 5 月

〔明〕劉元卿編纂　《賢奕編》　收入《筆記小說大觀》　四編第 4
　　冊　臺北市　新興書局　1978 年

〔明〕謝肇淛　《五雜俎》　收入《明代筆記小說大觀》　第 2 冊
　　上海市　古籍出版社　2005 年 4 月

〔明〕瞿祐撰　《翦燈新話》　臺北市　世界書局　1974 年

〔清〕俞樾　《右臺仙館筆記》　收入《筆記小說大觀》　十六編第
　　7 冊　臺北市　新興書局　1977 年

〔清〕東軒主人　《述異記》　收入《叢書集成續編》　211 冊　臺
　　北市　新文豐出版公司　1989 年

〔清〕紀曉嵐著　《閱微草堂筆記》　臺北縣　大中國圖書公司
　　2003 年 10 月再版

〔清〕袁枚著　周欣校點　《子不語》　收入王英主編　《袁枚全
　　集》肆　江蘇省　江蘇古籍出版社　1993 年

〔清〕徐昆撰　杜維沫、薛洪校點　《柳崖外編》　長春市　吉林大
　　學出版社　1995 年 11 月

〔清〕楊式傅　《果報聞見錄》　收入《明清筆記史料叢刊》50　中
　　國書店　2000 年 12 月

〔清〕談遷撰　羅仲輝、胡明校點校　《棗林雜俎》　收入《元明史
　　料筆記叢刊》　北京市　中華書局　2006 年 4 月

〔清〕董誥等編　民孫映逵等點校　《全唐文》　太原市　山西教育
　　出版社　2002 年 12 月

〔清〕蒲松齡著　《聊齋誌異》　臺北市　台灣古籍出版有限公司
　　2006 年

二　近人論著

（一）專書

王卡主編　《道教三百題》　上海市　古籍出版社　2000 年 12 月

王年双　《洪邁生平及其《夷堅志》之研究》　收入潘美月、杜潔祥主編　《古典文獻研究輯刊》　十編　臺北縣　花木蘭文化出版社　2010 年 3 月

皮慶生　《宋代民眾祠神信仰研究》　上海市　上海古籍出版社　2008 年 10 月

石育良　《怪異世界的建構》　臺北市　文津出版社　1996 年 6 月

佛雷澤著　閻雲祥、龔小夏譯　《魔鬼的律師─為迷信辯護》　北京市　東方出版社　1988 年 8 月

弗雷澤著　汪培基譯　《金枝：巫術與宗教之研究》　臺北縣　桂冠圖書公司　2004 年 5 月初版三刷

李劍國　《唐五代志怪傳奇敘錄》　天津市　南開大學　1993 年 12 月

李劍國著　《宋代志怪傳奇敘錄》　天津市　南開大學出版社　1997 年 6 月

李劍國輯校　《宋代傳奇集》　北京市　中華書局　2001 年 11 月

沈宗憲　《宋代民間的幽冥世界觀》　臺北市　商鼎文化出版社　1993 年 3 月

周蘇平著　《中國古代喪葬習俗》　西安市　陝西人民出版社　2004 年 5 月

松本浩一　《宋代の道教と民間信仰》　東京都　汲古書院　2006 年 11 月

岡本不二明著 《唐宋の小說と社會》 東京都 汲古書院 2003 年 10 月

姚瀛艇主編 《宋代文化史》 開封市 河南大學出版社 1992 年 2 月

南方朔著 《語言是我們的居所》 臺北市 大田出版公司 1998 年 2 月

南方朔著 《語言是我們的星圖》 臺北市 大田出版公司 1999 年 3 月

柳存仁 《和風堂文集》 上海市 上海古籍出版社 1991 年 10 月

夏廣興著 《密教傳持與唐代社會》 上海市 上海人民出版社 2008 年 4 月

凌郁之 《走向世俗－宋代文言小說的變遷》 中華書局 2007 年 11 月

曹亦冰 《俠義公案小說史》 杭州市 浙江古籍出版社 1998 年 12 月

張邦煒 《宋代政治文化史論》 北京市 人民出版社 2005 年 10 月

張澤洪 《道教神仙信仰與祭祀儀式》 臺北市 文津出版社 2003 年 1 月

梁漱溟 《中國文化要義》 上海市 人民出版社 2005 年 5 月

黃敏枝 《宋代佛教社會經濟史論集》 臺北市 臺灣學生書局 1989 年 5 月

賈二強著 《唐宋民間信仰》 福州市 福建人民出版社 2002 年 10 月

楊 義 《中國歷朝小說與文化》 臺北市 業強出版社 1993 年 8 月

楊渭生　《宋代文化新觀察》　保定市　河北大學出版社　2008 年
　5 月

趙章超　《宋代文言小說研究》　重慶市　重慶出版社　2004 年
　12 月

魯　迅　《中國小說史略》　臺北市　風雲時代出版公司　1989 年
　10 月

劉曉明　《中國符咒文化大觀》　南昌市　百花洲文藝出版社　1995
　年 12 月

劉亞丁　《佛教靈驗記研究－以晉唐為中心》　成都市　巴蜀書社
　2006 年 7 月

劉乃昌　《兩宋文化與詩詞發展論略》　濟南市　山東大學出版社
　2005 年 11 月

劉苑如撰　《身體‧性別‧階級—六朝志怪的常異論述語與小說美
　學》　臺北市　中央研究院中國文哲研究所　2002 年 12 月

澤田瑞穗　《中国の傳承と説話》　東京都　研文出版　1988 年 2
　月

澤田瑞穗　《修訂鬼趣談義－中國幽鬼の世界》　東京都　平河出版
　社　1990 年 10 月

澤田瑞穗　《修訂地獄變》　東京都　平河出版社　1991 年 7 月

蕭相愷　《宋元小說史》　杭州市　浙江古籍出版社　1997 年 6 月

蕭相愷主編　《中國文言小說家評傳》　鄭州市　中州古籍出版社
　2004 年 4 月

鄭曉江著　《中國死亡智慧》　臺北市　東大圖書公司　1994 年
　4 月

蘇冰、魏林著　《中國婚姻史》　臺北市　文津出版社　1994 年
　4 月

Frazer•James George《The devil s advocate；a plca for superstition 》
　　　London：Macmillan　1927

（二）期刊論文

大塚秀高　〈洪邁と『夷堅志』―歷史と現實の狹間にて―〉，《中哲
　　　文學會報》第五號　1980 年 6 月

方　豪　〈宋代佛教對社會及文化之貢獻〉（上）　《現代學苑》
　　　第六卷第九期　1969 年 9 月

方　豪　〈宋代佛教對社會及文化之貢獻〉（中）　《現代學苑》
　　　第六卷第十期　1969 年 10 月

方　豪　〈宋代佛教對社會及文化之貢獻〉（下）　《現代學苑》
　　　第六卷第十一期　1969 年 11 月

王秀惠　〈夷堅志佚事輯補〉　《漢學研究》7 卷 1 期　1989 年 6 月

王　立　〈冥法與復仇―復仇主題中「冥法」對陽世之法的補弊糾
　　　偏〉　《中國文學研究》　1994 年第 1 期（總第 32 期）

李裕民　〈《夷堅志》補遺三十則〉　《文獻》　1990 年第 4 期

李豐楙　〈道教齋儀與喪葬禮俗複合的魂魄觀〉　收入李豐楙、朱榮
　　　貴主編　《儀式、廟會與社區：道教、民間信仰與民間文化》
　　　臺北市　中央研究院中國文哲研究所籌備處　1996 年 11 月）

李正學　〈《夷堅志》研究述評〉　《上饒師範學院學報》第 26 卷 5
　　　期　2006 年 10 月

李隆獻　〈先秦至唐代鬼靈復仇事例的省察與詮釋〉　《文與哲》第
　　　十六期　2010 年 6 月

任宗權　〈道教青詞的文學特色〉　《道教月刊》22　2007 年 10 月

沈宗憲　〈宋代地下死後世界的傳說〉　《史原》　第十八期　1991

年 6 月

呂鍾寬　〈臺灣的道教醮祭儀式與科儀〉　《藝術評論》第一期　1989 年 10 月

周作奎　〈道教施食道場中供品和法器的宗教神學涵意〉　《武當縱橫》　2005 年第 3 期　總 175　2005 年 3 月

胡孚琛　〈道教的文化特徵及其發展前景〉　《道教學探索》　第拾號　國立成功大學歷史系道教研究室道教學探索出版社　1997 年 9 月

張鳳林　〈齋醮科儀與神仙信仰〉　北京市　《中國道教》　1994：4　1994 年

徐欣宇　「南宋福建久喪不葬之研究」　國立政治大學歷史學系研究所碩士論文　2009 年 1 月

張澤洪　〈論道教齋醮焚香的象徵意義〉　《道教月刊》22　2007 年 10 月

張澤洪　〈論道教祭祀儀式的青詞〉　《漢學研究》　第二十一卷二期　2003 年 12 月

松本浩一　〈葬礼・祭礼にみる宋代宗教史の一傾向〉　《宋代の社会と文化》　宋代史研究會研究報告第一集　汲古書院　1983 年 6 月

康保成　〈《夷堅志》輯佚九則〉　《文獻》　1986 年第 3 期

閔智亭　〈道教齋醮科儀大同小異〉　《道教月刊》23　2007 年 11 月

莊宏誼　〈宋代道教醫療—以洪邁《夷堅志》為主之研究〉　《輔仁宗教研究》　第十二期　2005 冬季號

愛宕松男　〈洪邁夷堅志逸文拾遺〉　《文化》27（4）　東北大學文學會　1964 年 2 月

愛宕松男　〈洪邁夷堅志逸文拾遺（二）〉　《文化》29（3）　東北大學文學會　1965 年 10 月

福田知可志、安田真穗、山口博子、田渕欣也　〈『夷堅志』版本・研究目錄（2011 年 10 月）〉　《中國學志》大畜号　2011 年 12 月劉靜貞　〈宋人的冥報觀－洪邁「夷堅志」試探〉　《食貨》月刊復刊　第九卷第十一期　1980 年 2 月

劉靜貞　〈從損子壞胎的報應傳說看宋代婦女的生育問題〉　《大陸雜誌》　第九十卷第一期　1995 年 1 月

葉　靜　〈論洪邁的民俗觀念及其學術史意義〉　《江西社會科學》2009 年 3 期

盧秀滿　『唐代小説研究－別世界訪問譚を中心として一』　日本國立廣島大學文學研究科博士論文　2001 年 10 月

盧秀滿　〈唐代小說與《今昔物語集》之遊歷冥界故事〉　林慶彰主編　《國際漢學論叢》　第二輯　樂學書局　2005 年 2 月

盧秀滿　〈地獄「十王信仰」研究－以宋代文言小說為探討中心〉　《應華學報》　第八期　2010 年 12 月

盧秀滿　〈『夜窓鬼談』と中国の志怪小説－冥界説話を中心に－〉　『書物としての可能性－日本文学がカタチになるまで－』第 34 回国際日本文学研究会会議録　国文学研究資料館　2011 年 3 月

盧秀滿　〈鬼祟之因與治鬼之術－以唐人小說所載鬼祟故事為探討中心〉　《臺北大學中文學報》　第十期　2011 年 9 月

鮑新山　〈北宋士大夫參與齋醮活動述評〉　《船山學刊》　2008 第 4 期　2008 年 10 月

謝聰輝　〈道教齋醮儀式與台灣常民生活〉　《當代》　第 175 期　2002 年 3 月

後記

　　自赴日攻讀學位回國進入職場以來，轉瞬間已經歷了十個寒暑，總算把近幾年在繁忙的執教工作之餘所慢慢累積之研究成果綴集成冊，既有重負得釋之慨，亦有忐忑難安之情。這一路走來，漫長不輕鬆，回想起常坐在書桌前沈浸在志怪小說中的自己，總在閱讀快樂與撰文苦思中心情反覆交錯的光景，如今看來，彷彿過往雲煙、雲淡風輕，但慶幸至少留下些許雪泥鴻爪。

　　留日時期在指導教授富永一登先生的引領下，開啟了我對唐代小說的探索之路；在此一時期所領受的成就學問之基本功夫與技巧，奠定了往後紮實閱讀文本之態度與研究的基礎。秉持著對於志怪、筆記小說的閱讀熱忱，令我難將好奇之觸角僅停留於唐代而感到滿足，是以數量豐碩之宋人小說，成了進入職場以來經常為伴的精神食糧；雖然探索之時代改變了，但關注的目標，依然不離「亡靈」之議題。從求學階段僅就唐代他界之考察，到如今對宋代亡靈存在之全面探討，多了整體之關照，也因此，窮究小說作者筆下陰陽兩界之宋代幽鬼諸相，便成了本書之主要論述重點矣。

　　透過《夷堅志》中形形色色之亡魂所呈現之鬼態與訴求，讓後人不僅了解到在文化、經濟高度發展，繁華表象之背後，所隱藏的宋代士庶的心靈苦悶與種種生命創傷，也觀察到在死者對待之問題上，佛、道二教之符咒、齋醮等文化活動在宋代的活躍與空前發展，更發現了「久喪不葬」與「寄棺寺院」之送死習俗在宋代的盛行及其產生之弊端，諸如此類，經由亡魂所發出的訊息，讓今人體驗到有宋一代其社會及鬼神文化的部分側面。

　　讓想像在「怪力亂神」的世界中馳騁，總令人樂此不疲。心情隨著宋代幽鬼的愛恨嗔癡起伏，雖然對於偶爾「入戲太深」的自己，感到荒唐無比，然而，此種近於狂熱之喜愛，或許可以讓鑽研之路走得更遠。因此，相信宋代小說不會是探索的終點，未來亦會張開嗜奇之翅膀，一步步迎向明清志怪的廣闊天空！

　　最後，對於家人一直以來的包容與支持，以及師長、摯友們的叮嚀與鼓勵，除了感激，無言足表。而對於協助出版此書之萬卷樓，在此亦致上最深之謝忱。礙於天賦、學養等之不足，本書之闕漏與不愜人意之處相信不少，尚請博學多聞之同好指教斧正。

文學研究叢書・古典文學叢刊 0803006

冥法、菆柩、鬼祟、齋醮：《夷堅志》之幽鬼世界

作　　　者	盧秀滿
責任編輯	吳家嘉、游依玲
封面設計	吳雅儒

發 行 人	林慶彰
總 經 理	梁錦興
總 編 輯	張晏瑞
編 輯 所	萬卷樓圖書股份有限公司
	臺北市羅斯福路二段 41 號 6 樓之 3
	電話 (02)23216565
	傳真 (02)23218698

發 　 行	萬卷樓圖書股份有限公司
	臺北市羅斯福路二段 41 號 6 樓之 3
	電話 (02)23216565
	傳真 (02)23218698
	電郵 SERVICE@WANJUAN.COM.TW
香港經銷	香港聯合書刊物流有限公司
	電話 (852)21502100
	傳真 (852)23560735

ISBN 978-957-739-798-0

2013 年 3 月初版

定價：新臺幣 360 元

如何購買本書：

1. 劃撥購書，請透過以下郵政劃撥帳號：

　帳號：15624015

　戶名：萬卷樓圖書股份有限公司

2. 轉帳購書，請透過以卜帳戶

　合作金庫銀行 古亭分行

　戶名：萬卷樓圖書股份有限公司

　帳號：0877717092596

3. 網路購書，請透過萬卷樓網站

　網址 WWW.WANJUAN.COM.TW

大量購書，請直接聯繫我們，將有專人為

您服務。客服：(02)23216565 分機 610

如有缺頁、破損或裝訂錯誤，請寄回更換

版權所有・翻印必究

Copyright©2013 by WanJuanLou Books CO., Ltd.

All Rights Reserved　　　　　**Printed in Taiwan**

國家圖書館出版品預行編目資料

冥法、菆柩、鬼祟、齋醮 ：<<夷堅志>>之
幽鬼世界 / 盧秀滿著. -- 初版. -- 臺北市 ：
萬卷樓, 2013.03

　 面 ； 公分. -- (文學研究叢書)

ISBN 978-957-739-798-0(平裝)

1.志怪小說 2.研究考訂

857.252　　　　　　　　　　102005382